风声鹤唳

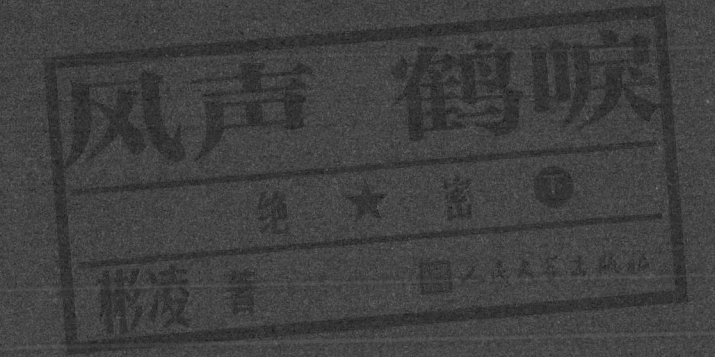

绝 ★ 密 下

林语堂 著   人民文学出版社

目 录

下 册

第五十九章　沆瀣一气 …………… 001
第六十章　命运的交集 …………… 011
第六十一章　步步为营 …………… 014
第六十二章　心细如尘 …………… 019
第六十三章　将计就计 …………… 024
第六十四章　迫在眉睫 …………… 033
第六十五章　红莲地狱 …………… 038
第六十六章　深渊薄冰 …………… 042
第六十七章　不寒而栗 …………… 045
第六十八章　指鹿为马 …………… 051
第六十九章　最后的考验 …………… 056
第七十章　似水流年 …………… 061
第七十一章　同是天涯沦落人 …………… 066
第七十二章　R12 …………… 071
第七十三章　画船听雨眠 …………… 076
第七十四章　荆棘皇冠 …………… 084
第七十五章　适得其反 …………… 089
第七十六章　偷天换日 …………… 093

第七十七章	家宴	098
第七十八章	火花	104
第七十九章	秩序	109
第八十章	空中堡垒	114
第八十一章	黑牢	125
第八十二章	病历	131
第八十三章	潘多拉魔盒	138
第八十四章	宝藏	142
第八十五章	庐山真面目	149
第八十六章	烟雨暗千家	157
第八十七章	釜底抽薪	163
第八十八章	诱导	168
第八十九章	测试	175
第九十章	日记	180
第九十一章	《白鲸》	188
第九十二章	肃清	195
第九十三章	守望者	205
第九十四章	敲山震虎	208
第九十五章	道不同不相为谋	213
第九十六章	暗度陈仓	223
第九十七章	风暴之眼	228
第九十八章	鱼游沸鼎	232
第九十九章	11∶48	237
第一百章	炽天使	244
第一百零一章	双管齐下	254
第一百零二章	枷锁	261

第一百零三章	李代桃僵	271
第一百零四章	守灵	276
第一百零五章	不共戴天	281
第一百零六章	情殇	287
第一百零七章	自欺欺人	294
第一百零八章	抉择	300
第一百零九章	羊入虎口	306
第一百一十章	如履薄冰	310
第一百一十一章	峰回路转	313
第一百一十二章	欲擒故纵	321
第一百一十三章	弥天大谎	328
第一百一十四章	咫尺天涯	332
第一百一十五章	暴露	336
第一百一十六章	争分夺秒	342
第一百一十七章	危在旦夕	348
第一百一十八章	诀别	359
第一百一十九章	只欠东风	366
第一百二十章	荆棘王冠	373
第一百二十一章	泡沫	382
第一百二十二章	万里长征人未还	387
最终章	无名之辈	399

第五十九章　沆瀣一气

顾鹤笙沿着暗道顺利进入丁香公馆。建筑师在设计这栋房子时采用了全木质结构，因此很容易留下便于进出的秘密通道。顾鹤笙匍匐在三楼通风口，透过挡板的缝隙清楚看见房间中坐着的几人。

房间内的人说着日语爆发了激烈的争吵。正在说话的是松井太久郎，他正对一名坐在椅子上的男人呵斥："本土被美军原子弹攻击后，东京大本营就给你过密电，核心内容是让你做好接受投降的准备，你在获悉电文后为什么置若罔闻向苏联宣战？"

"苏联参战早在预料之中。我数百万精锐皇军正严守皇土，必须发挥勇猛之传统，为维护国体保卫皇土只有断然决一雌雄。"椅子上的那人背对顾鹤笙，看不清他的脸，他面对质问针锋相对道，"所以我才决意率百战百胜皇军之最精锐部队，抱全军玉碎之决心，誓将骄敌歼灭以挽狂澜于既倒。"

"结果又如何？"冈部直三郎枯坐一旁沉声道，"十天不到，号称'皇军之花'的百万关东军伤亡过半。那可是大日本帝国陆军主力所在，你输掉的不是一场战役而是帝国的国运。"

男人据理力争："帝国的国运从错误的南下决策那天开始就已经注定了。如果大本营能坚持最初的作战方针，在德国进攻苏联的同时关东军对苏宣战，德日前后夹击势必让苏联无招架之力，由此北上通道将彻底被关东军所掌控。可海军一意孤行南下给了苏联喘息之机这才有了后来的自食其果。"

"既然知道必败无疑为什么还要以卵击石？"松井太久郎愤愤不平道，"你完全可以听从大本营的命令接受投降，至少能保全关东军精锐。"

"保全？你们以为投降就能保全那些将士吗？"男人声音低沉，抬起的手逐一指向屋中每一个人，"时至今日，你们心中有谁心甘情愿接受过投降？"

顿时屋内鸦雀无声。

"退守本土，不惜玉碎与天皇共存亡的想法想必你们现在每个人都还有吧。我知道你们不甘心，但美国人和苏联人同样也知道！"男人不怒自威道，"有百万关东军在，你们以为美国人和苏联人就会踏实安心？无论投降与否或者我对苏宣不宣战，盟军都会消灭关东军主力。只有摧毁了我们手中最后的资本，才会让我们真正的死心。我向苏联进攻是输了，但我用八万将士的生命换来剩下百万大军的平安，请问我何错之有？"

屋内众人不知是被那人气势所慑还是都默认了他的做法，全都埋头一言不发。

"对苏作战失败后，东京大本营敦促你接受投降同时又给你发过一封密电，让你暂备武器以及让作战人员向中共武装投降。"过了良久，泽田茂心平气和问道，"原因是国民党与中共早晚会有一战，但两军在军事装备上差距太大，大本营希望借此来增强中共实力，让双方能保持势均力敌的水平，一旦中国忙于内战日本就能有更多的精力来恢复战后经济。可你最终选择向中央军投降而不是中共，你身为军人为什么没有执行大本营的军令？"

"半壁江山还在中央军手里，中共不过是偏安一隅，国共势力悬殊明显相信你们也很清楚。大本营的命令是从长远考虑，但对于我来说眼下要解决的是在华日军如何能平安回到本土。如果我执行命令向中共投降，你们能确保中共有能力将在华日军送回日本本土吗？"

虽然这个男人是自己曾经的敌人，但他的战略眼光和军事才能让顾鹤笙都暗暗惊讶。

男人的头偏向泽田茂，继续冷声说："你刚才提到军人，你们还知道自己是军人吗？我们在军事上是输了，但你们连自己的尊严也一同输掉。你们的怨天尤人不会让外面的那些人同情可怜，只会换来幸灾乐祸的轻视。你们是大日本帝国的军人，不要让我感觉你们像一个懦夫！"

众人立刻起身站立，心悦诚服地向那男人埋头致歉。

男人走到窗边，浑雄的声音中透出一丝哀凉："战败已经是无法更改的事实，在这个房间内的每一个人应该都清楚。我们将客死异乡无法再回到故土，但我们能做的就是竭尽所能确保在华日军的安全。这些将士才是我们民族未来的支柱，也是帝国重新崛起的希望。"

顾鹤笙终于看见了他的脸，蚕眉下是一双深邃的眼睛，黑色圆框眼镜让那人看上去斯文儒雅。可就是这张脸让顾鹤笙骤然一惊。

冈村宁次！

顾鹤笙怎么也没想到会在这里见到侵华日军总司令。这名被称为"昭和军阀的三羽乌"之一的人筹划并参与了全部侵华战争。在延安颁布的战犯名单上，冈村宁次被定为第一号战犯。

顾鹤笙用录音设备记录着房间里的谈话。冈村宁次的出现让顾鹤笙震惊之余更多的是疑惑，国民党将这些恶贯满盈的战犯秘密安排在一起到底想要干什么。

这时门外传来敲门声，开门后一名穿西装的翻译站在门口。顾鹤笙留意到门口还站着两名负责警戒的人。

翻译请房间中的所有人到一楼会议室。顾鹤笙从暗道跟了下去，从会议室通风管的隔断中看见了郑奉先。偌大的房间内会议桌被换成了一张大型作战沙盘，顾鹤笙从上面插满的小旗大致能判断这是国共两党的军力部署。

见到冈村宁次一行人进来，郑奉先率先起身相迎，态度客气暧昧，在他身上完全看不到中国军人的气节。

"委员长专门致电指示，诸位在此有什么要求尽管提，我们将竭尽所能满足。"

冈村宁次和身后的日军战犯弯腰行礼。看到这一幕顾鹤笙不知道郑奉先该做何感想，房间里每一个战犯都曾经打败过他，相信这里没有人会从心底瞧得起这名手下败将。

冈村宁次不卑不亢道："承蒙善待感激不尽，我等败军之将不敢再有奢求。"

"那就谈正事吧。"郑奉先切入正题，"目前国共两党的态势之前已经跟诸位说明。诸位常年与中共主力交锋，在军事部署和指挥方面经验丰富，一旦国共两党开战国军该如何进取，蒋委员长想听听诸位的意见。"

"我呈报蒋委员长的方略可有回复？"冈村宁次问。

"委员长对司令官编写的以集中兵力歼灭共军的方略极为重视，已命何应钦部长下发至国防部参谋厅学习。"

"另外一件事呢？"

"关于从苏联引渡关东军战俘的事需要从长计议。委员长已经派人和苏联方面接洽协商，但此事短时间内恐怕难以达成。"

"恕我直言，如若有冒犯之处还望郑将军海涵。"

"司令官但说无妨。"

"国共两党交战从中共的土地革命开始到现在前后已有近二十年，贵军集中优势兵力对刚刚建军的中共进行了五次围剿，结果失败了四次。最后一次如果不是中共高层做出错误的战略决策，相信贵军一样会铩羽而归。"冈村宁次直言不讳，"当年中共军队还在萌芽状态你们都打不赢，如今中共在关外陈兵百万而且众志成城，依我所见贵军恐怕难与其争锋。"

"司令官与中共交战多年，对于应对中共的游击战司令官颇有心得，不知对如今关外的局势有何高见？"

冈村宁次比出两根指头："一个快速便能收到成效的，一个需要旷日持久的，郑将军想先听哪一个？"

"当然是又快又有效的。"

"从在华日军战俘中挑选精锐部队，首选第三、第四、第五兵团，共计约有三十万日军，重新装备武器和补给后立即运送至前线，按照贵军番号进行编制，快速控制辽沈一线的所有交通枢纽，切断共军陆上交通补给线。同时贵军的海军封锁航道将中共围困在山海关之外。然后日军配合贵军对共军进行纵深分割，一旦完成对共军几个主力兵团的合围便可各个击破。"

"抽调日军战俘参战？"郑奉先闻之举棋不定，让一旁的书记员先记录下来，"司令官这个提议兹事体大，方略是否可行还需要南京方面商谈后再行定夺，还是说说另一个办法吧。"

冈村宁次大失所望，但很快恢复镇定："国共之争中贵军无论在经济还是军事上都占有绝对优势。如若我没预计错贵军是打算弃和求武，以绝对兵力主动寻中共主力决战，预计在八到十个月内消灭'中共'军队。"

"司令官所想与国防部初步制订的作战计划不谋而合。"郑奉先扬扬得意道，"委员长为此亲自批示，一切可能之条件，皆操之在我，我欲如何，即可如何。"

"那只是贵军一厢情愿的想法而已，也正是中共所希望看见的结果。贵军对中共的定位一直都是错误的，你们认为中共是流寇，只要先占领其据点并掌握交通，由点来控制线再由线来控制面，就能迫使中共没有立足的余地。可如此一来随着点线面的扩大所需兵力也在增大，从而导致一线作战部队兵力减少。简而言之贵军控制的区域越大军事优势丧失也越大，而中共通过不断收缩完成主力集结，一旦双方主力决战贵军必败无疑！"

郑奉先渐渐担心起来："司令官认为该如何破局？"

冈村宁次偏头看向松井太久郎，他当仁不让拿起木棍走到沙盘前。

"这些天我看过贵军制定的剿匪作战纲要，其中提到钳形攻势，先攻占陕甘宁边区，压迫共军东渡黄河进入山西，然后转移兵力与贵军在山东的主力形成钳形攻势。制定这个纲要的人怕是没有脑子。"松井太久郎毫不留情道，"陕北和山东相去甚远，两条战线根本不可能相互呼应，所谓的钳形攻势不过是纸上谈兵。而且'中共'军队机动性远胜贵军，等你们完成既定部署时很有可能被中共实施反围剿。"

郑奉先尴尬不已，因为自己也参与了这个作战纲要的制定，却被松井太久郎说得一无是处。

"贵军的作战方针应关内重于关外，关内首先打通津浦、胶济两铁路，肃清山东半岛控制沿海口岸。"松井太久郎指向沙盘简明扼要道，"东北两军扫荡热河，解除平津北面之威胁，隔断张垣与东北之联络；再以津浦南、北段、胶济路、鲁西四路进军扫荡山东中共主力；再以新乡、德州、石门三路进攻邯郸封锁太行山区，打通平汉路交通；最后由南口、归绥、大同三面夹击张垣打通平绥路，再会师回攻延安。以上部署分期实施，并以中共主力为目标逐次消灭瓦解。"

松井太久郎话音刚落，只见冈部直三郎走上前："贵军作战保守主动性不够，尤惧夜战、近战和白刃战，只知以稳扎稳打试图保存实力，或株守一地或阵布长蛇，首尾不能相应，正好给了共军以运动集中、各个击破贵军的机会。长此以往共军越战越强，而贵军则兵力日减，士气日益萎靡不振。日军单兵作战能力和素养都远胜贵军，这得益于系统的训练强化。可从战俘中抽选与中共作战经验丰富的日军军官，下派到贵军部队中进行军事训练或作战参谋。"

"大规模军团决战之中情报是否能及时准确获取往往会决定最终的胜败，贵军在情报战方面向来都处于被动。中日交战期间，贵军的情报机构通信不能密，截电不能译，如若不能改观后果堪虞。"柴山兼四郎身为日军情报机构负责人，在侵华期间他所负责的区域内几乎摧毁了国共两党所有的情报网，"如果能从战俘中抽调我方情报人员将可在短期内加强贵军的情报收集和反谍能力。"

等一众日军高级军官各抒己见后，郑奉先单独留下冈村宁次密谈。

"蒋委员长高度重视司令官的意见，准备秘密聘请司令官为中华民国国防部高级军事顾问。为此蒋委员长以治病为由回拒了东京法庭将司令官押送日本审判的要求。"郑奉先低声笑言道，"只要司令官留在中国，蒋委员长会竭尽所能确保你的安全。"

冈村宁次鞠躬致谢："请转告蒋委员长，我定当竭尽所能协助贵军战胜中共。最迟一个月我会和其他部下编写出利于贵军作战的军事计划。"

顾鹤笙听完这次密谈后又惊又怒，没想到国民党为了发动内战竟然不惜起用曾经的侵略者，而这些双手沾满同胞鲜血的战犯居然还试图重新拿起武器。

顾鹤笙义愤填膺，这次密谈的录音必须尽快公之于众，让所有民众都认清国民党和侵略者狼狈为奸，置国民于水深火热的丑恶嘴脸。就在顾鹤笙关上录音设备的瞬间，设备里突然传来细微的电流声，这说明设备被近距离的其他电波干扰。顾鹤笙骤然一惊举着录音机缓慢移动，越是往前电流声越清晰。

顾鹤笙望向前方那片视线无法穿透的黑暗，另一边的秦景天和他几乎是同时拿出手枪。在黑暗中两人都意识到除了自己之外还有另一个人在录音这次密谈的内容。

从通风口透进来的灯光是暗道中唯一的光亮，如同一条无形的结界将秦景天和顾鹤笙分割在光亮两边。两人尽量让自己的身体和黑暗融在一起，却能清楚看见对方从那抹昏暗光亮中平伸的手以及黑洞洞的枪口。

黑暗中的对峙让两人同时陷入进退两难的境地。一墙之隔外，训练有素的军人几乎分布在这栋公馆所有的角落，丁点异动都会立即引起负责警戒军人的觉察。他们心里都很明白无论是自己还是对方手中的枪都是如同玩具般的摆设，谁也不敢轻易扣动扳机。

刺耳的警笛声由远至近，从屋内传来凌乱而急促的脚步声。

"报告，突然来了一批警察，要对公馆进行强制搜查，理由是怀疑公馆内藏匿有潜逃的日军战犯。"

"混账！"郑奉先勃然大怒，"派人下去把警察拦在外面，给严世白打电话让他立刻调派部队过来。"

"和警察一同到的还有记者。"前来汇报的人补充道，"您此次秘密抵沪关系重大，如果让记者拍到您和日军战犯在一起恐怕会引起轩然大波，南京方面事后也会追究您办事不力之责。"

"警备司令部这些饭桶，这么重要的事居然还会走漏风声。"郑奉先权衡再三当机立断，"你暂时留下和警察记者周璇，尽量拖延时间好让我带着日本人转移。"

"是。"

暗道中两人都听到屋内渐行渐远的脚步声，片刻后从楼下传来汽车引擎发动的声音。

国民党和日军战犯密会的事极为机密，警察和记者不可能知晓，唯一的解释是有人故意泄露了这个消息，既然不是自己那就一定是对面那个人，显然这是他事先就安排好的撤离计划。就在顾鹤笙迟疑的刹那，秦景天突然出袭。顾鹤笙猝不及防又不敢贸然开枪只能迎着黑影提肘还击，没想到对方竟然不闪不避，硬生生被顾鹤笙的手肘结结实实击中胸口。

秦景天出手快收手更快，电光石火间两人已换了位置。占得先机的顾鹤笙刚在疑惑对方为什么不防御时突然心中一惊，自己低垂的手指微微抽动，之前还拿着录音机的手如今空无一物。对方的目标是录音机所以才故意引自己出手。

军统？中统？或者国民党内其他派系？顾鹤笙冷静下来快速分析对方身份。这次密会是南京高层授意进行的，关系到国民党的生死存亡，即便国民党内部各个派系纷争不断，但在剿灭共产党这一点上各方面态度完全是一致的。在共同的利益面前没有派系会破坏这次密会。

对方是自己的同志！

顾鹤笙很快得出结论，而且还是那位和自己一样潜伏在军统的战友，自己和对方应该是在执行相同的任务。想到这里顾鹤笙深吸一口气慢慢垂下握枪的手。

顾鹤笙这个举动让秦景天也立刻清楚了对方的身份。秦景天不愿和侵略者同流合污，也慢慢垂下了手中的枪，沉思了良久后将对方的录音机放在亮光能照射到的地方。顾鹤笙等了许久再没听见黑暗中传来声响，赶忙拾起录音机沿着来路退出暗道。

在回去的路上顾鹤笙一边开车一边回想今晚遇到的人。这是一位果敢英勇并且谨慎的同志，虽然不清楚对方潜伏的身份和时间，但想到自己身边一直都有一位并肩作战的战友，顾鹤笙感到很高兴。

同时顾鹤笙也十分好奇。上海军统站所有人自己都很熟悉，或许自己每天都会见到这位战友，甚至还可能有过交谈和相处。

会是谁呢？

在期待和好奇的思绪中顾鹤笙看到了秦景天，两人的车几乎是同时停在别墅门口。嘴角还叼着烟的秦景天也在回想今晚遇到的人，在和顾鹤笙对视后目光移向车窗外。

一轮皎洁的明月映入眼帘。最初的十三人甄别名单已被秦景天排除掉了五人。人数的减少也意味着范围的缩小，但顾鹤笙的名字自始至终都保留在上面。秦景天的视线从明月移回顾鹤笙身上，脸上流露出一抹笑意。

"这么晚……"秦景天熄火下车，刚开口就闻到女人的香水味，"今晚听什么戏？"

"《贵妃醉酒》。"顾鹤笙面色潮红对答如流，开口满是酒气。

"你喝醉了。"

"美人在怀三杯亦醉。"顾鹤笙的袖口沾染了蛛网，他脱下外套拉开领带遮掩，"这么晚才到家，行动处最近很忙吗？"

"有新的行动，由站长亲自坐镇指挥。"

顾鹤笙伸手找秦景天要烟，漫不经心道："能让站长亲自参与的行动，想必是钓到大鱼了吧？"

"站长这次没有用鱼钩。"

顾鹤笙一边点烟一边笑着问："那用什么？"

"渔网。"

"站长这次是准备一网打尽啊。"顾鹤笙的脸在笑但心却在往下沉。

"南京送了一名中共变节人员到上海，此人曾经在上海工作过，对上海地下党组织领导层极为熟悉。这名变节者刚到上海第一天就指认了两名中共高层，行动组对目标实施了严密监控。目标人物在浑然不知的情况下，被监视时间越长暴露的同党也就越多，到目前为止已经掌握了共党在上海近二十人的联络网。如果变节者继续指认下去，相信用不了多久共党在上海的整个组织就会全部暴露。"

"尽人事听天命,希望这次行动不要再出意外了。"顾鹤笙打了一个哈欠,试图让秦景天认为自己对这件事毫无兴趣。

秦景天笑而不语,看着顾鹤笙转身回房的背影目光渐渐深沉。自己故意将变节者的事透露给他,如果顾鹤笙就是自己要找的明月,无论他有没有收到铲除刘定国的命令都会提前行动,自己现在需要做的就是等待明月自投罗网。

第六十章　命运的交集

秦景天把窃听到的密谈内容简明扼要地告知叶君怡，但并没有将完整的录音交给她。如果当晚和自己一同潜入的是明月，万一其追查录音的来源极有可能发现自己。

"郑奉先此次抵沪是奉国民党国防部之命秘密接触日军高级战犯，目的有三：其一获取日军与'中共'军队作战经验；其二试图让日军战犯制定作战方略和军事部署以便内战爆发后速战速决围剿'中共'军队；其三是聘请冈村宁次成为秘密军事顾问为内战出谋划策。"

"国民党和日本人勾结？！"叶君怡的反应和秦景天预想的差不多，"必须公之于众，让民众认清反动派的丑恶嘴脸。"

秦景天在意的不是此事："让你向上级反映的事可有答复？"

"你让我调查顾鹤笙，一查后我才发现自己原来和他挺有渊源。"

"你和他有什么渊源？"

"我们之前是认识的。"

"什么时候？"

"我和他是校友，他高我两届。"叶君怡拿出一张毕业合照，指着站在中间的一名青年说，"这就是顾鹤笙。他在这所学校就读了一年然后转学去了南京师范学堂。奇怪的是这段经历并没有记录在顾鹤笙的档案中。"

秦景天点燃一支蜡烛烘烤膏药："在档案中瞒报履历是重罪，一旦查实是会被革职的。顾鹤笙在军统身居要职他的档案会有专人核实，军统都没查出来的事你又是怎么知道的？"

"学校校庆时顾鹤笙陪我去过一次，当时我就感觉他对学校环境很熟悉。我还瞧见他和一位老师在交谈，好像他们是认识的。我本来没把这件事放在心上，你让我查顾鹤笙过去的经历才想起。"叶君怡一五一十告诉秦景天，"我找到这名老师询问关于顾鹤笙的事，这才得知他在这所学校就读过。但我去校务处想查他的就读档案发现没有顾鹤笙的。"

"还查到什么？"

"那位老师回忆顾鹤笙是中途转学来的，在校时成绩优异、为人和善，因此深得当时的校长范今成器重……"

"谁？！"秦景天猛然抬头，手中的膏药掉落在烛火上烧焦了。

"范今成。"叶君怡不明白秦景天为何突然反应这么大，"怎么了？"

"你和顾鹤笙同上的这所学校可是上海民立中学？"

叶君怡一愣："你怎么会知道？"

上海民立中学对于自己来说并不陌生，秦景天曾经也是这所学校的一名学子，并在这里遇到了第一位人生的导师。孤身一人来上海求学的秦景天穷困潦倒，在那段不堪回首的往事中唯一的温暖正是范今成给予的。他不但资助了自己所有的学费，甚至还在家中收拾了一间房留给自己居住。

正是范今成的谆谆教诲才让自己从一名热血青年转变成爱国者，自己的信仰启蒙也是由他灌注。范今成在秦景天心中亦师亦父，直到现在也是他最为敬重的人。直到很久以后秦景天才意识到范今成是一名共产党员，他一直都希望自己也能选择并忠诚共产主义。

从时间推算，自己离开民立中学的时候刚好与转学来的顾鹤笙失之交臂。如此一来，自己和顾鹤笙以及叶君怡竟然是校友。

"范老在上海教育界名望颇高，军统专门调查过此人所以有些耳闻。"

秦景天搪塞过去，又重新烘烤了一张膏药，然后解开衬衣纽扣，只见裸露的胸膛上有一处发黑的瘀青。

"你怎么了？"叶君怡惊讶地问道。

在丁香公馆抢夺录音机时被对方手肘重创，如若对方力道再大一些恐怕胸骨都会折断。

"没事。"秦景天贴上膏药继续询问，"顾鹤笙和范今成关系密切吗？"

第六十章 命运的交集

"两人关系前后有所不同。听老师说顾鹤笙在学校期间很活跃，还参加过'五卅运动'，游行中顾鹤笙还受了伤。事后范校长极为看好顾鹤笙，但没过多久顾鹤笙就加入国民党。此事让范校长对他的态度大为改观，不久后顾鹤笙就因为违反校规被开除。"

"知道是因何事违反校规吗？"

"顾鹤笙参加的蓝衣社和学校内拥护苏共的学生发生打斗，顾鹤笙虽然没有参与此事但因为他当时是蓝衣社骨干被校方责令退学。"叶君怡继续说道，"据说范校长曾亲自劝说顾鹤笙退出蓝衣社但被他拒绝，事后范校长便开除了他。"

"顾鹤笙还参加过'五卅运动'？"

"是的。其实顾鹤笙也算不上是瞒报吧，毕竟被开除不是什么光彩的事。而且他在民立中学只有一年时间，即便不写在档案中也没多大关系。"

秦景天不由自主淡笑一声，自己也参加过"五卅运动"，如此说来自己和顾鹤笙在很久之前就有交集了。而且两人的人生轨迹出奇相似，都是"五卅运动"后被蓝衣社招募加入国民党，然后顾鹤笙去了莫斯科的中山大学而自己被派往了德国受训。

"你笑什么？"

"命运有时候真的很神奇，两个素未谋面的人因为命运的安排走上不同的路，追溯过往时才发现冥冥之中其实一直都有交集。"

第六十一章 步步为营

行动三组根据刘定国指认的两名共党重要人物接连追查一个星期，顺藤摸瓜查到与这两人有关联的其余共党数十人。这个成绩让沈杰韬大喜过望，但他并没有趁热打铁加大追查力度，只是召集情报、电讯和行动处处长开会并让秦景天一同出席。

顾鹤笙和秦景天刚到军统站，就看见三辆车驶进站内，中间的车被拉上车帘。车门刚打开，刘定国便快步走进大楼，似乎片刻也不敢在外停留。

"这人是谁？"顾鹤笙低声说，"怎么看着像一只见不得光的耗子。"

"他就是站长从南京总局要来的变节者。"秦景天在一旁解释，"他是担心共党会对他打黑枪所以不敢在外面逗留。"

顾鹤笙眉头微微一皱："原来就是他。"

"此人来上海的事站长一直严加保密，今天把他带到军统站想必是准备收网了。"秦景天继续试探顾鹤笙，如果他就是自己要找的人，目前事态如此严峻他一定会尽快采取行动，"你猜这次会抓获多少共党？"

"最好一个不留。"顾鹤笙不假思索道。

秦景天会心一笑："要是上海真没共党咱们可就失业了。"

两人来到会议室时沈杰韬已经坐在里面。等人员到齐，沈杰指着刘定国介绍："这位是南京军统总局中共问题研究室刘副处长。刘处长对中共在上海的地下组织极为熟悉，这次我特意邀请其莅临上海指导。"

沈杰韬率先带头鼓掌，刘定国起身答谢，神色依旧局促不安。

"时间紧迫我就长话短说。刘处长此次来上海原本是由我亲自负责接洽，但刘处长给我的惊喜超出预计。在一个星期内行动三组已经准确掌握了大量共党人员的联络网。我推算按照现在的进度，不出一个月就能摸清整个上海所有中共的地下组织。"沈杰韬胸有成竹道，"这很有可能是军统自成立以来最大规模的一次清剿行动，我命令——"沈杰韬话音一落，会议室所有人站起身，沈杰韬抬手示意都坐下："谭处长，行动处所有人员对已经查明身份的共党布控监视。"

"是。"谭方德掷地有声地回复。

"另外还有一件事需要你亲自处理。"沈杰韬指向刘定国继续说，"刘处长提供了一条重要线索，他认识一名代号精卫的共产党，而此人是051的联络员。"

"认识？！"谭方德惊喜不已。

刘定国点头："精卫是一个女人，曾经为我传递过一次情报，她对外的身份和姓名我不清楚。我见到精卫的时候她年龄不大估摸着有二十来岁。不过共党既然能把精卫指派给我当联络员说明此人不是普通党员，她很有可能会接触到更多共党在上海的高层。"

"刘处长还记得精卫的样子，你尽快找一名画工超群的画师，根据刘处长的描述还原出精卫的样貌。"沈杰韬命令道。

谭方德一脸兴奋："我现在就安排人去找最好的画师，如果顺利今天就能确定精卫的身份。"

"画师我早就找好了，上海美专的老师最擅长人物肖像速写。本来是想着下次和刘处长见面时再通知画师过来，但这段时间刘处长一直没出现所以就没跟进。"秦景天向沈杰韬请示，"我现在就派人去接他？"

"好。"沈杰韬点头。

秦景天转身离开会议室，打完电话后他没有直接回去，而是来到旁边的接待室。里面的女秘书负责给会议室端茶倒水，秦景天借故抽烟让女秘书拿烟灰缸，趁其不注意将一包白色粉末倒入水壶。

秦景天再回到办公室时，沈杰韬正在对顾鹤笙下达指示。

"会议结束后你去我办公室，我把近期查明的共党资料交给你，你尽快完成对资料的情报分析。我要在短时间内知道这些共党在地下党组织中身份的主次以及从属关系。"沈杰韬郑重其事道，"最重要的是你要准确罗列出可以被策反的人员。"

"是。"

秦景天在桌下瞟了一眼手表。沈杰韬的时间观念很强而且做事极为严谨，秘书多久进来更换茶水都有明确规定。

"秋处长。"

"到。"

"这次秘密行动中又发现几处地下党的电台。为防止再出现泄密事件，我命令你全天候对这几部电台进行侦听，一旦确定了他们的收发时间，立即实施干扰。在展开全面抓捕之前不允许这几部电台发出一条电码。"

"是。"

这时女秘书敲门进来倒水。秦景天看着刘定国端起茶杯喝下茶水暗自松了一口气。女秘书出去后沈杰韬才继续会议。

"刘处长，你还有什么建议和想法？"沈杰韬一脸客气地征询刘定国的意见。

"共党组织内部会事先制订紧急状态下的应急方案，一般是通过死信箱和报纸广告传递消息。当组织遭受大面积破坏时报纸广告是最有效的预警方式。"

顾鹤笙暗暗担忧，这个叛徒掌握了太多组织内部机密，如果按照目前的态势发展下去，上海地下党组织将面临灭顶之灾。如果不是因为有上级的命令，在任何时候都必须确保自己身份不被暴露，顾鹤笙恨不得现在就枪决了刘定国。

"刘处长有何防范之道？"沈杰韬问。

刘定国揉了揉额头感觉有些头晕，又端起茶杯喝了几口："通过报纸广告预警主要是为了应付突发事件。共党现在并不知道多条联络线已经暴露，即便发现，从刊登到发布至少需要一天的时间，只要让相关监管部门下达所有广告必须提前一个月备案就能从源头堵死共党的预警机制。"刘定国的呼吸开始急促，短暂的停顿后继续说，"此事军统不能出面否则会引起共党的怀疑。据我所知中共一直都掌握着上海的报刊媒介，要在共党没有觉察的情况下迫使他们更换预警机制。"

"秦景天。"

"到。"

"这件事就交给你去办，要快而且还要干净利落。"

"是。"

"刘……"沈杰韬还想继续从刘定国身上获取更多对付共产党的办法，突然发现刘定国额头上渗出豆大冷汗，而且他的手一直抖个不停，"刘处长这是怎么了？"

"我身体不适，今天的会议先到此为止。"

刘定国现在在沈杰韬眼里就是稀世珍宝，生怕他有半点闪失，连忙中止会议亲自送他到楼下。顾鹤笙站在窗边抽烟，和秦景天说的一样，负责接送刘定国的并不是军统的人，因此一时半会儿根本没办法查明叛徒的藏身之地。

沈杰韬送走刘定国正准备回办公室就看见楚惜瑶："楚医生来找景天有事？"

"我是来给他送药的，他每次都记不得来医院拿药。"楚惜瑶笑着问，"该不会耽误他工作吧？"

沈杰韬摇头表示楚惜瑶多虑了，还亲自把她带到秦景天办公室："工作固然重要但身体更要紧，下次如果你没按时去楚医生那儿复诊我可要关你禁闭。"

秦景天笑着点头："是。"

关上门后，楚惜瑶一脸紧张："你让我给你升压的药干吗？"

"给患有消渴症的人吃。"

"你疯了？！"楚惜瑶瞪大眼睛，"这种药会抑制胰岛素分泌同时恶化血糖控制，消渴症的人吃了严重时会出人命的。"

秦景天一脸平静："所以病人需要一名医生。"

楚惜瑶恍然大悟："这就是你让我按时来找你的原因？"

秦景天点点头。

"病人呢？"

秦景天示意楚惜瑶先坐下，自己点燃烟，一言不发地注视着墙上的挂钟。一个小时后沈杰韬敲门进来："刘定国突然发病，负责安保的人打电话来说他的消渴症犯了。"

"这个节骨眼儿上刘处长可不能有事，得赶紧送医院。"秦景天故作紧张道，"消渴症可大可小不能掉以轻心。"

"要能送才行，刘定国害怕共党在医院伏击他说什么都不肯去。"

秦景天一筹莫展："那怎么办？"

沈杰韬的目光移到楚惜瑶身上："总局的人让我们安排一名医生去治疗，可共党无孔不入我担心会走漏消息，思来想去最合适的人就是楚医生。"

楚惜瑶望向秦景天，已然明白他的用意："病人在什么地方，我马上去。"

沈杰韬千恩万谢："那边已经派车过来，就劳烦楚医生辛苦一趟。"

秦景天把楚惜瑶送到楼下，见四下无人低语道："无论如何保住病人的性命但要暗示他病情随时可能反复。还有在治疗的时候记下病人身边的人员配备情况。"

第六十二章　心细如尘

顾鹤笙坐在圣母教堂最后一排的长凳上听着牧师宣扬教义，他低埋着头，跟着身边的人齐声诵读《圣经》，就像一位虔诚的信徒。当教堂钟声响起时顾鹤笙按下放在《圣经》下的秒表。

1.5秒。

顾鹤笙准确记录下钟声的间隔时间，等到最后一个信徒离开顾鹤笙才抬起头，趁着没人注意，快步上到钟楼楼顶。为了彰显在天国的上帝无所不能，信徒集资修建了这座哥特式建筑风格的教堂。主塔高耸入云寓意能接近他们所信奉的神。顾鹤笙站在钟楼楼顶，透过五颜六色的玫瑰窗能俯瞰周遭。

顾鹤笙不知道这里距离上帝有多远，但他心里很确定自己现在所站立的位置距离刘定国藏身的那栋别墅直线距离有二百二十一米。

顾鹤笙考虑了所有铲除刘定国的办法，包括投毒、伏击、炸弹等等，最终都被排除。在不暴露身份的情况下杀掉刘定国唯一的办法就是远距离狙击。

拿出望远镜对准别墅的方向，在不断调节的镜片中能清楚看见青瓦小楼的顶层，四面的窗户都被窗帘遮掩，但面向教堂方向的窗帘漏了一条小缝。顾鹤笙在望远镜中看到刘定国，如同被诅咒永远不能见光的怪物，他鬼鬼祟祟地隐身在窗帘后探出半边头向外张望，然后拿了一把椅子坐到窗边看报纸。

"你打算在这里动手？"同样在一旁观察的洛离音面露难色。

"这是唯一可行的办法。"顾鹤笙点头。

"这个位置距离目标两百米开外，要一枪命中不是容易的事，如果失手恐怕再没办法铲除刘定国。"

"远距离定点射击科目考核我从来都没失过手。"顾鹤笙胸有成竹道。

"如果可以再往前推进一百米，这样成功的概率会增加很多。"洛离音指着前方一栋居民楼，"那里位置和视线都比这里要好，为什么你要把狙击位选在这里？"

"你能想到敌人同样也能想到。负责保护刘定国的人受过专业训练，以别墅为中心周围一百米内的所有高楼都被敌人提前控制。而且距离太近即便击毙刘定国也没有撤离的时间。"顾鹤笙冷静解释，"敌人将控制范围设定在一百米的距离，就是因为这是最佳的狙击距离，这也意味着敌人忽略了一百米之外的地点，这让我有充足的时间开枪后转移。"

"你打算什么时候动手？"

"明天。"

"刘定国知道自己罪大恶极一直躲在房间里，万一他不露面或者他不拉开窗帘怎么办？"

"你真以为刘定国是因为害怕才拉上窗帘？"

"难道不是？"

"他患有色盲症因此会畏光，他拉上窗帘是生理原因。刘定国每天中午饭后有看报纸的习惯，别墅朝向有三面在中午时都是正对阳光，唯独朝着教堂这个方向是背光，所以他一定会准时出现在窗口。"顾鹤笙让洛离音看别墅屋顶的彩旗，"安保人员最大的失误就是没有摘下这些彩旗。"

"彩旗？"

"有很多因素会影响远距离射击的精准度，比如测距、俯射修正和扳机扣动轻重等等，但最关键的是风偏。如果没有这些彩旗我还真没把握能一击必中。"顾鹤笙从望远镜中看着招展的彩旗，"风力3级，风速每秒3.4—5.4米，这足以让我修正出最佳的射击角度。"

"我还是认为距离太远，既然有校对风偏的参照物而且敌人没有控制一百米之外的范围，你完全可以再向前推进一些。"

"这里是最好的狙击位，其他地方或许视线更好但却没有这个。"顾鹤笙指向身后。

"钟？"

"这所教堂会在中午12点10分准时敲响钟声。"

"这跟狙杀刘定国有什么关系？"洛离音不明其意。

"刘定国并不是一名坚定的无神论者，早在他加入共产党之前他是一名天主教信徒。在前天的会议上我发现他手里拿着一串十字架手链。"

洛离音冷笑一声："他的信仰倒是变得挺快。"

"十字架代表了救赎。刘定国在叛变后一直惶惶不可终日，他拿着十字架说明又重新信奉起天主教，而教堂钟声对于信徒来说是神的召唤。刘定国为了寻求心理安慰祈求得到神的庇佑，每次教堂敲钟时他都会起身站到窗边聆听，这时的他刚好能正面出现在瞄准镜中。"顾鹤笙胜券在握道，"教堂钟声间隔是1.5秒，这意味着我有1.5秒的时间调整。第二次钟声敲响时也就是我狙杀刘定国的时间。钟声能掩盖枪声，让敌人不能在短时间确定枪声准确位置，这便于我在敌人部署包围圈之前全身而退。"

"你考虑得很周全，需要我协助你这次行动吗？"

"不需要，我有把握能单独狙杀……"

顾鹤笙说到一半停下，洛离音发现顾鹤笙神色骤然凝重："怎么了？"

"中社部是怎么知道刘定国叛变的事？"

洛离音一愣，不明白顾鹤笙怎么突然问起这件事："上海地下党截获了敌人的情报，从而知道刘定国变节并来上海指认同志。"

顾鹤笙长时间埋头不语，洛离音接连喊了他好几声才回过神。

"这事不对啊，如果上海地下党组织早就获悉刘定国叛变后出现在上海，为什么没有及时安排与之认识的同志转移呢？"

"时间仓促来不及通知同志撤离？"

"不是这样。"顾鹤笙沉思片刻后摇头，"刘定国此次到上海的消息保密得很好，除了军统站几个高层之外没人知晓。上海的同志不可能截获这个情报。"

"你想说什么？"

"有人故意将这个情报泄露给上海的地下党组织。"

洛离音一脸茫然:"能掌握这个情报的只有敌人,可问题是敌人为什么要将情报泄露呢?"

"泄密的不是军统内部的人。"

"除了军统高层之外,有谁能掌握如此机密的情报?"

"红鸠!"

"他?"洛离音更加疑惑,"你怎么会突然想到红鸠? 他这样做的目的又是什么?"

"你把整件事反推一下,中社部一旦获悉刘定国叛变的事,一定会指示我不惜一切铲除叛徒。沈杰韬想要的结果是捣毁上海地下党组织,可红鸠想要的是找出潜伏在军统的明月。红鸠知道刘定国对组织的危害性,他故意泄露情报是为了引我出来。"

"红鸠想用刘定国作饵诱捕你?!"

"不是诱捕。"顾鹤笙斩钉截铁道,"红鸠准备借此机会杀了我!"

"这只是你的凭空猜测。"

"这就是证据。"顾鹤笙蹲下身体从墙角拾起一个烟头递到洛离音面前。

"一个烟头能证明什么?"

"这里是教堂,来这里的都是虔诚的信徒,没有信众会在教堂抽烟,这会被视为亵渎。何况教堂的主塔是木质结构,在这里抽烟极有可能引发火灾。这烟头是不久前留下的,可见之前这里还出现过一名和我们一样不信奉上帝的人。"

"就凭一个烟头? 你会不会是太紧张了?"

顾鹤笙指向洛离音身后,她转过头才发现墙角还有一大堆烟头和一个干瘪的烟盒。可见有人曾经在这里长时间停留。

"我告诉过你他不是寻常的对手。红鸠是军统的王牌特工,既然我能找到刘定国的藏身之所红鸠同样也可以。同时他也能找到狙杀刘定国的最佳位置。"顾鹤笙眉头紧锁,"红鸠知道我会出现在这里,这是他为我专门设计的圈套,在我狙杀刘定国的同时红鸠也会狙杀我!"

如果顾鹤笙的猜测是正确的,那么这个红鸠让洛离音感到前所未有的害怕。可她始终无法仅凭几个烟头就认同顾鹤笙的担心,刚要开口,只见顾鹤笙疾步下楼。洛离音跟了出去,来到教堂外时看见顾鹤笙正仰头看向钟楼。

洛离音顺着他的视线望过去,在钟楼的玻璃窗外看见一条捆绑在栏杆上的丝带正迎风飘舞,位置正好就在顾鹤笙选择的狙击位上方。想起顾鹤笙之前解释过的测量风偏的方法,洛离音心中骤然一惊,当机立断道:"行动中止!"

顾鹤笙摇头。

"你明知道这是圈套还要往里跳?"洛离音心急如焚,"红鸠既然把你引到这里就说明他有把握狙杀你,你非但铲除不了叛徒还会搭上性命。"

"甄别红鸠和铲除叛徒都是上级下达的命令,我必须无条件完成,何况红鸠的存在对党组织的危害性甚至远超过刘定国。我始终没有办法找出此人,既然红鸠主动出现我不能放过这次机会。"

"你打算做什么?"

顾鹤笙望着在风中飘扬的丝带,声音和目光一样坚毅:"杀掉红鸠!"

第六十三章　将计就计

1

秦景天趴在用两张桌子拼凑的台子上，低压的帽檐刚好遮挡住脸，双手托着的毛瑟98式狙击步枪只有枪口露在窗外。一只猫跳上桌面，或许是秦景天太安静的缘故，猫蜷成一团偎依在他脸旁，摇动的尾巴刚好轻扫在秦景天脸颊上试图引来他的爱抚。可秦景天一动不动宛若一尊雕像，片刻后连猫都失去了兴致，蹿出窗外没了踪影。

在德国受训时狙击射击是秦景天最抗拒的科目，因为教官为了训练学员的耐心和意志会让他们在冰天雪地中长时间进行狙击瞄准。秦景天每次都能坚持到最后甚至还打破了德籍学员的纪录，但代价是好几次严重冻伤的手差点被截肢。

秦景天并不喜欢枪械，他认为一名间谍使用武器的时间越多说明越失败。不过狙击枪是例外，秦景天喜欢这种决胜千里之外的感觉而且简单直接。在瞄准镜中能清楚看到目标的一举一动，对方的生死都取决于自己扣动扳机的瞬间，那一刻自己宛若神一般的存在。

正如现在秦景天正目不转睛地透过瞄准镜看向对面的教堂钟楼，飘舞的丝带帮助他修正出最佳的预瞄点。接下来只需要静静等待目标的出现。

在众多狙击枪中秦景天最喜欢同时也最擅长的就是毛瑟98式狙击枪，精度高、稳定性极佳，同时杀伤力巨大。在训练中他击中目标的最远距离是三百米，而现在秦景天距离明月的狙击位只有不到一百米，在这个距离之内秦景天有绝对的把握弹无虚发。

钟楼的窗户露出一条缝，片刻后一支枪管伸了出来。一直控制呼吸节奏的秦景天立刻屏气凝神，手指轻轻贴在扳机上，瞄准镜随着目标方向轻微调整角度。钟楼上的指针还有五分钟指向12点10分。钟楼的狙击位秦景天事先勘察过，想要狙杀刘定国就必须将身体从窗口探出来，只要再等五分钟自己就能又一次成功地完成任务。

秦景天的注意力移到明月的狙击枪上，他一眼就认出那是一把苏联制造的莫辛纳甘步枪。相比于毛瑟98式而言这把枪做工粗糙笨拙。这两种狙击枪的设计几乎也是两个民族性格的缩影，德国人的严谨和苏联人的粗犷都完美地展现在狙击枪上。但一样的是这两把枪都具有很强的杀伤力。

最有趣的地方在于"二战"时莫辛纳甘与毛瑟98式在战场上一直都是两个不同阵营最致命的武器，就如同现在的秦景天和对面的明月。在秦景天的眼中明月只剩下最后五分钟的生命，现在唯一让秦景天期待的是这位潜伏在军统的对手到底是谁。

"希望不要是你。"秦景天在心中默默说道。不知从何时起秦景天已在潜移默化中把顾鹤笙当成自己为数不多能推心置腹的朋友。

可如果他就是明月……想到这里秦景天的呼吸开始变得急促，他不确定到那时自己是否能毫不犹豫地扣动扳机。

钟楼的窗户被缓缓推开，距离12点10分还有两分钟，秦景天立刻重新调整好呼吸频率，可让他诧异的是明月到现在始终没有进入射击位置。想要在远距离准确命中目标，明月需要时间来进入状态，他只有一枪的机会，可两分钟显然不够他准备。

秦景天很疑惑明月到底在等什么。还剩下一分钟时从窗户边探出的不是人脸而是一只手。在瞄准镜中秦景天清楚看见那只手比出"312"的手势。

秦景天眉头微微一皱，在心底反复念叨这个数字。他越想越觉得不对劲，直到无意间看到瞄准镜上的刻度时心中骤然一惊。

312！

狙击手确定方位是根据罗盘定位，以本体正北方向为基准0度，312

度在罗盘刻度中是指西北方位。秦景天立马掉转枪口瞄准西北方，只见瞄准镜中出现一栋居民楼，在楼顶位置有一道刺眼的光亮。

那是狙击枪瞄准镜在阳光下的反光。秦景天瞬间意识到在自己瞄准明月时还有其他人正在瞄准自己，刚才的移动正好将身体暴露在窗外。

秦景天动作敏捷，刚从桌上翻下去，楼顶的洛离音就扣动扳机。与此同时教堂钟声传来，潜藏在钟声里的枪声几乎同时响起。

洛离音认为自己击中了红鸠，毕竟在部队时她也是能百步穿杨的神枪手，可惜对方戴着帽子没看清脸。洛离音不能去查看，连忙收拾好武器撤离。

闪身到墙后的秦景天目不转睛地看着桌子，子弹穿透的位置正好是自己的射击位，如果不是自己反应够快已经被一枪毙命。秦景天大口呼吸，拿出烟时才发现自己手抖得很厉害。很显然自己的计划被明月识破，他非但没有中止行动反而将计就计，不但要铲除刘定国还要一同除掉自己。

失败被秦景天视为一种耻辱，没想到自己和明月的第一次交手居然是以完败收场。秦景天找出了明月的狙击位，而明月同样也准确找到了自己的伏击位置。秦景天用刘定国当诱饵，可没想到明月竟然用自己当诱饵。他如果有丁点失误就会死在自己枪下，这样的勇气和魄力让秦景天不由佩服。

心中余悸的秦景天突然笑了，能有一位旗鼓相当的对手也算一件幸事。从好的方面想，明月只开了一枪，说明他已经击毙了刘定国，至少他帮自己保全了叶君怡。

想到这里秦景天匍匐在地上拿出纸笔，写上几个字慢慢举到窗外。

顾鹤笙从瞄准镜中看见纸上的字：

你赢了，不过我一定会找到你的。

看见这句话顾鹤笙也笑了。自己遇到过太多的敌人，但红鸠是截然不同的。在失败后他没有表现出愤怒和挫败，反而用这种方式回敬对手，有不屈的骄傲也有败而不馁的挑衅。顾鹤笙知道这不是一个轻易能打败的对手。

秦景天又在瞄准镜中见到了那只手，其食指长短不一的在空中点击。秦景天很快明白对方在用摩斯密码。当手缩回去后秦景天译出一句话——期待见面的那一天。

秦景天和顾鹤笙都会心一笑，这是只有同类之间才会懂的浪漫。彼此都是顶级特工，作为难分伯仲的对手，除了生死相搏之外还多了一分惺惺相惜。

2

技术科从教堂狙击位的窗户外侧发现五个模糊不清的指纹，经过检测指纹中氨基酸成分不高，可以断定狙击手是男性。指纹复原时间需要一个星期。沈杰韬在得知这个情况后将指纹的事列为机密，并将此事交由秋佳宁单独负责。

刘定国虽然被击毙，但还是让上海地下党损失惨重。洛离音还沉浸在失去同志的悲伤中。

洛离音向顾鹤笙汇报了一件事。国民党海军少将魏连芳被调派台湾接收日军投降的军舰并组建舰队。他从上海中转去台湾，上海军界为他准备了一场欢庆晚宴。魏连芳痴迷戏曲所以邀请洛离音当晚演出助兴。

此次和魏连芳一同赴台的还有他的参谋长苗宇成。此人的妻子陶欣妍是医生，在重庆时刚好和楚惜瑶就职同一所医院，而且还在一个科室。据了解陶欣妍和楚惜瑶的关系不是很好，因此她来上海不会和楚惜瑶见面。

陶欣妍也是一位票友，听说洛离音要赴宴还专门送了花篮到永麟班。洛离音打算从她身上打探一下楚惜瑶和秦景天的关系。

……

秦景天立起风衣领，双手放在嘴边哈了一口气感觉暖和了些。昨天那名狙击手就是在这里向自己开的枪。

秦景天低头望向地上那串清晰可见的鞋印，脑海中还原出昨天在这里发生的画面。很快，从脚印深浅的变化秦景天推断出狙击手是一个女人，并且推测出这个女人大致的体重和身高。

正是这个发现让秦景天意识到自己的调查方向是错的。这半年来明月和自己同时执行了多次任务，好几次竟然因为双方遭遇险些导致任务失败。如果两人同属一个指挥系统不应该出现这样的情况。

可见，明月根本就不隶属于上海地下党组织，他应该是直接接受中社部的指挥，而这个神秘的女人就是明月和中社部的联络人。秦景天想到秋佳宁发现的那个女发报员，这个女人极有可能就是昨天试图狙杀自己的人。

这次的疏忽差点让自己送了命，现在回想起来秦景天依旧心有余悸，自己和明月就这么失之交臂。从明月伏击自己这件事上说明对方也知道了自己的存在，以后再想要找出明月恐怕难上加难。

秦景天当机立断决定调整调查方向，找出明月身边这个女人才是关键，就算不能从她口中获悉明月的身份至少也能切断明月和上级传递情报的通道。明月一旦被孤立他的价值将不复存在。

秦景天从楼上下来，找到楼下后巷的杂物堆。由于军统封锁了现场，这里的垃圾还未清理。秦景天全然不顾肮脏，脱下外套，徒手在垃圾里仔细翻动，直至翻开一块木头时从里面折射出点点金灿灿的光芒。

作为一名专业的狙击手在开枪后不管有没有击中目标都必须带走弹壳，因为射击时为了精准度是不能戴手套的，所以装子弹时会在弹壳上留下指纹。

秦景天戴上手套小心翼翼地拾起那抹金光，放在掌心的正是一枚弹壳，举在阳光下能清楚地看见印在上面的指纹。

昨天试图狙杀自己的那个女人想要精准射击必须稳定枪身。可这个女人忽略了一点，这个射击角度从枪膛退出来的弹壳会掉落到楼下。她要在开枪后立即撤离根本没有时间拿回弹壳。

秦景天回到军统站后径直来到技术科。

"顾处长在永麟班门口遇袭当晚，我派人送检了一支笔要求匹对上面的指纹。"

技术员翻查记录点头道："是的，不过笔上的指纹和缴获电台上的指纹匹配结果不吻合。"

不知道是直觉还是职业的敏感，秦景天在找到那枚弹壳的同时第一时间浮现在脑海中的女人就是洛离音。秦景天对军统的保密机制彻底失去信心，这次他准备自己来印证猜想。

"我要调取笔上的指纹。"

3

秦景天反锁上办公室门，找来一支铅笔将笔芯削成粉末。在金属物品上提取指纹最简单的方法就是将粉末均匀涂抹在物品表面，粉末会残留在指纹的油脂上从而清楚显现出来。

正打算进行第二步时就听见外面有人敲门，秦景天连忙收好弹壳开门，来者是内务部的人。因为近期军统站泄密情况严重，沈杰韬指示从即刻起所有电话线路必须安装窃听设备。行动处和情报处是重中之重，站长要求今天必须完成。

内务部的人提醒秦景天将打紧的东西锁好，办公室钥匙交到内务部，完事后会安排人把办公室打扫干净。

等那人关门出去，秦景天将装有弹壳的袋子锁在抽屉里，然后把抽屉钥匙单独取下来，还没来得及收拾桌子就接到谭方德的电话，让他马上赶到刘定国被杀的别墅。

刚上车秦景天就看见从站里出来的顾鹤笙："去哪儿？"

"站长突发奇想要安装窃听线路，叮叮当当在我办公室敲个不停，听着头疼。"顾鹤笙把西服外套搭在肩膀上，"看架势没有一天是弄不完的，刚好能出去躲躲清闲。"

"你要回家吗？我刚好顺路可以送你。"

"约了君怡逛街,你要没事就叫上楚医生一起,咱们还能做个伴。"

"谭处长让我去刘定国被杀的别墅。好几天没见到他了,站长一直在找他,怕是再见不到人估计又得发火。"

"你有公务先去忙,我自己开车去。"

顾鹤笙开车出了军统站,将车停在街尾,看着秦景天的车消失在马路尽头,连忙下车从后门折返回去。顾鹤笙无意中从秋佳宁口中获悉秦景天在调查洛离音的指纹。上次洛离音明明已经打消了秦景天的怀疑,现在旧事重提只有可能是这次狙杀刘定国的事让秦景天重新发现线索。

顾鹤笙回到洛离音的伏击位,反复推演了数次后顿时明白她遗留了弹壳。从楼下垃圾堆有被翻找过的痕迹,顾鹤笙推断秦景天已经获取了弹壳,只要让秦景天完成指纹匹对就能确认洛离音的身份。

顾鹤笙必须想办法弥补洛离音的失误,但要从秦景天那儿取回弹壳不是容易的事。秦景天一定会在办公室留下很多不易察觉的记号,只要有一处改变就足以引起秦景天的怀疑。因此顾鹤笙有意在沈杰韬面前旁敲侧击,最终促使沈杰韬打定主意加强内部保密机制。

内务部更换电话线路势必会破坏秦景天留在办公室的记号,这就能让秦景天没办法确定到底是有人潜入还是内务部干的。

顾鹤笙来到秦景天办公室门口,内务部正好完成房间线路更换,趁着四下无人他用事先配好的钥匙打开门。在办公桌上看见纸上那团笔芯粉末时顾鹤笙长松一口气,这说明秦景天还没有完成指纹提取。他快速记下桌上物品的摆放位置以及凳子和桌子之间的距离和角度。

等所有细节都牢记于心后顾鹤笙用工具打开抽屉的锁,没有急于拉开而是蹲到地上检查。在抽屉底部边缘粘着一张纸条,不知情的人一旦拉开抽屉纸条就会随之断裂,从而就能知道办公室被人潜入过。像这样的记号秦景天留下了太多,抽屉边缘故意放的烟丝,每一条的间距各不相同,只有秦景天清楚摆放的规律,还有抽屉与桌面结合部那根不易察觉的头发。

顾鹤笙逐一排除记号,慢慢拉开抽屉看了一眼,顾鹤笙不由倒吸一口冷气。对秦景天了解得越多越觉得这个人深藏不露，他有着和年龄完全不相符的老练谨慎。杂乱无章的抽屉和秦景天的性格截然不同，显然这是他故意为之。秦景天还将一盒火柴洒落在抽屉里，看似随意实则每根火柴的位置他都烂熟于心。

秦景天车开到一半突然掉转车头，踩下油门开回到军统站。他急匆匆上楼径直来到办公室，打开门扫视一圈大致已经知道内务部的人到过什么地方移动过什么东西。秦景天走到办公桌依次检查记号，最后打开抽屉瞟了一眼，确定里面物品的位置和自己离开的时候完全一样，这才拿出装有弹壳的袋子放在身上。

关门出去前秦景天像是想到什么，重新回到办公桌前，拿出一把尺子，蹲下身丈量了一下抽屉底部那张纸条露在外面的长度，然后下楼开车离去。

秦景天摇下车窗，阴郁的脸上渐渐泛起一丝笑意，从衣袋中拿出弹壳，看都没看就扔出车窗外。

纸条外露的长度短了0.5厘米！

有人在自己离开这段时间打开过抽屉，而抽屉中最有价值的东西就是那枚弹壳。秦景天很确定现在弹壳上的指纹已经不是最初的那枚，替换指纹的人是明月。自己在短短两天时间内竟然连续失误并且还是输给同一个对手。

秦景天非但没有愤怒反而很平静，从这两件事他对明月有了新的认识。对方同样也是一名顶级特工，无论是心智还是谋略都与自己不分伯仲。他几乎能准确无误地还原自己留下的记号，即便最终还是相差了0.5厘米，但明月的经验和记忆力已足以让秦景天佩服。

秦景天从来没像现在这般迫切地想要找出明月。已经不全然是为了任务，他很想亲眼见见这位和自己旗鼓相当的对手。

……

秦景天刚赶到别墅门口就看见谭方德开车急匆匆离开。秦景天叫住门口的队员："谭处长这是去哪儿？"

"不知道啊,刚才还在楼上和南京总局的人移交刘定国的遗物,也不知道发生了什么,突然冲下楼开车就走了。"

"谭处长留下什么话了吗?"

"没有。"

秦景天来到楼上,负责刘定国安保的人正在签收单上签字,另外一人蹲在地上拾起七零八落的纸张。秦景天瞟了一眼,纸上有用铅笔勾勒的线条,开始还是寥寥几笔越往后线条越密集,渐渐能看出一张人脸的轮廓。

"谁画的?"秦景天一怔。

"我。"回答的人身穿黑色中山装,"我被军统招募之前是美院学生。刘副处长在遇害前让我帮他完成一幅素描,画的是一个女人,前前后后修改了很多次刘副处长始终都不满意。直到案发当天我根据描述画出来的女人肖像才让刘副处长满意。"

"画像呢?!"

"谭处长刚才拿走了,他看了一眼脸色都变了,好像是认出了上面的女人。"

秦景天一听犹如五雷轰顶,冲下楼来到别墅区大门外的路口,看着交错的马路一时乱了方寸。

4

谭方德在车上看着手中那幅女人的素描画。画中的人秀丽绝俗,姿态动人,顾盼之间吴侬女子的婉约跃然纸上,双眸沉静淡然却有点点傲气呼之欲出。

谭方德放下手中画纸时,正好看见画中人撑着伞沿着街边走来。伞角提起的那刻谭方德看到了叶君怡,难以抑制的兴奋让他嘴角不由自主抽搐,张合几次的嘴中说出两个字:"精卫!"

第六十四章　迫在眉睫

沈杰韬最近养成了在办公室吃早餐的习惯，一杯牛奶加两片面包和一个鸡蛋。据说是听医生的叮嘱，有规律并且营养的早餐有助于调理他的非萎缩性胃炎。但以顾鹤笙对沈杰韬的了解，他从来都不是一个按部就班听从他人意见的人，而且不知从何时开始沈杰韬喜欢一边吃早餐一边看《电声》杂志，这是专门刊登电影明星花边新闻的八卦周刊。可沈杰韬并不是好事之徒，所以当他拿着小报津津有味地翻看时，一旁的顾鹤笙有些诧异。

"周璇被骗了你知道吗？"沈杰韬饶有兴致地问。

"哪个周璇？"

"电影皇后你怎么都不认识？"沈杰韬白了顾鹤笙一眼，将手中报纸递过去，"这女人演电影倒是不错，就是挑男人的眼光实在太差。唉，自古红颜多薄命啊。"

顾鹤笙接过报纸，上面有一则周璇与绸布商人朱怀德感情纠纷的报道。

"您什么时候开始关注这些事了？"顾鹤笙笑着问。

"那我还能关注什么？"沈杰韬舒展双臂一脸无奈，"我倒是想关注共产党，可人家硬是把家底捂得严严实实。再瞧咱们这边呢，做过什么说过什么一转头就传出去了。最近血压又上来了，医生说我要是再发火都有爆血管的可能。我也想明白了党国精英辈出，少我一个不少，还是先把身体养好，免得共产党没抓到还把自个儿赔进去。"

"站长请宽心，共党不过是一时侥幸得手。当然也有我们的疏忽，往后一定引以为戒。"

"多好的机会就这么白白错过了。明明可以指望通过刘定国将中共在上海的地下组织连根拔起，可这才刚开了头刘定国就被人给杀了。"沈杰韬心有不甘地叹口气，"看见谭方德了吗？"

"没有。"顾鹤笙眉头一皱，"您这么一说我倒是发现有好几天没看见谭处长了。"

沈杰韬拿起电话拨通谭方德办公室的号码，但电话里一直是无法接通的忙音，他叫来秘书韩思成询问："站内通讯为什么不畅通？"

"从昨晚开始就这样，派去检修的人报告说站内通信线路出现故障。昨晚大雨，设在室外的中转站短路起火，目前正在抢修，预计需要两天时间。"

"军统的通信能随随便便中断吗？"诸事不顺让沈杰韬勃然大怒，"堂堂情报机构如今又聋又哑！去，命令抢修人员，一天之内必须恢复通信否则军法从事！"

"是。"

"我也不想发火，可每天都能摊上这么多破事。"沈杰韬平抚胸口试图让自己情绪平复，对顾鹤笙说，"你去把谭方德给我叫来，要是他不在就让秦景天来。"

顾鹤笙连忙去找谭方德，在办公室外敲了半天也没人回应。他转身来到秦景天办公室，推开门时正好看见秦景天站在窗边往弹夹里装子弹。

"你昨晚没回家去哪儿了？"

"通过被抓捕的共党发现有一处他们的交通站，里面有很多他们还没来得及销毁的重要文件和资料。搜查完天都快亮了所以直接回站里了。"

"你气色不是太好。"

"应该是昨晚没休息的缘故。"秦景天装好弹夹，"找我有事？"

顾鹤笙发现秦景天在将枪放回去时没有关保险还上了膛。这非常危险，一旦手枪走火会伤到自己。可秦景天并不是大意的人，可见他是做好随时开枪的准备，只是顾鹤笙猜不出他的目标是谁。

"站长找你。"

回到沈杰韬办公室，顾鹤笙瞟见沈杰韬居然还在饶有兴致地看着那份《电声》杂志。

"谭方德呢？"沈杰韬的注意力全在报纸上，头也没抬地问道。

"没看见。"秦景天如实回答。

沈杰韬一愣，放下报纸："这些天你也没见过他？"

沈杰韬的疑惑反而让秦景天放下心，这说明谭方德在离开别墅后并未和沈杰韬有过联系。

"没有。"

"你最后一次见到他是什么时候？"

"昨天。"秦景天一五一十报告，"谭处长通知我去刘定国遇害的别墅，我赶到时谭处长刚好离开。"

"我不是安排行动处搜查共党住所，他去别墅干什么？"沈杰韬神色不悦，"谭方德有说过去什么地方吗？"

"没有。"秦景天回答，"现场的队员说谭处长拿了一张画像就出去了。"

"什么画像？"

"刘定国身边一名安保人员之前学过美术。刘定国让他根据自己的描述完成一幅女人的素描，画了很多幅始终没能让刘定国满意，直到他被枪杀当天此人完成定稿。谭处长就是看到这幅素描后马上离开。"

"精卫！"沈杰韬眼睛一亮，愁容中终于有了一丝惊喜，"刘定国见过精卫，他让安保人员画的一定是那个女人的画像。这么说谭方德是认出了画像中的女人。"

"精卫对我们至关重要，谭处长获悉这么重大的情报为什么没及时向站长汇报？"顾鹤笙一听暗暗吃惊。

"谭方德有指挥行动处进行抓捕吗？"沈杰韬追问。

"谭处长离开别墅后再没出现过，行动处也没有收到他的抓捕命令。"

沈杰韬起身来回走了几步，非但没有发火反而点头淡笑："我倒是认为谭方德在此事上处理得当。军统被渗透已无秘密可言，他如果事先汇报万一被潜伏者截获，消息很快就会泄露。谭方德秘而不宣反而能确保线索的安全。"沈杰韬点头甚为满意道，"咱们就拭目以待，看看谭方德抓回来的这个精卫到底是谁。景天,你让三组留在站上待命准备随时支援谭……"

沈杰韬话还未说完发现秦景天正埋头走神。很少见到他心不在焉的样子,沈杰韬加重声调喊了一声,秦景天才回过神。

"你今天怎么了?"沈杰韬皱眉问道。

"他昨晚通宵搜查共党住所,一宿未睡难免精神不济。"顾鹤笙在一旁帮其解释。

沈杰韬安抚道:"抓精卫是大事,你就再辛苦一下。"

"是。"秦景天挺胸答道。

这时秋佳宁敲门进来,跟在她身后的是技术科科长。

"报告,送检警察厅的指纹修复完成,因为军统站通信中断专门派人过来通知。"

"修复过程中有其他人接触过指纹吗?"沈杰韬问。

"没有。按照您的命令指纹送检后请上海驻军军部协助,调派了一个加强排负责警戒,这期间没有任何人接触过指纹。"秋佳宁冷静回答,"警察厅指纹股的人说指纹修复情况良好。"

沈杰韬将目光移到技术科科长身上:"完成对全站男性人员指纹核对需要多长时间?"

"一天之内可以完成。"

沈杰韬当即叫来韩思成:"传达我的命令,所有上海站在职人员务必在上午10点之前回站待命,从现在起军统站只进不出。"

"是。"

沈杰韬沉思片刻,拿起笔在纸上书写,然后交给秋佳宁:"把这封我的亲笔信送到上海陆军司令部参谋长冯汉臣手中,让他亲自带部队从警察厅把修复的指纹送到军统站。"

顾鹤笙在心里倒吸一口冷气,沈杰韬此举说明自己已经不在他的信任名单之中。等技术科完成核对后会发现并没有与之吻合的指纹,而唯一一个不能进行核对的就是自己,因为自己在军统的档案上是没有留下指纹的。沈杰韬不会放过任何可疑，他一定会要求自己当场核验指纹，到那时自己的身份将会被揭穿。

"我和冯参谋长不是太熟，虽说有您的亲笔信可军统从司令部调派部队属于越权，还是派一个能和那边说上话的人去吧。"秋佳宁指着顾鹤笙征询沈杰韬意见，"顾处长和冯参谋长比较熟络，要不让顾处长和我一同去？"

沈杰韬沉默片刻后点头："鹤笙，你就陪佳宁走一趟。"

两人前脚刚离开，沈杰韬就对秦景天说："跟着他们，如果他们其中有人试图接触指纹或者借故离开……"沈杰韬将最后一块面包放进嘴里，一边抖落手中面包屑一边冷声道，"出现这两种情况任何一种，你有权当场开枪击毙！"

第六十五章 红莲地狱

秋佳宁今天的心情似乎不错，一上车就低声哼着淮阳小调。顾鹤笙很珍惜这次机会，必须在指纹送到军统站之前想办法毁掉。顾鹤笙一路上心事重重地盘算该如何动手，可秋佳宁浅唱的曲调声终是让他难以静下心来。

"今天怎么这么高兴？"

"看上一枚玉手镯。"秋佳宁兴致勃勃地伸出手，腕间的白玉手镯玉质细腻，颜色柔和，泌色处雕了几朵栩栩如生的莲花，"你家在琉璃厂开古玩店，对玉器定是在行，帮我看看这物件。"

"是个宝贝。"

"你别这样敷衍啊，看都没看张嘴就来。"秋佳宁埋怨一句，摘下手镯递到顾鹤笙面前，"替我掌掌眼。"

"上等的羊脂白玉配上这雕工相得益彰。"顾鹤笙心思不在这上面，瞟了一眼后目光定格在玉镯上，"多少钱买的？"

"你这话我怎么听着不对劲啊？"秋佳宁一脸认真地问道，"难不成东西是假的？"

"东西没有错。"顾鹤笙欲言又止，"既然都买了还是留着把玩的好，但最好不要佩戴。"

"这里面有什么门道，你倒是给我说说。"

"干吗挑选雕荷花的？"

"没瞧见手镯上这串泌色莲花，从小到大形态各异，这叫步步生莲寓意吉祥如意。"

"这手镯是古器佩戴是有讲究的。莲花是佛家圣物分红白两色，白莲圣洁代表智慧和境界，'花开见佛性'中的花指的就是白莲。"

"红莲呢？"

第六十五章　红莲地狱

"红莲似火为地狱业火，堕入其中者受无尽煎熬故为红莲地狱。凡背信忘义、手足相残者将入红莲地狱受万世之劫。"顾鹤笙把手镯递回去，"看来店家也是半吊子，误把佛家警世之物错当首饰贩卖。"

"我又不信佛，就觉得挺好看的，被你这么一说我还真不敢戴了。"秋佳宁不以为然。

车停在军部后顾鹤笙拿出沈杰韬的亲笔信和冯汉臣交涉。两人本来就是老相识加之冯汉臣和沈杰韬是黄埔同期，看过信上内容后冯汉臣立刻集结了一个连队赶往警察厅。

顾鹤笙不是没有想过提前调换指纹股修复的指纹，他偷偷去过警察厅却没想到这次沈杰韬的部署滴水不漏。为了防止节外生枝沈杰韬直接动用关系调派部队来进行警戒，没有他的命令任何人根本无法靠近。

顾鹤笙把希望寄托在冯汉臣身上，可他下车刚走到警察厅门口就被冯汉臣拦住。

"顾处长留步，沈站长在信中有交代，指纹的取送过程皆由我单独完成。"

顾鹤笙最后的希望破灭，还是故作轻松道："那就有劳吴参谋长了。"

顾鹤笙回到车上，秋佳宁见他没有进去也没多问。过了一会儿，冯汉臣派士兵来通告，指纹股那边还有一些收尾的工作没处理完，大约需要一个小时，请他们先稍等片刻。

"有烟吗？"秋佳宁问。

顾鹤笙心不在焉地将烟盒递过去，从倒车镜里看着警察厅大门心乱如麻。

秋佳宁点燃烟默默吸了几口，幽幽道："我救过你的命，你还没报答我呢。"

顾鹤笙不明白秋佳宁怎么会突然提起这件事："你想我怎么报答？"

"想吃仙豆糕。"

"回头我买给你。"

"现在就想吃。"秋佳宁在缭绕的烟雾中笑言，"我就不逼你以身相许了。海格路有一家专门卖仙豆糕的店，你去帮我买一袋，救命之恩就算你还了。"

"现在？"

"对，就是现在。"

顾鹤笙发现秋佳宁不像是在和自己开玩笑："海格路很远的。"

"你可以开车去，反正冯汉臣还要一个小时才能拿到指纹。"秋佳宁说完下了车，好像突然非吃到仙豆糕不可，"咱们认识十年了，这还是我头一次请你为我办件事，你该不会拒绝吧？"

顾鹤笙找不到推脱的理由，只能发动汽车去给她买。

"我常光顾那家店，还办了一张优惠卡，你要是到了海格路找不到的话，卡上有地址。"秋佳宁把自己的手包放在副驾驶位上，看了顾鹤笙一眼，"买不到不准回来。"

顾鹤笙开车离去，跟在远处的秦景天发现顾鹤笙单独驾车驶向军统站相反的方向，眉头微微一皱开车跟了上去。

到了海格路，顾鹤笙转了两圈也没看到秋佳宁说的那家卖仙豆糕的店铺。他打开秋佳宁手包准备找优惠卡时突然怔住，里面根本没有优惠卡，只有厚厚一卷美金和那枚红莲手镯。

顾鹤笙瞬间明白了什么，自己向秋佳宁解释过红莲的含义，背信忘义、手足相残者将堕入红莲地狱。自己是一名潜伏者，对于秋佳宁来说自己一直在做的都是背叛、利用甚至加害身边的人，一旦自己身份暴露落入军统之手无疑如坠红莲地狱。

秋佳宁其实早就知道红莲的含义，她故意留在手包里就是想提醒自己离开。她要求沈杰韬让自己陪她出来，是在为自己争取逃离的机会，甚至还为自己准备好了潜逃的资金。

"买不到不准回来！"

这里根本没有仙豆糕店，秋佳宁说的最后一句话其实是在暗示自己再也不要回去。秋佳宁已经在怀疑自己的身份，但她选择了放自己走。

顾鹤笙看着手包中的美金和红莲手镯陷入沉思，一旦指纹被送回军统站自己的身份无疑会暴露，或许已经到了撤离的时候。

秦景天在不远处看着车上一动不动的顾鹤笙，手伸进风衣握住枪。如果顾鹤笙不掉转车头而是继续往前开他会毫不犹豫开枪，只是秦景天还没想好这一枪到底是要一枪毙命还是故意失手打偏。

……

秋佳宁失魂落魄地呆坐在警察厅门口的台阶上，手里捧着顾鹤笙留下的烟盒，放在鼻尖，好像能闻到他的味道。她看了一眼手表，顾鹤笙已经离开四十多分钟，接着将视线移到街口，目光中尽是不舍。

砰！

微弱的枪声从很远的地方传来，秋佳宁心绪不宁地点燃一支烟，神色落寞地吸了一口。腾起的烟雾慢慢消散就如同那个让自己刻骨铭心的男人，任凭自己如何努力却始终无法留住他。

秋佳宁脑子里全是曾经和顾鹤笙相处的回忆，直到烟烫到手指才断了思绪，起身时看见冯汉臣提着公文包从警察厅出来。

"顾处长呢？"冯汉臣张望一圈问道。

"他有事离开了。"

"需要等他吗？"

"不用。"秋佳宁再次回头看向街口，"他不会回来了。"

冯汉臣没听懂秋佳宁的话外之音："那咱们先回军统站等顾处长。"

冯汉臣为秋佳宁拉开车门时一辆车停在了旁边。秋佳宁不知所措地看着车内那张熟悉的脸。

"对不起，没找到你说的那家店。我找了一路才在其他地方给你买到，刚巧遇到警察追捕逃犯还开了枪所以耽搁了些时间。"顾鹤笙把还散发着热气的仙豆糕递到秋佳宁面前，"尝尝，合不合你口味？"

"秋处长还说你不会回来了。"冯汉臣在一旁说。

顾鹤笙调侃道："你也对我太没信心了吧，该不会认为我连一袋仙豆糕都买不回来？"

秋佳宁的视线在仙豆糕和顾鹤笙之间来回移动，嘴唇嚅动半天晦暗不明地问道："你要回军统站吗？"

顾鹤笙一语双关："我的战场、战友和朋友都在那里，我想不出不回去的理由。"

第六十六章　深渊薄冰

沈杰韬从抽屉最下层拿出一把PPK手枪，磨损很严重但保养得却很好。这把枪跟了沈杰韬多年，从最初的防身武器变成缅怀过往的纪念，到如今这个位置他已经不需要再亲自舞枪弄棒。

不碰枪不代表沈杰韬忘了怎么用枪，握住PPK时他依旧是那个曾经喋血上海滩被日本人高价悬赏人头的军统特工。PPK在沈杰韬手中被熟练地拆解开后井然有序地摆放在办公桌上。他用棉布仔细擦拭一遍后再逐一均匀抹上枪油。

沈杰韬的沉静与办公室内其他面色紧张专注的人形成鲜明对比，为了防止再节外生枝，沈杰韬命令技术科的人就在自己办公室完成指纹比对。偌大的房间内堆满全站在职人员的档案，技术科的人正有条不紊地依次核对。

门口两名荷枪实弹的士兵是冯汉臣带来的人，在他送来指纹后沈杰韬让其帮忙进行隔离警戒。沈杰韬抬头扫视房间中的人，阴鸷的目光让他看上去像一尊令人望而生畏的罗刹。

刘定国死后沈杰韬重新分析过案情，问题一定就出在上海站内部。知晓刘定国秘密抵沪的人除了自己一共有四人——谭方德、秋佳宁、顾鹤笙以及秦景天。

现在沈杰韬已经大致可以确定，那名让自己寝食难安的潜伏者就在这四人之中。

在教堂发现的指纹属于男性由此可以排除秋佳宁，剩下的三人中秦景天的嫌疑最小。这名共党能深度潜伏说明此人加入军统的时间不短，在时间上秦景天不符合条件，剩下的就只有谭方德和顾鹤笙。

想到这里沈杰韬拿起电话发现通信还是没有恢复，叫来韩思成："谭方德回来了吗?"

"没有。"韩思成将一份统计名单送到沈杰韬面前,"下达您的命令后全站所有人员都在规定时间返回站内,只有谭处长一直联系不上。"

沈杰韬若有所思地点头。

秋佳宁望着桌上那袋渐渐冷掉的仙豆糕出神,顾鹤笙回来让她又惊又喜。秋佳宁怀疑顾鹤笙完全是出于直觉。这么多年的相处,秋佳宁始终感觉顾鹤笙身上有一些猜不透的东西,至于到底是什么,秋佳宁也说不清。但可以肯定他和自己熟知的军统的人有明显的不同,他能奋不顾身不问生死地去执行任务却不是为了换来平步青云的机会,他人前风流倜傥玩世不恭可又始终把握着分寸。

不在乎名利看似轻浮却又干净纯粹,这让秋佳宁一直在问自己一个问题,顾鹤笙到底想要的是什么。问得多了秋佳宁渐渐开始后怕,自己心里早就有了答案只是不敢去印证。

顾鹤笙能回来就是最好的答案。不过秋佳宁同样坚信狙杀刘定国的是军统内部的人,既然不是顾鹤笙那这个人到底是谁?

……

顾鹤笙装好最后一颗子弹,这是他准备的第三个弹夹,然后抬头瞭了一眼挂钟,推算在沈杰韬办公室进行的指纹比对就要结束。如果沈杰韬得到无一吻合的结果一定会来找自己要求当场核对。等沈杰韬出现在这里自己的潜伏任务也随之结束。

顾鹤笙其实一直都在等这一天的到来,只是没想到真要去面对时并不能做到泰山崩于前而色不变。他再次擦干净手心渗出的汗水,自己回来并不是心存侥幸,上级没有下达中止潜伏命令之前自己擅自撤离和逃兵无异。往好的方面想,也许沈杰韬在比对完指纹后不会想到自己,虽然这种可能微乎其微,顾鹤笙还是想赌一把。

当然,顾鹤笙也做好了最坏的打算,如果事情发展到无可转机的地步,这里将会是自己最后战斗的地方。顾鹤笙将尽一切可能击毙沈杰韬,然后在打光子弹之前将最后一颗留给自己。

唯一的遗憾是没有机会和洛离音告别。在得知自己牺牲的消息后她一定会很难过，希望她能坚持走完这段黎明前最后的黑暗，只是自己无法兑现和她一同迎接胜利的承诺。

顾鹤笙最后一次检查手枪，在等待最后时刻来临前还有一件事需要解决。沙发上传来均匀的呼吸声，顾鹤笙看了一眼躺在上面盖着军用毯睡着的秦景天，可能是太疲倦的缘故他睡得很沉。秦景天的办公室没有沙发所以跑到自己这里来休息。

"起来了。"顾鹤笙摇醒他。

秦景天睡眼惺忪地起身，看了一眼挂钟又倒下去："让我再睡一会儿。"

"我也困了，你还是回自己办公室去睡吧。"

过会儿这里会发生枪战，顾鹤笙不想秦景天被牵扯进来。他是军统也是自己的敌人，但顾鹤笙更多的还是把他当成朋友。

"我回去站着睡吗？"秦景天赖着不起，身体往里挪了挪腾出巴掌大点儿的空位，"要不咱们将就挤挤？"

顾鹤笙刚想把秦景天从沙发上拉起来，办公室的门被推开了，和沈杰韬一同进来的还有严阵以待的士兵。秦景天连忙起身，而一旁的顾鹤笙将手插进裤兜握紧手枪。

"指纹比对结束了。"

顾鹤笙的视线落在沈杰韬低垂的手上。沈杰韬是念旧的人，即便如今身居高位，可他用过的这把 PPK 手枪一直舍不得更换。只是上次见他拿枪还是很久之前的事。

"有吻合的人吗？"顾鹤笙镇定地问。

"有。"沈杰韬的情绪有些激动。

这个回答让顾鹤笙一愣，指纹比对是不可能有结果的："是谁？"

"谭方德！"

第六十七章　不寒而栗

魏连芳此次赴台前先回宁波老家祭祖。日军侵华之初魏连芳参加过虎门海战。在仅有的两艘主力舰被日军击沉后，魏连芳视死如归在日军射程范围内打出旗语，为虎门要塞火炮标示敌舰坐标。最终扭转战局成功击中日军旗舰"夕张"号迫使日军放弃登陆计划。

虎门海战一役奠定了魏连芳在海军的威望，也凭借此功一路平步青云到如今官拜海军中将。

在宁波，为魏连芳举行的欢庆会盛大而隆重。洛离音在台上一曲《穆桂英挂帅》，唱腔优美圆润，一唱三叹不疾不徐。唱罢台下众人掌声雷动。

洛离音到后台卸妆，魏连芳亲自送来花篮，上写"蔚成宗派"四字。

"魏司令抬爱了，离音师承朱文秋不过只习得皮毛。恩师尚不敢言开宗，离音又岂能担得起这四字。"洛离音知书达理道。

"洛老板徽汉合流有当年旦角状元赫小香遗风，虽师承朱文秋却不拘于流派风格，早就融大家之长于一身。"魏连芳一生戎马，生性豪爽，"洛老板不必自谦，这四字我已命人装裱成匾送到永麟班，我说洛老板配得上就没人敢说不。"

"听闻魏司令也是个中高手，不知何时有幸能听您一曲？"

"想唱，是真想唱啊，年轻时得空就会扮上唱几出。自然比不得洛老板的唱功，可就是心痒难耐不唱就不得劲。唱得最多的是《长坂坡》。"魏连芳一拍大腿来了兴致，张口就来了一段，"席卷荆襄建奇勋，望风来归顺。独力扶乾坤，用兵机，券必胜……"

京剧的基本功，唱、念、做、打，魏连芳做得有板有眼，声色洪亮风格粗犷，一看便知绝非寻常玩票之人。洛离音拿起旁边的三弦为其伴奏，魏连芳更是兴致大增，唱到曲终仍有意犹未尽之感。

"献丑了，献丑了，一时没忍住在洛老板面前班门弄斧。"

"魏司令真是深藏不露，就您这唱功要是真扮上白脸曹操，到永麟班台上唱一段早晚也是一位角儿。"

魏连芳一听朗声大笑："只叹造化弄人，我本想入梨园却不承想一生戎马。"

"早知道今晚压轴戏就该请您上台一展风采。"

魏连芳一脸惋惜："起初我也是这么想的。洛老板赏脸，我一介武夫感激不尽，能与洛老板同台是魏某三生有幸。可后来夫人劝说才打消了念头。"

"哦？"洛离音笑问，"可是有不便之处？"

"身不由己。"魏连芳摇头叹息，"如今我也算是一军之将，台上玩票有失军威。将不严则兵散，魏某不能因个人兴致败了军心，也就只能在后台当着洛老板的面过过戏瘾。"

"若是日后司令途经上海定要派人告知，离音愿为司令献唱。"

"洛老板此番心意魏某铭记于心，只是恐怕日后没有机会了。"

"司令以后不来上海？"

"实不相瞒，魏某此次赴台恐难回故土，所以才在临行前回乡祭祖，也不知此生是否有幸再睹洛老板台上风采。"

"司令高升本是光宗耀祖的喜事，怎么从司令口中说出来却有背井离乡之憾？"

"此事本是机密按说不该外泄，可我与洛老板互为知已就坦言相告。如今国共内战迫在眉睫，政府虽做好万全准备一举平定内乱，可凡事都该未雨绸缪因此命我赴台筹建舰队，一来可协助国军第一舰队封锁共军海运；二来是战事一旦吃紧，台湾隔海相望有天然的屏障能⋯⋯"魏连芳说到这里收声中断话题，"难得有幸见到洛老板聊国事大煞风景，还是不提为好。"

洛离音也不追问，可心中大致已能猜到，国民党已经做好最坏的打算，一旦战败会退守台湾苟延残喘。让魏连芳赴台筹建舰队是为防止共产党攻台。没想到今晚竟有意外收获,如此重要的情报必须尽快向上级汇报。

片刻后,副官前来禀告酒会已经开始请魏连芳出席致辞。魏连芳起身告辞,约在酒会上再继续攀谈。洛离音换好衣服来到大厅,目光在推杯换盏的军队高官和翩翩起舞的男女中搜索。

忽然肩膀被人轻拍了一下,洛离音转过身看见一位穿高衩旗袍,颇有气质的女人。

"您是洛离音?"女人不太确定地问。

"正是。"洛离音不失礼貌地回以微笑,"请问您是?"

"哎呀!"女人兴奋不已拍了一下手,"真是洛老板,一直都看您在台上的扮相没想到真人这么漂亮。"

"客气。"洛离音还是不知道对方是谁,"我们认识?"

"我给您送过花篮,哎,给您送花篮的人多了去了,估计您也不会记得。"女人落落大方道,"我叫陶欣妍。"

洛离音一直在找的人正是她,连忙笑言道:"陶夫人送的花篮离音岂能不记得。"

"你真记得我啊?"陶欣妍一听心花怒放。

"苗参谋长是党国栋梁,陶夫人又是悬壶救世的名医,二位伉俪郎才女貌人中龙凤,离音若是不记得岂不是有眼无珠。"

"角就是角,这说得和唱得一样好听。"陶欣妍话一出口连忙轻拍嘴,"我这人口直心快,说错话洛老板千万不要往心里去。这不是见到您太高兴,一时都不知道该说什么好。"

"陶夫人见外了。"洛离音和颜悦色道,"下次夫人和苗长官想听戏提前知会一声,我给二位留好上座。"

"上海沦陷之前我可是永麟班的常客,只要得空必去听洛老板的戏。可后来日本人占领上海我就去了重庆,这一走就是八年。好不容易赶走了日本人本寻思着又能听洛老板唱戏,谁承想这次听后下次再睹洛老板风采不知又要等多少年。"

"苗长官高升陶夫人妻凭夫贵羡煞旁人,此次赴台可养尊处优好不逍遥快活,怎么在陶夫人口中如此不堪?"

"回不来了。"陶欣妍一时高兴口无遮拦道,"南京打算提前经营台湾,和共产党打仗若是赢了派去台湾的人继续留守,倘若万一败了也就不用回来了。鸟不拉屎的地方谁想去受罪。"

"离音就是一个戏子对国事一窍不通,如若真如陶夫人所言那今晚就是你我最后一次见面了。"

"可不是,我本来不想凑这个热闹,但听说您要来说什么都要见上一面。"陶欣妍说完招呼拍照的人,站到洛离音身边,"想和洛老板合个影,日后即便见不到看看照片也好。"

洛离音笑着点头配合陶欣妍拍完照片。

"回头给我多冲洗两张。"陶欣妍大大咧咧地对拍照的人说,"一张送到永麟班给洛老板,其余的我要好好保存。"

洛离音开始切入正题:"陶夫人赴台的时间定了吗?"

"后天就走。"

"亲朋好友都要一一见个面,可时间又这么紧,想来陶夫人一定很忙吧。"

"我们都是重庆人,临行前已经和相熟的朋友告过别了。"

"陶夫人在上海没有朋友?"

"没有。"

"我听说楚医生和陶夫人在重庆是一个科室的同事,陶夫人到上海没和楚医生聚聚?"

"楚医生?"陶欣妍一脸茫然,"哪个楚医生?"

"楚惜瑶。"

陶欣然终于想起来:"哦,你是说她啊。是的,我们在重庆部队医院共过事但关系并不好。洛老板认识她?"

"谈不上认识,不过楚医生的男朋友我倒是有一面之缘。"

"这丫头有男朋友呢?"陶欣妍显得有些吃惊。

第六十七章 不寒而栗

"男大当婚,女大当嫁,楚医生也到了谈婚论嫁的年龄,怎么陶夫人如此惊讶?"

"楚惜瑶在重庆时有一个男朋友,而且两人感情似乎很好,不过据我所知她男朋友不在上海啊。"

洛离音拿出一张照片递到陶欣妍面前:"可是这个人?"

照片上是秦景天,陶欣妍看了半天点头:"对,就是他。楚惜瑶仗着家里有钱有势在医院强势得很。我就不明白有一个当地痞流氓的爹有什么了不起的。不过吧,她挑男人的眼光是真没的说,当时院里小护士见到她男朋友照片都羡慕得紧。"

"听说秦景天在重庆时还受过伤就住在你们医院,是楚医生亲自为他医治的吗?"

"医院每天进进出出那么多病人谁还能记得住啊。再说那也是好多年前的事,医院的病历档案都在日军轰炸中烧毁了……"陶欣妍忽然眉头一皱,指着照片问,"你刚才说他叫什么?"

"秦景天。"

"秦景天……"陶欣妍在嘴里重复了一遍,满脸疑色道,"不对,他不是叫这个名字。"

"他不叫秦景天?"洛离音一愣。

"让我想想。"陶欣妍回想了良久,眼睛一亮,"风宸! 对,就叫风宸。楚惜瑶没事就拿出他的照片显摆,有一次我问过她男朋友的名字,她说是叫风宸。"

洛离音心中暗暗一惊,秦景天这个名字是假的,可他又是如何通过军统审查的呢?

"他是洛老板朋友?"陶欣妍问。

洛离音心不在焉:"算不上,前后没见过几次。"

"他是一名间谍。"陶欣妍小声道。

洛离音更加诧异,按照秦景天所说的时间线,他在重庆和楚惜瑶相识时还没加入军统。

"陶夫人怎么知道他是间谍？"

"楚惜瑶自己说的啊。这男的穿军装真的英俊不凡，难怪连楚惜瑶眼光这么高的人都为之神魂颠倒。"

"穿军装不一定就是间谍。"

"楚惜瑶的照片上他穿的不是国军的军装。"

"那他穿什么军装？"

"德军的。"

洛离音的嘴微微张开。

"楚惜瑶有这个男人的钱包，里面有一张德文证件，证件照上他穿着德军的军装。楚惜瑶说是德国军事谍报局的证件，我又看不懂德文也不知道是不是她吹牛……"陶欣妍说到一半就看见洛离音头也不回地急匆匆往外跑，"洛老板，洛老板，你这是去哪儿啊？我还没说完呢。"

德国、军事谍报局、间谍、风宸！

当洛离音把这些关键词重新组合在一起后，瞬间得到一个令她不寒而栗的答案——秦景天就是红鸠！

第六十八章　指鹿为马

沈杰韬已经足足沉默了半个多小时，他不说话，办公室的其他人也不敢发声。对于指纹比对结果房间里每个人都有不同的反应，秋佳宁是高兴，终于排除了顾鹤笙的嫌疑；沈杰韬是震惊，被自己视为左膀右臂的人竟然有不为人知的一面；顾鹤笙是诧异，谁调换了指纹？做这件事的人目的又是什么？

至于秦景天不合时宜地打着哈欠，似乎现在没有什么比能让他安安稳稳睡一觉更重要的事。

"报告。"韩思成敲门进来在沈杰韬耳边低语，"还是没有谭处长的消息。"

"明修栈道暗度陈仓……"沈杰韬意味深长地喃喃自语，目光扫视办公室的人，"你们说谭方德会去哪儿？"

秋佳宁率先开口："谭方德是在指纹送检后从军统站离开的，如果他就是狙击手在得知自己身份即将暴露的情况下当然是选择逃逸。"

"这不是小事，下判断之前要保持客观态度。我知道你对谭方德有个人成见，你不能把主观好恶带到工作中。"沈杰韬严肃道。

"我主观还是客观并不重要，铁证如山就放在您面前。"秋佳宁据理力争，"谭方德很显然就是那名潜伏者，您是不肯相信这个事实还是说您不愿意接受？"

沈杰韬无言以对，沉默片刻后看向顾鹤笙："你呢，你对此事如何看？"

顾鹤笙回道："虽说指纹比对结果对谭处长不利，但在没找到他之前我认为还是谨慎些好。"

"能找到才行。"秋佳宁性子急，"我要是谭方德现在早就离开上海了。"

"景天。"

"啊。"秦景天正在揉鼻梁,看到沈杰韬征询意见的目光说道,"我认为顾处长说得对。谭处长在工作上向来尽职尽责而且他手上可没少沾共产党的血,如若说他是潜伏者我还真有些不敢相信。"

"你这是一叶遮目,军统里谁手上没共产党的血。谭方德杀共产党不代表他就不是共产党,这也是他掩饰身份的一种方式。"秋佳宁见秦景天回答模棱两可没好气道,"难不成只有谭方德站在你们面前说自己是共产党你们才肯相信?站长让我客观判断问题,我怎么发现这个办公室里除了我没有一个是客观的。"

"事出突然所以才要慎重。咱们现在是讨论问题当然要各抒己见。"顾鹤笙劝秋佳宁平静些,转头看向沈杰韬,"站长,说到客观我有件关于谭处长的事不知当不当讲?"

"都什么时候了,藏着掖着的东西都摆到台面上来。"

"宋林忠上次被杀一案,我看过现场勘察报告,其中有一处指出宋林忠在遇袭前曾和对方有过短暂的交谈。谭处长也提出宋林忠和袭击者相互是认识的。现在回想此事有些地方值得推敲。首先宋林忠是谭处长安插的暗线后来才交给陈处长,宋林忠是认识谭处长的而且两人关系密切。宋林忠在遇袭第二天谭处长就出现在上海这会不会太巧合了?"

沈杰韬眉尾一挑:"你是说当晚宋林忠见到的人是谭方德?"

"我是这样想的,首先对于李江平就是凶手一事相信站长到现在都保留意见。宋林忠是老军统而且经验丰富,突然被陌生人拦住去路会在第一时间做出应对,那么交火的第一现场应该在李江平和宋林忠见面的地方。能让宋林忠放下戒备势必是一个他极为熟悉的人。到后来宋林忠发现可疑并拿出证件,此举是在暗示袭击他的是军统的人。"顾鹤笙一边分析一边说,"案发后谭处长负责现场勘查,他有充裕的时间和机会掩饰自己在现场遗留的痕迹。同时很快李江平就暴露,像是有人故意引我们发现李江平。如果,我是说如果,万一谭处长真是那名潜伏者,那就能顺理成章解释这件事中所有的疑点。"

"宋林忠是谭方德安插的人,他干吗又要回头杀掉宋林忠呢?"沈杰韬提出异议。

"这取决于宋林忠对共产党渗透的深度。宋林忠的确是打入了地下党内部,可仔细回想宋林忠并未向军统提供过价值重大的情报,这个人的存在可以说无足轻重。但在陈处长接手宋林忠后他的渗透显然取得重大突破。万一宋林忠只是谭处长潜伏的一步棋,那么这枚棋子已在他手中失去了监控,甚至还有可能危及他的身份,所以谭处长才会铤而走险铲除宋林忠。"

"谭处长真正的目标或许不是宋林忠。"秦景天语出惊人。

沈杰韬看向他:"是谁?"

"陈处长。"

其他人也不约而同看向秦景天。

"陈处长遇害当晚,我在安全屋发现陈处长亲自做了晚餐。我可以肯定陈处长准备了至少四人的分量,但餐桌上只有两副餐具,也就是说在我达到之前安全屋还有其他人。"秦景天神色淡定,"我在听到敲门声后是准备询问确定来人身份的,可陈处长让我直接开门从而才有了后面发生的惨剧。如今细想陈处长是知道来人是谁并且没有丝毫防范。"

"这么重要的情况为什么你在事后没有上报?"沈杰韬生气道。

"事后以为来人是李江平所以没有将此事放在心上,现在回想起来怕是另有玄机。按说李江平不该知道安全屋的确切地址,陈处长也不会为他准备晚餐。当时在房间内与陈处长一同审讯姜正的应该另有其人,在我到达之前此人离开。我推测是姜正变节后透露了重要情报,从而迫使此人杀陈处长灭口。"

沈杰韬眉头紧皱:"谭方德?!"

"谭方德是陈处长的老师,他自然不会对谭方德有任何提防。谭方德在获悉姜正叛变后通知李江平负责刺杀,陈乔礼以为来人是谭方德因而疏于防范。可李江平没想到我也在安全屋,所以在我开门后仓促开枪。枪声惊动陈处长随即两人展开交火结果两败俱伤。"秦景天继续分析,"李江平的死无形中掩护了幕后主使的谭方德。"

如果说沈杰韬之前对谭方德是潜伏者尚有一丝质疑的话，如今这份坚持已经所剩无几。

"还有一件事兴许也和谭处长有关。"顾鹤笙见缝插针，"鸢尾花计划保密程度如此之高按说不该被轻易泄露，而周寿亭带着潜伏名单回南京后不久便被共产党截获。周寿亭再大意也不敢在此事上儿戏，我到现在依旧对名单失窃一事百思不得其解。如果名单不是在周寿亭手中泄露的呢？知晓名单的人算上站长一共只有三人，您和周寿亭都被排除的话剩下的就只有他。"

"谭方德！"沈杰韬倒吸一口冷气。

"他参与了鸢尾花计划的全程训练，三批潜伏者的名单相信他比谁都要清楚。名单在南京泄露或许也是他计划中的一部分，由此一来可将泄密的过失推卸到周寿亭身上。我怀疑鸢尾花计划恐怕早就被共党掌握，之所以秘而不宣没有及时采取行动就是等着周寿亭回南京从而掩护真正泄密者的身份。"

"报告。"

"进来。"

"对谭处长住所的搜查已经完成，在地下暗格里发现枪匣，经过比对证实是用来装毛瑟98式步枪。"便衣一五一十汇报，"另外谭处长在银行的存款在三天前被提走，衣橱中少了几件衣服，怀疑谭处长已经离开上海了。"

沈杰韬的表情越发阴沉："还有什么发现？"

"南京总局派来负责刘定国安保的人反映其中有一名队员失踪，今天早上警察发现此人的尸体，身上有多处刀伤均刺在要害。在现场发现凶手鞋印，经过核对证实与谭处长鞋印吻合。"

"什么时候的事？"沈杰韬追问。

"法医鉴定死者死亡时间是在两天前。"

"也就是说两天前谭方德还在上海。"沈杰韬愁眉不展道，"他为什么要杀一名安保人员？"

这时秘书送来早餐和一份《电声》杂志。沈杰韬毫无食欲却直接拿起报纸，脸被遮掩在报纸后面看不见其表情。

秦景天像是想到什么，向便衣问："被杀的安保人员可是为刘定国画过画？"

"是的，那边证实遇害的人在刘定国被杀之前画过素描。"

秋佳宁接话："事情很清楚了，刘定国死后唯一能复原精卫模样的只有这个安保人员。谭方德为了防止他泄露精卫的外貌因此将其灭口。"

"谭方德根本不是在追捕精卫，他是在第一时间通知精卫转移并想方设法确保其安全。"顾鹤笙火上浇油，"站长，必须立刻采取行动。"

好半天没听到沈杰韬的回复，等他放下报纸时神色中多了一抹令人看不透的深邃。

"通缉谭方德，如负隅顽抗可击毙。"沈杰韬似乎突然对此事失去了兴致，"让你们在站里熬了两天相信都累了，回去好好休息一下。"

沈杰韬单独留下顾鹤笙。

"您还有什么吩咐？"

"咱们好久没静下心聊聊了。谭方德身份暴露我心头这根刺总算是拔掉了。"沈杰韬拿起报纸起身，"陪我出去走走，有些话我想对你说。"

顾鹤笙点头，对于沈杰韬突然转变的态度有些茫然，他实在想不出现在还有什么比抓一名潜伏者更重要的事。

第六十九章 最后的考验

沈杰韬打了一个电话后叫上在门口等候的顾鹤笙上车。在车上顾鹤笙的余光已经是第三次瞟向那份《电声》杂志，这份报纸的出现和突然对谭方德失去关注的沈杰韬一样反常。

沈杰韬挑选了一家粤菜酒楼兴致勃勃地吃早茶。点上桌的有蒸凤爪、肠粉和豆豉排骨，沈杰韬还专门为顾鹤笙要了两笼虾饺。

"站长，可是有什么话在站上说不方便？"顾鹤笙一边斟茶一边试探。

"你我是从死人堆爬出来的，共过患难也经过生死，本该与你肝胆相照坦诚相见……"沈杰韬拦住顾鹤笙的手，反而亲自给他倒上一杯茶，"我有愧于你。"

"您今儿这是怎么了？"顾鹤笙有些不知所措。

"我在上海的日子应该不多了。"

"我听到风声，周寿亭落马之后总局打算将您调回南京。"顾鹤笙笑着说，"您这是高升，大喜的事啊。"

"南京总局在半个月前给我发过一份密电，电文内容是打算升任你为上海站副站长。南京方面想听听我的意见。"沈杰韬一脸歉意道，"我到现在都没回复南京，你升职的事因此一直搁置到现在。"

"哎，我还当是什么大事。"顾鹤笙不以为然道，"您这么安排肯定有您的原因。"

"是有原因。"沈杰韬停顿了少许后直言不讳，"我怀疑过你是共产党，还让谭方德私下调查过你。"

顾鹤笙故作震惊，瞪大眼睛满脸委屈："我身上有多少处为党国留的伤疤您应该很清楚，我把命都交给了党国您竟然怀疑我是共产党？"

第六十九章 最后的考验

"抗日那会儿我们是共赴国难的兄弟，即便是现在这一点从来没有改变过。坐到我现在这个位置，我眼里不能只有兄弟情我要对党国负责。怀疑你对我来说是件很艰难的事，就个人而言我坚信你是值得信任的手足，可从军统站站长的角度我必须摒弃所有个人情感才能做出正确判断。我是代表军统乃至党国怀疑你，我甚至都不需要向你解释更不需要有任何歉意。"沈杰韬语重心长道，"但对你我做不到一视同仁，所以才把你带到这里坦白。你有委屈有怨言全可以发泄出来。首先我向你诚挚地道歉，作为共过生死的弟兄我不该质疑你对党国的忠诚。"

顾鹤笙渐渐平复情绪："您做得对，防患于未然是必要的，何况我的身份还是情报处处长，要是我身上出了问题后果不堪设想。"

"往好的方面想虽有美中不足，但至少我们清除了上海站最大的隐患之一。"

"之一？"顾鹤笙不解，"还有其他隐患？"

沈杰韬点到即止："知道我是从什么时候开始怀疑你的吗？"

"这个问题我一直想问。您为什么会认为我是共产党呢？"

沈杰韬开诚布公道："陈乔礼在遇害之前向我提供过一份内部调查报告，他一直在秘密调查全站工作人员的背景，这是我单独授权给他的一项命令。在报告中你的风险指数极高，被陈乔礼列为重点排查对象。"

"理由是什么？"

"你在军统的档案无法考证，特别是你在中山大学就读前的履历完全是空白。那段时间刚好是一个人信仰形成的关键时刻，陈乔礼因此怀疑你的过去有问题。"

"无论是对公还是对私，关于我过去的一切我都向您汇报过。"

"军统是一个只相信事实和证据的地方，陈乔礼完全没有针对你的意思，他的为人你应该很清楚。陈乔礼就事论事，你身上的确有很多不清不楚的地方，所以我同意了他对你的调查。"沈杰韬将虾饺推到顾鹤笙面前，"陈乔礼还提到了一点，你在中山大学就读期间往来的人员复杂。"

"中山大学创办的时候刚好是国共合作时期，大学招生不局限于国民党,所以同学里也有共产党。当时谁会想到国共关系会演变到如今这个地步。"

"据悉你和康斯年关系很好。"沈杰韬单刀直入。

"我和他同一个寝室。"顾鹤笙愤愤不平道,"蒋公子私下也和他关系匪浅,难不成也要给蒋公子扣上通共的帽子?"

"你是军统如今又是情报处处长,将来还是军统甲级站站长,你的身份太特殊不得不谨慎。何况康斯年又是中共中社部反谍科负责人,你们两个有私交让人诟病也无可厚非。"

顾鹤笙无奈道:"是不是要我亲手抓了康斯年才说得清?"

"那倒不用。"沈杰韬夹起一块豆豉排骨,"你这位老同学死了。"

顾鹤笙故作吃惊:"什么时候的事?"

"有一段时间了,我一直没告诉你。国共关系每况愈下,中共在延安的重要机关开始转移,天津站在延安的一个谍报小组在反谍科运送重要文件的途中设伏。行动不算成功但小有收获,咱们的老对手康斯年当场被击杀。"

顾鹤笙毫不掩饰自己的悲伤。

"很难过?"沈杰韬问。

"我与他虽政见不同但终究有同窗之谊,人都死了何必再计较是是非非。"顾鹤笙当着沈杰韬的面洒洒缅怀。

"你是性情中人又重情情义,如若今天你对此事无动于衷我反而瞧不起你。还是那句话大家各为其主,活着的时候针锋相对你死我活,死了就尘归尘土归土。"沈杰韬说完话锋一转,"不过康斯年死之前给你留了一份礼物。"

"礼物?"

"谍报小组在康斯年未来得及烧毁的机密文件中发现了一份档案,根据上面的记录显示中社部在上海有一条不隶属于地下党组织的秘密联络线。这条线上所有的共党身份都被列为特级绝密。你是搞情报工作的,相信应该能从中嗅出点不同寻常的味道吧。"

顾鹤笙在洛离音口中听到过此事，但她也仅仅知道在上海还有比自己潜伏级别更高的同志，没想到敌人竟然掌握了这个情况。

"说明这些共产党无论是身份还是作用都极为重要。"

"你之前不是问我谭方德为什么只是隐患之一吗？"沈杰韬继续说，"想来谭方德也是这条联络线上的某一个环节。我们只拔掉了共党安插在军统的一颗钉子，但这条神秘的联络线不及时找出来依旧是我们的心腹大患。"

"站长知道这些人是谁？"

"截获的档案烧毁程度很严重无法复原。"

顾鹤笙在心底暗暗长松一口气。

"不过档案中提到了这条联络线在紧急情况下的联络方式，由此可见这些神秘的共党并不是借助上海地下党的情报网传递消息。这应该是出于对这些人的身份保密。他们之间有一条独立的情报传输渠道，直接接受中社部的指挥。"

"联络方式是什么？"顾鹤笙想尽快摸清情况。

"如遇到紧急情况，他们的联络人会在报纸上刊登一则招商广告，内容是上海德和医药公司的止咳浆招商。"沈杰韬和盘托出，"如果出现这则广告说明有重要情报需要紧急接头。"

顾鹤笙的目光瞬间定格在沈杰韬手边的报纸上："《电声》杂志？"

"对，就是这份报纸，我获悉这个情报后一直在关注这份报纸每天的新闻，直到今天早上……"沈杰韬将报纸递到顾鹤笙面前，手指停在广告栏上。

　　　　止咳保肺标本皆治，上海德和医药公司诚招各级代理。

广告的招商地址是施高塔路的玉壶春茶社三楼雅士居包间，时间是上午10点。

顾鹤笙放下报纸时刚好看见街对面那面迎风飘舞的店旗，蓝底旗布上绣有三个大字——玉壶春。

"我怀疑你不是因为陈乔礼的报告也不是因为你和康斯成的关系,就因为陈乔礼问了我一个问题。"

"什么问题?"

"你浴血奋战不畏生死杀过日本人和汉奸,可陈乔礼让我想想,你可曾杀过共产党?"沈杰韬直视顾鹤笙,"我细想了一遍,你非但没有杀过共产党就连抓都没抓过。你不是说过军统的人手上都沾过共产党的血吗,可唯独你自己是一个例外。"

顾鹤笙对答如流:"我是搞情报的,接触共党的机会自然没有陈处长多。"

"今天你的机会就来了。对茶社的监控我已经安排妥当,我要你亲自带人上去抓人,你可以视为这是一次考核。"沈杰韬端起茶杯语气平缓,"抓到中共在上海的重要人物是奇功一件,这是你同窗好友康斯年留给你的最后一份礼物。事成之后我对你再无疑虑,我也能回复南京对你的考察顺利通过。"

顾鹤笙看了一眼手表,距离接头时间只剩十分钟:"保证完成任务。"

"尽量抓活的,不过考虑到对方身份特殊未必会束手就擒,如遇对方殊死抵抗可当场击毙。"沈杰韬调整了下坐姿,"对了,共党这条线的联络员代号'白鸽'。"

顾鹤笙僵硬在原地。鸽子是用来传递信息的工具而白鸽象征和平,所以自己为洛离音安排的代号便是白鸽!

第七十章 似水流年

秦景天就是红鸠，这个情报必须立即传递出去，同时务必要让顾鹤笙尽快知道。在洛离音潜意识中秦景天一直都是一条毒蛇，事实证明了她的猜测，而且如今这条毒蛇正游弋在顾鹤笙的身旁。或许就在下一刻，其锋利的毒牙会以迅雷不及掩耳之势刺入浑然不知的顾鹤笙的身体。

可顾鹤笙告知过她，军统站现在所有通信都被监听，即便如此洛离音依旧冒险直接给顾鹤笙打去了电话，但不知何故一直无法接通。距离两人约定的接头时间还很早，逼不得已洛离音只能启动备用的紧急联络方式。

洛离音现在的脑子里全是顾鹤笙的安危，他和一条毒蛇共处一室的时间太久了。洛离音一直很奇怪像顾鹤笙这样原则和纪律都极强的老党员为什么会将一名敌人视为知己，原来他们本就是同一类人。顾鹤笙在秦景天身上看见自己的影子，可秦景天何尝不是。这种似曾相识的感觉非但没有激起顾鹤笙的觉察，反而让他距离秦景天越来越近。

当年在上海顾鹤笙不惜牺牲自己来掩护红鸠，谁承想如今千方百计要置他于死地的竟然也是红鸠。不知道顾鹤笙在得知真相后会做何感想。

洛离音甚至为此做了最坏的打算，如果在今天还不能联系上顾鹤笙她打算亲自铲除红鸠。想到这里洛离音打开手包重新检查手枪，为了万无一失她还准备了一枚美式手雷。

端起面前的茶杯，氤氲的茶雾模糊了洛离音的视线，也将她的思绪拉回到很久以前。

记得第一次见到顾鹤笙是在莫斯科，演出结束后这个浑身酒气放浪形骸的男人送来花篮。他的轻浮甚至让自己感到反感，直到从他口中说出接头暗号时洛离音怎么也没想到他会是自己的上级。

在顾鹤笙众多性格特质中洛离音最喜欢他的细心和温柔。初到莫斯科正值严冬，因为临行匆忙洛离音没有多备御寒的棉衣。顾鹤笙第二次来时除了送来让自己转发的情报外还有一条厚厚的围巾，他甚至都没有一句多余的言语。这个举动让洛离音开始对他产生了好感。

不久后洛离音随同顾鹤笙一同奔赴上海成为他的联络员。他战斗在敌人的心脏，每时每刻都牵动着洛离音的心。她期盼每次接头的时间同时也充满恐惧，不知道下一次是否还能再见到他。伴随期待和煎熬自己和他走过了八年时光，从起初的反感到渐渐建立信任再到彼此相互依存，这八年是自己一生中最开心的时光。现在回想起来全是和他相处的美好回忆。

即便是临时落脚的住所洛离音也布置成温馨的家。每次他来，都会卸下所有伪装。那是自己给他提供的港湾，看着他在床上熟睡的样子洛离音有一种莫名的成就感。

八年光阴让两人从相识到相知，彼此之间的感情早已超过同志的范畴，但因为工作两人始终克制着感情。这八年中没有拥抱也没有激情，甚至他都没有牵过自己的手，两人用最含蓄的方式演绎着最炽热而忠贞的爱情，像一条潺潺流淌的小溪怡静缠绵。

将来呢？

每次想到顾鹤笙总会让洛离音在心底泛起一丝甜蜜。她憧憬着未来，顾鹤笙曾经承诺过陪伴自己迎接胜利的到来。等到那一天她只想挽着他的胳臂静静走在上海的街头，到那时他褪去伪装的笑容将只会属于自己。

洛离音勾画出一幅美好的画面，画面中的色彩却渐渐斑驳脱落直至最后支离破碎。在伙计进来倒水的刹那洛离音从大门缝隙间看见了顾鹤笙。他坐在对面凝视着自己，目光中没有了往昔的柔情，焦急和慌乱充斥在他双眼中。两人对视的那刻洛离音瞬间明白了什么。

洛离音转身推开包厢的窗户，这是事先约定好的示警暗号，她扫视街道很快就发现茶社四周负责监视的便衣。洛离音明白自己已经暴露，但没想到抓捕自己的人竟然会是顾鹤笙。

第七十章 似水流年

顾鹤笙目不转睛地注视着洛离音。此刻他完全遗忘了自己的身份和任务，心里只有一个念头，不惜一切也要保护这个与自己相濡以沫八年的女人。洛离音读出他眼中的决绝，八年的相处让彼此完全能凭借对方一个眼神了解其心中所想。

洛离音对倒水的伙计摇头表示不需要再进来。顾鹤笙知道她是在阻止自己冲动。洛离音想要把最后的情报传递出去，可深知此刻注视着自己的并不只有顾鹤笙，她任何一个异常的举动都有暴露他的危险。在伙计掩门出去的那刻洛离音突然叫住他。

"再见。"

洛离音平静的微笑落在顾鹤笙眼中有诀别的凄凉。她是在向自己告别，明明她眼中有不舍，可当她说出这两个字时目光远比自己要坚毅。

洛离音消失在那扇慢慢掩上的门后，顾鹤笙蠕动喉结知道这或许是自己看她的最后一眼。他好几次想冲进去带着她杀出一条血路，可顾鹤笙清楚那不是她希望自己做的事。

洛离音快速从手包中拿出所有可能证明自己身份的东西烧毁，检查确定无误后拿枪率先向楼下便衣射击。她第一时间想到的不是逃生而是担心前来接头的同志没有留意到暗号进入敌人的包围圈，开枪是为了让同志尽快撤离。

茶社响起枪声的刹那，楼下监视的便衣乱成一团纷纷开枪还击。谁也没留意到从街口驶来的那辆减速的黑色轿车又重新提速消失在街尾拐角。

有几名便衣中枪倒地，其他人畏缩在掩体后不敢探头。

"站长，您先避一避。"两名便衣挡在沈杰韬身前。

"苏制TT手枪。"沈杰韬从枪声判断出对方的枪械，处变不惊冷声道，"几十个人包围一个共产党有什么好慌的？"

茶社里每传来一声枪声，沈杰韬就用筷子夹起一颗豆米，当夹出第八颗时，他笑了。

"我以为这个人会把最后一颗子弹留给自己，看来此人并不想死。对方已经没子弹了,命令顾处长亲自带人抓捕。"沈杰韬再三叮嘱,"告诉顾处长抓活的。"

顾鹤笙接到沈杰韬的命令,如果再迟疑只会加剧沈杰韬对自己的怀疑,他掏出枪带人往包厢里冲。

洛离音在打完最后一颗子弹时明白自己的使命结束了。她撕开衣角拿出含有氰化钾的药片时犹豫了,自己即便牺牲也不能落在敌人手中,自己和顾鹤笙有往来,一旦敌人确定了自己身份势必会怀疑到顾鹤笙身上。自己做的一切都是为了确保他的安全,就算是牺牲也要消除危及他安全的所有隐患。

洛离音拿出那枚手雷,急促的脚步声越逼越近,脑海中她想起自己和顾鹤笙在佘山掩埋战友时的对话。

"鹤笙,胜利的那一天还远吗?"

"不远。"

"我们能等到那一天吗?"

"会的,就在不久的将来,我答应你一定和你一起迎接胜利的到来。"

"那一定会是一个美好的新世界。"

……

"对不起,以后你要一个人战斗了。"洛离音满怀深情喃喃自语,在便衣冲进门的瞬间毫不犹豫拉响手雷。突如其来的爆炸让以为稳操胜券的沈杰韬都吓了一跳。他赶到茶社时看见一片狼藉,地上横七竖八躺着几个被炸死的便衣,跟在后面的顾鹤笙也被爆炸引发的冲击波掀翻在地。

"没事吧?"沈杰韬让人搀扶起顾鹤笙。

顾鹤笙呆滞不语。

沈杰韬以为他是被爆炸声震伤了耳膜,加重声音再问:"有没有受伤?"

顾鹤笙神情恍惚,握枪的手一直在抖,好几次想对近在咫尺的沈杰韬开枪,可想到洛离音不惜用生命掩护自己,自己不能辜负了她的遗愿:"没,没事。"

便衣从包厢抬出洛离音遗体,沈杰韬掀开白布一角瞟了一眼:"女的?"

便衣回复:"她拉了手雷想要和我们弟兄同归于尽,脸部被炸得血肉模糊无法辨认样貌,随身携带的东西也被她提前销毁。"

沈杰韬虽颇为惋惜但对顾鹤笙今天的表现十分满意。

"站过去拍张照。"沈杰韬让顾鹤笙站到洛离音遗体旁,"你升职在即,得让南京看看你的成绩。"

顾鹤笙表情麻木地站了过去,按下快门时沈杰韬突然说:"笑。"

顾鹤笙愣住,自己从来没发现原来笑这个动作如此艰难。他努力让自己嘴角上扬,直到沈杰韬满意才让拍摄的人按下快门。

"照片送到报社,务必在明天头版头条发布。新闻标题我都想好了,《军统情报处处长视死如归击杀女共匪》。"沈杰韬饶有兴致地征询顾鹤笙意见,"你认为这个标题怎么样?"

"听站长的。"顾鹤笙心如刀绞。

"大难不死必有后福,今天虽然受了惊不过也值得。"沈杰韬伸出手,"我就提前恭喜顾副站长高升。"

顾鹤笙没有与沈杰韬握手。他整理好仪容抬手敬军礼,目光注视着沈杰韬身后被抬走的洛离音的遗体:"我定忠诚无悔矢志不渝,谨记誓言不忘使命!"

第七十一章 同是天涯沦落人

多次徒劳的尝试后谭方德放弃了挣扎。手铐边缘在手腕磨出一道触目惊心的血痕，稍微用力便是痛彻心扉的剧痛。被贴住的嘴只能发出含混不清的支吾声，眼睛被黑色的布蒙住，对未知的恐惧由心而生。

谭方德不知道这是什么地方，更不清楚自己是如何出现在这里。他最后清晰的记忆是在确定精卫就是叶君怡后正准备开车回军统站向沈杰韬报告时，有人从身后袭击了自己。一张手帕捂在自己鼻子上，几乎瞬间就失去了知觉。

谭方德隐约听到有脚步声，然后是椅子挪动的声音，片刻后闻到在空气中弥漫的烟味。当那人摘下黑布时，从窗外照射进来的阳光让谭方德睁不开眼。渐渐适应后他眯着眼睛看向对面的人，瞬间收缩的瞳孔透出震惊和惶恐。

对面的人撕开胶布，谭方德刚想大声呼救就看见放在那人手边的枪。

"是你？"短暂的诧异后谭方德似乎明白了什么，"是你！"

升腾的烟雾散去后露出一张沉静阴郁的脸，在沉默中目不转睛地注视着谭方德。

"你想干什么？"谭方德冷声问。

秦景天又吸了一口烟依旧默不作声。

"你和叶君怡是一伙的，你就是潜伏在军统站的共党。"谭方德愤怒道。

"那是你一厢情愿的想法。"秦景天波澜不惊，"沈杰韬会从另外一个角度审视你的存在，他会把宋林忠和陈乔礼的死归结到你身上。"

"站长不会相信你一面之词。"谭方德冷笑道。

"我一个人说沈杰韬自然不信，可惜你在上海站得罪的人太多，即便我不开口自然也有人落井下石，我要做的不过是推波助澜而已。"

"你做了什么？"

"在抓到你之前我先切断了军统站的通信。沈杰韬事后一定会彻查原因。技术科会在被损毁的设备上发现你的指纹，沈杰韬会把此事和你的失踪联系起来。最后的结论是你畏罪潜逃前有意破坏站内通信，目的是制造混乱延缓对你的布控抓捕时间。"秦景天直言不讳，"当然，我切断通信的真正目的是防止你提前向沈杰韬告知真相。"

"我对党国忠心不贰，你以为凭这些伎俩就能诬陷我？"

"既然是诬陷当然要有证据，搜查你家的人会发现用来装毛瑟98式狙击步枪的枪匣，还会发现你事先从银行提走了所有存款。你猜沈杰韬对此会怎么想？"

"你……"

"都是我做的。"秦景天点头承认，"包括为刘定国画精卫画像的人我也一同杀了，我还在现场留下了你的脚印。你不如换位思考一下，假设你是追查此事的人，在看到这些证据后会做出怎样的判断？"

谭方德顿时方寸大乱。

"哦，我还忘了，技术科从教堂提取到狙击手的指纹。你知道沈杰韬对此事极为关注，他始终坚信狙击手就是那名中共安插在军统的潜伏者，所以在指纹修复过程中加强了警戒。他的想法是正确的，只要确定指纹没有被调换，找出潜伏者便成了轻而易举的事。结果让沈杰韬又惊又喜，喜的是找到了指纹吻合的人，惊的是这个人就是你。"

谭方德目瞪口呆："这不可能，我根本不是狙杀刘定国的人，我的指纹怎么会和狙击手的吻合？"

"我调换的。"秦景天轻描淡写道。

谭方德惊诧道："负责指纹修复警戒的是军部的人，你不可能有机会接触到！"

"我没有调换被送检修复的指纹。沈杰韬密派我调查站内所有人，因此授权了我可以调阅全站档案的权力，这其中就有你的档案。"

谭方德恍然大悟："你更换了我档案上的指纹！"

"随着指纹被验证，狙杀刘定国、陈乔礼和宋林忠被杀、鸢尾花计划潜伏名单泄露以及精卫成功潜逃，这些你参与并失败的行动会让沈杰韬深信你就是那名潜伏者。"秦景天吸完最后一口烟，掐灭烟头，冷冷道，"就在今天早上，沈杰韬下达了对你通缉的命令而且没有要求死活。"

谭方德大惊失色，只要自己真的消失此事便死无对证，不光是沈杰韬所有人都会相信自己就是潜伏者。只要完成这最后一步，秦景天的计划便可天衣无缝。

"不要杀我，我，我对你们还有用，我知道很多军统的机密情……"

"你不是忠心不贰吗？"秦景天冷笑反问，"你的信仰和忠诚呢？你现在的样子让我感到恶心。事实上我给你留了机会但你选择了无视。"

"机会？什么机会？"

"你知道如果被铐在这里的是陈乔礼，他会如何选择？"

谭方德茫然摇头。

"他会掰断自己手指从手铐中抽离，即便是爬他都会爬回军统站将这份至关重要的情报送出去。他是你学生，他会的你应该都会，可他能做到的事你却没有做到。一个连皮肉之苦都无法承受的人还有什么信仰可言。"

谭方德呼吸急促："可你一样杀了他。"

"你不配和他相提并论。"秦景天蔑视道，"不过你大可放心，我不会杀你的。"

"你不杀我？"谭方德惊魂未定。

"你是潜伏者会让沈杰韬感到意外，他自始至终都没有怀疑过你，所以他会千方百计去证明这个结果是错误的。我得想办法让沈杰韬彻底相信并接受你就是共产党。"

"你要做什么？"

"不是我要做什么而是你要做什么。你在军统潜伏这么多年截获了那么多重要情报，虽然身份暴露可功不可没，你载誉而归会得到应有的荣誉。"

"什么意思？"

"你会回到延安。"

"延安？！"谭方德瞪大眼睛。

"延安的首长会亲自接见你，你和首长合影的照片会被军统截获，等沈杰韬看见这张照片时他就会打消最后的疑虑。"秦景天冷眼看着谭方德，"我今天不是来杀你而是来送你的，再见，谭方德同志。"

说完秦景天重新贴住他的嘴并给他戴上眼罩。这时叶君怡刚好赶到，她压低声音道："都安排好了，今晚就带他离开上海，出了城有我们的同志接应。"

秦景天撩开窗帘看见楼下停的车："我不便让其他同志见到，剩下的事交给你处理。记住，千万不能出纰漏，谭方德必须送到延安，此人活着比死更有价值。"

"我明白。"叶君怡叫住准备从后门离开的秦景天，"有件好消息要告诉你。"

秦景天从烟盒摸出一支烟放在嘴角，发现叶君怡似乎特别开心："什么事让你这么高兴？"

"刚得到的消息，今天上午11点军统头子戴笠乘坐的飞机发生爆炸，飞机坠毁在岱山，包括机组人员在内十三人无人生还，已经确定身份的就有戴笠和贺秉文。"

秦景天拿打火机的手抖动一下："消息属实吗？"

叶君怡兴高采烈道："千真万确，组织在南京的情报网已经证实了此事。"

秦景天从嘴角取下烟，神情黯然无语。

"特务头子死了你怎么不高兴啊？"

"高兴。"秦景天挤出一丝笑容，"今天我有些累，先回去了。"

回到家秦景天感到前所未有的心力交瘁，一打开门就闻到浓烈的酒味。房间内一片漆黑，他的手刚触摸到开关，就听见——

"别开灯，过来陪我喝一杯。"

是顾鹤笙颓然无力的声音，他瘫靠在沙发上浑身散发着酒气，桌上是横七竖八的空酒瓶。秦景天见过顾鹤笙装醉，但这一次他是真的醉了。顾鹤笙吃力地直起身又开了一瓶酒摇摇晃晃递给秦景天。

秦景天没有劝他，今晚自己同样也想大醉一场。秦景天接过酒瓶，仰头半瓶入喉后递还给顾鹤笙。酒瓶在两个人之间交换但谁也没开口说过一句话。

顾鹤笙用迷醉的目光望向窗外的明月。记得洛离音说过明月是黑夜中唯一的光明，明月的消失是为了迎接黎明的到来，所以她为自己取了明月这个代号。

明月依在可伊人已逝。知道自己身份的战友相继牺牲而且都是为了掩护自己，想到这里一行热泪从顾鹤笙脸颊无声滑落。

秦景天同样也注视着那轮明月。戴笠的意外身亡让秦景天感到五味杂陈。而同机遇难的还有贺秉文，这意味着在军统再没有人知晓自己的真正身份。

红鸠这个代号一直被秦景天视为一种荣耀，可没想到最后自己剩下的只有这个代号。

我一定会完成任务！

两个在同一天失去身份的男人几乎同一时间在心底起誓。

"干一杯。"顾鹤笙颤巍巍地端起酒杯。

秦景天斟满酒："敬谁？"

"敬战友。"

第七十二章　R12

对于戴笠的死，沈杰韬虽然表面悲伤，但心中流露出一丝欢喜，这意味着军统的权力层将面临一次大洗牌。而就在刚才沈杰韬接到南京电话，通知他是治丧委员会成员之一，这预示着沈杰韬正式迈入军统核心层。

沈杰韬去南京时还带上了顾鹤笙。戴笠的死让军统出现权力交替，之前一直掌握在戴笠手中的绝密情报会在近期完成移交。顾鹤笙原本是打算趁着军统内部暂时的混乱想办法获取与红鸠相关的信息，可事与愿违，军统总局的守卫空前森严，所有二级以上的机密档案无限期封存，任何人都无权接触。

戴笠的葬礼结束后，顾鹤笙开车去买了些保定特产和两瓶好酒，来到越云策家时他看见屋里的用人正在打包东西。

越云策是保定人，在军统资历很老，去年退休赋闲在家。能在军统站住脚的定有过人之处，越云策的本事是他那双识人辨人的眼睛，当年就是越云策招募了自己。一直以来越云策对顾鹤笙极为器重，能去莫斯科中山大学深造也是越云策力荐。

"老师，"无论什么时候顾鹤笙见到越云策，这个称谓从未改变过，"您这是？"

"我寻思着你也该到了。"越云策见到顾鹤笙一点也不惊讶，每次他回南京都会来看望自己，"我准备移民英国，你要是再晚来一天咱们就见不上最后一面了。"

"您要走？"

越云策将顾鹤笙带到书房："国共大战一触即发，谁输谁赢难见分晓，万一中共赢了我恐怕难逃清算，还是一走了之的好。"

"老师一向运筹帷幄，难不成您认为党国必败？"

越云策没有正面回答，目光落在顾鹤笙胸口的那朵白花上："雨农的葬礼办得可顺利？"

"风光大葬，委员长和党内要员都亲自到场送行。"顾鹤笙不解问道，"您和戴局长是好友，为什么您没去送戴局长一程？"

"我与雨农相交几十年，高深流水岂是旁人能懂。人都死了做那些场面事干吗，何况到场的都是一群猫哭耗子之辈，我懒得去免得看着为雨农不值。"越云策一脸惆怅，"我倒不是消极，听到消息军统有意让我重新回去工作。我年过半百早就志不在此，若是推脱恐会招惹猜忌，万般无奈只能背井离乡算是避祸保身。"

"老师言重了，您是军统和党国的功臣，谁敢猜忌您学生第一个不答应。"

"雨农都难逃一劫我又算得了什么。"

顾鹤笙眉头一皱："戴局长的死难不成另有隐情？！"

"你都是快当副站长的人了怎么还没学会置身事外，该愚钝的时候就得愚钝，太通透未必是好事。"越云策终止话题，"临行前能再见你一面也算无憾，今晚就别走了留下来陪我好好喝一杯。"

"听老师的。"顾鹤笙笑着点头。

"看着你，想不服老都不行。第一次见你时你还是个愣头青，这一晃你肩膀上的军衔都快超过我了。"

"没有老师栽培怎有鹤笙今日。"

"我一生阅人无数，但凡我招募进军统的人只要还健在多少都有建树，但唯独你成就最高。当年我一眼看见你就知道是块璞玉，你有今日非我功劳，当时换成别人同样也会招募你。你在同期那群考查的学生中实在太耀眼。"

"千里马常有而伯乐难求。鹤笙即便小有天赋要是没有老师慧眼之人，想来鹤笙如今也只是泯然众人而已。"顾鹤笙谦逊笑道，"您在军统桃李满天下，十大王牌中您的门生就占六人，这等殊荣放眼军统唯您独有。"

第七十二章 R12

"军统的十大王牌就是一个笑话。"越云策摇头苦笑,"干间谍这行名声越大未见得越是厉害人物,不过是一群跳梁小丑罢了。你试想一下一名间谍人尽皆知还能算是间谍吗? 平心而论我招募的人中真正能配得起'王牌'二字的只有两人,你是其中之一,另一个……另一个是R12。"

"没听您提过此人。"

"你和他曾有一面之缘。"

"我和此人认识?"

"你在上海暴露身份就是因为R12。"

"红鸠?!"顾鹤笙顿感吃惊。

"这个代号被军统列为最高机密,按说我不该告诉你的,不过你我师徒一场加之我马上就要远走他乡,你且听听便可,千万不要外传。"

"学生明白。"

"R12几乎和你是同一时间被招募,但他的培养方向与你不同,你是作为一线情报人员培养而他的定位是战略间谍,因此这批人的挑选异常严格。他们在被挑选后,被剥夺了名字和身份每个人随机得到一个编号然后秘密送往南京,R12是第二批送到的。他和你的性格截然不同,他很安静,在人群中永远是最不容易被注视到的那个人。而且他给人的感觉文弱迟钝,所以我第一眼看见他时在心里已经将其淘汰,我不认为他能成为一名间谍。"

"后来呢?"

"被送到南京不代表就通过了最后的甄选,每批人员中只有综合评分最高的三人才有资格留下进入下一轮考核。和我预计的一样,R12的评分连及格线都达不到。"

"那他是怎么通过考核的?"

"公布评分的那一天,除了前三名外其他人都会被遣送原籍。事实上我都忘了这批人员中还有R12这个人,直到我在礼堂再次见到他,偌大的礼堂能容纳两百多人,而坐在下面的只有R12。"

"其他人呢?"

"复兴社在前一晚接到党务调查处密函,要求将该批待考核人员全部遣返。"

顾鹤笙一头雾水:"为什么?"

"你该问的是所有人都在前一晚被送走,为什么R12却还在。"

顾鹤笙思索片刻后一怔:"R12伪造了密函?!"

"在军统成立之前,党务调查处的职能就是情报机构。一名未接受过任何训练的人竟然能成功渗透调查处并获取盖章的密函,这可视为极大的耻辱,但同时也让我对R12有了新的认识。他有与生俱来的间谍天赋。至今我还记得他在台下对我说过的那句话。"

"他说了什么?"

"我是你最好的选择。"越云策感慨万千,"R12身上有一种舍我其谁的骄傲。从那时起我就知道此人将来会在隐秘战线上谱写一段传奇,事实证明我没有看错他。随后他和其他甄选出来的人陆续被送往德国受训,抗日战争开始后R12被秘密召回。在对日情报战上他所取得的成就无法估量,他才是真正当之无愧的王牌。"

"有机会真想见见他。"

"这批送往国外受训的特工有一个统一的代号——红鸠。他们存在的最终目的是用来对付共产党。关于他们的档案只有雨农知道,除非共产党被彻底铲除否则你没有机会见到他。"

"戴局长辞世西游,红鸠的档案会移交给谁呢?"顾鹤笙试探着想了解更多。

"你以为红鸠会以档案的形式记录?"越云策指着头说,"这是一笔经过多年积累的宝藏,每一个红鸠的资料都牢记在雨农大脑中。雨农走得太突然,怕是世上再无人知道红鸠是谁。"

顾鹤笙听后心中暗暗窃喜,红鸠中断了与军统的联系自然也失去了作用。

"不过R12会继续战斗下去。"

顾鹤笙一愣:"为什么?"

"一名天才间谍不会因为失去联络而终止任务，他即便孤立无援也会竭尽全力完成使命。"

顾鹤笙心中的喜悦瞬间被浇灭。

"其实你差一点也会成为一名红鸠。"

"我？"顾鹤笙愕然。

"复兴社起初选中了你，你本来会和Ｒ12一同被送往德国受训，是我把你从最终名单中删除。"

"为什么？"

"成为红鸠的条件极为苛刻，其中有一项你不符合。"

"哪一项？"

"成为红鸠的人必须是孤儿。只有无牵无挂的人才能执行九死一生的任务。"

"所有红鸠都是孤儿？"

"也有不是的。"

"那这些人为什么能通过甄选？"

"那就想办法让这些人变成孤儿。"越云策说得波澜不惊，"Ｒ12就是其中之一。我不希望这颗间谍新星被杂念所牵绊，所以我亲自带人……想来不用我细说你也该明白。我不希望你像Ｒ12那样所以将你剔除。"

顾鹤笙一时间不知道是该感激越云策，还是该为红鸠感到悲哀。

第七十三章　画船听雨眠

1

趁着顾鹤笙去南京，秦景天从他保险柜中找到情报处在上海各个重要党政部门安插的情报人员的资料。对档案和照片拍照后他将胶片装在一个三叶牌火柴盒里交给叶君怡。

"组织上让我转告你，戴笠死后军统局长之位的争夺已经结束，毛人凤接替戴笠执掌军统。他上任后立即启动了一项代号阿波罗的秘密计划。计划内容和目的不详，只获悉沈杰韬被授命参与该计划，由此可见阿波罗计划的发起地点在上海。"

"什么时候的事？"

"组织在南京的情报网获得的情报显示，阿波罗计划并非是毛人凤制订的，而是在戴笠死之前就开始秘密策划。据悉最初参与计划的只有三人，戴笠是其中之一另外两人身份不明。保密级别如此之高的计划一定非同小可。毛人凤如此着急启动该计划，说明他急于在刚接手军统之际做出成绩。"

"上级需要我做什么？"

"上级指示尽快从沈杰韬身上获悉阿波罗计划的详细内容。"叶君怡收好火柴盒继续说，"另外还有一件事你需要留意，据悉南京军统总局委派了一人和沈杰韬一同回上海，目的是协助沈杰韬执行阿波罗计划，实则此人才是该计划的真正负责人。"

"我想办法查实。"

"另外军统突然封锁了大东门码头，原因不详，组织需要你尽快搞清楚敌人此举的目的。"

"刚好楚惜瑶约了我见面,我找机会去见见楚文天应该能查到原因。"

……

秦景天来到医院,发现门口设立了警戒线,荷枪实弹的士兵来回巡逻,进出医院的人都要接受严密盘查。

"车不能停这儿,开到外面去。"一名士兵过来严声呵斥。

秦景天拿出证件。

"开到外面去!"士兵的态度没有丝毫改变。

按理说这本证件足以让自己在上海畅通无阻,可这名士兵却视若无睹。可见医院里还有比军统更让他忌惮的东西。

秦景天没有与其争执将车停到医院外。片刻后下班的楚惜瑶上了车。

"今天医院出了什么事?"

"医院倒没什么事,不过驻扎在上海的15师在今天的训练中出了事故导致大批伤员送到医院医治。"

15师是国民党部队最精锐的三个德械师之一,日本投降后被空运至上海受降。全师装备精良并配备有师部医院,医疗条件足够承担前线作战更别说是寻常的训练事故。他们将伤员送到楚惜瑶就职的医院医治,说明事情绝非对外宣布的训练事故这般简单。

"什么事故?"

"不知道,最好也别让我知道。15师的人太霸道,一大早就封锁了整个医院,还强行征用一栋住院楼把里面的病人全赶出来,抽调了包括院长在内的十几名医生,进去后就不能再出来。"

秦景天偏头看了一眼医院,楚惜瑶在后面一边看手表一边催促。

"这么急干吗?"秦景天回过神这才发现楚惜瑶今天专门打扮过,而且心情似乎格外好,"遇到什么好事了这么开心?"

"今天要劳烦你当司机。"

"好啊。"秦景天意识到楚惜瑶今天的打扮并不是为了自己,"楚小姐打算去哪儿?"

"龙华机场。"

"去机场干吗？"

"我一位很要好的朋友到了上海，你今天得给我撑撑场面。"

在机场门口等了一会儿后，秦景天看见楚惜瑶和一名面容姣好、气质不凡的女子挽着手有说有笑走出来。

秦景天下车主动接过那女人的行李。

"给你们介绍一下。"楚惜瑶指着身旁女子，"陆雨眠。"

秦景天取下手套举止得体地伸出手："陆小姐好。"

"这位是我男朋友。"

陆雨眠落落大方嫣然一笑，握手时目光落在秦景天那截断指上："幸会。"

春水碧于天，画船听雨眠。

陆雨眠本人和她的名字一样韵味十足、柔弱婉约，让人犹见生怜。她一颦一笑或是屈膝蹙眉都拿捏得恰到好处，相信是个男人对这样的女人都会多看几眼，秦景天也不例外。

可这女人的性情一看就与楚惜瑶截然不同，秦景天很好奇这俩人是怎么成为朋友的。

在车上楚惜瑶和陆雨眠交谈甚欢。这期间秦景天抬了三次头，每次都在后视镜中看见陆雨眠那双娴静清澈的眼睛没有闪避地和自己对视，最后竟是秦景天主动移开视线。

"还是头一次听惜瑶提到陆小姐。"秦景天笑说。

陆雨眠的声音和她的人一样柔弱："我和惜瑶是在重庆认识的，那会儿我刚到重庆想找一处落脚的地方，刚巧遇到同样找房的惜瑶。我们同时看上了一套房结果房东刁难坐地起价，我们一合计干脆合租，就这样认识了。"

"这么说来你们认识的时间不短。"

楚惜瑶回道："前后不到一年，雨眠因为工作外调离开了重庆，算起来我们有五六年没见了。"

秦景天随口说道："不知道的还以为你们是发小。"

"交朋友和时间长短没关系吧。"楚惜瑶听出秦景天的言外之意,"我和雨眠无论是兴趣还是爱好包括人生观都出奇相同。你不是一直相信人与人之间有相性吗,我第一眼瞧见她就知道我们能成为好朋友。"

秦景天淡笑不再继续这个话题:"陆小姐这次来上海是专程来和惜瑶叙旧吗?"

"我是来工作。"

"陆小姐在哪儿高就?"

"你有完没完?"楚惜瑶拍在秦景天肩膀上,"你们军统是不是有职业病啊?见谁都要刨根问底。"

"陆小姐是你朋友我自然要多了解些,说不定哪天我还能帮上忙。"

"刚到上海还没入职,在瑞金宾馆预订了房间。"陆雨眠对答如流,"秦先生还有什么想知道的吗?"

秦景天突然目光犀利:"我好像没告诉过陆小姐我的姓名。"

"我认识你。"

"你们认识?"楚惜瑶大为意外。

"我不记得见过陆小姐。"

"我在报纸上见过秦先生,不久前你授勋嘉奖的照片在报纸上刊登过。"陆雨眠面带笑意地对楚惜瑶说,"你真是好眼光,像秦先生这样的青年才俊现在可不好找了。"

楚惜瑶看了秦景天一眼颇为得意:"他要不是军统就更好了。"

"军统有什么不好的?"

"每天都要为他提心吊胆,时间长了心会很累。作为过来人我劝你,找谁都别找在军统任职的。"楚惜瑶这话实际是在说给秦景天听。

楚惜瑶特意挑选了一家杭帮菜酒楼为陆雨眠接风洗尘。

"陆小姐是浙江人?"秦景天继续试探。

"绍兴上虞人。"

"听不出陆小姐有绍兴口音。"秦景天起身为她斟酒,"倒是隐约听出有奉天那边的音调。"

"雨眠是日语翻译，抗战那会儿她去了东北给日本人当翻译。"楚惜瑶说完连忙补充，"雨眠可不是汉奸，兵荒马乱讨口生计不容易，她远亲在那边有关系就把她介绍过去。"

"东北当时被关东军占领，陆小姐只身前往敌占区这份勇气少有。"

"可不是，她跟我说要走的时候我可舍不得了，想方设法劝她留下，可她去意已决。我亲自送她去的火车站，追着火车一边跑一边哭，以为以后都见不着你了。"楚惜瑶给陆雨眠夹菜，埋怨道，"说好等你安顿好就给我写信可我一封也没收到。"

"我写了啊，你没收到吗？"陆雨眠诧异道。

"没有。"楚惜瑶摇头，一脸惋惜，"可能是战时通信被管制，你的信根本就寄不出来，想来我给你写的信你一样也没收到。"

"现在不是又见面了吗？"陆雨眠笑着宽慰她。

"陆小姐在那边具体从事什么工作？"秦景天笑问。

"她在什么满洲铁路公司任职，就是抄抄写写的秘书。日本投降后东北的日本人陆续撤走，所以她就到上海来找工作。"楚惜瑶在一旁解释。

"找到了吗？"

"过几天就入职了。"

"也是日语翻译？"

"这一行干太久了有些厌烦，所以换了一个新工作。"陆雨眠端起酒杯敬酒，"日后在上海还请秦先生多关照。"

"客气。"秦景天不卑不亢，"若有帮到陆小姐之处定竭尽所能。"

晚宴结束后秦景天开车把她送到瑞金宾馆，并极有绅士风度地帮忙拎着行李送她进去办理入住手续，之后亲自将陆雨眠送到房间门口才转身告辞。

"秦先生。"陆雨眠叫住秦景天。

"陆小姐还有什么吩咐？"

"夜路难行，你小心点。"陆雨眠嫣然含笑，好似江南三月烟雨迷蒙浩渺。

"谢谢。"

秦景天回到车上，一言不发地看着手里的东西。楚惜瑶探头看了一眼就怔住："你怎么会有雨眠的户籍资料？"

"当军统最大的好处就在于你能无条件调查任何人。"户籍资料是秦景天从大厅登记处要来的。

"你在调查雨眠？！"

"满洲铁路株式会社。"秦景天冷冷说出一个地点。

"雨眠在东北就是在这里就职。"楚惜瑶终于想起这个地址的全称。

"知道这个部门是干什么的吗？"

"应该和铁路有关吧。"

"满洲铁路株式会社简称'满铁'，对外是经营满洲铁路运输贸易，实则背后由关东军控制，核心部门是满铁调查本部。这是日军在中国最大的国策调查情报机关，专门从事收集中国和苏联之间的信息和交易。"秦景天反问道，"关东军如此重要的情报机关又岂是随随便便能入职工作的。你以为陆雨眠是抄抄写写的秘书，可她经手的文件全都是重要的战略情报。你现在还坚持陆雨眠是普通人吗？"

楚惜瑶哑口无言。

"相信我，她在重庆出现在你身边绝非偶然，这次来上海和你重逢也不是巧合。"秦景天收好陆雨眠的户籍资料，郑重其事道，"在我查清她底细之前，你千万不能再单独见她。"

2

在提篮桥监狱，秦景天把照片推到田村安直面前，用一口流利的日语询问："见过照片上的人吗？"

田村安直是满铁调查本部次长，拿着照片看了良久，嘴里念出一个名字："樱井熏？！"

"确定？"秦景天冷声问道。

田村安直点头。

秦景天的目光落在照片上，上面的女人自己前天才见过，她的名字和她的人始终让秦景天记忆犹新："她在满铁调查本部的职务是什么？"

"常务部长的机要秘书。"

满铁调查本部是情报机构，对在职人员甄选异常严格。秦景天追问："谁介绍和担保她加入调查本部的？"

"樱井熏的父亲是日军陆军大本营总务六课中佐，她在战争前就到华从事翻译工作。战争爆发后不久她父母在本土死于一场火灾，随后她前往关东寻求庇护，当时满铁调查本部的常务部长是她父亲的学生，因此将其安排在调查本部就职。"

秦景天越听越感觉有意思："你最后一次见到她是什么时候？"

"当时情况很混乱，满铁被苏联人接管，大批在职人员都作为俘虏被遣送到西伯利亚，我最后一次见到她是在战俘列车上。"

"你和她共事多少年？"

"六年。"

秦景天突然笑了："让我猜猜，你认识六年的女人，到现在除了她的名字和职务之外你对她一无所知。"

田村安直回想的时间越久眉头皱得越深。这个女人明明每天都在自己身边出现，可共事的六年她留给自己的记忆屈指可数。如果不是今天看见她的照片，自己都遗忘了还有樱井熏这个人。

田村安直的反应就是秦景天想要得到的答案。一个被送往西伯利亚战俘营的女人突然出现在上海，六年的光阴似乎没在这个女人脸上留下太多痕迹，唯一改变的只有名字。

秦景天收起照片，对于她的身份并不感兴趣，只是很确定在下一次见到她时有了让她离开上海的理由。

3

秦景天回到军统站就被顾鹤笙拉着去会议室开会。

沈杰韬今天心情特别好，见人员到齐兴高采烈说道："今天要宣布两件事，两件都是喜事，首先是南京总局通过了升任顾鹤笙为军统上海站副站长的任命，公示期三个月。"

会议室里众人都为顾鹤笙鼓掌庆祝。

沈杰韬指着顾鹤笙故作严厉："这三个月把尾巴给我夹紧了，千万别捅娄子免得到最后空欢喜一场。"

"是。"顾鹤笙笑着点头，"谢谢站长栽培。"

"今晚你们就别放过他了，想怎么宰就怎么宰，加官晋爵总得出出血吧。不过有言在先，宴请同僚的钱站上可不能给你出，你得自掏腰包免得落下挪用公款的罪名。"

顾鹤笙掏出钱包拍在桌上："求各位手下留情，这个月就剩这么多钱了，你们要是把我吃穷了我就每天轮流上你们家蹭吃蹭喝去。"

会议室里众人哄堂大笑。

"好了，都严肃点。"沈杰韬收敛笑容正式道，"上海光复后军统站事故频出，归根结底是我监管不力。此次回南京毛局长就此专门找我谈过话并对上海站工作极为关注。为了加强上海站防共、剿共、灭共的能力，毛局长亲自指派行动处处长，借此机会诸位见见新同仁。"

话音刚落，会议室的门被推开，当所有人的目光移向门口时，秦景天不由自主从座位上慢慢站起身。

有一种人天生就适合穿军装，明明是绕指柔，穿上军装后便成了百炼钢——陆雨眠就是这样的人。

前日见她时还是三月烟雨，而此刻飒爽英气惊艳全场，端严之姿令人不敢直视。

第七十四章　荆棘皇冠

明明是顾鹤笙的升职庆祝酒会，结果陆雨眠成了全场众星捧月的焦点。也就一晚的时间她就和站上各个部门的处长打成一片，不知道的还以为她和这些人是多年好友。最有意思的是在她身上丝毫感受不到喧宾夺主的反感。

秦景天一如既往地安静，抬头时看见陆雨眠站在自己面前。

"我能坐下吗？"

"当然。"秦景天主动起身为她挪出椅子。

"对我的新工作有什么想问的吗？"

秦景天稍作停顿后单刀直入："我是该称呼你陆处长还是樱井熏呢？"

"这么快就查到了。"陆雨眠泰然处之。

秦景天不卑不亢："惜瑶纯真不谙世事，身边突然多了一位朋友，我担心她交友不慎所以在宾馆调取了陆处长户籍资料核查，有冒犯之处还望海涵。"

"樱井熏是中日混血，她父亲是日本人母亲是中国人，民国二十五年她到达重庆，在东菱株式会社驻华办事处担任翻译。我就是在那时认识樱井熏的。"陆雨眠没有再继续之前的话题，直接开诚布公道，"我和她相处了有三年时间并成为樱井熏最好的朋友。"

"接近樱井熏是陆处长的任务吧。"

"她父亲身份特殊，就职于陆军大本营总务六课，这个部门……"陆雨眠的笑有一种让人沉迷的魔力，虽然那身军装让她显得英气逼人，可在秦景天面前她看上去更像邻家小妹，"你知道这个部门是做什么的吗？"

"专门负责收集苏联情报。"秦景天脱口而出。

"军统获悉她父亲将会被派往满铁负责调查本部，我的任务是接近樱井熏的父亲，可她父母死于火灾意外，因此我改变了行动计划。满铁没有人见过她，同时三年的相处让我熟知关于她的一切，所以我替代樱井熏出现在满铁。"

"陆处长能在满铁潜伏六年本身就是传奇。"秦景天没有恭维，而是真心实意地表示敬佩。

"我不是传奇。"陆雨眠柔声道，"我在等一位传奇。"

"陆处长在等谁？"

"红鸠。"

"一只鸟？"

陆雨眠失声而笑："军统王牌特工，他是我心里唯一的传奇。"

"没听过。"

"我和红鸠本来能成为搭档，可惜我没能等到他。"陆雨眠一脸遗憾，"希望我还有机会能见到他。"

"人生中有些人注定是过客，而有些人只会活在回忆里。"秦景天举起酒杯，"不过还是预祝陆处长心想事成。"

陆雨眠举起酒杯直视秦景天："敬传奇。"

酒会结束后回到酒店的陆雨眠没有直接回房，她在走廊来回走了两遍确定没有异常后来到自己房间的对面，按下门把手，房门没有锁。她走进去，房间里一片漆黑。被夜风吹拂的窗帘扫过窗前的单人沙发，月光在沙发上勾勒出一个人的轮廓。

"得知戴笠意外身亡的消息后，我分不清自己是该高兴还是该失落。"沙发上传来男人雄浑的声音。

陆雨眠掩上门，此刻她也分不清自己对黑暗中的男人是该感激还是憎恨："我以为您见到我第一句会问这些年我过得还好吗。"陆雨眠的声音透着一丝失落。

"你既然选择了这条路就该知道有些人和事是你必须要放弃的。"

"不，是您给我选择了这条路。"陆雨眠冷声道。

黑暗中的男人陷入沉默："我很想你，无时无刻不在想，可我又试图忘掉你。有时我在想如果你不存在该有多好，至少没有人会提醒我真正的身份。"

"您想忘记什么？"陆雨眠幽怨地责问，"忘记您是一位父亲，还是忘记您是在中共上海地下党中潜伏级别最高的军统间谍？"

男人再次沉默，站起身走到陆雨眠身前，缓缓抬起手慈爱地抚摸在她脸上："你让我想起你母亲。"

陆雨眠无动于衷，丝毫没有感受到来自父亲的关爱："您没有资格提到她。"

冰冷的回答让男人的手慢慢低垂下去。

"您是怎么做到的？一边享受着天伦之乐而另一边将自己女儿送上刀锋之路？有时候我真怀疑自己到底是不是您女儿。"

"在你成为一名军统间谍那天我告诉过你，你所选择的是一条充满危险和死亡的崎岖之路，你将承受常人不会经历的磨砺和凶险。我问过你是否做好了准备，因为一旦踏上去就回不了头，是你自己最终选择了这条路。"

"那是因为我希望能得到您的认同，希望成为您的骄傲，我努力让自己变成和您一样的人。"

"你做到了。"男人欣慰点头，"你甚至比我还要出色。一名成功的间谍应该寂寂无闻，可偏偏对间谍来说最高的荣耀又是让自己的名字和历史绑定在一起。就如同博物馆里的那些艺术杰作，你看到任何一座风车首先想到的是莫奈；再惊艳的花朵在凡·高的向日葵下都黯然失色；再美艳绝伦的女子也不及达·芬奇笔下的那抹微笑。你也如此。在若干年后的一份解密档案中，会清楚记录下你的名字和你所截获的八号作战计划。在历史的长河中又有几个间谍能留下属于自己的笔墨。"

"爸……"

"你不用得到我的认同，因为你一直都是我的骄傲。你也不是因为我才选择成为一名间谍，你有着与生俱来的非凡天赋，我不过给你指引了正确的道路。"男人向后退了一步，"看看你现在的样子，你早已不是我记忆中的女孩。你走过了一条布满荆棘的道路，很多人倒在了荆棘之中而你却用荆棘编造了一顶皇冠。"

陆雨眠一直期许的就是对面这个男人的称赞，像是一个得到大人奖赏的孩子，所有的失落和委屈瞬间荡然无存。

"我的孩子中你是最像我的，你也是最出色的。我在你身上看到自己的影子，但现在你已经一骑绝尘让我只能远望。看着自己女儿超越自己，对于一名父亲来说是莫大的自豪。"

"我从未超越过您，您在我心里永远是一座难以企及的高山。谁能想到军统间谍用十几年时间一步一步成为中共上海地下党组织的核心领导。"

"戴笠让我潜伏时没有安排任何任务，这么多年从未起用过我，有时候我甚至都分不清自己是国民党还是共产党。得知戴笠意外身亡的消息我彻夜未眠。我的身份只有戴笠知晓，我还以为随着他的死自己会成为一颗被遗忘的棋子。如果真是那样我连进退都身不由己，以我现在在地下党的身份不可能想退就退，如果再进一步我恐怕要成为中共在上海的最高领导。"男人的声音低沉平缓，"就在我进退两难之际你终于回来了。"

"养兵千日用兵一时，戴局长生前将您的档案秘密交给一位可信任的人，戴局长走后此人将档案移交给毛局长。"陆雨眠拿出一份文件送到男人面前，"这是阿波罗计划的详细内容，毛局长指示需要您全力配合此次行动。"

男人走到窗前打开档案，看了片刻后点燃付之一炬。摇曳的火光在窗户上映出一张老成持重的脸，随着火光的熄灭他再次陷入黑暗。

"戴笠曾经向我提过阿波罗计划，只是一直苦于没有合适的实施机会，如今看来万事俱备只欠东风。"

"天时地利都有了，缺的就是人，得尽快把人和东西运送进去。"

"我会想办法安排。"男人戴上礼帽,"如果阿波罗计划能成功实施,胜利的天平将会倒向我们这边。你既然现在出任上海站行动处处长说明军统已经公开你的身份,等到一切结束时我亲自接你回家团聚。"

"如果我们输了呢?"陆雨眠望着男人背影问道。

"战争才有输赢,不同的党派和主义分歧相争才有输赢,可对于间谍来说没有输赢只有任务的成败。不要想着凭一己之力去改变什么,我们去捍卫所选择信仰的唯一方式就是不断完成有价值的任务,至于最后的输赢不在我们考虑的范围之内。"男人的语气异常坚定,"信仰赢了依旧需要像我们这样的人活在阴影中,即便是输了也没什么改变,我和你都选择了一条没有终点的道路。"

第七十五章　适得其反

陆雨眠硬是把令人望而生畏的行动处处长办公室坐出了秦淮画舫的感觉。秦景天进去时她正在往花瓶中插花，房间内少了几许森严却平添几分胭脂气。

"这是行动处人员名单和最近的工作安排。"秦景天把简报放到桌上。

"你喜欢什么花？"陆雨眠一脸认真地问。

"看时节。"秦景天开始逐渐习惯她与众不同的思维方式。

"这个时节有什么花？"

"我对花不是太在行。"秦景天不想再继续这个话题。

"那下午就陪我去花市逛逛。"陆雨眠似乎对工作的兴致并不大。

"陆处长要是没有其他事我先出去了。"

"和我相处让你这么不自在？"陆雨眠从花束中抬头看向秦景天，她嘴角的笑意如同盛开的花朵般灿烂，然后目光又移到桌上的简报，"刘定国死前指认的那些共党现在是什么情况？"

"被抓获的共党先要经过分析筛选，挑选出有可能被策反的进行突审，至于顽固不化的秘密枪决。此事站长交给顾处长负责，可因为参加戴局长葬礼的事暂时搁置。"

"听说抓获的共党里有几名重要人物？"

秦景天点头。

"都放掉。"

"放掉？！"秦景天一愣，"站长还指望从这些人身上挖出更多线索，陆处长想放人是不是得先请示站长？"

"今天之内全部释放。"陆雨眠笑着说，"这是我上任下达的第一项命令，你怎么也得给我这个处长一个面子吧。"

"这么大的事万一站长追责陆处长恐怕不好交代。"

"你在担心我？"陆雨眠直视秦景天，态度依旧坚决，"派出一组和二组对释放的共党进行跟踪，要求是务必要让共党知道被跟踪。"

听到这里秦景天顿时明白："这样做风险太大，万一有共党逃脱……"

"所以你不要参与此次行动，万一有纰漏你也能置身事外。"陆雨眠严肃道，"命令跟踪人员两人一组跟踪一名释放共党，如让共党逃脱以通共论处。"

"陆处长这是新官上任三把火啊。"顾鹤笙说笑着走进来，"老远就听到陆处长在发号施令，我没打扰你工作吧？"

陆雨眠笑脸相迎："顾副站长见笑了，初来乍到往后还得仰仗顾副站长指点。"

"公示期才刚开始，你这么叫不是给我添乱吗？"顾鹤笙连忙摆手，"往后大家都是同事，别太生分，你是毛局长钦点的人，鹤笙可担不起'指点'二字，不过关照还是可以的。"

顾鹤笙拿出一把钥匙递到陆雨眠面前："听景天说你现在还住在酒店，堂堂行动处处长住酒店传出去丢军统的脸。我刚才去总务处给你寻了一间房，是从汉奸手里没收的逆产。房子靠黄浦江推窗就是江景，里面家具陈设应有尽有。你抽空去看看，要是满意就搬过去。"

"还是顾副站长……"

"又忘了。"

"成，往后要不是公务，私下我就叫你顾哥。"陆雨眠接过钥匙嫣然一笑，"等我收拾好房子就请大家吃饭。"

"乔迁之喜这顿饭你肯定是跑不了……"顾鹤笙偏头看了秦景天一眼，"谁招惹你了，一大早沉着脸干吗？"

"陆处长打算放掉刘定国指认的共党。"

"放掉哪几名？"

"全放。"

顾鹤笙惊讶："这可不是小事，最好事先请示一下站长。"

顾鹤笙本是打算和陆雨眠套套近乎。一名女人担任军统行动处处长还是军统成立以来第一次，而且此人还是毛人凤亲自指定。毛人凤刚接手军统自然万分谨慎，如果陆雨眠不是因为裙带关系获得的这个职位，那只能说明这个女人身上有过人之处。

就在刚才秦景天告知陆雨眠下达的第一个命令后，顾鹤笙开始坚信这个女人绝非等闲之辈。顾鹤笙一直在拖延对抓获同志的分析甄选，想借此为其他同志转移争取时间。

可陆雨眠反其道行之将所有人全都释放，当然这些同志逃脱不了军统的监视。在得知自己被跟踪后，被释放的同志不能联系组织，唯一能保护组织安全的办法只有自己重新回到监狱，回来的这批人就是不可能被策反的人。而没有回来依旧试图与组织重新建立联系的同志，说明有极强的求生欲。陆雨眠用最直接有效的办法区分出这两类人。既然有求生欲那就存在弱点，她可以把突破重点放在这些人身上。

陆雨眠上任做的第一件事就让顾鹤笙意识到自己面前的是一个经验极为丰富的特务，她熟知人性并知道如何利用人性。

"释放共党的事陆处长已经向我汇报过。"沈杰韬走进办公室，似乎对陆雨眠格外信任，"以后陆处长有什么行动可以不用请示。鹤笙，我刚想去找你，三天之内在全站挑选十个人。"

"有什么要求？"

"首先是要对党国绝对忠诚的，其次没有婚配和子女，年纪不能超过二十九岁。"

"有新的任务？"顾鹤笙问。

"例行训练。"沈杰韬一带而过，"人挑选好后将名单交给我审查，确定无误后由你送这些人去15师，有人会负责接收他们。"

"是。"

一旁的秦景天眉头微微一皱，想起几天前15师因为训练出现事故征用医院隔离救治伤兵的事。现在沈杰韬又抽调军统人员去15师受训，秦景天将这两件事联系起来隐约感到这其中一定有隐情。或许这和叶君怡让自己调查的阿波罗计划有关。可沈杰韬从南京回来后并未有过任何行动，也没提及过关于阿波罗计划的事。

这时门外传来敲门声，进来的是秘书韩思成，他走到沈杰韬耳边神情凝重地低声耳语。

"拿来！"沈杰韬听完脸色阴沉。

韩思成从文件簿里拿出一张照片，沈杰韬看后目露凶光，咬牙切齿道："上海站和我这张老脸全都丢在他身上！亏我之前一直那么器重他！"

"都来看看吧，南京总局搞到的情报。"沈杰韬把照片重重拍在桌上，顾鹤笙和秦景天凑了过去。

照片上是谭方德穿着共产党军装满脸笑容和其他军官合影。顾鹤笙先是一愣，很快在心中明白一切。谭方德消失后顾鹤笙一直认为他被灭口，很显然是另一位潜伏在军统的同志掩护了自己。可这名同志并不知道自己身份，顾鹤笙始终没想通这位同志这样做的目的是什么。

"这人是谁？"陆雨眠随口问了一句。

沈杰韬回："之前的行动处处长，真实身份是共党潜伏在上海站的特工，东窗事发后畏罪潜逃。"

陆雨眠听后拿起照片看了片刻，又从抽屉拿出放大镜一言不发地观察良久。

"身体僵硬背部拘谨，双肩没有放松，双手在身前紧握，说明此人在拍照时紧张焦虑。嘴唇微微张开，水平高度靠近双耳，同时眼皮收缩可见他当时恐惧害怕。他脸上的肌肉收紧是为了做出笑容这个表情，可他无法控制眉毛和眼睑周围肌肉群，因此他的笑容只出现在脸的下半部分，这不是发自肺腑的笑。"陆雨眠放下放大镜看向沈杰韬，"我不知道他出于何种原因拍摄这张照片，但我可以肯定他所表现出来的肢体语言和表情都是假的，他是在身不由己的情况下完成这张照片拍摄。换一句话说，共产党试图用这张照片来证明他就是潜伏者，可适得其反，这张照片唯一能证明的只有一件事，潜伏者依旧在上海站！"

第七十六章 偷天换日

秦景天知道陆雨眠绝非等闲之辈，可还是低估了她的危险程度。那张自己用来打消沈杰韬疑虑的照片，她只用几分钟就看出破绽，秦景天真后悔当初没有直接杀掉谭方德。

可这个危险的女人偏偏长着一张文秀可人的脸，穿行在花市的街道上，她就如同那些姹紫嫣红的鲜花惹人喜爱。

秦景天以为去逛花市只是陆雨眠随口一说，没想到她竟然真把自己带到花市。似乎所有女人对鲜花都有一种天生的痴迷，陆雨眠也不例外，看到喜欢的花朵会停下来观赏轻嗅。她把脸埋在花丛中的样子，落在秦景天眼中有一种极为不适的反差感。

"来都来了你不打算买束花送我吗？"陆雨眠如小女孩般问道，"就当是你送我的乔迁之喜礼物。"

"我对花不在行，怕万一送错了触了陆处长霉头。"

"你是不会送还是说不想送给我？"陆雨眠笑着问。

秦景天默不作声在身旁随便挑选了一束，花枝上并排着一簇白色娇嫩的花朵，花蕊向下像是一串风铃，付过钱送到陆雨眠手边。

"看来你是真不懂花。"陆雨眠接过花，"知道这花叫什么名字吗？"

秦景天摇头，换来陆雨眠一声叹息。

"佛说一花一世界，这句话包含深厚的哲学思想，简单理解你也可以认为见花如见人。"陆雨眠捧着秦景天送的花回到车上，兴致勃勃地说，"每个人选择的花其实是内心真实想法的缩影。"

"不知道陆处长还有鉴花识人的能力。"秦景天点燃一支烟，指着车外不远处一个刚买了一束红玫瑰的中年人，"他心里在想什么？"

"玫瑰代表浪漫的爱情，这是送给爱人的鲜花。"

"他是准备送给自己妻子？"

"看他穿着得体应该是受过良好的教育，西裤的裤缝还有褶皱说明他今天刚熨烫过。西装袖口有磨损可见他只有这一套西服，只有在重要的场合才会穿出来，也能反映出他收入并不丰厚，可他却买了最贵的玫瑰花。买花的时候他不止一次挠额头，这是遮掩的动作，并且期间看了三次手表可见他心中焦急。结婚多年的男人很少会在妻子面前展现自己最好的一面。"陆雨眠不假思索道，"这束红玫瑰是他送给情人的。"

陆雨眠话音刚落，一名打扮时髦的女人挽住男人胳臂，妩媚的笑容和年轻的容貌足以证明陆雨眠的判断。

秦景天吸了一口烟，陆雨眠的洞悉力果真非同一般。秦景天还想继续试探，又指着一名同样买红玫瑰的老人："他呢？他总不会也是送情人吧？"

"他是一位学识渊博的老者，从他手里拿着的《李尔王》就能窥其一二，很少有他这样的年纪还能阅读全英文版本的文学作品。他买花的时候没有喜悦和憧憬，沧桑迟暮的眼中尽是哀思。他的样子让我想到李尔王在得知心爱的女儿遇害后的悲伤和忏悔。"陆雨眠幽幽道，"这是一位刚失去爱女的老人，李尔王在女儿墓前所献的正是一朵红玫瑰。"

秦景天多看了那位老人一眼，陆雨眠并没有说完或者是她不想说出口，李尔王最终在女儿墓前悲愤而亡。在这名老人眼中完全看不到丝毫眷恋，秦景天不知道他曾经做错过什么，但很清楚他打算在今天用死亡去弥补。

等秦景天眼前的烟雾散去，那老人已消失在人群中。一名拿着行李行色匆匆的男人进入秦景天视野，男人手里捧着一束绽放的蜡梅，和路人擦肩而过时蹭掉几朵花瓣。

陆雨眠好像突然失去了逛花市的兴致，让秦景天开车回去。在十字路口等红灯时她捧起秦景天之前送的花，低头想去闻。秦景天马上伸手拦在她鼻尖和花束之间，陆雨眠埋下的脸刚好落在他掌心。

秦景天的手没有缩回去："这花只能远观不能近闻。"

"你不是对花不在行吗？"陆雨眠浅笑着反问。

秦景天无言以对，看见绿灯准备开车，却被陆雨眠拦下。

"你明知道铃兰有毒还送给我，为什么又担心我会闻？"

"但凡漂亮的花要么有刺要么有毒。铃兰虽毒可花姿动人同时也有幸福长留的寓意。你的乔迁之喜我送你铃兰未尝不可。"

"那在你心里我到底是漂亮还是有毒？"陆雨眠笑问。

秦景天避开她的视线，想发动汽车发现又是红灯。车窗前一束淡黄的蜡梅映入眼帘，花枝上尽是残缺的花朵。那个在花市看到的男人又出现了，而这时秦景天发现陆雨眠的目光也聚焦在那个男人身上。秦景天突然意识到，她让自己把车停在这里就是为了等这个男人的出现。

"他是谁？"

"撞上去。"陆雨眠的语调柔婉。

秦景天一愣。

"别撞死他。"陆雨眠淡淡地说。

秦景天偏头看她，铃兰再美可从枝叶到花朵皆有毒性，她眼底泛起的冷酷正如同曾经的自己。秦景天一脚踩下油门，汽车径直撞向马路上拿着花的男人。随着一声惨叫男人倒在血泊中，与此同时一辆救护车从拐角开出，下来的人动作麻利地将男人抬走。

这是一场精心策划的车祸，可秦景天还不清楚其中缘由。他跟着救护车来到医院，被撞伤的男人被送到手术室抢救。给陆雨眠送来行李的是行动处的人，可见今天来花市是她布置的一次行动。

陆雨眠打开行李箱，没有急于翻找而是静立凝视里面的东西。秦景天瞬间明白她是在记行李箱中衣物摆放位置和顺序。片刻后陆雨眠开始有条不紊地逐一检查，像是在找什么东西。

秦景天看见她找到一张去西安的火车票，发车时间是今天下午4点。

"他是上海地下党的联络员。共党担心因为刘定国叛变而被抓捕的人中再出现变节者，将可能会暴露身份的共党进行了工作调换。其中有几个人将会撤回延安，他身上携带着这几个人的身份信息和照片，便于延安那边进行核查。"陆雨眠一边查找一边向秦景天解释。

"为什么不将他抓起来审问？"

"我需要在他不觉察的情况下获取名单。"陆雨眠看着摆放在病床上的衣物面露疑色，"名单应该就在他身上可他却没放在行李中，他会把如此重要的情报放在哪儿呢？"

秦景天一言不发地将那张火车票递到她面前："他即将携带一份重要情报前往西安，却先去花市买了一束蜡梅，等他到西安时蜡梅早就凋落。身负重任又长途跋涉，为什么要带一样根本没有意义的东西呢？"

陆雨眠一听瞬间将视线移到那束染血的蜡梅上。她仔细检查后终于在其中一枝的花枝上发现异常，枝干被掏空然后再填充上黏合。陆雨眠用镊子小心翼翼地从中取出一卷微缩胶片。

陆雨眠如获至宝，将胶片收好，然后从身上拿出另一个胶片放回原处，直到花枝恢复原貌才长松一口气，接着将衣物重新摆放回去。

这时一名军统进来报告："他伤势不重没有性命之忧，不过小腿骨折需要住院治疗。"

"都安排好了吗？"

"警察会告诉他是因为刹车失灵导致的车祸，事故后司机肇事逃逸目前正在追查，他不会怀疑。护士和对面病房的病人都是我们的人，方便随时对他进行监视。"

"其他人立即撤离，地下党很快就会派人来代替他传递情报，等他完成情报交接后立即向我汇报。"

"是。"

秦景天跟着陆雨眠离开医院，回去的路上秦景天始终没有多问一句。

"今天的事你不想问我些什么吗？"陆雨眠问。

"你是想抓那几个要撤离的共党。"秦景天平静说道。

陆雨眠摇头："他们已经在我监视之中。"

秦景天眉头一皱："那你这样做的目的是什么？"

"我要替换这些撤回延安的人。"陆雨眠终于说出实情，"我现在可以告诉你，你现在和我执行的是一项代号'阿波罗'的绝密计划，替换撤回延安的共党就是该计划其中一步。"

秦景天一怔，不是因为从陆雨眠口中听到阿波罗计划，而是惊讶她实施行动的时间。她才刚到上海不到三天竟然已经掌握了这么多地下党的机密。从她事先准备好的替换胶片可见她早就知道胶片里的资料格式和内容，这说明她在上海有另外的情报来源渠道，而且这些军统之前都没有掌握的情报极有可能是从地下党内部泄露。

更让秦景天暗暗惊讶的是，能触及这份情报的不会是普通共产党，可见在上海地下党内部还有一名潜伏级别很高的军统间谍。

第七十七章 家宴

拿在顾鹤笙手里的是刚从南京总局移交的陆雨眠档案。看过档案后顾鹤笙大吃一惊。

陆雨眠的档案是最近才被解密，在此之前毛人凤甚至都不知道她的存在。她的档案里没有身份信息，姓名栏是一个编号，R5。

这个字母开头的编号顾鹤笙曾经听越云策说过，这意味着陆雨眠和自己是同时期被复兴社招募。唯一不同的是自己被送往了莫斯科中山大学，而她则被派往国外受训。

陆雨眠就是其中一只红鸠！

她在档案中的履历让顾鹤笙大为震惊。她抗战时期被派往东北，成功渗透满铁调查本部，潜伏时间长达六年。这期间她截获关东军情报不计其数，其中就包括重要的八号作战计划内容。

自己前后遇到过两名红鸠，第一个凭借一己之力让日军在上海的情报系统几乎形同虚设，而另一个在满铁调查本部直接导致关东军的惨败。如今这两名红鸠都出现在上海，这让顾鹤笙感到前所未有的压力。

顾鹤笙从沈杰韬口中获悉军统最近秘密启动了一项代号阿波罗的行动，但对于行动内容沈杰韬守口如瓶。陆雨眠在这个时候出现，顾鹤笙推测多半与这项行动有关。

"想什么呢？"顾鹤笙的思绪被敲门进来的秦景天打断，楚文天设家宴，秦景天让顾鹤笙陪自己一同去，"惜瑶已经到了，咱们走吧。"

"在看陆处长的档案。"顾鹤笙回过神，轻描淡写道，"咱们这位陆处长可来头不小，和我是同期加入军统然后被派往德国军事谍报局受训。关东军的八号作战计划你应该听过吧，这个情报就是她从满铁调查本部截获的。"

秦景天一怔："她在德国接受过训练？！"

顾鹤笙点头："同期被派往国外受训的都是军统千挑万选的精锐。可惜你没赶上好时候，你要是那个时候加入军统我相信你也能通过筛选。"

秦景天快速思索，在德国自己被分配的受训班里没有中国人，不过在农场里还有没有其他军统的人就不得而知。农场一直都采取隔离训练，各个受训班之间严禁学员私下交流，只有在集训的时候才能在一起，可即便如此每个人都要求戴面罩。秦景天确定应该没见过陆雨眠，否则自己肯定会记住她。

车开进楚家公馆时管家方嘉琛迎了上来："楚老板请二位先到客厅稍作休息，他随后就到。"

接着楚惜瑶从楼上下楼，一脸焦急道："我爸那张母亲和姐姐的合照您知道放在哪儿吗？之前都是放在我爸房间床头的相框里，可这次回来后我一直没找到。"

方嘉琛问："你怎么突然想要这张照片？"

"景天答应帮我查找她们的下落，我想把照片给他看看。"

"楚老板知道此事吗？"

"知道啊，我爸没抱什么希望不过我还是想试试。"

方嘉琛告知照片放在书房的抽屉里。楚惜瑶自己去拿，刚离开就听到楚文天豪爽的笑声传来，他一边道歉一边示意开席："随便准备了便饭，招待不周之处还请诸位见谅。"

楚文天口中的便饭是餐桌上琳琅满目的珍馐美味。方嘉琛斟了一轮酒，当着秦景天的面看似无心说道："秦先生还记挂着帮您探寻家人的事，刚才大小姐让我把照片找出来。"

"这事不提我都忘了。"端起的酒杯又被楚文天放下，"原本也没寄希望，都找了这么多年要是她们还在人世……"

"吉人自有天相，一天没准信就还是有希望的。"顾鹤笙在一旁宽慰，"站长之前也让我帮忙查找过，只是楚老板家人的资料不是太详尽，包括楚老板的档案空白之处太多。我一直很好奇当年您来上海闯荡之初，虽说携带家眷不便可为什么没和家里人保持联络呢？"

楚文天反问："沈站长没告诉你？"

秦景天和顾鹤笙对视一眼："站长从来没提过关于楚老板的事。"

"他这是厚道不想揭我的短。"楚文天抹了一把嘴角的酒渍，"两位也不是外人，趁着酒劲儿就说道说道我过去的……"

话音未落，方嘉琛手中的酒瓶碰到酒杯上。楚文天看了他一眼笑着点头："没事，这两个后生我瞧着挺顺眼，说出来就当酒桌谈资。"

秦景天明白方嘉琛是在提醒楚文天慎言："要是不方便楚老板还是别说了。"

"我楚文天一生坦坦荡荡没什么见不得人的事。"楚文天酒劲儿上头，兴致勃勃道，"我祖籍在秦岭六合，祖上出过前清的翰林，楚家在当地算是首屈一指的大户，可传到我爹手中时家道中落。我记得光景最好的时候吃一顿饭周围还有一大群人伺候着，到后来慢慢入不敷出就靠变卖家产度日，等我接手楚家时就剩两间老祖屋了。"

"原来楚老板是关中六合人，怎么档案中没记录呢？"顾鹤笙不解问道。

"故事还长着呢，等我慢慢讲。"楚文天仰头一口饮尽杯中酒，"原本还说当一个败家少爷结果到最后连饭都吃不上。我年少那会儿连吃饭穿衣都得要人伺候着就没过过苦日子。等到家里钱用光了，总得想办法糊口吧，可我什么也不会啊，思来想去就当了私塾先生。"

秦景天和顾鹤笙差点没把嘴里的酒喷出来，谁能想到面前这个混迹黑道叱咤风云的人竟然还当过私塾先生。

"日子本来就这么过了，可又赶上战祸，国民军和北洋军阀打得不可开交。政局混乱加上社会动荡，人饭都吃不起哪儿还有钱供娃念书，这么一来我又断了生计。不久后村里来了残兵游勇抢粮食，我性子烈不知天高地厚，先是争执到后来失手把人给打死了，就这么被抓到县城大牢等着枪毙。"

"那楚老板是怎么逢凶化吉的？"顾鹤笙问。

"人这一辈子还是得靠自己。我在牢里寻思好不容易才到世上走一遭，总不能因为守自己那口吃的不明不白就这么把命送了吧。既然是官逼民反那我就反给他们看看。"楚文天越说越来劲，"我爹这辈子就干成了两件事，一是逼我念了书，二是打小为我请了武师教会了我一身武艺。当晚我就撬了锁抢了看守的枪，这横竖都是一死，我索性就把牢里的犯人全给放了。说是犯人其实都是一群苦命人，这群人里就有他。"楚文天指向方嘉琛。

"回想起来就像是昨天的事。"方嘉琛感慨万千道，"当初要是咱们只顾着逃命也就没后面的事了。"

"逃？往哪儿逃？"楚文天豪气干云地笑道，"带人抢军械库的人可是你，你硬生生把我逼上梁山，我就是想回头也没路可走啊。"

"抢了军械库？"秦景天重新打量方嘉琛。

"他年轻的时候身上可有一股虎气，七八个人提着枪硬是缴了一个连驻军的械。为首的连长是个军痞就因为不服骂了他一句，当场就被他一枪给了结了。我当时心里咯噔一下，原本就想保命结果事情越捅越大。"楚文天一拍大腿仰头又是一杯，"得，既然回不了头，那就落草为寇吧。"

"您还当过土匪？！"顾鹤笙都愣住。

"当过！"楚文天毫不掩饰，拍着胸脯说，"打家劫舍、拦路抢劫的事我都做过。但我劫的都是不义之财，贪赃枉法的官员、为富不仁的地主落我手上都得扒几层皮。穷苦百姓的钱财我从来没有动过分文。"

"您就当不了恶贯满盈的土匪，顶多是绿林好汉。"方嘉琛在一旁苦笑，"劫回来的钱财倒是不少，除了留下够吃够用的，其余的你全派人分给村民。"

顾鹤笙恭维道："没想到楚老板还做过劫富济贫的事。"

秦景天却说了一句："楚狼！"

楚文天一怔，和方嘉琛对视一眼后两人齐齐看向秦景天："你怎么知道这个名字？"

小时候秦景天从母亲口中听到过。据说是关中一名悍匪的绰号，不听话时母亲会用这个名字来吓自己，因此秦景天自小脑海里都有一个面目狰狞、穷凶极恶的男人形象。没想到这个童年的噩梦如今就坐在自己对面。

秦景天回道："特训班里有一名关中的学员，闲聊时他说过关中多匪事以楚狼尤烈，但后来楚狼突然销声匿迹只留下一些不知真假的传闻。"

"没想到这么多年过去了，关中还有人记得我那点破事。"楚文天仰头大笑。

顾鹤笙追问："后来为什么来了上海？"

"起初只是想活下去，结果愈演愈烈前来投奔的人也越来越多，当地的官员商贾听到我名字都谈虎色变。人多起来自然祸事也随之而来，政府派部队剿匪。跟着我干的大多是苦命的庄稼人，哪儿是正规军的对手，我担心一旦打起来凶多吉少，就趁着还没被包围解散了队伍，让他们各自带着分的钱财逃命去。"楚文天叹了一口气，"政府悬赏我的人头，在关中是待不下去了，我们一合计就来上海避祸。"

"难怪楚老板的档案里没有您来上海之前的记录。"顾鹤笙道。

"后来国民政府给我平反，说我是抗击军阀有功。可当时情况不一样啊，我是被通缉的戴罪之人，要是和家人有联系一是会暴露行踪，二来还会牵连家人，所以到上海后我就中断了与家人的联系。原想着等在上海站住脚就接她们过来，谁知……"楚文天黯然伤神，酒入愁肠。

顾鹤笙追问："楚老板来上海之前可有留下什么信物？"

"没有。"楚文天神情低落。

"尊夫人名讳呢？"

"她叫……"楚文天还未说出口，楚惜瑶推门进来。

"关中的事我没告诉过惜瑶，你们听着就好别让她知道。"楚文天低声说。

"你们在聊什么呢？"楚惜瑶环顾一圈，一脸鬼精地问，"怎么我一来就没声了？"

"楚老板正畅聊当年之勇。"顾鹤笙一带而过道，"今晚这顿饭真是没有白吃，没想到楚老板还有这么一段不同寻常的往事。"

"照片找到了。"楚惜瑶把那张合照递给秦景天。

照片上是一位端庄文秀的女人，一脸慈爱地搂着一个天真烂漫的小女孩。两人脸上洋溢的笑容是那样熟悉和亲切，正如定格在秦景天记忆中的最美好的画面，每当夜深人静时总会不经意浮现在他眼前。

一直善于隐藏自己真实情绪的秦景天此刻不停地在舔舐嘴唇。他放大的瞳孔让顾鹤笙捕捉到："你认识照片上的人？"

"楚老板的夫人叫什么？"秦景天努力让自己恢复镇定，可还是有一抹慌乱留在了他脸上。

"我夫人名字取自汉诗，'胡马依北风，越鸟巢南枝'，她的名字叫风南枝。"

秦景天抬头看向楚文天，目光呆滞，就在刚才楚文天说出了自己母亲的名字。

第七十八章 火花

睹物思人让自己想起亡故的双亲是秦景天给出的解释。坐在身旁的顾鹤笙能感受到秦景天极力克制却无法掩饰的哀思。顾鹤笙不知该如何劝慰，只能为他斟满酒。从那以后秦景天变得沉默，一杯接一杯喝酒，脸越喝越青看着都吓人。酒桌上唯有陆雨眠的目光始终聚焦在秦景天身上，视线来回在他和桌上那张照片之间游弋。

秦景天把自己喝得酩酊大醉，其他人还以为今天他兴致特别好。等酒桌上的酒全见底，连顾鹤笙也走不了直线了。楚文天让方嘉琛收拾了房间留他们在家里过夜。

早起是楚文天多年的习惯，往常起床后都会拧上茶壶去花圃走上一圈，若是兴致好还会吼两嗓子秦腔。但今早他看见那盆被剪断的罗汉松时，气得差点没把手里的紫砂壶给砸了。

花圃里的一草一木都是楚文天的心头好，平日里除了自己没人敢随便进来，更别说弄坏里面的花草，不用猜也知道这是谁干的。

"上辈子欠你的。"楚文天无可奈何地嘀咕，坐到凳子上找来工具打算修复，没留意到一直跟在身后的秦景天。站在树下望着楚文天背影时秦景天内心五味杂陈，母亲一直没有提及过关于父亲的事，看得出她在刻意回避这个话题。秦景天不知道其中原因，怕会让母亲伤心因此始终没在母亲面前问过。

但这并不代表秦景天没有想过父亲，他只能从姐姐模糊的记忆里依稀勾画出父亲的模样。记得姐姐说过父亲个子很高，肩膀也很厚实，喜欢把她扛在肩头或是用胡楂捉弄。很多时候秦景天是羡慕姐姐的，至少她还体会过父爱。从小到大这份缺失的亲情一直是秦景天最大的遗憾。

楚文天看到慢慢延伸过来的影子，转头看见秦景天，露出和煦的微笑。

第七十八章 火花

"过来帮帮忙。"楚文天把剪刀递到秦景天面前,"这盆罗汉松我栽培了好多年结果让她糟蹋成这样。上次瞧你修剪一看就知是行家,帮我瞧瞧可还能复原?"

楚文天和颜悦色的笑容和手里那把锋利的剪刀在秦景天视线里交替。默不作声的直视让楚文天有些不知所措:"你今天怎么了?"

父子重逢的场面秦景天不是没有想过。自己要对他说什么,用怎样的语气和情绪,在秦景天心里已经重复过无数次。可真走到这个人面前时,秦景天却发现自己根本没有开口的勇气。

终于秦景天还是接过剪刀蹲在地上,头埋在罗汉松的枝叶间沉默不语。

"在南码头登船的人已经平安抵达目的地。"楚文天环视一圈见四周没人低声说,"既然你和我做交易,我帮了你这么多次你是不是也该为我做件事?"

"交易"二字落在秦景天心里格外刺耳,至亲之人和自己谈的竟然是交易。

秦景天依旧默不作声。

"军统最近突然封锁了码头,我的一批货还在码头仓库里上不了船。"楚文天没看到罗汉松枝叶后那张泛青的脸,"这批货价值不菲,再不上船我可就要损失惨重。本来也不是什么大事,不想去麻烦沈站长,你想办法帮忙疏通疏通让这批货尽快上船。"

"我还想了解更多关于楚老板家人的事。"秦景天一边用铁丝固定盆栽创口一边冷声说。

楚文天愣了一下:"你怎么还在想这事,我压根就没指望你能帮我把家人找回来。"

"我想试试。"秦景天态度坚决,"楚老板要是没心找寻家人就另当别论,如若想找就该全力以赴,尽人事听天命不该用在家人身上。"

楚文天不解:"为什么你对此事如此上心?"

"景天自幼父母双亡深知失去家人之痛钻心蚀骨,想来楚老板应该感同身受。若能帮惜瑶圆了一家团聚的心愿也算是弥补了我自己的遗憾。"

楚文天思索片刻，放下手中紫砂壶："我带你去一个地方。"

秦景天跟着楚文天向花圃深处走去。

"我一直不提家人并非是多年探寻无果后心灰意冷，我比谁都更想找到她们，可又怕找到。"楚文天的声音黯然，"到我这个岁数最难接受的事就是生离死别。过了这么多年我学会了安慰自己，她们现在或许生活得很好，我女儿打小就聪慧乖巧她一定会照顾好母亲。打探不到她们母女下落就成了我最后的侥幸，我不想突然有一天听到她们不在人世的噩耗。你当我是自欺欺人也好或是自私也罢，没有她们的消息就是最好的消息。"

秦景天能肯定楚文天此刻脸上的思念和害怕都是真的，他越是这样自己越没办法去恨他。

"楚老板和夫人是怎么认识的？"

"我在关中落草为寇干的就是打家劫舍的勾当，专门挑为富不仁的恶霸地主下手，他们为了防范我修筑碉楼还请了民团。有一次失手被包围，我中了枪和弟兄们失散，本以为会被抓，没想到被一个花匠给救了。她认出我，说是在县城的悬赏通缉告示上见过我的画像。当时我伤得太重都动弹不得。起先我想着她多半会通风报信领赏钱，结果她居然把我藏在家里的花窖躲过了搜查。"楚文天说起这段往事时嘴角有了些许笑意，"在她的精心照料下我算捡回一条命。"

"她就是风南枝？"

"在她家养伤那段时间，闲得无聊我就跟她学盆栽，也是她教会了我唱秦腔。她有大家闺秀的风范也有关中女人的质朴和勤劳。渐渐时间长了，我们对彼此互生情愫就这么拜堂成了婚。"楚文天面带微笑继续说，"可我终究是个土匪不想把她也牵扯进来，何况婚后不久她便怀有身孕，我只能带着兄弟风餐露宿地住在山上，每过一段时间才能偷偷摸摸回去一趟。她对村里人说我是跑脚商人，也没引起村民怀疑。"

"为什么不金盆洗手？"秦景天始终为母亲的遭遇不值。

"想过的而且不止一次,可我夫人是女中豪杰,她非但没嫌弃我的营生还说乱世之中就该有人站出来为民请命。"

"她让你继续当土匪?"秦景天突然发现自己并不了解母亲。

"我本想着攒点钱就带着她们母女离开关中。她从和我成为夫妻以来一直任劳任怨,没有贪图过钱财也没有安于享乐。她让我把劫来的财物都分给方圆那些食不果腹的百姓,她身上只留了一条玉佛项链。那东西不贵重,但她一直戴在身上说是能给我求平安。"楚文天说到这里解开衣衫,裸露的脖子上是一条玉观音项链,"项链是同一块白玉所雕,她说男戴观音女戴佛,这两条项链就成了我和她的定情信物。这么多年我一直戴着,每每看到都想起与她过往的点滴。"

楚文天说得越多,秦景天心中多年积攒的怨恨已经所剩无几。

交谈中楚文天停在花圃深处的一个木门处,门上有一把表面光滑的锁,想来是有人经常开启。

"这里除了我没人敢来,惜瑶即便再任性妄为也知道这里不能随便来。"

"这是什么地方?"

楚文天拿出钥匙打开木门,秦景天瞬间愣在原地。映入眼帘的是一处常见的关中民居,屋里陈设虽然简陋却被收拾得井井有条。屋前的降龙树枝繁叶茂伟岸挺拔,恰是逢春,枝叶上盛开着点点白花。

秦景天不可思议地走进屋中,时间仿佛一下回到多年以前。这里是楚文天的禁地,也是无数次出现在自己梦中的家。秦景天还记得爬上降龙树掏鸟窝被母亲呵斥,她说万物皆有灵要学会尊重每一个生命;也记得就在这屋里母亲一边哼着童谣一边轻挥蒲扇哄自己和姐姐睡觉。

"你不是想了解更多关于我家人的事吗?"楚文天没有跟进来,独自一人坐在院中石凳上往烟锅里塞烟丝,"这里的一草一木都是按照我之前的家修建的,包括房间里的家具摆放位置都一模一样。我每天都会来这里坐坐抽一锅烟望着房门,多希望那门会被推开……"

秦景天环视着他再熟悉不过的家,忽然发现楚文天所有关于家人的回忆中都没有自己,可见他离家避祸时太匆忙甚至都不知道母亲怀了孕。

"如果你的家人站在你面前,你会怎么样?"秦景天惴惴不安地问。

秦景天听到院中传来楚文天悲怆的笑声:"若能家人重聚我楚文天愿用余生常伴左右。可我已经不奢求上天垂怜,能让我再见上一面就心愿足矣,即便用全部阳寿去换也心甘情愿。"

秦景天在房中静立片刻慢慢解开衬衣纽扣,从脖子上取下那条在母亲遗物中找到的玉佛项链,紧紧握在手心走到院中。

"我夫人喜欢抽旱烟,每次闻到这烟味我总能想到她。"楚文天将烟锅放在嘴里,指着石桌,"帮忙把火柴递给我。"

秦景天缓缓抬起攥成拳的手,不知道下一刻在楚文天面前展开时,他会是怎样的表情。

"你怎么了?"楚文天盯着秦景天的手,"手里是什么?"

"是……"

话还没说完,秦景天突然看到石桌上的火柴盒,三叶牌火柴在上海随处可见,可这个火柴盒上的火花残缺不全只剩下了半片红叶。

秦景天的手慢慢低垂下去。上次见到这个火柴盒时还是和叶君怡在联络屋,是自己撕掉了上面的火花。这个火柴盒应该被叶君怡转交给了地下党组织,而如今火柴盒竟然出现在楚文天的身旁。

秦景天的手连同掌心的项链一起缩回裤兜。

第七十九章 秩序

1

秦景天脑海中交替出现的只有楚文天的脸和那个火柴盒。楚文天是共产党,这着实让秦景天震惊。

"你在想什么?"陆雨眠打断秦景天的思绪。

陆雨眠与前两任行动处处长最大的区别在于,她并不热衷抓捕共产党。用她的话说每一种信仰一旦建立后是无法被剿灭的,能颠覆信仰的只有时间。

秦景天和陆雨眠认识的时间越长,发现她越令自己惊讶,无论是想法还是行为她和自己有太多契合点。

今天一早秦景天就被陆雨眠带到火车站,而且她还是一身女学生的装扮。

"我们已经在车上坐了快两个小时。"秦景天的目光透过车窗注视着嘈杂喧嚣的火车站,"这里有什么值得陆处长关注的人或事吗?"

"第三出站口旁边的告示栏。"陆雨眠边说边为秦景天戴上一条黑白相间的围巾,并将一份卷起的报刊塞到他手中,一枝百合露在报刊外面,"记住关键词,七贤路、下午3点、开平街45弄。"

2

出站的人群中一个拎着行李的女人径直向秦景天走过来。她身穿黑色摆裙和淡蓝色的大襟袄,胸前还有一枚蝴蝶胸针。秦景天只看了她一眼心中就暗暗惊诧,这个女人的穿着竟然与陆雨眠一模一样。

女人停在公示栏旁边,视线很快就聚焦到秦景天身上:"先生,我侄女托我买擂沙圆,请问哪儿能买到正宗的?"

"七贤路有一家。"

"距离这里远吗? 我在上海转车去济南怕错过了开车时间。"

"那家店下午3点关门。"

"应该是赶不上了,这附近有吗?"

"开平街45弄也有一家。"

陆雨眠提到的关键词全出现在对话中。

女人确定接头暗号无误后环顾四周,放下手中行李低声道:"依照摆放顺序每三十天更换一本,安全通讯是电码前加一个错码,第三组数字后再加一个错码。"

秦景天默不作声点头。

"另外江南同志的电台处于静默状态已经超过安全时限,延安要求尽快核实江南同志的情况并在近期上报。"

秦景天现在已经知道站在对面的是一名共产党,她把自己当成了前来接头的同志。秦景天不了解情况担心说错话:"是。"

女人与秦景天握手:"我还有其他任务要赶往济南,再见。"

秦景天镇定道:"一路顺风。"

目送女人的身影走进火车站后秦景天才回到车上,带回来的还有女人留下的行李箱。陆雨眠在后座打开行李箱,秦景天从后视镜中看见里面除了衣物外还有两叠书。

秦景天把女人说的话告知她:"里面是什么?"

"延安和上海地下党组织的电台通讯密钥。中共为加强电码安全性采用定期更换密码本的方式,这些书就是电码的加密原码。"陆雨眠一片拍照一边回答。

秦景天一怔,回头看了一眼行李箱里的书,里面装着的就是陆雨眠想要的"秩序"。她得到这些东西意味着从此以后中共与上海一级组织的情报消息全都掌握在陆雨眠手中。

对书拍完照后陆雨眠在衣物中还找到一封信。在不破坏信封完整性的情况下她熟练地提取出里面的信纸，展开后上面是密密麻麻的数字，陆雨眠拍照时嘴角露出如获至宝的笑意。

"你知道这些数字代表什么？"秦景天诧异问道。

陆雨眠和盘托出："上海地下党向延安申请更换所有电台的波长和频道，延安同意了请求并制定了新的电台呼叫参数。"

秦景天更加震惊。这些数字里蕴藏着中共在上海所有电台的位置，只要地下党组织启用新的电台参数就意味着中共在上海的整个情报网将全部暴露在陆雨眠面前。

在秦景天的惊讶中陆雨眠已经收拾好行李箱下车，很快消失在火车站拥挤的人群中。秦景天这才相信她并不是在幻想所谓的秩序而是已经开始建立，这也是陆雨眠的真正可怕之处。谭方德和陈乔礼一直在错综复杂的迷宫中试图找到出口，而陆雨眠却推倒这座迷宫，按照她的设计重新建立了一个。

秦景天想到了叶君怡，一直以来她都潜藏在这座迷宫中，可现在她已经无所遁形。一旦陆雨眠构建完成新的迷宫，叶君怡早晚会出现在她视线之中。

将烟放在嘴角时秦景天眉头微皱，公示栏边一个男人引起了他的注意，无论是穿着还是手中拿着的东西都和自己一样。片刻后秦景天看见从火车站里走出的陆雨眠，时间仿佛倒回十分钟前，自己经历过的事再次在公示栏边发生。

"先生，我侄女托我买擂沙圆，请问哪儿能买到正宗的？"陆雨眠重复那女人说过的话。

"七贤路有一家。"

"距离这里远吗？我在上海转车去济南怕错过了开车时间。"

"那家店下午3点关门。"

"应该是赶不上了，这附近有吗？"

"开平街45弄也有一家。"

在陆雨眠的秩序中每一样东西都应该在准确的位置上。截获中共的情报不是这次行动最关键的地方，只有在对方没有觉察的情况下这份情报才具有价值，因此陆雨眠需要将行李箱放回它该在的位置。

"依照摆放顺序每三十天更换一本，安全通讯是电码前加一个错码，第三组数字后再加一个错码。"陆雨眠将行李箱放在了那个男人的身旁。

"明白。"男人点头。

"重复一次。"

"依照摆放顺序每三十天更换一本，安全通讯是电码前加一个错码，第三组数字后再加一个错码。"男人倒背如流。

"另外江南同志的电台处于静默状态已经超过安全时限，延安要求尽快核实江南同志的情况并在近期上报。"

男人警觉地扫视四周低语道："在半个月前江南同志的联络人代号砗磲出了状况。"

"详细情况是什么？"

"刘定国的叛变对上海地下党造成严重损失，大批同志相继被捕，砗磲的下线也在其中。江南同志身份特殊为确保安全一直采用单线联络人，只有砗磲见过江南，可下线被军统抓捕后组织就失去了和这两位同志的联系。"

"砗磲的下线叫什么？"

"潘乐章。"男人神情凝重道，"军统释放了之前被抓获的同志，但他们很快就意识到这是敌人的阴谋，大多数信仰坚定的同志都选择回到监狱不给敌人可乘之机，潘乐章同志就是其中之一。现在我们也很担心江南同志的安全。上海局一半的情报网都是由江南同志领导，如果不能及时与之恢复联络，组织的损失难以估量。"

"潘乐章有没有见过砗磲？"陆雨眠问。

"没有，潘乐章和砗磲一直采用死信箱作为联络方式，可信箱的位置和信息安全传递的方式只有潘乐章知道，组织上正在想办法积极营救。"

陆雨眠留下行李箱和男人告别后走进火车站，直到男人走远陆雨眠才折返回到车上。陆雨眠身上有一样东西是秦景天很欣赏的，就是她喜欢掌控并且有能力掌控所有事。

秦景天看了一眼手表："十五分钟。"

"你想说什么？"

"我和女人完成接头到真正的接头人出现相差了十五分钟，你就是利用这个时间差完成了你想要建立的秩序。你让两名共党完美地错开了接头时间，加上上次你调换共产党名单的事，前后两次，你都事先获悉了上海地下党的重要行动。"秦景天单刀直入，"共党组织内有一名为你工作并且身份和职务都不低的暗线。"

"不错。"陆雨眠点头，直言不讳道，"带你来这里就没想过对你隐瞒，不过你说错了一件事。"

"什么？"

"这个暗线在上海地下党组织潜伏的时间超乎你想象，此人并不是为我工作，相反我是在为这个人工作。"

"为什么要告诉我？"秦景天冷静问道。

"因为我认识你。"陆雨眠意味深长地看向秦景天，笑意深邃，"在农场，你毕业被授勋时我见过你。"

秦景天在惊讶中与之对视，农场是德国军事谍报局训练基地的代称："你也是红鸠？！"

陆雨眠笑着点头。

秦景天点燃烟，缭绕的烟雾让两人在彼此的视线中若隐若现。

"你接下来的计划是什么？"

陆雨眠的视线移向车窗外。街道两边郁郁苍苍的梧桐树盛开着淡紫色的花朵，风过林间哗哗作响激起落英缤纷。陆雨眠将手伸出窗外，一片花瓣飘落在掌心。

"正是江南好风景，落花时节又逢君。"陆雨眠嘴角的微笑像是一朵绽开的花，"我想见见江南……"

第八十章　空中堡垒

1

顾鹤笙一大早就得知，之前选送到15师的人在训练中因操作不规范引爆弹药，除一名重伤外全部阵亡。沈杰韬让顾鹤笙出面前往15师把殉职弟兄的遗体接回来。

顾鹤笙带了两辆卡车去师部，发现对方早已等在门口。看着士兵拿出来的骨灰盒，顾鹤笙火冒三丈："谁允许你们擅作主张火化遗体的？！"

负责接洽的军官和顾鹤笙认识，将他拉到一边递上一支烟："上面的命令，兄弟也只是按章办事还望顾副站长通融。"

"人在你们部队里死的，15师不给个说法就算了，未征询家属同意你们一把火就把人给烧了。"顾鹤笙撇开递过来的烟，愤愤不平道，"这事我通融不了，你还是跟他们解释吧。"

从车上下来的是殉职人员家属，本来听到亲人亡故的消息就如晴天霹雳，如今连最后一面也见不上更加悲恸欲绝。一群人围着骨灰哀号连天。

军官看这架势知道搪塞不了了："纯属意外事故，谁也不希望发生这样的悲剧。这些兄弟在参加的掷弹训练中不慎引爆弹药，师部也想移交遗体善后，可……"

"可什么？"顾鹤笙见军官欲言又止追问道。

"人都炸得稀烂，拼都拼不出一个完整的人样。如果运回来，遗体发臭不说让家属看到岂不是更伤心，实在没办法只能就地火化。"

"当初是我把人亲手交到你手上，现在就剩下一坛骨灰而且谁是谁都分不清。真不是我为难你，"顾鹤笙接过烟语气缓和了些，"都是有爹娘疼的人，如今白发人送黑发人，我总得给他们家人一个交代。"

"顾副站长认为怎么处理才妥当？"军官也是焦头烂额。

"家属情绪我会负责安抚，可你们15师得单独拨一笔抚恤金。"

"这个好说，兄弟会尽快向师部长官申报。"

顾鹤笙指着不远处神情哀伤的妇女："她是侥幸生还的弟兄的老娘，大老远从四川赶过来的，听说儿子重伤，在路上已经哭晕了好几次，来的时候一直哭喊着活要见人死要见尸。我答应过她一定能见到儿子。"

"那名弟兄情况不太乐观，伤口大面积感染，军医对此束手无策，他应该撑不过今晚。"军官面露难色道，"而且师部严令所有在训练中负伤的官兵必须隔离医治，限制令解除前家人不得探访。"

"人现在在哪儿？"

"师部的医院。"

"论公，这些殉职的弟兄都是抗日的有功之人，不明不白死在训练中，要是传出去报纸杂志又得大肆抨击，落一个草菅人命残害忠良的罪名，这对军统和15师都不好吧。再说私，快七十岁的老娘跋山涉水想来看儿子一面，这要是见不着你认为她肯走？咱们都是从娘胎里出来的，将心比心也能理解她此刻心情。若她今天在这儿赖着不走，万一把事情闹大了，你说你们15师是抓呢还是不抓呢？"

军官一筹莫展："这……"

"师部的命令是不允许家属探访没说不准长官巡察吧？"

"没有。"

"受伤的是军统的人，我这个直属上司去看望下属没违反军令吧？"

军官思索良久最终还是点头答应，带着顾鹤笙来到师部医院。

顾鹤笙走进病房随手关上门。病床上的人浑身缠满纱布像一具木乃伊，嘴里持续发出难以抑制的痛苦呻吟。

顾鹤笙刚要开口叫伤员名字，突然发现他左手没有小臂，右手失去了手掌，掀开被子，只见左腿已经被截肢。

伤员听出顾鹤笙的声音:"顾,顾……"

"是我。"顾鹤笙接住他艰难抬起的断臂,"你眼睛怎么了?"

"瞎了。"

顾鹤笙蠕动喉结,被眼前惨状震惊:"站上把你娘从老家接来了,听到你受伤她很担心。部队有规定暂时不允许探望,你有什么话要让我转告吗?"

伤员一听拼尽全力想从病床上起来,本想去拉顾鹤笙才发现自己已经失去了双手:"顾,顾副站长,千万别告诉我娘我伤成这样。娘身体不好我担心她受不了刺激。我,我能不能麻烦您一件事?"

"你说。"

"听,听医生说我伤口感染严重恐怕是,是救不活了。我死了别对我娘说,就告诉她我被派,派到外地执,执行任务。"

"你放心,医院会全力医治你的。"

"请,请答应我。"

顾鹤笙再次蠕动喉结,深吸一口气:"我答应。"

伤员听到顾鹤笙的承诺长松一口气,虚弱地倒在病床上。

"怎么会搞成这样?"

"我们来到部队的当晚就被军车运走,起初以为是外出训练,可上车后每个人都,都被蒙上眼睛,吃喝拉撒全在车上。"

"知道带你们去哪儿吗?"

"不,不知道,车大概开了有两,两天,中途还上了船。等我们取下眼罩发现在一座山,山里,里面有驻扎的部队但没有番号。让我们休整了一天后就,就开始接受训练。"

"什么训练?"顾鹤笙追问。

"一同去的兄弟被分成三人一组,有一名教官教我们使用设备。"

"设备?"顾鹤笙焦急问道,"什么设备?"

"之,之前没见过,像是电台但又比电台要小,里面结构要更复杂。教官要求我们在规,规定的时间内完成设备的拆解和组装。我是从电讯处抽调的所以对设备还有些了解。那个设备里有，有电子管金属、2.5mH 电感、逆变器的变压器、槽路电感线圈、100P 空气可变电容，这些都是电台的零件。但还有一大部分零件是，是我之前没见过的。"

"设备有多大？"

"拆解后一人便可携带。"

"用途呢？"

"不，不知道。教官只让我们熟悉如何操作。那个设备像电台有波长和频率但不需要外接电源就能使用，可无法接收电波而且没有声音。"

顾鹤笙一边听一边回想，伤员描述的设备自己也没有接触过。

"操作设备为什么会发生事故？"

"等我们熟练掌握设备操作后，一名上校向我们下达命令，让三个小组在规定时间内各自赶到指定坐标地点，并完成设备的组装和调试。"

"你被分配的坐标是什么？"

"东经122.66，北纬30.80。"

顾鹤笙快速记下这组坐标："然后呢？"

"这样的训练进行了很多次，最，最开始是白天到后来变成晚上，最后一次训练时我发高烧，那名上校命令我必须带病完成训练。我跟随第二组到达指定坐标地点，在启动设备后我就去旁边休息。不久后我听到飞机的声音。等飞机穿出云层时我才看清楚，那是一架我从未见过的作战飞机，体型很庞大，装备四台螺旋桨发动机并且在飞机下面还有机炮炮台，从我们头顶飞过时像一座巨大的堡垒。"

"空中堡垒！"顾鹤笙心里暗暗一惊，伤员描述的飞机是美国生产的 B17 重型轰炸机。

"训练小组得到的命令是设备指示灯变绿才算完成任务。我当时在山岩后面休息听到飞机声音后站起身，发现那架飞机后面还跟了两架一样的飞机，离开云层后飞向不同的方向，其中有一架向我所在的小组飞来，然后就听见空中传来刺耳的呼啸声。当，当我意识到那是炸弹时已经来不及通知其他弟兄，接着一声巨响，我就失去了知觉。"

顾鹤笙听后惊愕不已。B17所使用的是AN-M65航空炸弹，重量就达到一千磅，具有毁灭性的破坏力，有效毁伤半径为三百米，破片在一千米距离内仍有杀伤力。

顾鹤笙劝慰伤员安心养伤，但心里清楚以他的伤口感染程度这是自己最后一次见到他。临走前伤员还说出了一个英文缩写——ParasetII。

顾鹤笙不知道这个缩写的含义，伤员告知是在那台设备操作手册上看到的。无论敌人在秘密进行什么阴谋，一定和这台神秘的设备有关，当务之急是尽快搞清这种设备的用途，顾鹤笙回到车上时想到了一个人。

2

卡洛琳有晨跑的习惯，每天清晨都会围着江边跑上五公里，时间长了连早起遛弯的老人都认识她。卡洛琳为人和善总是会回以微笑。恰好大楼下有一个靠江的长椅，平时卡洛琳会在这里稍作休息，不过今天长椅上已经坐着一个人，旁边放着一杯咖啡，那是卡洛琳最喜欢的口味。

卡洛琳蹲下系鞋带，余光环视四周后走到那人身边坐下，喝了一口咖啡，呼吸渐渐平缓："两名情报官就这么见面是不是太高调了？"

"这个点估计共产党和苏联人还没起来呢。"顾鹤笙淡笑。

卡洛琳是美国派驻上海领事馆的文化参赞，对外主要从事中美文化交流，实则身份是美国驻华战略情报局情报官。

"情报官的见面总是充斥着阴谋。"卡洛琳耸耸肩叹息道，"你的出现让这个美好的清晨顿时沉重。"

顾鹤笙拿出烟盒："可以吗？"

"你这么客气想来接下来要说的一定不是好事。"

"美国派往东北的两个情报小组，其中在沈阳的红衣主教小组全部人员被苏联人秘密监视。至于哈尔滨的火烈鸟小组，相信你与小组成员失去联系已经超过七十二小时。"

卡洛琳手中的咖啡荡起涟漪："我不知道你在说什么。"

"除了这两个小组之外，还有派往山东潍县的鸭子小组和海南的鸽子以及北平的喜鹊,最后是在上海的鹦鹉。"顾鹤笙不紧不慢道,"你说得没错,情报官的见面向来不会愉快。除了北平和海南的两个小组其余的已经失去作用了。"

卡洛琳偏头看向顾鹤笙:"你都知道什么?"

"火烈鸟被苏联人秘密突击,所有组员全部落网。至于山东的鸭子一直都处于共产党的严密监控之中。"顾鹤笙深吸一口气,"你作为驻华情报长官,是时候建议美国调整对苏联和共产党的情报收集计划。"

"这些情报你是如何掌握的?"

"军统在东北和山东部署了多个行动小组,他们执行着和你们情报小组一样的任务。不过在这两个战场上他们远比你们美国人要有优势。"顾鹤笙无奈笑道,"很早之前我就与你就情报共享交换过意见,这是一个善意的建议,至少军统在那边建立的情报网要比你们更完善,可惜你没有采纳我的意见。"

事到如今卡洛琳也不再继续掩饰:"军统是否能设法营救火烈鸟被抓的情报人员?"

"来不及了。火烈鸟小组都是非官方保护的情报人员,苏联人根本不用忌惮来自美国的压力,但为了防止挑起两国事端在突袭后苏联已将所有被抓情报人员秘密押运回国。"顾鹤笙摇头道,"东北现在是苏联人和共产党的天下,军统没有直接营救他们的能力。红衣主教小组的情况也不乐观,我建议你尽快召回免得重蹈覆辙。"

卡洛琳单手托腮,浓醇的咖啡也无法振作她此刻萎靡的精神:"这次是官方见面还是你想看我笑话?"

"东西在咖啡杯下面。"

卡洛琳举起咖啡杯这才看见粘在杯底的微缩胶片:"里面是什么?"

"苏联人在满洲至西伯利亚边界的军事部署和防御工事。"顾鹤笙点燃烟,"还有苏联在满洲边界空军基地和战机部署以及航空燃油储备数量。最后是苏联海军在东海岸的航运量和军舰吨位。"

卡洛琳听后瞬间瞪大眼睛,这些一直都是美国千方百计想要获取的战略情报，可屡次派出的情报小组都铩羽而归。

"给我一支。"卡洛琳显然难以平复此刻的心情。

"听说你要被调回美国。"顾鹤笙为她点燃烟，"这份情报就当是我送你的回国礼物吧。"

卡洛琳沉默了良久："美国已经决定从中国撤军。"

"什么时候？"这次震惊的是顾鹤笙。

"十月份完成全部美军撤离，马歇尔将军建议撤离后驻华情报小组由第七舰队接管，改称对外调查第44分遣队。"

顾鹤笙故作惊讶："国共大战已经开始，美军现在撤离无疑是釜底抽薪。"

"'二战'胜利后美国的战略重心已经不在中国，何况这是你们的内战又牵扯到苏联。美国国会否决了直接参战的提议，并逐步减少对华军事援助。"卡洛琳无奈道，"是否能打赢这场战争就得靠你们自己了。"

"马歇尔将军不是已经奔赴前线为国共两党调停吗？"

"国民党并不想维持和共产党分庭抗礼的局面，加之攻破长春之后更想一鼓作气全歼共产党主力。马歇尔将军发给国会的密电里已经宣告调停失败，他认为和平在短时间内不会出现在你的国土上。"卡洛琳看着手中的咖啡杯，"我也完成了在这里的使命，三天之后将返回美国，很高兴能在上海认识你这位优秀的情报官，同时也感谢你提供的这份重要情报。"

"这么说这是我们最后一次见面。"顾鹤笙叹息一声，"你走的时候我会亲自去送你。"

"送行就不用了，情报官之间没有赠予只有交换。"卡洛琳看向顾鹤笙，"你想从我这里交换什么？只要在我权限之内我都会告诉你。"

"美军援华的军事装备中有B17重型轰炸机吗？"

"国民党一直希望美国提供先进的战略轰炸机，但国会不想过多介入国共内战便没有批准。起初国民党是想获得B29，在被拒绝后退而求其次想得到B17，可同样被否决。"

顾鹤笙眉头微皱，既然美国没有提供，那么上海出现的空中堡垒又是从何而来。

"官方虽然没有提供但不代表国民党就没有。"

"从什么渠道获取的？"顾鹤笙追问。

"'二战'时期盟军为援助中国战场，在陆上交通被日军封锁的情况下罗斯福授权开辟新的国际空中运输线。航线西起印度阿萨姆邦，向东横跨喜马拉雅山脉进入中国的云南高原。"

"驼峰航线！"

"负责驼峰航线的飞行大队就装备有B17。从航线开辟到'二战'结束，这条被称为死亡航线的运输线一共有超六百架飞机失踪和报废，其中就有很多B17，有一部分迫降的B17由国民党接管维修。"卡洛琳小声说，"在六个月前有一批飞机技师来华负责帮国民党空军维修战机。在提供给情报小组的报告中显示国民党在秘密修复四架B17。三个月前这四架空中堡垒完成修复并恢复作战能力，现在驻扎在上海江湾空军基地。随后国民党向美国空军采购一批AN-M65航空炸弹。不过国民党获得的B17数量太少根本无法达到常规轰炸标准，因此美国的情报小组并未继续关注此事。"

在证实B17的来源后顾鹤笙继续问："你听过ParasetⅡ吗？"

卡洛琳听到这个单词后面露疑色："军统要对什么地方进行定点轰炸？"

"ParasetⅡ和定点轰炸有什么关系？"

"ParasetⅡ的前身是英国生产的间谍电台，它因为体积小便于携带并且性能稳定成为潜伏在敌占区的间谍的必备工具。在德国轰炸英国期间，英国发现德军轰炸机具备了在夜间精准轰炸的能力。不久后从一名被击落的轰炸机飞行员口中获悉，德国空军无意中接收到Paraset电台的电波从而锁定轰炸地点。这个情报让英国人改变了轰炸机的固有轰炸模式。"

"怎么改变？"

卡洛琳捧着咖啡娓娓道来："起初轰炸机都是进行集群轰炸，精确度极低,即便在配备最先进的诺顿瞄准器的基础上精准度提高也不明显。何况诺顿瞄准器属于美国机密设备,每一名轰炸机飞行员都接受过保密宣誓,一旦确定飞机无法返航的情况下首先要毁掉诺顿瞄准器。

B17重型轰炸机的优势在于飞行高度,但因为其不能像俯冲轰炸机更接近目标,因此在投弹时受到太多环境和天气影响。直到Paraset电波被飞机接收启发了英国技术部门,在Paraset的基础上研究出ParasetII型。简单来说设备的构架类似于电台但ParasetII会发射频率低于二十赫兹的次声波,人的听觉是无法听到这种声音的,但次声波不容易衰减而且波长很长,如果在飞机上配有相应的接收设备便能精准定位ParasetII发射地点。"

顾鹤笙恍然大悟:"如此一来轰炸机便可进行高精度定位轰炸!"

"我看过关于ParasetII的测试报告,轰炸精度达到前所未有的三十米误差范围。"

顾鹤笙疑惑:"这么先进的设备为什么'二战'时没有装备盟军空军?"

"英国人始终无法解决次声波对人体的伤害。飞机上的驾驶员和投弹手虽然不会受到影响,但操控ParasetII的人会有生命危险。而且ParasetII的便携式电源不足以支撑设备长时间启用,只能在和轰炸机群约定的时间开启才能达到引导精准轰炸的作用,可如此一来地面上的操作者是没有逃离轰炸范围的机会的。"卡洛琳将知道的和盘托出,"因此ParasetII最终被英国军方放弃,但还是有一批装备了国军的地面部队。"

"哪支部队?"

"国军新编28师。"

"远征军!"

"是的,英军之所以能在缅甸战场对日军部队和军事设施进行精准轰炸全是因为远征军利用ParasetII提供地面引导。为此到底误伤了多少远征军,相信这个数字只会存在于英军的机密档案中。战争结束后英军无法全部回收ParasetII,其中有一部分被远征军带回中国。"卡洛琳说到这里又看了顾鹤笙一眼,"据美国情报小组收集的信息显示,数量不明的

ParasetII 后来是被军统秘密接收。"

3

顾鹤笙返回办公室反锁上门，将地图平铺在桌上。伤员在临死前透露过一个坐标——东经122.66，北纬30.80。

顾鹤笙对于在地图上找到的坐标位置并不陌生，这是位于舟山群岛的蝴蝶岛，之前谭方德就是在这里秘密训练鸢尾花计划的潜伏特务。15师之所以把训练安排在这里是为了确保训练内容的绝对保密。

现在大致能确定15师在利用ParasetII进行精准定位轰炸地面引导训练，可见在近期会有一次机密的军事行动。现在摆在顾鹤笙面前的难题是如何找出敌人这次轰炸的确切地点。

首先排除是对正面战场的部队实施轰炸，否则参加训练的轰炸机应该是国民党数量最多的B25轰炸机。敌人之所以选择B17是看重这个机型的飞行高度不易被提前发现。但问题是国民党手中只有四架能投入战斗的空中堡垒，这个数量即便轰炸再精准也不足以改变前线战况。

而且如果是用来对付共产党的部队，这批轰炸机应该装备在北平空军基地，从上海的江湾机场起飞轰炸东北的共军显然不符合逻辑。顾鹤笙突然想到B17的航程距离。空中堡垒的优势是，载弹量大、飞行高度高以及坚固可靠，但缺点也同样明显，B17的航程距离不到三千公里。顾鹤笙在地图上画出空中堡垒的最大作战半径，视线逐一在圆圈中查找最有可能成为轰炸目标的地点。

当顾鹤笙的视线落在一处地名上时他骤然一惊。

延安！

ParasetII与秘密部署的B17轰炸机都和阿波罗计划有关，陆雨眠不止一次提到阿波罗计划成功将会改变国共态势。现在看来，阿波罗计划就是对共产党高级领导人进行精准轰炸，一旦计划成功便可摧毁中共党、政、军中枢，从而导致整个军队陷入失去指挥的被动局面。

顾鹤笙意识到现在必须立即恢复和上级的联系，将这个至关重要的情报传递出去。但还有一点,顾鹤笙没有想明白,阿波罗计划是戴笠生前就秘密策划的行动,他部署了这么多年难道就是靠四架B17去完成?以顾鹤笙对戴笠的了解,他绝对不是如此简单的人,阿波罗计划里肯定还有自己没掌握的核心秘密。

第八十一章　黑牢

阴森的审讯室内，潘乐章身上那股宁死不屈的刚直无形间被化解在陆雨眠和煦的浅笑中。审讯耗时与结果都在陆雨眠的预计之中，甚至都没有对潘乐章用刑，仅凭一张他妻女的照片便让潘乐章交代了一切。

潘乐章也不清楚江南的真实身份这一点陆雨眠是相信的。以潘乐章的级别根本无法接触到江南，他是通过砗磲获取江南的命令。

士庆路118号的居民楼下有一个死信箱，如果有任务砗磲会将任务内容邮寄到死信箱。而潘乐章联系砗磲的方式是向南门街49弄大陆银行职员宿舍13号信箱投递信件。

联络安全暗号是，安全的情况下信封的背面会多贴一张邮票，如果没有说明传递的情报是在被胁迫的情况下发出。由于砗磲和潘乐章一直采用这样的联络方式，两人都没见过对方。

从审讯室出来见到等在外面的人时，陆雨眠立刻挺胸敬礼。

"你还是那样出色。"越云策投来赞许的目光。

"您怎么会在这里？"虽然知道越云策接受总局委派到上海负责阿波罗计划，但他出现在这里还是让陆雨眠有些惊讶。

越云策看了一眼紧闭的审讯室："你想找的是什么？"

"江南。"

"跟我来，我带你去一个地方。"

越云策带着陆雨眠来到监狱南侧的独立监室，早就有人等候在那里。越云策点头示意后那些人拉开地板的暗格，露出一条通往地下的台阶。

"上海沦陷时日本人在提篮桥监狱秘密修建的地下监室，专门用来关押身份重要的犯人。"越云策走下台阶向跟在身后的陆雨眠解释，"光复后这里被军统接管，里面的犯人大多已经被秘密押运回南京。有极个别身份特殊的继续留在这里，南京指派专人看守，只有持有军统总局局长手令才能见到这些人，包括沈杰韬都不知道这下面关押着谁。"

"为什么带我来这里？"陆雨眠疑惑不解。

"戴局长生前解封你的档案除了让你协助我执行阿波罗计划外，其实还有另一项任务需要你完成。本来打算等阿波罗计划全面启动后才告诉你，可你的职业敏锐感一直都是我最欣赏的地方。在没有任何提示的情况下，你已经开始进行这个任务了。"

陆雨眠似乎明白了任务的内容："戴局长是希望我找出江南。"

"戴局长是想在合适的时机让你知道一个秘密。"越云策不置可否，"现在是时候告诉你了。"

"什么秘密？"

越云策停在一间监室门口，头微微点了一下，旁边的人打开牢门。手电光照进暗无天日的牢室，陆雨眠看见一个蜷缩在角落用手遮挡光线的女人。

"这个秘密就和她有关。"越云策望着那个女人说。

"她是谁？"

"江南。"

陆雨眠愣住，起初以为自己听错，可她认识的越云策是从来不会出错的人："她是江南？！那现在指挥中共情报暗网的江南又是谁？"

"这个疑问同样困扰了我和戴局长很多年，你的任务就是找出这个疑问的答案。"越云策示意关上牢门并让其他人退出去，抬头看向陆雨眠，"我接下来要告诉你的事整个军统内部只有极少数人知道，你务必要保守秘密不能外泄。"

……

越云策的车停在高昌庙，陆雨眠跟着他走到江边。

"事情的起因就是从这里开始。"

陆雨眠很快就想到："四·一二清党！"

"二十年前停泊在这里的军舰上升起信号弹，一场足以载入史册的清党运动就此拉开帷幕。"越云策说到这里语气有一丝激动,"当时我也在上海,参与并见证了这次国共两党从合作走向决裂的全部过程。"

"江南和清党有什么关联?"陆雨眠现在对这个代号背后的人特别感兴趣。

"民国十三年国民党改组,起初对党员控制极为严格,可后来以俄共为师因此促成了国共第一次合作,共产党能以个人身份加入国民党。但在党外他们有自己的独立组织,因此共产党任何决议都不用呈报国民党也不受制于国民党。在这种合作模式下共党可以大肆在国民党内发展成员,这也为后面的清党埋下隐患。"

越云策拄着拐杖眺望着江面娓娓道来。

"时间越长这种情况越严峻,到后期更是一发不可收拾。共党由于组织纪律严格,在中共内部谁是跨党党员,谁是纯粹党员一目了然。而国民党方面因为中共党员的身份不对外公开所以是一笔糊涂账。

"民国十五年委员长起草一份党务案,重点就是要求中共提交一份翔实的党员名册给国民党中央,而中共一直没有提交。从那时起以委员长为首的国民党精英意识到党内基层党员逐渐被侵蚀,长此以往后果不堪设想,因此当机立断发动了清党。

"由于没有确切的名单,整个清党过程无疑是杀敌一千自损八百,在没有确凿证据的情况下许多我们自己的同志也被清理。但在当时的情况下唯有这种壮士断腕的方法才能保住国民党根基。"越云策神色凝重,"国民党为此付出了惨痛的代价,但依旧有一部分共党在清党中蒙混过关潜伏下来。"

"后来呢?"

"中共在清党后所有工作转入地下,那批侥幸躲过清党留在国民党内部的潜伏人员便造就了中共情报网的雏形。"越云策和盘托出,"江南就是在这个时期出现的。此人是情报天才,利用残留的潜伏者在国民党内秘密建立了一个运作完善的情报网,源源不断向中共传递重要的军政情报。"

陆雨眠想起在地下牢室中见到的那个女人感到不可思议。

"其实你应该感谢江南。"

"感谢她？"陆雨眠一脸诧异，"为什么？"

"委员长秘密召开会议制订了铁桶围剿计划，目的是想把中共武装剿杀在萌芽状态，可围剿还没部署完成，计划内容就被中共掌握。事后军统抓获一名潜伏者，从此人口中得知情报收集的指挥者，至此这名代号江南的情报人员第一次浮出水面。"越云策继续说，"我亲自负责对抓获的潜伏者进行审问，他交代了一个重要情况，藏身上海的江南正在秘密策划一次大型潜伏渗透计划。"

"计划内容是什么？"

"江南以清党后残留的共党潜伏人员为基础，将一批接受过专业训练的间谍人员秘密安插到国民党基层，通过这批人的发展逐步渗透到高层直至建成一个庞大的情报暗网。"

"红鸠计划！"陆雨眠大吃一惊。

"戴局长在获悉这个计划后很震惊，同时也意识到这个长期培养潜伏者的计划的重要性，这才有了后来军统为应对江南潜伏计划应运而生的红鸠计划。"越云策点点头，"江南的计划和军统的红鸠计划根本目的是相同的，通过对敌方基层的渗透逐步掌控军政要害部门。红鸠存在的目的就是为了制衡江南部署的情报网。"

陆雨眠震惊地问道："国民党内到底有多少潜伏者？"

"这个问题的答案恐怕只有江南才知道。在上海最接近江南的就是R1，可R1始终无法获取任何与江南有关的线索。这个人像一个看不见的幽灵，没有人能掌握江南的行踪甚至连此人长相、性别都无法确定。"越云策忧心忡忡道，"由于江南的渗透计划远比军统的红鸠计划更早实施，所以等到军统发现时已经没有办法弥补，这也是为什么无论是国民党还是军统内部机密情报屡次被泄露的原因。"

"江南不是已经被抓到了吗？"

"是日本人抓到了她，直到军统接管提篮桥监狱后从收缴的日军审讯文件中才得知江南在民国三十二年被特高课秘密抓捕。日本人几乎把所有的审问方式都用在她身上，可江南没有透露一个字。"越云策表情严肃道，"戴局长亲自见过她，对她最后的评价是，这是一个在任何情况下都不会屈服变节的敌人。"

"江南如果不开口就意味着军统无法获悉中共潜伏人员名单。"

"我和戴局长之前也是这样认为的，但后来一件事改变了我们的看法。"

"什么事？"

"江南所掌握并指挥的情报网保密性极强，江南作为这个网络的中枢其作用无可取代。她是发号施令的大脑，如果大脑中止了运转就意味着整个情报网会陷入瘫痪。可问题是江南被日本人抓获后，这个情报网竟然依旧运作完好。"

陆雨眠一惊："有人接替了江南？！"

"接替江南的人在帮她完成未尽的任务，这个人的身份耐人寻味。我反复看过日军的抓捕行动记录和审讯记录这两份报告，江南的被捕很突然她根本没有时间移交情报网。然后我又核查了军统在同时期的简报，发现中共在上海的情报暗网曾出现过短暂的停滞但很快又恢复了正常，前后时间不超过半个月。"

"就是说在这半个月内有人替代了江南的工作。"

"可问题是江南当时在日本人手中，根本不可能有人接触到江南。她是如何完成暗网的交接的，以及接替江南的又是谁，这两个疑问一直是我和戴局长迫切想搞明白的。"越云策揉了揉额头说。

"我的任务是什么？"

"潘乐章供出的线索很有价值，找到砗磲就距离江南更近一步。"越云策郑重道，"你的任务是找出江南，此人手中掌握着一个价值连城的宝藏，但越是这样越不可操之过急。潘乐章被抓江南一定会有所警觉。要恢复砗磲和江南的联系，你更多需要的是耐心。"

"是。"

"阿波罗计划进展怎么样了？"

"计划顺利，各个环节都在陆续完成之中。"

越云策再三叮嘱："阿波罗计划成败的关键在于保密，要杜绝任何泄密的可能。"

陆雨眠回复："每个环节都是独立进行，即便共产党获悉到某几个环节也只能是盲人摸象。在所有环节完成拼凑之前连参与的人也不清楚这个计划的核心秘密。"

第八十二章 病历

"姓名？"

"宋一航。"穿白大褂的男人递上证件。

广慈医院门口的士兵翻查记录："宋医生今天不是休息吗？"

"科室有病人突然病情加重通知我回来抢救。"

士兵将证件还回去："签个字。"等办妥手续才示意警戒的士兵放行。

"等等。"士兵突然开口。

刚跨过封锁线的男人停下脚步，并没有回头。

"把口罩取下来。"见男人没有反应士兵立即警觉起来，加重声音重复了一次。

就在男人手抬到耳际时楚惜瑶急匆匆从医院出来："宋医生，你怎么才来，病人已经危在旦夕需要立刻手术。"

"现在是怎么症状？"男人放下手迎着楚惜瑶走去。

"各项生命指标都在急剧恶化。"

"安排护士准备手术。"

士兵认识楚惜瑶，听到两人交谈打消了疑虑。

来到办公室，楚惜瑶捂着胸口长松一口气："你怎么做到的？为什么遇到再惊险的事情你总能这样镇定？"

秦景天摘下口罩："如果你也在农场接受过四年的训练，也会和我一样的。"

"你让我帮你进入医院却没说明原因。这里只有病人，没有对你有价值的东西。"

"15师是德械王牌师配有自己的医院，如果是普通训练事故不会征用民用医院，这说明部队医院没有能力救治出事故的伤员。"秦景天走到窗边查看门口巡逻士兵的部署,"封锁医院就更反常,可见15师在极力掩饰事故的真相。这与我最近无意中发现的事有关联,我想证实自己的猜想。"

"需要我为你做什么?"

"你已经做得很好了,剩下的需要靠我自己去完成。"秦景天重新戴上口罩,"你确定宋一航今天不会来医院?"

"他今天休假,昨晚我专门请他吃了一顿饭,偷偷在他红酒里放了你给我的东西。"楚惜瑶点点头,"那些粉末是什么,不会伤到宋医生吧。"

"高浓度聚乙二醇,但我控制过剂量。"

楚惜瑶无奈苦笑:"看来今天宋医生大多数时间都会在卫生间。"

"伤员在什么地方?"秦景天问。

"你要去隔离区?"楚惜瑶连忙阻止,"那里现在是重兵把守的禁区,能进去的只有之前挑选的医生但他们是不允许出来的。从医院被军队征用后这些医生一直留在里面。"

"没办法进去吗?"

"进去不难但问题是出来。隔离区四周高点都架着机枪,下面还有交叉巡逻的士兵。院长前天还专门召集医院人员开过会,再三叮嘱不能靠近隔离区,否则负责警戒的士兵有权直接开枪击毙。"

"院长开会……"秦景天细想片刻问道,"你之前不是说院长也被选派到隔离区医治伤员吗?"

"院长是英国人不受军队限制,但即便如此他也没有出入自由。他是唯一被允许出入隔离区的人但不能离开医院,而且有专门的士兵寸步不离跟着他,我猜是防止他泄露隔离区的情况。"楚惜瑶说到这里忽然眼睛一亮,"我有办法帮你。"

"什么办法?"

"你不是想知道训练事故的真相吗,只要知道那些在隔离区的伤员的病情不就能知晓事故原因?"

"我也是这样想的,可问题是现在没有办法进隔离区。"

第八十二章 病历

"不用进去，院长办公室里有病人的病历，只要能看到病人症状和他开的治疗药物就能大致推断出病人的病情。"

"院长办公室在几楼？"

"五楼南侧最里面的那间。"

秦景天来到五楼，趁走廊上没人潜入院长办公室，找遍了所有抽屉和柜子也没发现病历。他想起楚惜瑶说过，院长开的处方由士兵直接带走不经过医院药房取药，并且院长有严重的强迫症，处方只会在自己办公室开。于是秦景天拿起铅笔在桌上的处方单上涂抹，却发现上面根本没有书写时留下的痕迹。

院长要进入隔离区治疗病人，他不可能随身携带病历，秦景天推断病历一定就在办公室的某处。他环顾四周发现办公室干净规整，所有东西都摆放得整整齐齐，即便楚惜瑶事先不说秦景天也能猜到院长有强迫症。

最终秦景天的视线停在墙上的油画仿品上，那是英国著名画家菲尔德斯爵士的著名画作。这幅由奄奄一息的孩子、疲惫不堪却神情专注地思考治疗方案的医生和窗边表情哀伤的父母构成的画面神形兼备。

院长将这幅画挂在办公室想来是为了激励自己，可这幅画偏偏向右倾斜了半寸，在这间井然有序的办公室中显得格格不入。

秦景天走到画前查看，果然发现其背后隐藏着保险箱。这种民用保险箱对秦景天来说形同虚设，他从桌上拿来听诊器很快就找出了密码，打开后在里面看到厚厚一摞病历。秦景天翻阅了几份发现病人的所有信息都是空白，姓名栏统一写着 NRA。

这是国民革命军的英文缩写，可见这些正是自己要找的那些伤员的病历。上面记录的病症基本相同，全英文的病历里有几行引起秦景天注意。

患者均出现急性淋巴结炎为特征，并伴有剧烈胸痛、呼吸急促，常突然高热或体温不升并出现皮下出血、瘀斑、紫绀、坏死等症状。

……

　　再看每份病历所开具的处方，里面的用药种类更让秦景天吃惊，这些根本不是用于治疗普通事故引发的伤病的药物。

　　阿波罗计划……到现在秦景天终于明白这个计划为什么会被取名为阿波罗。他快速取下一页病历，企图找一个有丰富医学经验的人来否定自己的猜想。

　　刚放回其余病历并将油画还原，秦景天就听见外面传来钥匙开门的声音，还没来得及躲藏，门就被打开。进来的女人见到办公室有人也没惊讶。

　　"院长还没回来吗？"女人将一些文件放在桌上。

　　秦景天猜出她是院长的秘书，生怕说错话暴露了身份，只摇了摇头。

　　女人看了一眼墙上的挂钟："应该快了，宋医生再等一会儿吧。"

　　秦景天点头。

　　秘书也没多作停留便离开。关门的那刻秦景天的手已经摸到腰侧解开枪套。秦景天是戴着口罩的，可女秘书一眼就认出自己，起初他以为是女秘书看见白大褂上的科室名牌，直到她说出最后一句话——"宋医生再等一会吧。"

　　可见在自己进来之前她就见过来找院长的宋一航。可问题是一个服用了含有高浓度聚乙二醇药物的人，会因为急性腹泻寸步难行。

　　秦景天突然意识到一个有严重强迫症的人是无法容忍倾斜的油画的，更不可能将听诊器随意摆放在桌上。很有可能，自己刚才做过的一切在不久前被另一个人已经做过一次，而自己的突然出现让那个人来不及将办公室复原。

　　女秘书见到的"宋一航"和自己一样是冒名顶替者，而且就在自己进来之前这个人还在办公室内。

　　秦景天站在原地转了一圈，最后目光落在里屋紧闭的大门上。楚惜瑶说过，自从医院被征用后院长因为不能出去只能在办公室里休息。秦

第八十二章 病历

景天走到门口手握住把手时，便从门下缝隙看见晃动的身影。

那人就在一门之隔的后面。

秦景天将枪口对准大门，手微微用力向下按把手，这时从屋内传来金属轻微的摩擦声。秦景天对这个声音太过熟悉，那是手枪保险被打开的声音，相信此刻门后的人也举着枪对准自己。迟疑了少许秦景天缓缓松开了把手。能冒用宋一航的身份潜入院长办公室，显然此人的目的和自己是一样的。虽然秦景天很好奇屋内的人是谁，但现在开门无疑会两败俱伤，枪声会惊动四周巡逻的士兵，自己和门后的人都没有撤离的机会。

秦景天退出办公室，和楚惜瑶一起离开了医院。

在车上，回想起今天这样刺激冒险的事让楚惜瑶格外兴奋："顺利吗？"

秦景天点头，但没有告诉她在办公室里还有另一个神秘人的事。

"你找到想要的东西了吗？"

秦景天从身上拿出那页病历："什么病会出现病历上的症状？"

楚惜瑶认真看了一遍："有很多病症都会有上述症状。"

"我需要你在短时间内帮我罗列出所有与这些症状吻合的病症。"

"给我三天时间。"

秦景天话锋一转："为什么今天约了叶小姐？"

"周末去拜会叶伯伯你总不能空手去吧。"楚惜瑶郑重其事道，"我想陪你去挑选一份礼物，可又不知道叶伯伯喜欢什么，就约了君怡出来帮忙当当参谋。"

秦景天刚好也想见见叶君怡，陆雨眠出现后发生太多始料未及的事，自己得尽快向她发出示警。车刚停在南京路，秦景天就看见顾鹤笙的车。

叶君怡见到楚惜瑶迎了上来："怎么才到啊，都等你半天了。"

"查房时科室有位病人病情出现反复给耽搁了。"不知道是不是因为和秦景天相处太久的缘故，楚惜瑶随口的谎言居然让在一旁的秦景天都不太能辨别出来。

"好久不见。"叶君怡的视线移到秦景天身上，看见楚惜瑶挽住他的胳臂，表情有些生硬。

"有些日子了。"秦景天浅笑着，表情同样不太自然，"鹤笙没跟你在一起吗？"

"他也刚到没多久，见你们还没来就自己去买礼物了。"

交谈中顾鹤笙拎着两个礼盒回来，见到秦景天将其中一个递给他："别挑了，我都替你选好了，咱们找个地方吃饭吧。"

秦景天刚点燃烟，接过礼盒时眼角微微抽动一下："去哪儿？"

"有两位女士在，当然是听她们的。"

楚惜瑶和叶君怡商量去吃西餐，约好在餐厅门口见。秦景天上车后一言不发注视着顾鹤笙的车消失在视线中。

"怎么了？"楚惜瑶好奇地问。

"没什么。"秦景天回过神，发动汽车跟了上去。

第一次和叶君怡接头时自己一时大意忘记了清理身上的香水味，结果被顾鹤笙闻到。秦景天也接受过专门的气味辨别训练，目的是加强对目标人物的识别能力。

可就在刚才，秦景天从顾鹤笙身上闻到了香烟和香水混杂的味道。这种香味浓郁的香水不是男士所用，并且其香味下还是透出淡淡的消毒水味。巧合的是，这种味道秦景天不久前在广慈医院里也闻到过。

秦景天想到在办公室门后那个不曾谋面的人，眼神中多了一丝异样。如果那个人是顾鹤笙，他应该也闻到了自己身上的消毒药水味，那么他也会猜想自己去过办公室。

秦景天和楚惜瑶来到餐厅等了很久才见到顾鹤笙和叶君怡。

"你们先走怎么还晚到啊？"楚惜瑶问。

叶君怡抱怨："别提了，他也不知道在想什么，居然开错了路绕了一大圈才回来。"

楚惜瑶指着秦景天苦笑："他也是的，心不在焉差点撞到人，也不知道在想什么。"

楚惜瑶话音一落，秦景天和顾鹤笙相互看向对方。

"你在想什么？"顾鹤笙随口问道。

秦景天从容回道："在想你挑的礼物是什么。"

"我也想知道。"叶君怡盯着旁边的两个礼盒，"我爸向来很挑剔，连我都不知道送他什么才合他心意，你这么快就能挑选好？"

"法国今年最流行的香水。"

"你送我爸香水？！"叶君怡以为自己听错了。

"确切来说是送给叶夫人的。"顾鹤笙自信道，"你母亲早年因病亡故后叶先生续弦娶了现在的叶夫人。早就听闻叶先生对夫人言听计从，能让叶先生都俯首称臣的女人想来非比寻常，只要能让叶夫人开心自然就能让叶先生高兴。"

"你倒是有心。"叶君怡冷冷丢下一句。

秦景天在旁边看在眼里，分明能感觉到叶君怡对顾鹤笙提到的叶夫人并不喜欢。

晚餐结束后秦景天一直没有找到单独和叶君怡相处的机会，只能等到下次去联络屋见面。

送楚惜瑶回去的路上秦景天若有所思地问道："怎么从未听叶小姐提起过这位叶夫人？"

"她不是太喜欢叶夫人。"

"叶夫人对她不好？"

"那倒不是，叶夫人是一位……"楚惜瑶想了半天中肯地说，"高贵漂亮、知书达理、秀外慧中，哎，就这样跟你说吧，所有赞美女性的词全用在叶夫人都不为过。她唯一的缺点就是没有缺点。我要是男人也会找像叶夫人这样的女人为妻。"

"既然是这样，那为什么叶小姐和她关系不好？"

"叶夫人再好也是后妈啊，谁会喜欢自己后妈。"

第八十三章　潘多拉魔盒

1

顾鹤笙开车去了一家诊所。秃头的法国医生像是和他很熟悉，一见面就热情地拥抱。顾鹤笙送上一瓶波尔多红酒，医生喜笑颜开地请他到办公室。

"给一名酗酒的医生送酒，我感觉自己是在犯罪。"顾鹤笙摇头苦笑。

"这可以抵扣你欠我的医药费。"医生开朗笑道，"我从你身上前后一共取出过四颗子弹外加两枚弹片，至于缝合过多少次伤口就记不住了。你每次来我都以为是最后一次见到你，可你居然神奇地活下来了。"

顾鹤笙和面前的医生已经认识很多年了。当年秋佳宁受伤，顾鹤笙慌不择路冲进这家诊所，从那以后这里便成了顾鹤笙疗伤的地方，和医生也成了朋友。

"有件事想请你帮忙。"顾鹤笙随手关上门。

"又受伤了？"医生上下打量一番。

顾鹤笙将获取的病历推到医生面前："帮我看看这份病历的患者得的是什么病？"

医生戴上眼镜认真看了一遍。

"从症状看像是病毒性感冒，也就是你们常说的伤风，但感冒不会出现皮下出血和坏死等症状。"医生皱起眉头，"这份病历里没有症状结论，很难判断是什么病。"

"这里还有负责治疗的医生开具的药物。"

"这些药物大多是抗生素，主要是用于抑制细胞发育而且剂量很大。不管患者具体得的是什么病，可以肯定是细菌性病变。"医生反复对比病历和处方,"但奇怪的是处方上的药物有一部分是用于治疗肺部感染的,同时也有治疗败血症的,肺部和败血症两种病症同时出现……"

面前这份病历显然引起了医生的兴趣,他去书柜找出几本医学书籍查阅,在一本书里找到相关记录。医生头埋得越低脸上的表情越惊恐,到最后盯着桌上的病历大惊失色:"这份病历哪儿来的?!"

"我不能告诉你病历的来源。"

"病患在上海?!"

顾鹤笙看到医生惊慌失措的表情就意识到事情不对劲:"到底是什么病?"

医生将那本书推到顾鹤笙面前,指着其中一段文字用法文说出了一个令他谈虎色变的单词——鼠疫!

2

顾鹤笙离开诊所后立刻找到丁三,这段时间他一直在打探15师的事。

"我有几名弟兄在15师,听他们说不久前是一批负责看守军械仓库的士兵莫名其妙生病,后来导致所在的连队全都被传染。师部紧急征用广慈医院将所有生病的士兵运去治疗。事后也没查清楚原因,上面就直接下令焚烧仓库。"

"知道仓库里装有什么吗?"

"消息很快就被封锁。"丁三摇头,"后来我听到一些传言,说是当日看守军械仓库的士兵不小心打碎了什么瓶子,估计里面是什么有毒之物。反正当时在仓库里的士兵最后都死了,听说尸体全都发黑吓人得很,师部也不允许收殓全部焚烧。"

顾鹤笙想起医生惊恐万分地说出的那个单词——鼠疫!

这种曾经在欧洲肆虐的瘟疫夺走了上千万人的性命。病菌侵犯人体后,首先引发淋巴结炎然后进入血液造成血管肌体的出血、坏死,出血以后就会在身上发现瘀点、瘀斑,死者会出现全身瘀黑,因此也被称为黑死病。这是一种根本无药可救的传染病。

顾鹤笙在丁三口中证实了这个可怕的结论，在广慈医院被隔离的伤兵全是因为感染了鼠疫病菌。而且医生还告诉了顾鹤笙更令人惊恐的事实，从病历记录的病症再结合处方上的治疗药物，医生推断这是败血症鼠疫，是原发性鼠疫中致死率最高并且传染性最强的鼠疫病菌。

"顾哥，顾哥……"丁三连喊了好几声顾鹤笙才从惊骇中回过神。

"15师现在还有突然发病死亡的官兵吗？"顾鹤笙担心鼠疫病菌会扩散。

"听我弟兄说现在倒是没有继续发病的士兵，不过师部在烧毁的军械仓库上铺了一层厚厚的石灰并禁止任何人靠近。"丁三压低声音，"对了，15师不知从什么地方搞了一批日本人，负责对士兵进行专项训练，不像是军事训练，每天就放放气球，观测晴雨器然后记录数值，通过数值预测第二天天气情况。训练很轻松就是不知道有什么作用。"

顾鹤笙的心继续往下沉，日本人是在对士兵进行气象信息收集训练，其中最主要的是对风向的预测。鼠疫病菌加上风向，顾鹤笙感觉自己已经触摸到真相，只是不愿去相信。

"另外几天前15师和码头上的搬运工人发生争执，起因是15师要扣押卸货工人，双方发生争执，为此15师还对工人开了枪。"

"知道原因吗？"

"好像和15师转运的货物有关。货物是从台湾运来的，就几个木箱子，15师居然劳师动众调派了一个连队的兵力护送，并且严令运输过程中必须确保货物完好无损。"丁三想了想，"那些箱子上有封条但上面没有字，只有一个编号。"

"什么编号？"

"93T。"

这个从丁三口中说出来的编号让顾鹤笙夹烟的手一抖，烟灰飘落在他身上也全然不知。

93的全称应该是93所。

这是国民党应用化学研究所的对外编号。日本投降后国民党接收了台湾北部一个日军遗留的大型化学武器生产厂，93所也秘密迁返到台湾，主要研究化学原料、细菌、兵工材料及有关国防的化学武器。

在国军的武器编号序列中，化学武器分为甲、乙两种，甲种弹是威力大能直接令对手身亡的危险武器，而乙种弹只能减缓对手行动力，其破坏作用只是暂时的。

T的含义是具备作战效用的甲种弹。

自此顾鹤笙终于触及阿波罗计划的核心。阿波罗是太阳神但他光明的背后也有黑暗的一面，为了报复在帕提亚战争中罗马士兵洗劫其神殿，被触怒的阿波罗对罗马降下瘟疫惩罚。这场瘟疫不但令生灵涂炭，更直接导致罗马帝国走向衰亡。

渎神的罗马人忘记了为人间带来光明的阿波罗还有另一个称呼——瘟疫之神！

第八十四章 宝藏

顾鹤笙比秦景天起得要早，自从两人住在一起后顾鹤笙便养成每天早上起来熬粥的习惯。秦景天刚坐到餐桌上就看见顾鹤笙对着两条不同颜色的领带来回看。

一碗粥喝完顾鹤笙还是没有决定今天到底戴哪一条。

秦景天走过去直接拿起灰色那条帮他系上："你今天戴这一条最合适。"

"君怡说叶先生喜欢有自信和活力的人，第一次登门拜访我想给叶先生留一个好印象。灰色是不是太压抑了？"顾鹤笙仰着头任由秦景天摆布。

"红色的确很适合你，代表了激情和力量同时也能展现魄力，可这种颜色在今天有些不合时宜。红色具有威胁和攻击性，叶先生本来就不待见军统，你会给他传递一种压迫感。"秦景天动作熟练地帮他戴好领带，还不忘细心地端正领结位置，"灰色就低调得多，不但能突出你的睿智还能增添亲和力。灰色没有红色那么醒目，叶先生能和日本人斡旋这么多年还能全身而退，可见此人性情中庸。灰色会是叶先生喜欢的颜色。"

"你调查过叶先生？"顾鹤笙打量着装，从镜中看着秦景天问道。

"我看过他的档案。"

"能给人看的东西大多数时候都不是真的。"

秦景天收拾了桌上的碗筷拿到厨房清洗："你是什么时候开始调查他的？"

在镜子前的顾鹤笙嘴角微微上翘，秦景天总是能洞悉自己的想法。

"调查叶书桥的不是我而是军统，早在上海沦陷时军统就一直密切关注叶书桥的一举一动。"顾鹤笙如实相告，"为了防止他投靠日本人，军统在上海的行动小组收到随时准备暗杀的命令。"

秦景天从厨房出来，一边擦手一边问："谁负责执行暗杀行动？"

第八十四章 宝藏

顾鹤笙转过身:"我。"

"庆幸他没有当汉奸。"

"根据军统掌握的情报,叶书桥在拒绝担任上海伪市长后和日本人有私下交易。他帮日本人做过很多事可我们一直没有掌握确凿的证据。不久后行动小组就收到中止对其监视和暗杀的命令。"顾鹤笙穿好西服外套,"不过直觉告诉我,叶书桥这个人绝对不简单,用你的话说他能在日本人手下活过来就足见此人城府颇深。"

"有件事我一直想问你。"

"能让你隐忍这么久没问出口的想来不会是好事。"

"你身后有太子这座靠山根本不需要依附叶书桥,而且你也不是追名逐利之人,不会借助叶书桥的关系为自己铺路。你喜欢无拘无束游戏花丛,怎么会为了叶君怡这棵树放弃整片森林?"秦景天拿出一支烟放在嘴角。

顾鹤笙笑了:"我一直在想你什么时候会问我这件事,像你这样聪明的人应该比谁都懂置身事外。在我的预计中你会继续装不知道直到我主动告诉你。"

"那是因为你突然决定去拜会叶书桥。你明知道他对军统有抵触,主动接触只会适得其反。你应该循序渐进,等叶书桥放下芥蒂而不是唐突见面。你是一个很有耐心的人,除非有什么突发情况迫使你做出这样的决定。"

"军统从未停止过对叶书桥的调查。"顾鹤笙和盘托出,"可此人行事缜密无懈可击,军统暗地里调查这么多年一直没有收获。上海光复后军统总局就密令上海站加快调查进度,站长把这个任务下达给我。"

"接近叶小姐也是你任务中的一部分。"

"只有这样我才有机会接触到叶家。"顾鹤笙点头。

"调查内容是什么?叶书桥和日本人勾结的证据?"

顾鹤笙把红色领带递到秦景天面前:"军统怀疑叶家是这个颜色。"

"红色?"秦景天一怔,"叶书桥是共产党?!"

关于叶书桥的身份秦景天曾经问过叶君怡，据她所说叶书桥并无政治倾向和信仰。秦景天是相信叶君怡的，除非连她也不清楚自己父亲的真实身份。

"军统为什么会怀疑他？"

"叶家在上海一直都是名门望族，叶书桥祖辈就为他积累了大量财富。他早年在英国留学归国后接手叶家生意，很快就在商界崭露头角，特别是在沦陷期间叶家的生意非但没受到冲击反而发展势头更为迅猛。虽说他曾资助过军统但有情报显示叶书桥同样和共产党有瓜葛，只是从上海到南京他的关系网太大连军统都没有办法直接调查他。"

"就因为他和共产党有瓜葛的传闻，军统就大费周章调查他？"

"叶家涉及的生意很多，但财务收入一直不明，军统怀疑叶书桥一直在秘密转移资金，而这些资金的去向却无法查实。军统暗查后证实叶书桥并未向海外转移资金，那么这笔钱的去向就极为可疑。"

"有多少？"

"至少在叶家每年盈利的五成以上。"

"军统是怀疑这笔钱流到共产党手中？"

顾鹤笙点头："如果叶书桥真是共产党，那么他就一直在利用叶家的生意作为掩护，源源不断向共产党提供资金。"

"为什么军统不直接查叶家生意往来的账目？"

"暗中查过，可所有叶书桥经手的生意账本上都动过手脚，账面上看不出任何问题，因此推测叶书桥手里还有一本真正的账本，上面应该清楚记载了转移资金的数量。"

"如果真有这样一本账本应该被叶书桥妥善保管。"秦景天终于明白顾鹤笙此行的真正目的，"你是想借拜会的机会窃取账本。"

"不是我，是我们。"顾鹤笙已经收拾妥当，"我一个人完成不了这个任务需要有人协助，我需要你帮我拖住叶书桥争取时间。军统曾在叶家安插过人员收集情报，叶书桥卧室里有一个暗室除他之外任何人都进不去，我推测账本应该就藏在里面。"

第八十四章 宝藏

秦景天主动提出去拜会叶书桥是担心叶君怡和陆雨眠接触过多暴露身份，没想到顾鹤笙告知的事让他更加震惊。无论是为了保护叶君怡还是为了继续进行甄别明月的任务，秦景天都不能让顾鹤笙找到账本。

"不过后来随着调查深入事情有了转机。"顾鹤笙向秦景天要了一支烟，"把上海沦陷看作一个分水岭的话，之前的叶书桥和之后的判若两人。"

"我不太明白。"

"叶书桥继承了叶家的生意同时也继承了叶家家风，他做生意向来循规蹈矩按部就班，但在日军占领上海后他的行事风格突然变得激进，叶家在生意上真正的扩张也是从那时开始的。起初叶家主要利润来源是房产店铺的租金以及自己经营的一些商铺，沦陷后叶书桥开始大规模投资实业。"顾鹤笙点燃烟，"当时上海百废待兴，好多工厂都停止生产，加之日本人的管控，实业几乎濒临停滞，即便想恢复生产也得经过日本人同意。叶书桥就是在这个时候以低廉的价格大量收购工厂，从日用品到机械制造甚至军工叶家都有涉及。可以说在沦陷期间叶家对上海的经济恢复功不可没。"顾鹤笙继续道，"根据军统掌握的情报，在叶书桥拒绝和日本人合作后，特高课是准备杀掉他的，可后来他能大规模收购工厂实业说明背后是得到日本人的支持的，这中间一定发生过什么事促使叶书桥做出改变。"

秦景天疑惑不解："叶书桥既然敢拒绝日本人说明他早就抱有必死之心，什么会让一个连死都不怕的人回心转意？"

"叶书桥的改变就是从柳知鸢出现在他身边后开始的。叶书桥和发妻情比金坚，丧妻多年从未和任何女人有过瓜葛。可柳知鸢只用了半年时间就让叶书桥神魂颠倒，自己从一名英文老师摇身一变成为叶家女主人。"

秦景天吸了一口烟："你是说柳知鸢一直在背后操控叶书桥？"

"江山易改本性难移，叶书桥为人配得上'德高望重'四个字。他之前的保守和后来的激进变化太大，根本不像是叶书桥的处事风格，因此军统怀疑自从柳知鸢成为叶夫人后，叶家真正的掌控者其实是这个行事低调深居简出的女人。"

秦景天多少有些吃惊："柳知鸢控制了叶家？！"

"我们可以认为是控制但叶书桥不会这样认为。丧偶之后难得再遇心动之人，谁知这位夫人非但善解人意还能力超群，不但帮其避祸还善于持家，生意上的事交给她更是打理得蒸蒸日上。有这样一位夫人相信叶书桥只会认为自己实在太幸运。"

"军统调查过柳知鸢吗？"

"你应该已经看过她的档案，叶夫人的档案干净翔实，但她出现在叶书桥身边之前的经历全都无法考证。所有能证明柳知鸢过去的人要么去世要么就是音讯全无，没有人知道柳知鸢的过去，她就像一个突然出现的人。"顾鹤笙意味深长道，"我甚至怀疑她名字都是假的，她并非是偶然和叶书桥相识，而是一次精心安排的邂逅。"

秦景天很熟悉这样的邂逅，如果顾鹤笙的怀疑是正确的那么柳知鸢在出现前就对叶书桥进行过全面的了解。她清楚叶书桥所有的喜好和习惯，甚至会精确到他喜欢哪一本书或者是颜色。

叶书桥不缺女人但他缺一位能读懂自己的红颜知己。相信任何男人都无法拒绝一个能与自己心意相通的女人。

"看来我猜错了，叶书桥不是红色，这位叶夫人才是。"

"叶家的生意如果暗地里一直是由柳知鸢在打理，那么恐怕叶书桥都未必知道每年被转走的资金。军统始终怀疑共产党通过柳知鸢操控叶书桥从而达到获取资金的目的。"顾鹤笙点点头，"另外叶家所拥有的工厂大多都是能生产战略物资的实业，这其中又有多少流入到共产党手中就不得而知了。"

"为什么没安排人对柳知鸢进行监视？"

"军统陆续向叶家以及下属工厂的重要岗位派过很多情报人员，可有意思的是没有情报人员能潜伏三个月以上。这些人都因为不同的理由被辞退，只有一些处于边缘的情报人员潜伏下来，可这些人根本无法接触

第八十四章 宝藏

到叶家生意的核心。"顾鹤笙苦笑一声，"你知道这意味着什么吗？"

"这位叶夫人具备甄别潜伏人员的能力，看来她和我们是同行。"秦景天笑着点头，"她只清除了要害岗位的情报人员，至于游离在边缘无法渗透的人她选择无视，她把这些人视为军统提供的劳动力。"

"不过还是有一个人成功潜伏到了柳知鸢的身边。"

"柳知鸢没有发现？"

"这个人就是现在叶家的管家，卧室有暗室的事就是此人提供的情报，除此之外他没收集到任何有价值的情报。如果我没猜错柳知鸢早就发现他的身份，故意将其留在身边向军统通风报信。当然，军统所能掌握的都是柳知鸢认为可以让我们知道的。"顾鹤笙吐了一口烟雾，"叶书桥非黑即白没这么深的城府，可见这位叶夫人非但是同行而且还是个中高手。"

"又一个信奉秩序的人。"秦景天想到了陆雨眠。

"什么秩序？"

"她明知道管家的身份故意视若无睹，这样管家只能获取到她允许范围之内的情报。相信这些毫无价值的情报根本不会对柳知鸢造成任何损失，这远比剔除管家要更有好处。"

"一个没有过去而且没有破绽的女人，连军统都被其耍得团团转，明知道柳知鸢有问题可硬是找不出丁点证据。这个女人已经不是棘手而是可怕。"顾鹤笙掐灭手中烟头，"我主动接触叶君怡真正的目标其实是柳知鸢，可惜一直没有机会。今天倒是要好好一睹这位叶夫人的风采。"

……

秦景天和顾鹤笙到达叶家时其他人还没来，叶君怡从屋里迎出来。

"我爸在书房等你们。"叶君怡在前面带路，看向顾鹤笙说，"得知你是博古轩的少东家他更喜出望外，一大早就盼着你能为他鉴赏几件藏品。"

顾鹤笙高兴道："还担心和叶先生找不到话题，要是鉴赏藏品那就有的聊了。"

"我爸在家里不允许谈时事和政治。"

秦景天借故要去卫生间让顾鹤笙先去书房,叶君怡心领神会跟了上去。

秦景天单刀直入:"你能接触到组织的电台吗?"

"组织没有让我配备电台。"

"那就好。"

"怎么了?"

秦景天没有说出陆雨眠已经掌控上海地下党组织大部分电台的事,陆雨眠建立的秩序其实正是秦景天希望见到的结果。陆雨眠想要得到的是在不破坏局部的情况下掌控全局,这与秦景天想极力维持地下党组织完整性不谋而合。

如果把这件事告诉叶君怡只会迫使地下党立即更换电台频道,反而会让陆雨眠当机立断做出抓捕决定。

"最近军统电讯处加强了对地下党电台的侦听,我担心可能会有电台位置被敌人锁定。我现在以上级的身份命令你,在没有我允许的情况下不得接触任何一部电台。"

"是。"叶君怡神情焦急道,"本来是准备等到下次见面再向你汇报,但我刚得到组织下达的指令,阿波罗计划的内容已经被获取,该计划是敌人筹划很久的阴谋,准备对延安的军政首长进行精准定位轰炸。组织上指示尽快获取阿波罗计划的实施时间和参与人员,彻底粉碎敌人的阴谋。"

秦景天点头,话锋一转:"你知道江南吗?"

"你怎么会知道这个代号?"

秦景天冷静回道:"潘乐章叛变供出与江南同志联络的砗磲,陆雨眠向砗磲发出假情报准备诱捕江南。"

"我没见过江南同志。"叶君怡摇头,"不过就在昨天接到上级命令,江南同志重新调整了联络方式和人员,而我将是江南新的联络人。"

"江南已经被敌人重点关注,你与江南联络时一定要注意安全。如果发现可疑情况或者突发变故,在你无法处理的情况下及时通知我。"

"我只接到了成为联络员的命令但与江南同志的联络方式还不清楚,上级说江南会再主动联系我。"

第八十五章　庐山真面目

秦景天来到书房时顾鹤笙正和叶书桥交谈甚欢。书房里藏品琳琅满目，叶书桥兴致勃勃地让顾鹤笙一一品鉴。只是秦景天发现自己进来后叶书桥的目光停留在自己身上的时间远比藏品要多。

顾鹤笙借口去卫生间，出门前与秦景天交换眼神。秦景天心知肚明，他是准备潜入卧室搜查让自己尽量拖延时间。

"咱们这是第二次见面，第一次是在军统站，当时只顾着担心君怡的事没太留意，不过关于你的事我倒是知道不少。"叶书桥上下打量秦景天，"听夫人说你带人扣了楚老板的货，他亲自给你送去黄金也被你回绝，还扬言要亲自上门兴师问罪。你这胆量和楚老板可不相上下啊。"

"叶夫人的消息还真灵通……"

"妇人家闲来无事就爱东打听西琢磨，还望秦先生不要见怪。"

闻声望去只见一名穿旗袍的女人盈盈而至。秦景天只看了一眼就猜到她是柳知鸢，恐怕也只有这样的女人才会让叶书桥甘愿俯首称臣。

漂亮和美丽都是用来形容女人的，可这两个词却有着天壤之别。漂亮固然悦人可美丽才能让人怦然心动，漂亮能用物质去换取但美丽却是一种由内而外的韵味。端庄的笑容、睿智的眼神，柳知鸢将美丽一词诠释得淋漓尽致。

"给你介绍一下，这位是我夫人。"

"叶夫人好。"秦景天不卑不亢。

"早就听说惜瑶有了男朋友，我一直好奇能让心高气傲的楚家大小姐钟情的青年才俊是什么样的，今日一见果真是一表人才。"

"叶夫人谬赞。"

"你不是在打牌吗？"叶书桥问。

"君怡的朋友专程来拜访你，我占着牌桌像什么话，传出去要说我不懂礼数。"柳知鸢挽住叶书桥的手，"还不赶紧去应酬，免得君怡埋怨你怠慢了客人。"

"不如我陪夫人一同上阵如何？"

"我想和秦先生聊聊就当是帮惜瑶把把关。"柳知鸢看向秦景天嫣然一笑，"秦先生不会嫌我多事吧？"

"能聆听夫人教诲是景天之幸。"

送走叶书桥后，柳知鸢请秦景天上楼一叙。秦景天瞟了一眼手表，这个时候顾鹤笙应该还在卧室里。

"去花园聊吧。"

柳知鸢看向楼上，笑着点点头。

在花园的遮阳伞下落座，秦景天开门见山："我和叶夫人素未谋面，为何夫人认识我？"

"我见过你。"

"什么时候？"

"上次顾处长负伤住院，君怡为此专门熬了补身体的药粥，是秦先生亲自上门来拿。远远见过秦先生一次便记住了。"

"叶夫人的记性还真是好，见过一次就能记住。"

"多年的习惯。身边路过什么人，穿什么颜色衣服，有什么体貌特征，总是能一眼记住。"

秦景天偏头看了她一眼，她所说的习惯正是自己掌握的技能。秦景天试探地问道："听说叶夫人是虎丘人，倒是没从您口中听出吴侬软语的调调。"

"秦先生看过我在军统的档案？"柳知鸢单刀直入。

秦景天忽然发现身旁这个女人高深莫测，也不隐瞒点头答是。

"假的。"柳知鸢嫣然一笑，"军统关于我的档案都是假的。我原籍庐州韶关，我父亲早年参加共产党与母亲相识于广州，后来国民党清党母亲被枪决，父亲担心我受牵连便将我托付给友人收养。我最后一次得知父亲的消息是在报纸上。国民党对中共第五次围剿失败后，中共为摆脱追兵实行战略转移，也就是中共所说的长征，我父亲在长征途中死于国民党的轰炸。他在中共职务不低所以报纸上专门刊登了他尸体的照片。"

秦景天即便再冷静听到柳知鸢这番话也大为吃惊。她父母都死于国民党之手，她一定对国民党恨之入骨，那么军统的猜疑很有可能是正确的，柳知鸢也是一名共产党。

"您的名字？"

"当然是假的。"柳知鸢云淡风轻道，"时间长了假的也变成真的，有时候回想起真正的名字反而会感到陌生。"

秦景天感同身受："叶先生知道这些吗？"

"叶先生知道的都是我想让他知道的。"柳知鸢忽然向秦景天伸出手，"有烟吗？叶先生不喜欢女人抽烟，我也就只能装着不会。"

秦景天递过去一支烟："还有什么是叶先生不知道的？"

"他不知道我喜欢西方艺术，特别崇拜米开朗琪罗，真想去一次罗马西斯廷教堂亲眼欣赏他创作的穹顶画《末日审判》。"

秦景天手中的打火机微微抖动："我想你记错了，西斯廷教堂的《末日审判》是壁画。"

"我记起来了，在穹顶绘有《末日审判》的是圣母百花大教堂。"

秦景天蠕动喉结眼中充满惊愕。就在刚才柳知鸢说出了只有秦景天，确切来说是风宸才能听懂的话。这是激活 R 12 的暗语，无论谁说出这句话就意味着将获取对 R 12 的指挥权。

"你现在知道我是谁了吗？"柳知鸢和颜悦色地问道。

在升腾的烟雾中那张美丽的脸变得扑朔迷离，秦景天舔舐嘴唇："R 1。"

秦景天最后一次见到戴笠时从他口中获悉了红鸠计划，并且得知除了戴笠之外还有一个人掌握着所有红鸠的名单和激活方式。这个人就是缔造红鸠的 R 1。

戴笠死之前就销毁了自己所有档案，秦景天一度认为自己和军统彻底中断了联络，没想到会在今天以这种方式被重新激活。更让秦景天惊讶的是，R1竟然是一个和共产党渊源颇深的女人。

"识别号？"秦景天做最后的确认。

"GH47V3。"

秦景天缩回打火机也给自己点了一支烟，现在他需要让自己尽快平复情绪："戴局长让你看过我的档案？"

"我不需要档案，每一个红鸠都是由我亲自挑选的，你们每个人的资料都记在这里。"柳知鸢指着头胸有成竹道。

"叶书桥也是？"

"他什么都不是。"柳知鸢如实相告，"叶书桥在上海的影响力太大，戴局长担心他会投靠日本人所以需要有人控制他。叶书桥是一个很传统的人，就差在背上文上'精忠报国'了。他原本是想以死明志，可他活着对国民党的意义更重大。"

"一个生意人能有多大的作用？"

"日本人希望利用叶书桥重建上海经济，叶书桥不想与日本人同流合污，但上海经济命脉不能掌握在亲日汉奸的手上。我研究了他亡妻半年，目的就是为了入主叶家。"

"军统一直在调查你。"

柳知鸢瞟了一眼三楼卧室的窗户，淡淡一笑："顾鹤笙什么也不会找到。"

"你是红鸠真正的首脑，戴局长死后你是唯一能激活红鸠的人。你作为红鸠的中枢，当务之急不是应该尽快和其他红鸠恢复联系吗？"

"当初我向戴局长提出组建红鸠的初衷是为了应对中共的情报暗网，因此要求每一名红鸠绝对忠诚可靠。但想要检验一名间谍的忠诚最好的办法就是时间。这次所有红鸠的失联反而是一次最好的测试，或者看作是一场淘汰。相信他们中有一部分人会安于现状渐渐忘记自己的身份和信仰，这些人不配成为红鸠更不用指望他们能发挥作用，而那些坚持下来时刻等待被激活的才是我要的人。"柳知鸢说到这里看向秦景天，"就比如你。"

"我有负戴局长重托，在上海的任务始终没有进展。"秦景天对突然恢复联系不知是该高兴还是焦虑，"既然你重新激活了我，就拥有对我的指挥权，从现在开始我无条件执行你的命令。"

"明月还是没有露出破绽？"

"我有很多次都快要接近此人可屡次都让其逃脱，是我低估了这名对手。"

"派你来上海其实是我的意思。"柳知鸢两指夹烟的动作很优雅，她一边弹着烟灰一边说，"你是所有被训练的红鸠中最先一批被起用的人员。上海沦陷期间你潜伏在特高课的功劳有目共睹，上海是你熟悉的地方，让你继续留在这里战斗是我深思熟虑的决定。明月只是你任务的初步阶段，你真正的目标是明月背后的人。"

"江南？"

"甄别明月的目的是通过此人找出江南，此人才是我们真正的对手也是最大的隐患。为此除了你之外还有身份已经解密的R5，你们的最终目标都指向江南。只是你们通过不同的渠道追查，如果一切顺利你们会在江南修建的这座迷宫中相遇。"

"此人值得调派两名红鸠？"

"我见过江南。"

"你见过？！"

"江南是一位优雅知性的女士，她与我母亲既是战友也是挚友。母亲死后我被寄养在友人家中，江南曾经来看望过我。在她眼里我是一个可爱的孩子，像她这样智慧谨慎的人也会犯先入为主的错误。因为我是友人的孩子，江南没有在我面前回避敏感情报，也是那时起我就清楚知道江南构建情报暗网的设想和布局。"

秦景天再次被震惊到，迟疑了良久道："你的身份应该很难通过军统的考察。"

"你是想问我怎么成为军统的？"

"你父母是共产党而且相继死于国民党之手，按说你该对国民党恨之入骨。你应该……"秦景天欲言又止。

"我应该怎样？和国民党不共戴天继承父母遗志继续抗争？为什么你不换一个思路。在古希腊神话中，腐朽没落的泰坦被自己的儿子宙斯推翻，从而建立起宙斯作为唯一、至高无上主神的奥林匹斯神系。亦如亚里士多德的那句名言，'吾爱吾师，吾更爱真理'。我父母之死归结于信仰斗争，我想他们直到临死前都不曾后悔自己的选择，但这并不代表他们能左右我的信仰。在父母和信仰之间我选择了后者并愿意像我父母一样无畏地去捍卫这个信仰。"

"你能成为R1，足以说明戴局长对你绝对信任。"

"那是因为他比谁都要了解我，毕竟他养育了我十年，从某种意义上讲他算是我养父。"

秦景天微微张开嘴，似乎柳知鸢说出的每件事都会让自己震惊。

"我寄养的家庭很快就被军统查获，戴局长将我秘密收养并送到国外接受训练。你在农场遭遇的所有磨砺我都经历过，也是从那时起我开始以一名间谍的视角去回想江南提到的情报暗网，渐渐意识到这个计划的厉害之处。千里之堤溃于蚁穴，江南在国民党根基的各个部门都埋下了蚁穴，早晚有一天国民党这座大厦会被这些不起眼的蝼蚁穴所吞噬。"柳知鸢掐灭烟头，"因此回国后我第一时间向戴局长提出红鸠计划。从时间推算，江南的情报暗网早已完成部署并且已经开始运作，想要逐一剔除暗网上的蚁穴已不太可能，唯一的办法就是以其人之道还治其人之身。"

秦景天尽力让自己保持镇定："等你见到江南时一定会很得意，而江南会和我一样震惊。恐怕她怎么也没想到自己最大的敌人居然是故人之女。"

"事实上后来我见到江南时震惊的那个人是我。"

"你后来还见过江南？"

"她早在上海沦陷时就被抓捕，日本人一直秘而不宣，为从她口中获取暗网情报没有杀她。直到日本投降后军统在提篮桥监狱的密室中发现了她，我亲自去确认过江南的身份。"

"江南早就被日本人抓获，那现在的江南又是谁？！"

"我当时也和你一样吃惊。"柳知鸢缓缓说道，"军统本来打算将其秘密押运回南京审问，不过我劝说戴局长打消了这个念头。日本人和军统都没办法撬开江南的嘴，但奇怪的是从江南被抓到现在，她所创建的情报暗网一直都在运作。江南不过是代号，谁执掌暗网谁就是江南。戴局长不在乎谁是江南但这个人必须要找出来，此人是捣毁中共情报暗网的关键。"

"看来事情还是没有进展，不过是换了一个人继承了江南这个代号。唯一不同的是军统之前还知道江南是一个女人，而现在连此人的性别都无法确定。"

"你知道红鸠计划为什么到现在还没有被共党觉察吗？"柳知鸢冷静道，"就是因为绝对的保密。知道整个计划详情的只有戴局长和我。所有红鸠的资料都储存在我大脑里，我能清楚记得他们每一个人的性格特征、习惯喜好。如果把红鸠计划看作一个宝藏，我就是开启宝藏的钥匙。江南也掌握了另一个宝藏的钥匙。而我所做的一切追根溯源其实是在效仿江南，因此我所能做到的一切都是江南已经做过的，你明白这其中的含义吗？"

"情报暗网的名单也在江南的脑子里，江南和你一样不会留下任何文字记录。"

"日本人对江南做出了错误的评估，试图从江南口中问出情报暗网的人员部署。其实完全不必大费周章，只需要杀掉江南便可让整个情报暗网陷入瘫痪。"柳知鸢淡淡说道，"如果共产党获悉了真正的红鸠计划，相信也会不惜一切对我进行暗杀。只要中枢被破坏，那些潜伏下来的特工就如同断线的风筝再也发挥不了任何作用。"

"我和Ｒ５所执行的任务不是找出江南而是杀掉此人。"秦景天思索片刻，很快摇头低语，"你既然一直都在效仿江南，想来江南也和你一样有着无懈可击的假身份，即便此人站到我们面前也无法被识别。上海有两百万人，要在其中找出一名中共情报系统的首脑无疑比大海捞针还要困难。"

"线索就在你身上。"柳知鸢看着秦景天,"你对上海地下党的渗透很成功,为了保护你的身份你所在的联络线切断了你与地下党的联系,这导致中共中社部也不知晓你的身份。根据我掌握的情报,中社部对你很感兴趣,试图对你进行策反因此展开考察,而接受此项任务的正是江南。"

柳知鸢拿出一张纸递给秦景天。纸上的内容是人员评估报告,被评估人的名字一栏赫然写着秦景天。

"安插在中社部的红鸩截获了这份报告并传递给我,从内容看江南对你给出了正面的评估,并建议中社部可以对你进行长期观察,条件成熟时可以进行策反。我留意到报告中关于你心理以及行为的分析,相当准确,可见江南对你很熟悉。"柳知鸢一针见血道,"你要清除的这个目标是认识你的。"

秦景天的眉头微微皱起。

"另外从这份报告中也能看出江南对你很有兴趣,江南的情报暗网急需像你这样的谍报高手。我认为江南会选择主动接触你,这也是我提前激活你的原因。"

"这么说我什么也不必做只需要等待便可?"

"以静制动只是权宜之策,等江南自己送上门还是太被动,你该主动出击。"

"怎么出击?"

柳知鸢神色严肃道:"我截获了一份上海地下党的机密情报,显示近期将有一名重要人物被转移去延安。此人的保护级别极高暂时还不清楚转移路线和时间,我已经通过其他渠道将这个情报传递给上海站。你要做的就是想方设法抓到此人。"

"此人和江南有什么关系?"

"此人的转移和江南有关。安插在中社部的红鸩透露,中共情报指挥系统认为此人已经严重影响到江南的安全,因此急于将此人尽快转移到延安,至于原因暂时还不清楚。我推测此人极有可能认识现在的江南。"柳知鸢下达命令,"利用你在地下党的情报来源,务必查明此人身份和转移原因。此人既然是江南的隐患那就是我们的契机。"

第八十六章　烟雨暗千家

源香咖啡厅，下午3点，7座。

叶君怡看着写在书签后面的字迟疑不决。上午有人送来一个包裹，里面是一本诗集，书签夹着的页面是一首古诗。

春未老，风细柳斜斜。试上超然台上看，半壕春水一城花。

烟雨暗千家。

这是苏东坡的《望江南》，叶君怡意识到这是江南在主动联系自己。

叶君怡推开咖啡厅大门时距离接头时间还有十五分钟。她坐到纸条上提到的7座，紧张地注视着大门，有不安也有期待。毕竟能成为江南的联络员对于叶君怡来说是一种无上的荣誉。

咖啡厅的挂钟指针指向3点刻度时吧台的电话响起，侍者接完电话走到叶君怡身边："请问您是叶小姐吗？"

叶君怡点头："是的。"

"有您的电话。"

叶君怡连忙到吧台接起电话。

"镇定点，紧张清楚地写在你脸上，如果你身边现在有敌人已经识破你的身份。"电话那头传来的是经过处理的声音，听不出是男是女。

叶君怡努力让自己平静下来，她意识到打电话的人应该距离自己很近，下意识望向咖啡厅外。

"不要回头！"电话里的声音短促有力。

叶君怡警觉问道："你是谁？"

"江南。"

"我怎么确定你的身份？"

"叶君怡，女，民国二十四年加入共产党，你的入党介绍人是余啸卿。"

叶君怡不再质疑对方的身份，因为对方说出的信息只存在于中社部的机密档案中。

"从现在开始你将是我的唯一联络员，你原先的组织关系保持不变，但对你的上下级要严格遵守保密纪律。"

"是。"

"现在有两项任务需要你完成。7座的椅子下有一个公文包，里面的照片和文件以及简报都与军统秘密策划的阿波罗计划有关。"

"我已经从其他渠道获取了阿波罗计划的内容。"叶君怡背过身低声说，"敌人准备对延安军政首脑进行精准定位轰炸。"

"阿波罗计划一共分为三个部分，你所说的只是其中之一。"

"另外的计划内容是什么？"

"根据截获的军事情报，国民党国防厅正在制订新的作战计划，国民党将从全面进攻改为重点进攻，攻击目标是陕甘宁边区，首当其冲的就是延安。国民党已经秘密集结西北战场上的兵力共计二十无余万人，目的就是摧毁中共党、政、军指挥中枢。"

叶君怡吃惊道："我们的主力都在东北，如果让敌人乘虚而入后果不堪设想。"

"阿波罗计划就是围绕这次作战而制订的。军统已经派出谍报小组携带能发射次声波的ParasetII潜入延安，收集军政首脑住址，等到攻击开始引导轰炸机精准轰炸。但是这种轰炸未必能达到军统预期的效果。如果能一击即中固然是最好，同时军统考虑到成功的概率太低因此安排了后续计划。"

"什么计划？"

"中共在延安的军力不足三万人，国民党一旦集中优势兵力围剿势必会让中共整合分散在延安各处的部队进行战略性转移。届时三万人和军政首脑会聚集在一起,这正是军统希望看见的结果,也是军统为什么故意泄露阿波罗计划第一层内容的原因。"

"如果聚集在一起岂不是更利于敌人定位轰炸?!"

"轰炸达不到军统想要的效果,阿波罗计划真正的核心在第二层。阿波罗是瘟疫之神,他降下的神罚导致罗马人死伤过半,军统准备在延安制造一场人为的瘟疫。"

"瘟疫?!"叶君怡无比震惊。

"军统利用93所从日军手中接管的设备秘密制造鼠疫疫菌,并从日本押运回生化专家同时也是战犯的中居润二,利用他所掌握的生化技术大量培植鼠疫疫菌。在此之前军统已经调换了从上海撤离回延安的人员信息,军统将派人替代这些人把鼠疫疫菌带入延安,等到部队完成集结后进行投放。以延安的医疗能力是没有办法控制疫病扩散的,到那时延安将会成为第二个罗马。"电话那头的声音越发沉重,"这就是阿波罗计划的第二层内容。"

这个骇人听闻的消息让叶君怡内心慌乱起来:"第三层内容又是什么?"

"军统准备制造能用于实战的鼠疫炸弹,一旦战局对国民党不利这些具有毁灭性的鼠疫炸弹将投放战场。"

"必须想办法阻止敌人的阴谋!"

电话里传来电车的鸣笛声,刚巧有一辆电车从咖啡厅外经过。叶君怡的余光瞟向街对面的楼房,江南应该就在其中某个房间内注视着自己。

"被替换身份信息的人员名单我已经传递给中社部,这些军统特务只要进入延安就会被抓捕,可这只是权宜之计。军统为完成阿波罗计划会派出大量谍报人员,这些人未必会全经过上海站调派。要彻底摧毁敌人的阴谋就必须从源头粉碎阿波罗计划。"声音继续传来,"这也是我给你下达的第一个任务。"

"请指示!"

"7号座位下的公文包里面有广慈医院感染鼠疫病菌士兵的照片和病

历以及军统进行细菌试验的报告，上面详细记录了包括炭疽、鼠疫、伤寒等病症的感染或致死量以及感染方式、炸弹实验、喷洒实验、稳定性等方面的数据。另外还有军统位于海岛训练基地的坐标和照片。你的任务就是将这些资料秘密透露给上海各个报刊，揭露敌人的阴谋，让民众看清国民党为一己私欲弃国民安危不顾的真实嘴脸。"

"靠这些能阻止阿波罗计划？"

"让国民党民心尽失只是第一步，能阻止阿波罗计划的不是我们而是美苏两国。苏联人在打败关东军后从731获取了大量细菌武器的一手资料；美国人为了应对苏联以免予对731部队主要战犯起诉为条件，在日本秘密签订《镰仓协议》，作为交换这些战犯将向美军提供细菌武器技术。美苏两国都不会允许国民党制造细菌武器。一旦阿波罗计划详情被公之于众，国民党迫于美国的压力，为换取援助，只能委曲求全。同时国民党还要忌惮贸然使用细菌武器会激怒苏联导致其直接出兵介入战事，最终国民党只能中止阿波罗计划。"

"保证完成任务。"叶君怡掷地有声地回道。

"第二个任务是需要你协助转移一位同志去延安。目前上海地下党人员转移的常规通道全在军统监视之中，你需要另外想办法将这位同志安全送到西安索罗巷42号，那里有我们自己的同志等着接人。"电话里的人再三强调，"这项任务仅限于你一人知晓，无论出现任何状况都不能将任务内容透露给你的上下线同志。"

"叶家有专门经上海到西安的货运车队，沿途都被我父亲打点好不会被拦截盘查，我可以安排这位同志随同车队去西安。"叶君怡冷静问道，"请指示什么时候行动？"

"暂时需要等这位同志身体状况好转，具体时间我会另行通知你。"

"这位同志病了？"叶君怡问。

"需要转移的同志代号琅琊，此人的情况比较特殊，他是目前唯一见过我并且知道我真实身份的人。近期琅琊被诊断患有严重疾病已不适合再从事地下工作，组织上考虑到我的安全决定将琅琊转移到延安。你的

第八十六章 烟雨暗千家

任务除了确保琅琊安全转移外,切记不可让琅琊落入敌人之手,此人很有可能会暴露我的身份。"

"您担心琅琊会叛变?"

"不,琅琊是一位值得信任并且信仰坚定的同志,在任何时候琅琊都会用自己的生命来守护组织的秘密。但琅琊现在最大的敌人不是军统而是病魔。琅琊的记忆力正在慢慢丧失,一同缺失的还有琅琊对事情的分析、思考和判断力。"

"阿尔茨海默病?"

"是的,并且他的病情在不断恶化。琅琊的远近记忆严重受损,如果落入敌人之手会在敌我不分的情况下被敌人诱导说出组织机密,包括我的真实身份以及情报暗网中一些重要情报人员的信息。"

叶君怡知道自己责任重大:"我随时做好转移准备,您放心,我一定亲自将琅琊同志安全送到西安。"

"我接下来要告诉你的同样也仅限你一个人知道。"电话那头的人语气十分严肃,"我所掌控的情报网是敌人千方百计想要获取的秘密。为了确保这个情报网的安全只有我一个人知晓情报网的人员部署和联络方式。这就意味着敌人会不惜一切通过铲除我来破坏情报网,因此我的身份不能对任何人公开。"

"我明白。"

"采取不见面的联络方式虽然能确保我的安全但同时也有隐患,因为从来都没有人见过我的样子,敌人可以利用这一点伪装成江南。所以你和我之间必须约定好一个暗号,你必须对此严格保密,如果有一天江南出现在你面前,这是唯一能让你确定江南身份真伪的办法。"

"那得约定一个特别的暗号。"

电话那边的人在短暂的静默后问:"喜欢诗歌吗?"

"喜欢。"

"最喜欢的诗人是谁?"

"普希金。"

"普希金那首《纪念碑》你知道吗？"

"当然，我还能全文背诵。"

"从中选一句你最喜欢的诗句。"

叶君怡想了片刻："我的灵魂将在圣洁的诗歌中，将比我的灰烬活得更长久，永不消亡。"

"当有人在你面前说出这句诗时，那个人就是江南。"

话筒里传来电话被挂断的忙音。叶君怡回到座位，取走公文包，查看四周没发现异样后离开咖啡厅。

第八十七章 釜底抽薪

1

秦景天回到军统站时发现陆雨眠的办公室大门是开着的。他在门口敲了几声后没人回应，但又分明听到里面传来窸窸窣窣的声音。循声进去，秦景天发现声音是从最里面的隔间传出的，那里原本是陆雨眠的禁区而现在门也敞开着。

走到隔间的门口，秦景天看见陆雨眠正坐在椅子上，目不转睛地盯着墙上那张用她的话说像巨蟹座星图的上海地图。

"又有新发现？"秦景天问。

陆雨眠看得太入神竟然没听到秦景天的脚步声，一向笔直的背正松散地靠在椅子上："有烟吗？"

秦景天在她脸上看见了少有的颓然和挫败，伸手递过去一支烟："你气色不是太好，要不先回去休息？"

陆雨眠长叹一声："这张地图上涵盖了我所能掌握的所有上海地下党电台位置。"

"看来你的秩序已经缔造完成。"秦景天为她点燃烟。

陆雨眠苦笑一下，起身将地图上代表电台位置的图钉逐一拔下："就在昨天电讯处突然失去这些电台的信号，在静默了十五分钟后信号重新恢复，并且有电台陆续收发电文。就在你进来前的几分钟秋处长告诉我所有电台正常运作。"

"可能是地下党事前约定好的停机调试。"

"秋处长也是这样猜测的。"陆雨眠从地上拾起四散的纸张，之前秦景天听到窸窸窣窣的声音应该就是她在撕这些文件，"这是电讯处从昨天到现在截获并破译的地下党电文。"

秦景天走到桌边拿起撕碎的文件查看，上面是上海驻军人数以及军械装备等情报，有些电文中还传递了上海近期的天气和港口吞吐货物情况。秦景天认真看了一遍，所有截获的电文内容几乎包含了上海方方面面的情报。

"秋处长在分析完这些电文后得出的结论是上海地下党近期将会有大的行动，所以电台启用突然频繁。"

秦景天看过电文内容后已经明白她为什么这般挫败。他转身去关上了办公室的门，回来时为陆雨眠倒了一杯水："电讯处截获的这些电文看似包罗万象却没有一个是有价值的，地下党已经知道这些电台暴露了。"

"所有电台突然失去信号的那十五分钟是在紧急更换密钥。地下党这次的做法倒是让我有些意外，以往他们在发现电台暴露会立即转移而这次居然按兵不动，他们是想将计就计在不破坏我秩序的情况下继续传递情报。"陆雨眠不会抽烟，烟吸进肺里引发剧烈咳嗽，过了好久才平复下来，"不是我在缔造秩序而是有人想借我的手缔造秩序，只不过这个新的秩序并不是属于我的。"

秦景天上前轻拍她的后背，低声说了一句："江南。"

"久闻江南大名，没想到第一次与其交锋便是我的完败。"陆雨眠重振精神，"能有这样的对手倒是一件值得庆幸的事，看来我在上海的日子一定不会无趣。"

"你不打算反击？"

"抓几个共产党还是缴获几部电台？"陆雨眠苦笑，"这样的反击不过是自欺欺人，用不了多久他们又会架设新的电台。既然无法从根本上改变又何必去浪费时间。"

"吃这么大的亏你就不想做点什么？"

陆雨眠掐灭烟头时自信和斗志又重新出现在她眼神中："对付幽灵最好的办法就是另一个幽灵。"

秦景天在窗口看着陆雨眠开车远去，她有行动一向都会带着自己，毕竟在上海站自己恐怕是她唯一还能信任的人。可这次陆雨眠没说去什么地方，临走时留下一份行动处近期工作简报让自己代为呈报沈杰韬。秦景天心知肚明她是故意把自己留在站上，这说明她要去的地方或是见的人连自己都不能知道。

2

陆雨眠来到皇后剧院，找到自己座位时电影刚开始放映，是最近火爆一时的间谍片《天字一号》。

"阿波罗计划泄密，国防厅震怒当即裁撤了郑柏良。"陆雨眠注视着银幕向身边的人低声说，"南京迫不得已下达了暂缓阿波罗计划的命令。"

"从军事角度上讲阿波罗计划具有定乾坤的战略价值，但从我个人角度并不赞同这个计划。"

陆雨眠有些吃惊："是不是在那边待的时间太久了，您都忘记了自己的身份？"

"这和信仰无关。"

"那和什么有关？"

"人性。"男人语重心长道，"阿波罗计划是由R1策划并部署的。我虽然没有见过R1，但在我得知计划的全部内容后可以肯定R1是没有人性的。这是一个注重结果远大于过程的人。在黑暗里潜伏得越久，你所得到的真相也就越黑暗，我不希望你变成R1那样的人。"

"可这个计划一旦成功会帮我们获得最后的胜利。"陆雨眠据理力争。

"你要记住自己是一名间谍而不是一个刽子手，你接受的训练是为了让你获取情报完成有利于己方的任务，不是让你与魔共舞制造人间炼狱。你的职业虽然见不得光但却承载着荣耀，就算你得到了胜利又能如何，你永远无法向任何人启齿你为胜利所付出的心血，因为你知道自己做了一件可耻的事。等你垂垂老矣的那一天，回首你的一生才会明白这将是你永远无法洗涤的罪恶。"

陆雨眠用陌生的目光打量他："如果不是我知道您的身份，我真怀疑您是共产党。"

"连你都认为我是共产党说明我潜伏得很成功,这也是为什么我能渗透到如今这个位置。不要用敌对的目光看待对手,你要学会用对手的视角看全局。"

"根据您上次提供的情报,我成功截获了上海地下党电台译本和频率。可就在昨天被确定位置的电台开始发送毫无价值的电文,我可以断定地下党已经发现电台暴露。"

"这是中社部向上海地下党组织下达的命令,各部电台发报员在昨天一天之内全部被更换,新的密钥只有接替的发报员知道,并严令除发报员之外密钥不得外泄。你侦听的所有电台将会在今晚0点全部转移。"

"应对如此之快应该是江南的手笔。"

"问题出在你身上。"

"我?"

"江南能这么快知晓此事,说明江南就在你身边并知道你的一举一动。"男人表情严峻道,"这不由让我怀疑江南认识你。"

"这不太可能啊,我的身份是最近才被解密,江南一直都在上海而我在满洲,我和江南之间没有交集。"

"这也是让我疑惑的地方,实在想不明白江南是通过什么渠道从你身上获取情报的。"

陆雨眠忧心忡忡道:"这个对手一日不除终是我们的心腹大患。"

"现在就有一个千载难逢的机会。"

"您有办法找出江南?!"陆雨眠面露喜色。

"砗磲身份暴露后江南更换了新的联络人。按说江南应该从暗网中挑选联络员,可奇怪的是江南选择了一名地下党组织的人。考虑到江南的重要性地下党让我对这名联络人进行政审考核,目前我已知此人是女的,在上海工作多年。从她的档案来看曾完成过很多重要任务,可她能力只算是中规中矩,我想不出江南挑选她的原因。"

陆雨眠有些激动:"只要锁定此人便有机会找出江南。"

"你想要除掉江南就不能对此人动手,她作为江南直接也是唯一的联络人，一旦出现状况会直接导致江南静默。在这场博弈中你需要的是耐心等着江南露出破绽你才有机会。当务之急是先找出这名联络员。"

"您不知道她的身份？"

"她的档案上没有姓名和照片，想必是为了最大程度保护江南，不过我知道她的代号。"

"是什么？"

"精卫。她既然隶属于上海地下党，我应该能想办法查出她的身份。不过江南肯定会提前防范，销毁和精卫有关的记录和身份信息，追查恐怕会耗费很长时间。"男人郑重道，"你暂时不用把精力放在精卫身上，现在我需要你去做一件事。"

"什么事？"

"不久前我收到一份地下党的资金申请，用途是治疗一名患病的共产党。起初我没太留意，直到向我汇报的人提到了江南。这名患病的共产党代号琅琊，早在民国十七年此人就在上海工作并且参与过情报暗网的组建，此人是唯一见过江南的人。我本想通过此人获取江南的线索，可很快地下党组织就和琅琊失去联系，我怀疑琅琊很可能是被江南秘密转移。"

"此人会不会已经离开了上海？"

"知道江南身份的人不会被派往其他地方，唯一的去处就是回延安。不过我以安全审查为由向中社部核查过琅琊，得到的回复是琅琊并没有在延安，可见此人还在上海。随后我询问了琅琊的上下线得到一个意想不到的情报，他们的描述都表明琅琊出现记忆力缺失的情况并且易怒多疑，判断和分析能力下降。这说明琅琊患有阿尔茨海默病，这也是江南急于将其转移的原因。"

"琅琊或许会说出江南的身份！"陆雨眠听后如获至宝。

"上海能治疗阿尔茨海默病的医院不多，我要你做的就是立刻封锁这些医院并将所有患有阿尔茨海默病的人逐一审查。"男人的目光深邃狡黠，"琅琊肯定就在其中，你只要找出琅琊就能得到江南的资料。这个幽灵只要失去了隐身能力距离暴露也就不远了。"

第八十八章 诱导

陆雨眠盘起头发,身上的洋装让她看上去清纯亲和。她在窗口看见停在安全屋楼下的车,两名行动处便衣带着一名老人从车上下来。

"身份确定了吗?"陆雨眠对着镜子整理着装,询问站到身后的便衣。

"在联勤第二总医院找到的此人,病历上的名字经过核实是假的。医生证明此人患有阿尔茨海默病,目前处于该病的第二阶段。为他办理住院手续的人所填写的信息也是伪造的。"

"对他进行测试的结果是什么?"

"按照您的要求,我们对所有目标人物出示了共产党党徽并向这些人宣读共党党章,他是唯一一个对这些内容有反应的人。特别是训读党章时此人站了起来,即便在记忆力缺失的情况下还是能断断续续背出部分内容。不管此人是不是您要找到的人,至少可以肯定他是共产党。"便衣疑惑地问道,"不过此人连自己名字都记不起来,陆处长大费周章找出他能有什么用?"

"失去记忆也不见得全是坏事,他在忘掉自己的同时也忘掉了敌人。"陆雨眠点到即止,严声问,"医院那边是如何部署的?"

"都是依照您的命令,医院内外都安排了行动处的人,只要有前去探视此人的一律抓获。"

"你们先到楼下去,我要单独见见这个人。"

陆雨眠准备妥当后推开安置老人的房间。老人正在屋里焦急走动,看见陆雨眠时空洞的眼神透着茫然:"你是谁?"

"琅琊同志,我是负责转移您的。"

"琅琊?"老人神色疑惑,指着自己,"我叫琅琊?"

"琅琊是组织给您的代号,考虑到您的病情组织上决定将您送回延安。"

第八十八章 诱导

"延安……"听到这个地名时老人混沌的眼神中闪过一丝清澈,但很快又黯然不见,"我去过延安,可,可怎么也想不起来延安在什么地方。"

陆雨眠循循善诱:"您不要着急,您的病导致您的远近记忆在逐渐丧失,因此您曾经去过的地方见过的人都有可能记不起来。江南同志指示务必要保护好您的安全……"

"嘘!"老人突然捂住陆雨眠的嘴,像是想起了什么可怕的事,在他的脸上充满不安和紧张,片刻后又恢复了之前的漠然,手缓缓从陆雨眠嘴边松开,"你,你是谁?"

陆雨眠意识到他的病比预想的还要严重,已经出现对近期记忆都缺失的症状。但刚才老人的反应说明他只对一些特定的事还有模糊的印象。

"我是江南。"陆雨眠单刀直入。

"你不是。"老人摇头,好像江南这个名字总是能刺激到他,"我想起来了,想起来了!"

陆雨眠连忙追问:"您想起什么?"

"江南被捕了。"老人压低声音惊慌失措道,"日本特务破获了江南的联络方式秘密抓捕了江南。不行,得立刻向上级汇报。"

陆雨眠发现老人的记忆已经出现混乱,就顺着他的话问:"当务之急是尽快营救江南,情报暗网中所有情报人员的身份信息和联络方式只有江南才知道,万一江南叛变……"

"江南不会叛变。"老人即便记忆缺失但在提到江南时似乎又和常人无异,看得出他对江南绝对信任。老人神色严峻地低声说:"根据可靠情报江南被营救的可能性为零,江南是情报暗网运作的关键,必须找人接替江南。"

陆雨眠不动声色:"您认为谁接替江南合适?"

"我知道一个人。"老人眼中有了光泽,"此人是最合适接替江南的人选,也只有此人在现在的情况下还能接触到江南。"

"接替江南掌控情报暗网需要通过上级的审查,您需要提供这个人的身份信息和资料。"陆雨眠继续诱导老人。

老人突然变得警觉,环顾四周问道:"这是什么地方?"

"组织为您准备的安全屋。"

"现在几点了?"

陆雨眠看了一眼手表:"下午2点。"

"来不及了,我要迟到了。"老人连忙起身。

"您要去什么地方?"

老人的神色又变得焦灼烦躁,揉着额头喃喃自语:"是啊,我要去哪儿呢?"

陆雨眠发现老人的记忆和思维都出现混乱,他已经无法区分现实和虚幻。不过这样反而让陆雨眠更加有把握能从他身上挖出有价值的信息。

"你是哪个班的?"老人忽然打量起陆雨眠的穿着。

陆雨眠低头看自己的着装,反问:"您是教哪个班的?"

"我,我……"老人回想了良久终于记起,"我是教国文的。"

陆雨眠若有所思,至少自己已经确定了老人的身份:"小学还是中学?"

"中学。"老人下意识摸向衣兜。

陆雨眠留意到他泛黄的手指:"您是想抽烟吗?"

老人怯生生地看向四周,记忆再次出现错乱:"小声点,别让医生听见,你下次来的时候记得偷偷给我带一包烟。"

"我给您带了。"

陆雨眠让老人稍等,转身出屋向便衣要来烟和火柴,低声说:"拿他的照片到上海所有中学核对国文老师,一天之内我要知道屋里的人的真实身份。"

"是。"

陆雨眠回到房间为老人点燃烟,这个举动也拉近了她和老人的距离。抽了几口烟后老人又用陌生的目光打量她:"你是谁?"

"琅琊同志,我受江南同志委派送你回延安。"陆雨眠不断用江南去诱导他。

"江南已经被捕。"老人霍然起身，心急如焚道，"必须通知相关人员转移。"

"您放心，组织上已经启动了紧急措施。"

"没有用的，为了确保情报网的安全，所有信息都记在江南的脑子里……"老人突然目光警觉地望向陆雨眠，"你怎么会知道江南？"

陆雨眠发现只要和江南有关的事都会或多或少促使老人短暂恢复零碎的记忆。

"我是江南同志的联络员。"陆雨眠信手拈来。

"联络员……"老人用力揉着额头像是想起了什么，"我，我才是江南同志的联络员。"

"考虑到您的病情已经不再适合从事隐蔽工作，因此组织上决定由我来接替您。"陆雨眠对答如流。

老人突然握住陆雨眠的手："你一定要确保江南同志的安全。"

"江南同志身份极为重要，您是唯一见过江南并知道如何与其联系的人，在我成为江南联络员之前需要向您了解几个情况。"陆雨眠趁火打铁问道，"如何与江南联系？"

"作为联络员你无权直接联系江南，在必要的时候江南会向你下达命令。"

"联络暗号是什么？"

"暗号……"老人焦急万分地思索了良久，"我，我忘了，不过不重要，江南在确定你身份后会与你约定新的暗号。这位接替江南的同志的身份无论是敌人还是组织都不知晓，唯一能确定这位同志身份的就是约定的暗号。"

屋外传来警笛的声音，老人连忙走到床边掀起窗帘向下观望："街上怎么没见到日本宪兵的巡逻队？"

陆雨眠起身去倒水，她发现每次问到关键信息时，不知道老人是习惯性的警觉还是在有意回避。回来时陆雨眠换了一种询问方式："组织上获悉江南同志被捕，为确保情报暗网恢复正常必须有人接替江南同志。"

老人在短暂的茫然后霍然起身，他已经忘记了刚才和陆雨眠的对话："江南同志被捕了？！"

陆雨眠见缝插针："组织上需要一名能接替江南同志的人选，您有什么建议吗？"

"有一个人非常适合。"老人不假思索地回答。

"谁？"

"红鸠。"

陆雨眠手中的水杯摔落在地："您知道红鸠？！"

"红鸠是军统为应对江南组建的情报暗网而秘密执行的一项大型渗透潜伏计划。"

老人的回答让陆雨眠呆滞在原地，万万没想到红鸠计划竟然早就被中共掌握。更让陆雨眠震惊的是，接替江南的人选竟然是红鸠。

"您是打算让一名红鸠接替江南？！"

"早在红鸠计划策划初期，江南就获悉了敌人的阴谋，并且安排了一位我们自己的同志通过甄选成功成为红鸠。"老人点头说道，"在江南同志被捕后，这名红鸠便接替了江南，新的江南拥有双层身份这是敌人始料未及的。"

陆雨眠急切道："江南叫什么名字？"

老人迟疑了片刻："周幼卿，早年留学日本有一个日本名字，菊池夕夏，她，她……关于她的其他情况我记不起来了。"

"不是这个江南，是接替周幼卿的红鸠叫什么？"陆雨眠追问。

老人显得比陆雨眠还要焦急，可任凭如何努力回想还是无法记起那人的名字。

"日记，我日记里有。"

"日记？！"陆雨眠眼睛一亮，试探着问，"您将江南的事记在日记里？"

老人点头断断续续回忆，他在发现自己记忆力减退后为防止遗忘重要信息便开始擅自写日记。但这个行为是违反组织安全纪律的，因此他并没有向上级汇报。他在这本日记中记录了与江南联络的时间和内容，同时还偷偷给江南拍了照片。

陆雨眠嘴角泛起一丝窃喜："日记呢？"

"记不得了。"老人绞尽脑汁想了良久依旧回想不起来，"记不起也好，连我都忘记了军统就更不可能找出江南。"

陆雨眠眉头微微一皱："您怎么知道军统在调查江南？"

老人凑近她耳边神神秘秘地说道："军统的一举一动组织都知道，因为江南就在敌人的身边。"

陆雨眠这次的嘴张得更大，老人的话似乎是在暗示江南就在军统，或者至少江南有办法接触到军统站的人。

"您见过江南？"陆雨眠继续追问。

老人点头："可我记不起江南长什么样了。"

陆雨眠立刻让楼下的便衣回军统站拿来所有在职人员的照片，逐一摆放在老人面前。直到老人的目光定格在一张照片上时，表情中露出似曾相识的激动。陆雨眠拿起那张照片，当看清照片上的人时，瞪大的眼睛里充满惊讶和错愕。

陆雨眠拿在手里的是顾鹤笙的照片。

陆雨眠赶忙离开，派人召回顾鹤笙。在见到老人时顾鹤笙同样满脸惊诧："范老？！"

"你认识他？"陆雨眠双目如刀。

顾鹤笙直言不讳："他是我老师。"

"看来顾副站长对你这位老师了解得并不多，不如让我重新给你介绍一下吧。他是一名共产党，代号琅琊，他是唯一知道江南真实身份并见过江南的人。"

"你是不是搞错了？"顾鹤笙惊讶道，"我不知道他是琅琊，他叫范今成，是上海民立中学校长，我曾在这所学校就读过，范老是我的恩师。"

"据我掌握的情况，他是中共在上海一名重要人物，曾与江南一同完成了情报暗网的组建。你是不是想告诉我，你把一名共产党当成恩师？"

陆雨眠步步紧逼。

"你这是无中生有，姑且不说我知不知道他是共产党，我当他学生时还没加入军统，他是什么身份与我没有任何关联。"顾鹤笙虽然表面对答如流，可心中还是暗暗惊讶，没想到曾经的恩师竟然是自己的同志，"何况我认识范今成也不是什么秘密，站长知道，戴局长同样也知道，包括我在中山大学的校友蒋经国也清楚。如果认识共产党就有嫌疑，那国民党之内恐怕没有清白之人了吧？"

"我倒是没有怀疑过顾副站长只是例行公事询问而已。根据范今成的交代，江南极有可能潜伏在军统，并且此人……"陆雨眠忽然想起范今成曾透露接替江南的是一名红鸠，这个线索足以将顾鹤笙排除在外。

"此人怎样？"

"此人身份特殊还待调查确认。"陆雨眠不想透露太多细节。

"范今成开口交代了？"

"没有。"陆雨眠摇头，愁眉不展道，"不过他患有阿尔茨海默病，我引导他说出一些零碎的记忆片段。"

"一个记忆都不健全的人所说的话能信？"顾鹤笙口中虽这样说，但心里明白，范今成在陆雨眠手中的时间越长，透露的重要情报也就越多。

"当然可信，琅琊患有阿尔茨海默病对我们最大的好处是，这个人失去了编造谎言的能力，从他口中说出的每一句话都是真的。"

顾鹤笙本想找机会单独见见范今成，可陆雨眠全然没有让自己接触范今成的打算。琅琊落入敌人之手会直接威胁到江南的安全，这个情报必须立即传递给上级。

第八十九章 测试

风宸将三颗白色的药片放在范今成面前。

"老师,您目前的病情只能暂时靠药物控制。这是国外专门用于神经递质的药物,可以在一定程度上减缓情绪躁动不安。"风宸将一杯水送到他面前,"不过副作用很大,超过剂量会诱发心血管收缩导致心脏骤停。"

范今成用陌生的眼光打量风宸,服下药片后一脸茫然地说:"我,我好像见过你。"

风宸没有理会:"还记得自己的名字吗?"

范今成又喝了一口水,埋头吃力地思索然后摇头。

"您叫范今成是民立中学的国文老师,我是您的学生。"风宸始终和颜悦色,没有任何逼问,像是在和久别重逢的恩师叙旧。

"对,我是教国文的老师。"范今成终于记起一些事,"我学生很多,你叫什么?"

"风宸。"

范今成在嘴里反复念叨这个名字,脸上的表情也随之变得复杂,眼中逐渐蓄满怒气,然后将手中的水杯重重拍在桌上:"你知道复兴社是干什么的吗?"

"复兴社是中华民族复兴社的简称,是三民主义革命同志力行社的外围组织。"

"那不过是冠冕堂皇的说辞罢了,复兴社是打着三民主义旗帜背地里由一群地痞流氓组成的团体。其本质和意大利黑衫军以及纳粹德国褐衫军是一样的。"范今成怒不可遏地斥责道,"你怎么能加入这样的组织?"

"是您把我从一名热血青年培养成爱国者,我热爱自己的国家并且想为其效力,复兴社能给我提供机会。"

"救国救民有很多种方式，为什么你偏偏要选择一条错误的道路？"

时间仿佛又回到了很多年前，同样的争辩再次在师生二人之间展开。

"您说过检验真理最好的方法就是时间。如果我选择的道路是错的，那么老师您选择的就应该是正确的，我和老师之间终归有一人能完成国家的复兴。在学生看来信仰没有对错之分，都是历史的选择。"

"你选择了一条与我背道而驰的路，再见时恐怕你我已不是师生而是生死相搏的敌人。"

"无论老师如何看我，在学生心里永远都不会把您当敌人。"

范今成长叹一声："你我师生之谊缘尽于此，你走吧，就当我没有你这个学生。"

风宸起身向范今成毕恭毕敬地鞠躬，一切都和当年决裂的场景如出一辙。

"老师珍重。"

风宸离开房间，屋外监听谈话的陆雨眠一头雾水。

"你在进行毫无意义的审问，我认为你应该减少和范今成的接触。你在不断加深他对你的记忆，一旦他对你形成心理戒备就再难从他口中获取有价值的线索。"陆雨眠取下监听耳机，"而且当务之急是想办法让他回忆起日记的位置。"

"不，当务之急有一件比日记更重要的事。"

"什么事？"

风宸默不作声，抽完一支烟后又推门进去。

前后不过十分钟的时间，范今成已经忘了刚才的谈话，用陌生的眼光看向风宸。

"这是什么地方？"

风宸又将三颗白色药片放在范今成面前。

"老师，您目前的病情只能暂时靠药物控制。这是国外专门用于神经递质的药物，可以在一定程度上减缓情绪躁动不安。不过副作用很大，超过剂量会诱发心血管收缩导致心脏骤停。"

第八十九章 测试

风宸重新为他倒了一杯水，说着和刚才一模一样的话。范今成没有丝毫迟疑，拿起药片服下。

"抽烟吗？"风宸将烟盒送到他面前。

范今成拿起一支，风宸为他点燃后，范今成刚吸了一口就剧烈咳嗽起来。

"我忘了您已经戒烟很多年。"风宸淡淡一笑。

"你认识我？"

"我是您学生。"

"我是老师？为什么我没有在课堂上？"范今成骤然紧张起来，环顾四周警觉问道，"这是什么地方？"

"军统的安全屋，您已经被抓捕了。"

范今成焦躁不安地站起身："你们凭什么抓我？"

风宸一针见血："您是共产党。"

"共产党？"范今成的神情混乱，"是的，我还有一个不能让其他人知道的身份，这是组织的纪律。"

"可是您还是违反了你们的纪律。您把一些重要信息擅自记录在日记中，一旦军统找到这本日记就能凭借上面的线索抓到您的同党，其中就包括您的上级江南。"

"你怎么会知道日记的事？"范今成大惊失色。

"是您告诉我的。"

范今成对此已经毫无印象："我记忆好像出了问题，经常丢三落四，起初我并没有在意可越到后来我记不起来的事越多。我担心会遗忘一些和组织有关的重要信息才记录下来。"范今成说到这里连忙起身向外走。

"您要去哪儿？"风宸没有阻止的意思。

"我要去销毁日记。"

"您知道日记放在什么地方吗？"

范今成愣住，捂着胸口呼吸变得急促，越是回想越让他烦躁，只能拼命用手敲打着头。

"我可以帮您。"

"你能帮我找到日记?"范今成眼中泛起希望。

"您该吃药了。"风宸伸向范今成的掌心里又有三片白色药片。

"这是什么药?"

"您目前的病情只能暂时靠药物控制。这是国外专门用于神经递质的药物,可以在一定程度上减缓情绪躁动不安,同时还能加强记忆帮你想起一些遗忘的事。不过副作用很大,超过剂量会诱发心血管收缩导致心脏骤停。"风宸第三次重复相同的话。

范今成不假思索地拿起药片放入口中吞咽。整个过程风宸始终保持着和煦的微笑。

这时陆雨眠推门进来:"你是在测试琅琊的记忆缺失情况?"

"不,我是在测试他是否装病。"风宸的目光犀利如刀。

"你不认为这样的测试完全是浪费时间吗?"陆雨眠并不认同他的做法,"几片药能证明什么?"

忽然范今成踉踉跄跄地向后退,大口大口急促呼吸,像是被人扼住了咽喉,紧接着扑通一声倒地没了动静。陆雨眠大吃一惊上前查看,瞬间瞪大眼睛:"他没了心跳。"

"我告诉过他这种药的副作用会导致心脏骤停。"

"你给他吃的是真药?!"陆雨眠目瞪口呆。

"他如果真患有阿尔茨海默病,之前就应该服用过这种药,相信医生也叮嘱过他用药剂量和危害。假的他能认出来,也只有真的才能测试他是否在装病。"

陆雨眠用异样的眼光看向风宸:"他是你的恩师,你就是这样报答师恩的?"

"他是我敌人!"风宸眼中的冰冷让陆雨眠都不寒而栗。

陆雨眠立即转身,从紧急药箱中拿出肾上腺激素直接刺入范今成心脏注射,同时为他进行心肺复苏。

过了良久范今成终于恢复心跳和呼吸,陆雨眠长松一口气瘫坐在地上。

"这次测试是验证范今成是否在装病,所有的伪装中失忆是最难甄别的。我和你受过相同的训练,相信你也很清楚无论是对在真失忆还是伪装失忆状态下的目标人物都很难甄别其谎言,死亡是唯一有效的检测机制。"风宸平静道,"从结果看他的确患有阿尔茨海默病,因此他所交代的线索是真实可信的。"

第九十章　日记

1

沈杰韬的沉默让会议室的气氛压抑得令人窒息。从南京回来的沈杰韬带回的全是坏消息。在鲁南和莱芜两次战役相继失利后，国军又在孟良崮惨败，国军五大主力之首的整编74师被全歼。

另外是情报屡次泄露导致共军能料敌于先，为加强情报部门的安全运作，上峰决定对军统局进行改组。所有对外公开武装和秘密情报人员与军令部二厅合并为国防部第二厅，由郑介民任厅长。军统局的正式名称改为国防部保密局，毛人凤为局长专责保密防谍工作。

"改来改去不过是换汤不换药，军统也好保密局也罢，情报收集这个本职工作从来就没有干好过。到现在我算是搞明白为什么委员长如此器重戴局长，如果戴局长还健在，相信情报系统不会是如今这个局面。"

沈杰韬向来谨小慎微，能从他口中说出这样的话可见是真的对情报系统的现状失望透顶。

"其他情报部门是否有失职情况我不清楚，不过上海站一直都没有辜负您和党国的期望。"陆雨眠将沈杰韬不在这段时间的工作报告递上去，"从目前掌握的情况看，我们距离江南近在咫尺。无论是江南本人还是其掌控的情报暗网一直都是我们的心腹大患，如若这次能一举捣毁暗网相信能从根本上杜绝重要情报外泄。"

"江南？！"沈杰韬黯淡的眼神中瞬间恢复光泽，连忙戴上眼镜审阅报告，"我知道这个人，上海沦陷时我曾和江南打过一次交道。据悉此人是中共秘密情报网的首脑，一直以来神秘莫测，是怎么发现此人踪迹的？"

陆雨眠一五一十地向沈杰韬汇报。

"范今成是江南的联络员……"沈杰韬的视线落到顾鹤笙身上，"我记得他可是你的恩师啊，沦陷时你还托我利用军统的渠道打探过他的下落。"

"我还是他学生时就猜到他是共产党，当初是担心他被日本人抓获所以想了解范老的情况。"顾鹤笙抽了一口烟，直言不讳道，"直到几天前陆处长才告诉我他与江南的关系。"

沈杰韬重新振作精神："他有交代日记的下落吗？"

陆雨眠回复："我怀疑范今成的夫人绍舒文应该知道一些情况。可绍家是书香门第，在上海学术界很有名望，范今成被抓后已经引发多方抗议，绍舒文已经查明不是共产党，抓她得需要理由。"

"绍舒文不能抓，她和孙夫人是故交。"沈杰韬连忙阻止，"孙夫人现在虽不问时事但在党内威望不减，就连委员长在孙夫人面前都礼让三分。"

"这恐怕就需要顾副站长协助了。你和范今成有师生之情，据悉在民立中学时你就住在范今成的家中，想必对范今成的人际关系了如指掌。"陆雨眠看向顾鹤笙。

"我认为这个想法可行。"沈杰韬点头，对顾鹤笙说，"绍舒文算是你师娘，由你出面最为合适。态度不要太强硬但要告知利害，窝藏包庇共党形同通共，她只要能交出日记我们可以考虑放了范今成。反正他现在连自己是谁都记不起来和废人无异，留着对我们也没多大价值。"

顾鹤笙回道："还不确定日记是否就在她手中，而且绍舒文虽是女流但秉性刚烈不屈，我只能尽力而为。"

沈杰韬下令："现在就去，免得夜长梦多会节外生枝。"

"我和秦组长陪顾副站长一同去。"陆雨眠赶紧补了一句。

"也好。"沈杰韬明白陆雨眠是不放心顾鹤笙，"共产党无孔不入我担心隔墙而耳，关于日记和江南的行动不要让其他人参与，就由你们三人协同完成。"

"是。"

一上车秦景天就让顾鹤笙开车自己缩在后座闭目不语。顾鹤笙从后视镜里发现他今天萎靡不振，问道："怎么了？"

"路过药店帮我买点阿司匹林。"秦景天揉着太阳穴说，"这几天头痛得厉害。"

顾鹤笙绕道去了最近的药房为他买药。

"绍舒文见过我所以我不能去见她。"等顾鹤笙下车秦景天睁开眼对陆雨眠说，"到时候我借故留在车上。"

2

绍舒文见到自己时的反应早在顾鹤笙预料之中。

"我还想着军统会派谁来抓人，没想到居然是你这个背信弃义的小人。"绍舒文冷眼相对。

顾鹤笙毕恭毕敬道："师娘。"

"担不起。"绍舒文嗤之以鼻，"今成一生为人师表，有教无类，可谓桃李满天下，可众多学生之中就数你顾长官最有出息。都说士别三日当刮目相看，你倒是没让今成失望如今已平步青云。只是你这仕途怕是出卖了不少人换来的吧，现在也不差再多我和今成的人头，好为你加官晋爵铺路搭桥。"

"范老与您的教诲之恩鹤笙没齿难忘，这些年一心想要报答师恩绝无加害之意。"

"你还记得今成对你有恩？！"绍舒文勃然大怒呵斥道，"你若是尚有半分良知就该救他。"

"范老是共产党。"顾鹤笙低语。

"你有什么证据？"

"范老自己承认了身份。"

"我看是你们威逼利诱才让今成屈打成招。"

"师娘宽心，有鹤笙在一天保证没人敢对范老无礼。"顾鹤笙态度诚恳道,"如今国共交战,共党情报人员一律被视为作战人员。范老已经坦诚自己身份,鹤笙即便有心相救也无能为力。"

"他连自己的名字都记不起来,他说的话你们也相信?"

"师娘,范老是不是共产党相信您心知肚明。"顾鹤笙抬起头语重心长道,"我知道您在国民党有些关系,但范老这次牵涉到共产党的一个情报网,这关系到党国存亡。我相信现在没有谁敢站出来保范老,学生比谁都想救恩师,可真正能救范老的只有您。"

"范夫人,顾副站长并非危言耸听。根据我们掌握的情况,范先生为共产党从事情报收集和传递已经很久,即便范先生不承认自己身份我们同样有证据能为其定罪。"陆雨眠在一旁威逼利诱,"范先生的行为已经威胁到国家安全,我们抓他完全是依法行事。按律范先生应被处以极刑,但考虑到他的病情我们还是决定网开一面,只要范夫人能配合我们找到想要的东西,我可以保证范先生会毫发无伤地被释放,否则您就可以着手为范先生预备后事了。"

"陆处长!"顾鹤笙严声呵斥。

"事关范先生生死还是直截了当的好。我知道顾副站长是顾及范夫人感受,所以丑话还是由我来说。"陆雨眠不以为意地看向绍舒文,"范夫人如果还心存侥幸的话,我劝您趁早打消为好。"

显然陆雨眠的话比顾鹤笙的更有效,绍舒文流露出不安的神情:"你们想要什么?"

顾鹤笙回:"范老有一本日记,里面记录了一些对我们有用的内容,只要您能找到这本日记就能释放范老。"

"日记?"绍舒文让二人进屋,疑惑地问道,"是今成告诉你们他在写日记?"

"范先生发现自己记忆力减退后,为了防止遗忘一些重要的事情便将其记录在日记中。"陆雨眠说。

"范老是什么时候回上海的?"顾鹤笙环顾房间,发现像是刚搬来不久。

"我们回上海时间不久。在北平时我就发现他记忆越来越差，有时候甚至连我都不记得，托人打听到上海有专门治疗这个病的医生，这才回上海为他治病。"绍舒文如实回答，"今成自从患病后情绪很不稳定，经常因为记不起事而发火。医生建议要多陪护舒缓他心情，所以这段时间我一直都守在他身边，但，但他并没有写过日记。"

陆雨眠和顾鹤笙对视一眼，都确定绍舒文说的是实话。

陆雨眠问："范先生除了在家还会单独去其他地方吗？"

"他在极司菲尔路租了一间民房。他喜静，平时会经常去那里看看书什么的。每次我提出要陪他一起今成都很抗拒，我怕他忘记回家的路只能偷偷跟在他身后。"

"这处地址行动处已经掌握了。对房间进行过搜查，没有发现有价值的东西。"陆雨眠对顾鹤笙说。

"这么说范老大部分时间都和您在一起？"顾鹤笙语气平和地问道，"回上海这段时间范老可有见过什么人？"

"今成一向深居简出加之患病几乎没有交际，平时就在家翻译一本美国人写的小说。"

"什么小说？"

绍舒文指向整洁的书桌。顾鹤笙走上前，看见摆放在最上面的是麦尔维尔的长篇小说《白鲸》，一旁是范今成的翻译手稿。顾鹤笙随手拿起一页，上面的字迹犹如印刷一般工整。

"今成记忆力衰退很严重，好多单词已经记不起来，有时候为找到一个恰如其分的翻译词语他甚至能通宵达旦。每完成一页翻译他都开心得像个孩子为我朗读。"绍舒文说到这里黯然伤神地垂泪，"他好像知道自己的病，一直说着要在失去记忆前完成这本书的翻译。"

"范先生一直都在这里工作？"陆雨眠又问。

绍舒文一边擦拭眼泪一边点头。

陆雨眠戴上手套，指着上锁的抽屉："可以吗？"

"我还能拒绝吗？"绍舒文冷笑一声。

陆雨眠撬开锁具认真检查，里面是一些杂物，杂乱无章地塞满整个抽屉。

"这些都是什么？"陆雨眠不解道。

"今成说是他最珍贵的回忆。"绍舒文伤感地回答，"里面有我们的结婚戒指和一些对他有纪念意义的东西。今成害怕遗忘这些记忆便锁在抽屉里。看着他掩耳盗铃的样子我很心痛。"

顾鹤笙看到抽屉里有几本关于共产主义启蒙的书籍，这些书范今成曾经都推荐给自己看过。在书的下面有一张合影，陆雨眠看了一眼递给顾鹤笙："看来你也是他最珍贵的回忆之一。"

照片上是年轻时候的顾鹤笙和范今成的合照，顾鹤笙不由暗暗悲痛："范老还留着这张照片。"

"这是你毕业时照的，你是今成最器重的学生，他对你的期望都在照片背后的寄语上。"

顾鹤笙翻转照片，背后是一行笔力劲挺的古诗，细读乃是唐代令狐楚的《少年行》。

弓背霞明剑照霜，秋风走马出咸阳。
未收天子河湟地，不拟回头望故乡。

"学生有负恩师厚望。"顾鹤笙顿时悲由心生。

"这个又是什么？"陆雨眠拿起一张出国留学表格，但上面却空无一字。

"今成的一名学生数学天赋极高，今成本来打算资助此人出国深造，表格都为其准备好了结果等来的却是师徒决裂。"绍舒文看向顾鹤笙惨然一笑，"可能这就是今成的命，他一生之中最器重的两个学生相继背叛了他。"

陆雨眠想到了凤宸，庆幸他今天没有来，否则不知道绍舒文看见凤宸和顾鹤笙同时站在她面前该做何感想。

"这里没有日记。"陆雨眠对顾鹤笙低语。

"今成有时候也会单独外出。"绍舒文想起一件事,"每月第二个周五今成都会出去,时间是下午一点,大约在两个小时后回来。"

陆雨眠追问:"知道范先生去什么地方吗?"

"不知道。"绍舒文摇头。

顾鹤笙疑惑道:"您不是说担心范老记不得回家的路,他每次外出您都跟在身后吗?"

"每月的第二个周五都会有一个黄包车来接他,然后到时间再把今成送回来。车夫好像和今成是认识的,起初我还担心但次数多了就没在意。"

"范先生出去的时间您为什么记得这么清楚?"陆雨眠继续追问。

"他都记在台历上,好像是怕忘了,让我每天都提醒他一次。"

绍舒文指着桌上的台历,上面用红笔写了一个时间——14:05!

顾鹤笙和陆雨眠对视一眼,两人都心知肚明这是范今成和江南约定的接头时间。这时陆雨眠留意到台历上的日期不对,上面是3月5日,这是几个月前的日期。

"台历日期为什么没有更换?"

"今成不让动桌上的东西,还专门叮嘱让我每天提醒他看台历,像是在刻意加深什么记忆。我也很好奇他为什么一直不更换日期,他只是说台历上有很重要的东西。"

台历上除了范今成留下的时间外并没有其他文字,陆雨眠可以肯定他不会在上面留下密码之类的东西,因为越是复杂的东西范今成越难记住。他所强化的记忆只可能是一些简单到随时能记起的内容。

顾鹤笙发现时间旁边的叹号上画了一个三角形,看上去像一枚指针。陆雨眠也发现这处细节,两人不约而同望向三角形顶端所指的方向,那是一排摆放书籍的书架。

"范先生一般都看什么书?"陆雨眠问。

"今成嗜书如命,从北平回来时他还不忘带上藏书,回来后将藏书摆放整齐但不允许我翻阅上面的书籍。最近这几个月他记性越来越差,每天都会站在这里很长时间像是在找某本书。"

顾鹤笙的指尖从书架上滑过，指头沾满灰尘，可见这些藏书已经很久没有被翻阅过。

"范先生既然不看这里的书，为什么每天还要站在这里呢？"陆雨眠看着顾鹤笙指头的灰尘喃喃自语，"这里除了书之外难道还有其他东西……"

顾鹤笙突然回头看向书桌上的台历，陆雨眠的视线也几乎同时聚焦在上面，两人似乎都想到了什么。

"3月5日对于范先生来说不是时间，而是……"

"顺序！"顾鹤笙接过陆雨眠的话，手慢慢抬起移向书架，"第三排左起的第五本书！"

法文版的《追忆似水流年》。

陆雨眠翻开扉页，映入眼帘的是一处地址——圣母院路12弄305号。

陆雨眠如获至宝，瞬间意识到这就是范今成避开绍舒文单独藏匿日记的地方。离开时顾鹤笙瞟到桌上的一样东西，神色中泛起一丝异样。他用身体挡住陆雨眠的视线悄悄将东西拿走。

陆雨眠亲自开车来到扉页上的地址，下车前检查好手枪并打开保险。

"你们留在车上我单独去。"陆雨眠说这句话时看的是秦景天。

秦景天心领神会。陆雨眠距离江南近在咫尺，越是这样她越担心会出现纰漏，现在她唯一能信任的只有自己。她想让秦景天和顾鹤笙这两个知情人留在车上相互监督。

看着陆雨眠的身影消失在弄堂口，顾鹤笙暗暗心急："我去买包烟。"

"抽我的。"一直萎靡不振的秦景天像是突然有了精神。

顾鹤笙接过烟盒时发现秦景天解开的西服里枪套是松开的。

"陆处长回来之前你最好不要下这辆车，万一出现变故，我担心陆处长又会对你有所猜忌。"

秦景天淡笑着说道。

第九十一章 《白鲸》

1

305号房间给陆雨眠的第一印象是空旷，除了靠窗的桌椅外没有任何家具陈设。桌子上同样有一本台历，上面写着范今成家的地址，陆雨眠已经能猜到范今成来这里的原因。

每月第二个周五是琅琊和江南约定好的接头时间，在完成联络后琅琊担心会忘记江南布置的任务便会来到这里记录下来。

拉开的抽屉里果然放着日记本，陆雨眠伸手从抽屉拿起日记，刚向上提了半寸……

嘀嗒、嘀嗒……

安静的房间里有时钟指针走动的声音。移开日记本便看见抽屉中捆着定时炸弹，上面的指针距离引爆刻度只剩下最后一秒。

轰！

剧烈的爆炸声惊落秦景天嘴角的烟，他和顾鹤笙在震惊中望向爆炸传来的方向。浓烟正从305室残破的窗口飘出，短暂的呆滞后两人快步冲上楼。

屋内一片狼藉，秦景天搬开砖石看见满身是血奄奄一息的陆雨眠。

"江，江南……"陆雨眠用最后气力抓住秦景天的手，将一页残缺的日记和照片塞到他掌心。

秦景天看了一眼照片后错愕和惊诧写满他整张脸。

陆雨眠的手垂落，咽下最后一口气。秦景天脸上的茫然渐渐蕴集成愤怒，在顾鹤笙走过来时他收起陆雨眠临死前交给自己的东西。

"我有事要办。"秦景天冷冷丢下一句话后便转身离去。

顾鹤笙找到那本在爆炸中被付之一炬的日记本残片后悬起的心才彻底放下，但依旧为这场爆炸感到意外。很快接到通知的警察和保密局的人相继赶来，沈杰韬亲自来到现场铁青着脸什么也没说。技术科对现场进行勘察，最后得出的结论是陆雨眠死于定时炸弹爆炸，但炸弹是何时被安置并启动的就不得而知。

顾鹤笙暗暗吃惊。安置炸弹的人不但知道有人会出现在这里并且还精准地掌控了时间，可见此人对军统的行动了如指掌。如果不是陆雨眠猜忌，自己和秦景天现在也该是被白布掩盖的尸体。

顾鹤笙从行动处得到关押范今成的安全屋的地址。爆炸事件让保密局乱成一团。顾鹤笙对看守人员下达了撤离命令，单独见到范今成想要确认一件事。

房间中的范今成看见顾鹤笙时目光依旧陌生茫然。顾鹤笙坐到他对面从干瘪的烟盒中摸出一支烟放在嘴角，打开火柴盒才发现里面空空如也又重新拿了一盒新的。

"我今天去见过师娘，她为了老师的事最近憔悴了很多。"

"师娘？"范今成偏头回想良久。

"我还看见了您留在抽屉里的照片。"顾鹤笙点燃烟，将火柴盒放在之前空的火柴盒下面，"没想到过去这么多年，老师您还惦记着鹤笙。"

"我认识你吗？"范今成皱眉问道。

"师娘为了救您向我提供了关于日记的线索，我在台历上发现了您为加深记忆留下的提示。"顾鹤笙自言自语道，"从而在书架上找到您留在扉页的地址。"

"我有写过日记吗？"范今成的表情越发迷惑。

"圣母院路12弄305号。"顾鹤笙抽了一口烟，继续自顾自地说，"结果在您藏匿日记的地方发生了爆炸，而且还是定时炸弹。我今天差一点就死于爆炸，还能来见您算是捡回一条命。鉴于您一直被扣押在这里，可以排除您安置炸弹的可能，也就是说除了您之外还有人知道那处地址。可我想不通这个人是如何掌握时间和我们动向的。"

"我记不起你说的这个地址。"

"没事,您可以慢慢想。"顾鹤笙递过去一支烟,"我记得您以前烟不离手,师娘为此和您吵过不少次,您说抽烟有助思考。"

范今成接过烟打量了顾鹤笙片刻:"你好像很眼熟,我们是不是在什么地方见过?"

"我是您学生。"

"我是老师?"范今成伸手拿起火柴。

"对于我来说,您应该是我的导师,是您把一个热血青年引导成为一名爱国者,可惜我没有选择您的信仰,最终还成了您的敌人。"顾鹤笙的身子微微前倾,"我是不是让老师很失望?"

擦燃的火柴点燃范今成嘴角的烟,在摇灭火柴的刹那范今成的动作突然停止。缭绕的烟雾中范今成和顾鹤笙的目光不约而同注视在那枚还在燃烧的火柴上。

"是不是听到爆炸让您放松了警惕,您出现在这里就是在等这一刻吧?"

顾鹤笙已经找到了自己想要的答案,桌上有两个火柴盒,其中一个是空的。在和范今成交谈中火柴盒成了顾鹤笙手里的道具,漫不经心间不断更换火柴盒上下的位置。一个远近记忆严重缺失的人是不可能记住哪一个火柴盒里是有火柴的,但范今成在不经意间准确无误地排除了那个空的火柴盒。

范今成混沌空洞的眼睛里慢慢透出一股坚毅。

"不,你从来没让我失望过。"范今成像是突然变了一个人,现在的范今成才是顾鹤笙最熟悉的,"只是你选择了一条与我相悖的道路,这里没有师生只有敌我。"

2

"无论老师如何看待鹤笙,在我眼里您永远是我敬重的恩师。"

"你我早已分道扬镳,时至今日你又何必惺惺作态。"范今成处变不惊,"我知道你现在一定有很多疑问需要我解答,我可以保证会让你得到想要的答案,不过在此之前你需要先回答我一件事。"

"老师请问。"

"你是怎么知道的?"范今成开门见山。

"您有三处破绽,其一是您翻译的那本《白鲸》。"顾鹤笙从身上拿出一张翻译手稿,慢慢推到他面前,"我们是从病历上判断您的病情,但没有人核实过这份病历的真伪。按照病历的记录您目前处于阿尔茨海默病二期,在这个阶段最显著的病症是辨别事物的相似点和差异点方面有严重缺失并且失去计算能力。在这种情况下您是无法从事翻译这种高精度的脑力工作。"

说完顾鹤笙拿起手稿开始抑扬顿挫地朗读上面的内容。

你一向遨游海底。在海底,多少未曾留下姓名的人被遗忘,多少坚实的船锚锈烂在水乡,多少船队折戟沉沙,多少心底的希望泡了汤,多少雄心壮志被埋葬。在它那快船活动的天地间,在他那凶残野蛮的舱房里,有成千上万的淹溺者的白骨做了它的压舱物……

"我看过《白鲸》这本小说,但老师您翻译的最贴合原著。"顾鹤笙放下手稿,"从那时起我就开始质疑您是否真的患病。"

"《白鲸》是我最喜爱的一本小说,我想用最后的时间将其翻译出来作为送给舒文的结婚四十年的礼物。"范今成直言不讳,"我故意放缓了翻译进度,一个患有记忆缺失的病人并非不能从事翻译,何况我还有舒文在一旁协助,这不是让你质疑的主要原因。"

"您留在台历上的提示,那原本是只有您才能看懂的秘密。事实上提示并不复杂以至于我能很快揭开谜底,但对于一个记忆力日渐衰减的病人来说,仅仅一个日期和时间会让你突然遗忘其中的含义,到那时候你将丢失藏匿日记的地址,所以你才会让师娘每日提醒你来加深记忆。"顾鹤笙又抽了一口烟缓缓说道,"这些细节都没有问题,直到我从书架第三排拿出左起第五本书时,我发现书架上有灰尘留下的印记。"

"这一点是我疏忽了。"

"这说明那本书已经很长时间没有人翻阅过，您留在书架上不是为了提醒您藏匿日记的地址，而是在等待某个解开提示的人看到扉页的内容。您精心设置了一个陷阱，剩下的就是静静等着猎物自投罗网。"

"最后一点是什么？"范今成问。

顾鹤笙从衣兜里拿出一个空药瓶，上面的标签被撕掉，这是从绍舒文处离开时顾鹤笙偷偷拿走的。

"像这样的药瓶我在师娘家里看到很多，每一瓶的标签都撕掉了。您患病服药是很正常的事，您的这个举动说明您不希望其他人知道药是用来治疗什么病的。"顾鹤笙心思缜密道，"您此举画蛇添足刚好说明您一直都在装病。"

"终是没有逃过你的眼睛，不过已经不重要了。"范今成波澜不惊道，"我已经完成了自己的使命，你既然还称我一声老师，不妨我再为你解惑一次，你有什么想知道的现在可以问了。"

"您到底得了什么病？"顾鹤笙真情实意地问道。

"我以为你会问我这样做的目的是什么。"范今成的语气缓和了些，弹着烟灰慢慢说道，"两年前，你们启动了一项代号鸢尾花的计划，目的是将一批经过训练的特务派到延安。我们截获了这份潜伏人员名单成功挫败了你们的阴谋。"

顾鹤笙很想告诉范今成这份名单就是自己截获的，他希望再一次能成为老师眼中的骄傲。

"您和鸢尾花计划有什么关系？"

"不久后江南发现鸢尾花计划从筹划到实施真正的目的就是为了泄露，你们投入大量的人力和物力不过是为了另一个计划的成功实施。"

"另一个计划？！"顾鹤笙愣住。

"看来你对此并不知情。"范今成一五一十说出真相，"军统这项大型渗透潜伏计划真正的执行者是红鸩。鸢尾花计划是故意泄露以此来掩护红鸩计划的实施。在我们全力清剿特务时红鸩已经完成了渗透。"

"红鸠计划的指挥……"顾鹤笙正要追问下去时突然看见一抹鲜血从范今成鼻孔中流出,"您怎么了?"顾鹤笙连忙起身想要为其擦拭。

范今成显然对此已经习以为常,直接用手抹去鲜血,声音开始变得虚弱:"红鸠计划的实施对我们造成极大的危害,从那时起江南就开始全力追查红鸠计划。戴笠死后红鸠计划受阻,所有潜伏人员与指挥系统失去联络,这让江南看到了机会。如此重要的计划戴笠一定会留下备用方案,因此肯定会有一份完整的红鸠潜伏名单。"

"江南想要获取这份名单。"顾鹤笙恍然大悟。

"但江南无法确定这份名单在谁手中,所以需要一个诱饵让这个人自己浮出水面。"

"江南用自己当了诱饵!"顾鹤笙渐渐清楚整件事的来龙去脉。

"能掌握红鸠名单的人不会轻易上当,因此需要一个合理并且看上去又真实的契机,这时唯一见过江南的联络人患上了阿尔茨海默病,这无疑会让这个人蠢蠢欲动。为了完成这次任务,从在北平起我就开始伪装阿尔茨海默病所有的病症,连我身边最亲近的人都被我骗了,相信你们更无法察觉。"

"您被军统抓获也是江南计划中的一部分?"顾鹤笙忧心忡忡道,"一旦军统发现您是在装病,您……"

"即使是牺牲自己,我也会照亮什么,我敢于这样做。我有这个决心……"范今成背诵出《白鲸》里的片段,他的声音越是高昂从鼻孔流淌出的鲜血也越多,最后已经无法止血,"我被诊断出患有脑癌,医生说我只有半年的时间,是我向江南请求执行最后一次任务。我曾向自己所捍卫的信仰宣誓,现在就是我兑现誓言的时候。"

顾鹤笙慌张地上前帮他止血:"江南处心积虑,不惜牺牲您制订的计划就是为了炸死前去取日记的人?"

"你只是看到了一部分,还有你无法看到的另外一部分。"

顾鹤笙眉头一皱:"为什么要告诉我这些,您就不怕我阻止江南的计划?"

"你阻止不了的,我能告诉你的内容已经不重要了。"范今成气若游丝地说,"在我们谈话的这段时间,后续计划已经实施。"

范今成用最后的力气支撑着身体靠在椅子上,即便面如纸色却依旧像一位不屈的斗士。

"知道我为什么喜欢《白鲸》吗?"

"您想成为和亚哈船长一样的人。"顾鹤笙强忍着悲痛回答,"事实上您做到了,在鹤笙眼中您和亚哈船长一样拥有崇高的品质和大海一样宽阔的胸怀。"

"不,不是这些,我喜欢《白鲸》是因为亚哈船长一生都很清楚自己追寻的是什么。他穿行在变幻莫测充满险恶的大海中,随时面临未知的危险和死亡也不曾让他胆怯和后退。他要战胜那只海魔王白鲸,这是亚哈一生都不曾改变的信仰,即便是最后付出生命也义无反顾。你呢? 你追寻的又是什么?"

"鹤笙没有让您失望,我……"

顾鹤笙话还未出口范今成已经慢慢闭上眼睛。顾鹤笙颤巍巍地抬手去试探,发现他已经没有了鼻息。很遗憾最终没能在老师生前说出自己的身份。

顾鹤笙向后退了一步,对着范今成的遗体敬礼,低声说出自己追寻的信仰:"我自愿加入中国共产党,为共产主义奋斗终身,勇于牺牲严守秘密,永不叛党……"

第九十二章　肃清

1

南码头的货船上，楚文天正站在船头眺望。来上海的这些年自己见证了这座城市的兴衰沉浮，回首过往有喜悦也有悲壮但从未改变的是那份不曾动摇的忠诚。

一艘渔船靠了过来，登上货船的是许意阳。他戴着比酒瓶底还厚的眼镜。作为多年的战友，楚文天已经习惯了称他为"眼镜"。

"圣母路那边发生了爆炸，警察封锁了现场，进出全是保密局的人。"许意阳摘下礼帽，"我们的同志在那边是不是有行动？"

"我们认识多少年了？"楚文天今天好像特别感慨。

许意阳熟知的楚文天不是感性的人，他从来没见过楚文天像现在这般惆怅："有二十五年了吧，你在关中发展武装队伍被敌人围剿，组织安排你来上海工作，从那时起我们就认识了。"

"时间过得真快啊，一转眼就二十多年了。我刚到上海就参加了组织领导的对抗军阀的工人武装起义，配合北伐大军一举解放上海。可没想到这次起义竟成为蒋介石发动清党的借口。"

"党领导的这次工人武装起义意义是重大的，虽然胜利很短暂但真正意义上让上海重新回到人民的手中，这为党后期的工人运动提供了宝贵的经验。"

"我记得当时你还受了伤。"楚文天拍了拍许意阳肩膀。

"革命是需要流血牺牲的。"许意阳一脸无畏。

"我们流的血太多了。"楚文天重重叹了口气，"从武装起义到国民党悍然发动'四·一二清党'只相隔了一个月。多少同志牺牲在敌人的屠刀之下，被胜利冲昏头脑终究让我们付出了惨痛的代价。"

"你今天怎么了？"许意阳看出楚文天神色中的伤感。

"可能是老了开始变得念旧。"

"革命同志永远年轻。"

楚文天畅声大笑，埋头指向花白的头发："我们都是老同志了，已经过了喊口号的阶段，革命的心是年轻的但身体是真老了。最近不知道怎么了，闭上眼就想起很多以前的战友，老罗、老徐还有老杨……都是曾经并肩作战的同志，当初大家在一起意气风发，憧憬着胜利，可到如今就剩下你我二人了。"楚文天说到这里有些黯然伤神。

"所以我们才要继承烈士的遗志继续战斗下去"

"我得到消息咱们的部队已经挺进中原，国民党开始被迫战略收缩防御，决战就快要打响了。短短几十年真是翻天覆地的变化，胜利已经距离我们不远了，只是可惜那些老战友已经看不到这一天。"

"是啊，变化真大。"许意阳也感慨万千道，"谁承想当初被国民党围追堵截的我们会发展到今天，真是应了那句'星星之火可以燎原'。"

"我记得老徐是你的下线吧？"

"他和老罗都是。"许意阳点头，"特高课突袭了联络站，他们来不及撤离被抓捕，最后被日本人秘密处决。"

"当时被捕的还有你。"楚文天点燃一支烟，在升腾的烟雾中眯起眼睛，"你是怎么活下来的？"

"特高课在转运的途中发生车祸我趁机逃脱。"

"你的运气真好，能从日本人手中逃离。"楚文天吸了一口烟，沉默了片刻，"你有什么需要对我说的吗？"

"你什么意思？"许意阳脸色一沉，"我们相识这么多年，共同经历过那么多的危险，你难道不相信我的党性和忠诚？"

"相信，作为战友我从来没有质疑过你，作为朋友我也一直对你推心置腹。"楚文天抬手将一份文件递到他面前，"直到我收到江南转交给我的东西。"

许意阳打开看了一眼后顿时脸色大变，拿在手中的竟是当年自己变节的供词。

"这是污蔑，这是日本人伪造的！"许意阳狡辩。

"我也宁愿这是敌人伪造的，在我看到这份文件时并没有彻底相信你会是叛徒。"楚文天眺望着江面缓缓问道，"昨天你约我在这里接头，现在你把江南下达的命令再说一遍。"

"琅琊同志被敌人秘密抓捕，尽一切可能营救。若判定希望渺茫对其清除。"许意阳倒背如流。

楚文天将他手中的文件翻到最后一页，最下面有一段和许意阳口述的几乎一样的话，只是这段文字中多了一个地名。

"江南在给你下达命令时提到了琅琊同志的关押地点，但你在传递命令时故意隐去了地点。敌人把找出江南的全部希望都寄托在琅琊身上，自然会全力确保琅琊的安全。你隐去地点是在为敌人争取时间。你现在还认为自己是被诬陷的吗？"

许意阳身子抽搐一下："这是江南的圈套！"

"以你的级别根本不可能接触到江南，你为什么不想想如此重要的命令江南为什么会向你下达呢？你叛变的事江南早就掌握，留着你就是为了在最关键的时候发挥作用。你在得到营救琅琊同志的命令后肯定会泄露给敌人。江南越是在意琅琊就越能让敌人以为琅琊的重要，从而相信他所说的每一句话。"

许意阳面如死灰地向后踉跄一步。

"我是今天才看到这份文件，直到现在我都不敢相信你是叛徒。"楚文天义愤填膺地问，"为什么要叛变？"

"我也不想的！"许意阳情绪失控地喊，"日本人当着我的面枪杀了老徐和老罗，我不想死！"

"这就是你叛变的理由？"

"没有人想当叛徒可也不是所有人都愿意为一个遥不可及的信仰付出生命。'我想活下去'这个理由在你看来可耻，但作为一个人求生是本能。"

楚文天冷声呵斥："你求生的本能建立在背叛上，是你向日本人泄露了江南同志。在协助鲁秋实转移的行动中你违反规定看到江南的样子，从而作为向日本人换取苟活的筹码。"

　　"我想过改过自新的，日本人投降后特高课销毁了所有卷宗，我以为没有人会知道这件事。我想去弥补自己的过错，可军统得到了我变节的审问记录。军统找到我威胁说如果不帮他们做事就公开记录，我，我是被逼无奈……"许意阳看见楚文天低垂的手里多了一把枪，"文天，看在我们多年的情分上你放过我，我马上离开上海没有人会知道。"

　　"你出卖自己同志的时候有想过今天吗？你有想过那些因你而牺牲的同志吗？"楚文天抬起枪口对准许意阳，"你我多年的情分是建立在战友的基础上，从你叛变那刻起我们就是敌人！"

　　"我不是你！你也没资格要求我像你那样宁死不屈。"许意阳抓狂着咆哮，"我是活生生的人，贪生怕死是本能没有什么可耻的。你可以直面生死，可我做不到，这难道也有错？"

　　"我现在向你转述江南同志下达的肃清命令，6月17日下午3点，对上海地下党组织以及中共上海局潜伏的红鸠人员和敌特分子同时进行肃清，名单如下陈守义、汪锐川、连祖昂、楚梓凯、韩家兴、鲁境泽、孔念安……许意阳！"楚文天逐一念出众多名字，最后看向手表冷声道，"现在执行！"

　　许意阳自知无力回天突然仰头狂笑："今日处境与人无尤，都怪我当初一念之仁没有把你泄露给军统。不过你也不用得意太早，我对你来说不过是一个准备肃清的叛徒，你可以毫不迟疑地开枪，可终有一天你会发现自己的敌人里有你下不了手的人。"

　　"什么意思？"楚文天皱眉问道。

　　"你来上海后你妻子给你写过信。当时由于国民党发动清党你转入地下，因此这些信件都被我收到，最后一封信的内容是你儿子到了上海就读于民立中学。起初我出于对你安全的考虑隐瞒了信件，但我一直在留意他的动向本准备找一个合适的机会告诉你。没想到在两年前我又见到了他，更让我吃惊的是他现在的身份，我想你一定很有兴趣知道。"

"什么身份？"

"他成了军统。"

楚文天愣住。

"这还不是最有意思的地方，我无意中从招募我的军统人员口中得知他是一名红鸩。是不是很有意思，你的儿子将是你的敌人，或许在你收到的下一份肃清名单中就会有你儿子的名字。"许意阳冷声反问，"如果到了那一天，你会像现在这样杀伐果断吗？"

楚文天持枪的手开始抖动："他叫什么名字？"

"你现在能体会当初我为什么要变节了吗？每个人都有自己在乎的东西，我惜命而你想要家人团聚。你只要肯放我走，我就告诉你他的名字。"许意阳心存侥幸道。

"我的信仰里没有交换和妥协，如果真有那一天我就当没有这个儿子。"楚文天重新恢复镇定，握枪的手稳如磐石，"我宁愿不知道他的名字，这样我开枪时就不会犹豫。"

砰！

楚文天扣动扳机，子弹透入许意阳的眉心。

2

叶书桥最近肺虚咳喘，神疲乏力。柳知鸢专门沏了一杯参茶送到房间，无微不至道："大夫说你是用神过度才导致内伤劳倦，党参健脾补肺益气养血你要多喝些。"

叶书桥在椅子上出神，参茶送到手边才意识到。

"这是怎么了，出了一趟门回来像是丢了魂。"

"今天中午在圣母路发生了爆炸，当场被炸死的女人是保密局行动处处长陆雨眠。"

柳知鸢端茶杯的手一抖，茶水溅落在手背。

这时用人敲门进来，手里捧着一个包裹："夫人，刚才有人给您送来的。"

"不要进来！"柳知鸢想起陆雨眠死于爆炸，担心包裹里是炸弹，"小心轻拿送到花园再打开。"

用人和叶书桥面面相觑，不明白柳知鸢为何对一个小小的包裹如此紧张。用人依照指示去花园拆开包裹，站在楼上的柳知鸢掩身窗后注视，结果用人从包裹中拿出的只有一本书。

用人把书送到楼上。柳知鸢接过，看到是一本《白鲸》："谁送来的？"

用人回答："一个小孩，说是有人让他送来指明是要交给夫人的，还没等问清楚小孩就走了。"

柳知鸢翻开书，扉页是一行工整的德文——真正的对手会灌输给你大量的勇气。

这是奥地利作家卡夫卡的名言，同时卡夫卡也是柳知鸢最欣赏的作家之一。无论这本《白鲸》是谁送来的，此人一定是一个对自己极为了解的人。

这时电话铃声响起，叶书桥接起来问了半天话筒里也没有传来回声，就要放下电话时柳知鸢接过去。

"喂。"

"收到我送你的礼物了吗？"

"收到了。"柳知鸢处变不惊，"能告诉我你是谁吗？"

"江南。"

柳知鸢在短暂的迟疑后捂住话筒，转身看向叶书桥："出去。"

"谁打的电……"

"出去！"柳知鸢眼中泛起叶书桥从未见过的阴森。

等房间里只剩下柳知鸢，她才重新拿起电话："我一直很期待和你的见面但没想到会是这样的方式，不过还是要谢谢你的礼物。"

"我们的存在都是为了消灭对方，这让我想起了狮子和鬣狗。很久以来我一直希望与你的见面能非常特别，所以我挑选了一个最合适的时机，希望你不要介意我的唐突。"话筒里是经过处理的声音，分不清男女。

"什么时机？"柳知鸢镇定自若地问道。

"我想你一生最引以为傲的成就就是促成了红鸠计划，这个计划就如同你的孩子，你孕育了她可你也失去了她。你自诩是戴笠最信任的人，可这只是你一厢情愿的想法。戴笠怎么会把如此重要的计划交给共产党的遗孤，你只是参与了红鸠计划但这份计划完整的名单根本不在你手里。"

"我不需要名单。"柳知鸢不以为意道，"你应该知道所有的红鸠资料都刻在我记忆里。"

"我需要这份名单。"江南开门见山道。

"你永远也得不到。"柳知鸢的回答同样干脆。

"戴笠死之前我或许没有机会，不过现在我愿意试试。"江南耐心地说道，"红鸠计划在实施初期就预设了失去联系状态下的激活方式，这些潜伏的红鸠会在各自特定的时间被唤醒，这也是戴笠死后你并不急于与红鸠恢复联系的原因。预设唤醒最短的年限是十年，有的甚至超过三十年，时间能检验真理同样也能检验忠诚，最后还能自我激活的才是真正的红鸠。"

"看来你对红鸠计划很了解。"柳知鸢也不再掩饰，"红鸠是深埋地底的种子等到破土萌芽时，他们将和数以千万计的青草汇聚成草原，你永远不可能在草原中找到你想找的那棵青草。"

"事实上这些年我已经找了几棵，就在今天我下达了肃清命令。五分钟后所有潜伏在上海地下党以及中共上海局的红鸠将在同一时间被清除，加上之前被炸死的R5，安插在上海的红鸠已被连根拔起。"

柳知鸢在感到震惊的同时接电话的手像是要捏碎话筒，不过很快戾气变成云淡风轻的浅笑："因纽特人从来不会惊讶于崩塌的冰山，因为比起成千上万的冰峰几座冰山又算得了什么。在琅琊这件事上我承认自己疏忽，操之过急以至于让你抓到破绽。我很钦佩你的洞悉力但你做了一件毫无意义的事，你清除的不过是红鸠的冰山一角，从根本上你什么也改变不了。"

"但我能激活红鸠计划的紧急预警机制。"江南不紧不慢道，"你是红鸠计划的主使者相信不用我过多解释这个机制吧，如果红鸠大面积暴露同时指挥系统出现漏洞时，原有主控者将被立即更换。"

"我明白了，我作为现在的红鸠计划主控者，红鸠名单在我记忆中你无法获取。一旦更换主控者就势必会涉及备份的红鸠名单，这是你唯一能获取名单的机会。"柳知鸢依然镇定，"预警机制是我制定的，需要同时满足两个条件才能被触发。你在同一时间清除掉一批红鸠只能满足第一条，可你没有办法证明指挥系统有漏洞。"

"你为什么不换一个思路，如果红鸠计划的主控者突然消失了呢？"

"你杀不了我的。"柳知鸢明白江南的言外之意，"被你识破身份在我意料之外，不过这并不妨碍我继续主导红鸠计划。我去一个电话南京就会命令警备司令部派军队将我安全转移。唯一改变的是我会换一个全新的身份，下一次我想你再也不会找到我。"

"在农场的第一节课，教官只让我们记住三件事，第一件，没有下一次；第二件，没有下一次；第三件……"

"没有下一次！"柳知鸢眉头微微一皱，"看来琅琊至少说了一句实话，江南是一名红鸠，我们是认识的对吗？"

"亚哈船长穷尽一生都在追逐那只白鲸，琅琊是亚哈船长，他追逐的白鲸是红鸠计划。R5同样也是亚哈船长，他们追逐的白鲸是江南。你不是很想知道江南是谁吗，答案就在书的最后一页。"

柳知鸢翻到书尾，里面夹着一张照片，当她看见照片上的人时愣住了。

"R5会在琅琊的日记里看到相同的照片，她在临死之前终于见到了那头白鲸。"

"你认为看到这张照片的人会相信吗？"

话筒里传来窸窸窣窣的声音，片刻后江南的声音变得清晰。

"我想你已经下达过一旦确定江南身份立即射杀的命令，看到这张照片的红鸠会坚定地执行命令。"

取掉变声器的江南的声音是那样熟悉，柳知鸢几乎瞬间就听出对方是谁，震惊和愕然写满她整张脸："是你……"

"还记得我之前提到的狮子和鬣狗吗，这两种动物是一生的宿敌，它们之间的见面总是以不死不休收场，最后能活着离开的只有其中一个。你说得对，江南是没办法杀掉你，不过执行你命令的红鸠会完成任务。你现在知道谁是江南了吗？"

……

风向西南，风级三级，目标可视度清晰，射击角度水平。秦景天最后一次调整射击参数。

他的目光从狙击枪瞄准镜移到一旁的那张残缺的照片上，风姿绰约的女人在烧焦的照片中模样有些狰狞，但秦景天还是能一眼认出她——柳知鸢！

旁边的半张纸页上是一段文字。

> 5月14日，江南在源盛商行与我商谈更换联络人一事，江南考虑起用精卫同志……

后面的内容被付之一炬，秦景天却从中找到最重要的关键词——源盛商行！

这是叶家的产业，在柳知鸢入住叶家后叶书桥便交给她在打理。范今成曾透露过几点线索，江南是女的并且还是一名红鸠，同时在民国三十二年出现在上海……

柳知鸢亲口说过在民国三十二年没有女红鸠被委派到上海，那是因为她隐瞒了自己。她一手促成叶家生意的壮大可见柳知鸢私下和日本人是有往来的，那么她就有机会接触到被日本人关押的江南。

秦景天的目光重新移到瞄准镜中，能清楚看见手拿电话的柳知鸢惶恐的表情。她像是被什么吓到，而她接电话的地方将自己完全暴露在最佳射击范围之内。柳知鸢突然想到什么，猛然抬头望向窗外，最后视线定格在秦景天的瞄准镜里,她应该是发现了瞄准镜反射的光亮。

就在那一刻秦景天扣动扳机,枪声响起的刹那,能清楚地从瞄准镜里看见脑部中弹的柳知鸢倒在血泊之中。

"一旦确定江南身份立即射杀!"秦景天喃喃自语,音调冷若冰霜。

被一枪毙命的柳知鸢还瞪大着双眼,眉心的弹孔犹如抹不去的朱砂,倒地时手上那本《白鲸》里夹着的照片飘落出来。黑白照片上的柳知鸢被自己的鲜血渐渐吞噬。蔓延的鲜血在书页上肆意地扩散直至将小说最后一句话染成血红。

　　我从地狱之心刺向你……

第九十三章　守望者

越云策坐在外滩江边的长椅上，偏头张望了一下身旁文弱清秀的女子。

"我接到总局的指示从即刻起一切听从你的命令。"越云策问出心中的疑惑，"怎么称呼？"

女人脸上有着与她年龄不相符的镇定："你主导的阿波罗计划失败了，我需要你给我一个简报。"

"也不是全盘皆输至少清除了江南。"

女人的表情和江水一样清冷："柳知鸢并不是江南。R5去的地方是陷阱，日记里记录的内容和照片同样也是陷阱。江南策划了一起成功的行动，利用R12除掉了其中最大的绊脚石。"

越云策吃惊道："柳知鸢是我们自己的人？！"

"她是R1。"

越云策愣住，身旁这个女人似乎比自己更清楚红鸠计划："你怎么知道这些？"

"如果把红鸠计划看作一个金字塔，最顶端的不是R1而是整个计划的指挥人。这个人掌握着红鸠计划在各个阶段的实施情况，但这个人不会直接参与红鸠计划的行动，其存在的目的是监控这个计划顺利地执行，因此这个人被称为守望者。"女人向越云策和盘托出，"戴局长意外身亡后，按照红鸠计划启动前制定的机制，我接替戴局长成为红鸠计划的守望者。"

"柳知鸢在红鸠计划中的作用又是什么？"

"诱饵。"女人脱口而出。

越云策目瞪口呆，这才发现自己对参与的红鸠计划根本不了解。

"柳知鸢是最初提出红鸠计划框架的人并且参与了红鸠的甄选，所有的红鸠都在她脑子里,这也是她成为R1的原因。红鸠计划并非是你认为的一个单纯的渗透潜伏计划,其真正的核心你现在还无权知晓。这个计划的成败全在于成为红鸠的这些人,因此在计划启动之前戴局长就留下一份完整的红鸠名单。"女人看向越云策,"你能猜到江南要杀柳知鸢的原因吗?"

"红鸠名单!"越云策快速回答,"所有红鸠的资料都在柳知鸢的脑子中,只要她还活着江南没有办法获取红鸠名单。一旦柳知鸢被杀,接替她的人为了继续执行红鸠计划势必需要这份名单,这是江南唯一能掌握和清除所有红鸠的办法。"

"你现在知道柳知鸢为什么是诱饵了吗?"

"你是想用R1引出江南。"越云策反应过来,但很快又瞪大眼睛,"这么说柳知鸢的死你早就知道,包括江南这次设置的陷阱也在你意料之中?!"

"这就是我让柳知鸢激活R12的原因,R12重新被唤醒不是为了杀江南而是清除柳知鸢。当所有证据都指向柳知鸢是江南时R12会严格执行暗杀任务。"女人点头,一脸镇定道,"但我没想到江南会下达肃清命令,R5的殉职是我判断失误,在同一天江南清除了一批安插在上海的红鸠。"

"为什么不事先发出示警?!"越云策反问。

"在与江南的博弈中不是所有被卷入其中的人都能活到最后,流血和牺牲是注定的,问题在于是否值得。我手里能引出江南的筹码不多,柳知鸢不死江南绝对不会轻举妄动。现在红鸠计划的指挥系统出现更替,江南不会放过这个唯一能获得完整红鸠名单的机会。我失去了R1、R5和在上海的红鸠,目的就是为了让江南认为这次行动是成功的。江南距离这份名单越近露出的破绽也就越多。"

越云策再次惊讶:"完整的红鸠名单在你手中?!"

"这就是守望者和R1之间最根本的区别,R1记住了所有红鸠的资料信息但并不清楚完成渗透的红鸠的唤醒方式和安全联络暗码。在我手中的不是一份名单，而是让中共情报系统寝食难安的庞大情报网。"女人说到这里拿出一张纸放在越云策手中。纸上写满了名字、住址以及职业，每个名字后面都有不同的暗号。

"上面这些人是谁？"

"潜伏在上海地下党组织内的红鸠名单。"

越云策眉头一皱："这些红鸠不是已经被江南清除了吗？"

"我说过你根本不知道红鸠计划的核心机密。"

"那为什么要给我这份名单？"

"除了R12之外你可以激活名单上任意一名红鸠。"女人的语气越发严肃，"从现在开始你就是新的R1。"

"我的任务是什么？"

"复仇！"女人站起身，声音里透着冰冷，"是时候让江南见识一下红鸠计划真正的杀伤力了。江南对我们做过的事我要加倍奉还，就从精卫开始吧。"

第九十四章 敲山震虎

因为没人亲眼见过天堂，所以在大多数人的脑海中那是一处美丽祥和的地方，站在墓碑前的男人就是这样想的。他将手中的鹤望兰放下，鲜艳的花朵也无法掩盖他神色中那抹哀伤。

"你此刻的心情我可以理解，但考虑到你现在的身份不该来这里。"男人身后传来枯枝被踩碎的声音。

男人没有回头："今天是她的尾七，你不能阻止一名父亲来陪陪亡故的女儿。"

"当初你送她踏上这条荆棘之路时就应该清楚，并不是每一个人都能在这条充斥着危险和死亡的道路上走完一生。"女人的声音冷静坚定，"你应该为她感到骄傲，她赢得了荣誉和尊重，而你现在的状态才是我真正担心的问题。"

"你知道对于现在的我来说什么才是问题吗？"男人的声音里透着一丝愤怒，指着面前的墓碑，不再抑制心中的悲伤，"女儿的墓碑上不能刻下她真正的名字这才是问题；一名父亲不能正大光明送女儿最后一程这才是问题；我生命中最珍贵的珍宝为你们出生入死，到头来却得不到与她荣耀相配的葬礼这才是问题。至于你刚才提到我的状态，对不起，在我女儿的坟前我不认为这是问题。"

身后的女人没有反驳，她和这幽暗的深夜一样静谧："如果你发泄出来会让自己好受些，我愿意继续听下去。"

"你欠她一个道歉。"男人气愤地质问道，"你作为守望者，明明已经洞悉江南的计划为什么没有提前发出警示？你完全有机会也有能力挽救一名优秀的间谍，她本该继续为她所捍卫的信仰奋斗而不是长眠在此。"

"这是一次意外，我承认自己在这件事上失察渎职，你所有的迁怒和责怪我都接受。不过我要告诉你的是，即便我事先知道她会遭遇不测我同样也不会发出警示。"

"你……"

"我是守望者，你应该比谁都清楚这个称谓的含义。我守望的不是一名间谍而是所有的红鸠，为了确保所有红鸠的安危和计划的顺利实施，必要时我会牺牲任何人包括我自己在内。"女人加重语气冷声道，"你失去的只是一个女儿，可除不掉江南党国失去的就是根基，孰轻孰重相信不用我累述。她的牺牲并不是毫无价值的，她为我们换来了更多江南的线索。"

男人的表情颓然无奈："你认为对于一个失去女儿的父亲说这些还有什么意义吗？"

"你认为什么有意义？"女人走到这个哀伤迟暮的男人身旁，"或者换一个说法，我现在能为你做什么？"

男人从身上拿出几张纸递到女人面前："如果这就是我的要求，不，请求，你能为我做到吗？"

女人接过来，每张纸上都写满了名字和详细的身份信息："这些人都是谁？"

"戴笠向我下达潜伏任务时说过一句话，让我时刻做好当一枚闲棋冷子的准备。我一闲就是二十多年，从一名普通的交通员做到现在的核心领导，有时候连我自己都分不清我到底是共产党还是国民党。这二十年来我没有接收过任何任务，唯一还能拿出手的就是这份名单。"男人的声音阴沉低缓，"这是中共在上海超过半数的地下党成员名单。"

女人多少被震惊到，再看了一眼手里的名单："你希望我怎么做？"

"江南不是在同一时间清除了我们安插的人吗，你不应该做点什么来反击吗，抓捕名单上所有人处决。"

"你真打算这样做？"

"我不能让我女儿白白死去，我要共产党付出成倍的代价。"男人异常坚决。

"她生前最大的愿望就是建立秩序,在眼界和对全局掌控上我认为你远比她看得更长远。不要让丧女之痛蒙蔽了你的双眼。"女人有些失望道,"杀掉名单上这些人对我来说不过是开口下达的一个命令。可问题是别说这份名单,就是处决了整个上海的共党又能如何? 华东、华北乃至全国的共党你杀得完吗? 或者说杀了这些人就能让她死而复生?"

"我只想以父亲的身份为女儿做一些事,至于其他的我考虑不到,也不想去考虑。"

"你比谁都要了解她,如果她在天有灵知道你所做的这些她会怎么想? 你在失去理智的情况下做出的决定和她期望看到的结果完全背道而驰。"女人拿起手中的名单,"杀这些人轻而易举,可如此大规模的人员暴露会让中共不遗余力追查泄密源头,江南早晚会锁定到你身上。如今战局对我们不利,你的身份就变得尤为重要。在江南的肃清行动中你没有暴露,可见江南都还没发现你这枚威力巨大的炸弹。你虽然不隶属于红鸠,但你潜伏的价值从某种程度上更为重要。二十年的经营才有今天的成就,你难道想因一时之痛将这二十年的心血付诸东流?"

"我不为她做点什么实在于心不安。"男人逐渐冷静下来,也觉得自己的决定太唐突幼稚。

"我能理解你此刻的心情,这句话并不是用来安慰你,我会付之行动。"女人当着他的面烧掉名单,"这些人早晚都会被清算但不是现在,我有更好的办法让你告慰她在天之灵。"

男人哀伤的眼神中又重新充满斗志:"你有什么安排?"

"我需要利用你在中共的情报渠道帮我传递一个情报。"女人一边说一边将一张照片和一份文件交给他。

男人打开文件看了少许:"口供?!"

"照片上的人叫彭四海,真实身份是中共在上海的行动组骨干。一个星期前从南京总局派来的人将其抓捕。"

"他变节了?"

"没有,他在抓捕过程中负隅顽抗被击毙,但此事被严密封锁,地下党并不知道彭四海已死。"

"这份口供是你伪造的?"

"红鸠对彭四海的调查已经很久,口供上的内容都是经过核实确认过的,有一些重要内容只有彭四海一人知晓,因此这份口供只要到了中社部手中一定会判定此人叛变。"女人心思缜密地继续道,"你需要记住的是,这份口供来源是从一名叫袁恩煜的军统审讯人员手中获得,此人是你经过考察后策反的人。袁恩煜已经被我派人灭口,保密局那边也会从其他渠道故意泄露袁恩煜通共的事,因此中社部即便追查情报来源也不会怀疑到你身上。"

"彭四海有什么值得你如此大费周章?"

"此人不过是无名小卒,他背后的人才是我目标。"地上缓缓熄灭的火焰映出女人那张秀丽的脸,火焰熄灭那刻她像是归于黑暗的恶魔,"我关注此人是因为特高课在调查太阳花号沉没案时,此人刚好也在那艘船上。"

"你怀疑他和失窃的三吨黄金有关?"

"彭四海肯定参与了截获黄金的任务。至今这三吨黄金一直下落不明,从种种迹象表明黄金依旧在上海。彭四海即便不清楚黄金藏匿地点,但多少都会知道一些鲜为人知的内幕。"

"你是想敲山震虎! 中社部一旦判定彭四海叛变会担心他泄露失窃黄金的下落,势必会立即通知相关负责人转移黄金,你便可借机一网打尽还能找回黄金。"男人意识到手里这份口供的价值,只是还有疑惑,"你的计划想要成功,前提是事先知道彭四海的上级是谁,否则黄金被转移你也未必知晓。"

女人干脆回道:"楚文天。"

"他是共产党?!"男人大吃一惊。

"他的身份早就被我掌握,之所以这么久没动他一是为了那批黄金的下落,二是想借他追查江南。"女人平静地回答,"可这些年楚文天始终没有表露出关于黄金的动向,至于江南他所知甚少。在周幼卿被日本人抓捕后，不知出于何种原因周幼卿似乎并没有向接替她的新江南透露楚文天的身份。"

"你都等了这么久，为什么直到现在才有所行动？"

"我刚才答应过你，要为你和殉职的R5做点事。"

男人一怔，很快反应过来："我女儿的死和楚文天有关？！"

"江南的肃清命令是下达给行动组的，楚文天就是行动组的负责人。江南是如何掌握R5的行踪的我尚未调查清楚，不过在305室安装被启动定时炸弹是楚文天派人执行的。冤有头债有主，楚文天虽不是主谋但也是帮凶，等查明黄金下落后我会让他付出代价。"

"事成之后把他交给我。"男人愤恨道，"我要亲手报仇。"

"不，在杀楚文天这件事上我安排了比你更合适的人选。"女人嘴角泛起一丝笑意，"相信我，你今天所承受的伤痛，我会让楚文天感同身受。"

第九十五章　道不同不相为谋

1

秦景天在楚家后院那间房屋的石凳上见到楚文天。他拿着点燃的旱烟出神以至于秦景天坐到对面也没发现。桌上是那条玉石观音项链。一旁的降龙树在风中哗哗作响，正应了楚文天此刻的心情，树欲静而风不止。

"楚老板。"秦景天轻唤了一声。

楚文天回过神，脸上满是惆怅和焦虑："你什么时候来的？"

"惜瑶说您最近心情不是太好，让我来看看您。"

楚文天抽了一口旱烟，短暂的沉默后说："我打听到失散家人的消息了。"

秦景天眉间微微一挑："是吗？"

"我还有一个儿子，我居然到现在才知道。"楚文天看向秦景天感慨万千道，"算时间他现在应该和你一般年岁。"

"楚老板膝下有子本是喜事，为何又愁眉不展？"

楚文天闭目长叹一声："你来得正好，我郁结难舒想听听你的意见。"

"您说。"

"初闻还有一子尚在人世，我这个年过半百之人自然是欣喜有加，可又得知此子恐怕误入歧途。以前我日盼夜盼等着与家人重逢，可现在我又怕等到这一天。"

"他是作奸犯科还是杀人放火了？"

"如若是这些我还能劝其浪子回头。"楚文天摇头。

"还有比这些更严重的？"

楚文天无力地揉着额头低语："他如今做的事与我背道而驰，再见怕是生死相搏的敌人。"

"有这么严重？"秦景天听到这话不由心里一紧。

楚文天一时语塞，即便自己对秦景天有好感可他终究是敌人，不能在他面前详说。不久前楚文天将许意阳临死前透露的秘密向上级汇报，组织上给出的指示是静观其变，极力争取，但楚文天对此并没有抱乐观态度。

"不如我换一个问法，假设您儿子真站到您面前，您打算如何自处？"

这个问题戳到楚文天的心结："我会极力劝说他回头。"

"万一，我是说万一他不肯回头呢？"

"我和他所选择的道路是不能兼容的，如果真有那一天就是父子相残。"

秦景天心底一颤："自古虎毒不食子。"

"大义之前无父子，文天所做只是大义灭亲。"

"子不教父之过，他从出生连您面都没见过，您为什么不想想他有今天都是因为您的缘故。"秦景天情绪有些失控，"假如我是您儿子，无论我做了什么选择了什么路，如果我知道站在面前的是素未谋面的父亲，您可以父子相残，但我什么都不会做！"

"我所说的是最坏的结果，我也不想最后真走到这一步。"

秦景天无力地抽笑一声："世事难料，您越是担心的事往往越会发生。我只想问楚老板一句，真到那一天你们父子相见，在他不肯回心转意的情况下，您是放他走还是……"

楚文天将石桌上的观音项链拿在手里搓揉了良久，深吸一口气，坚定道："我会杀了他。"

秦景天在短暂的错愕后惨然苦笑一声。

楚文天没发现秦景天脸上那抹落寞："上次你帮我处理码头的事，我还没好好感谢你，有什么需要我做的你尽管开口。"

"您已经做了……"秦景天喃喃自语。

"我做了什么？"楚文天一头雾水。

"现在时局不稳，如果您打算送惜瑶出国现在可以安排了。"秦景天一语带过，"等惜瑶离开后您才能心无旁骛地父子相残。"

"你为什么在这件事上如此介怀？"

"景天自幼父母双亡，以前认为是一大憾事不过现在反倒释怀了，至少景天不用担心有一天会面临父子反目的局面。"

"有些事不是能简单地用对错去区分。我也想儿女双全承欢膝下，可比起这些还有更重要的事。"

"重要到能让您放弃自己的家人？"

"国之不存何以为家。"

"受教了。"秦景天点燃一支烟，飘散的烟雾如同他目光中逝去的最后一抹留恋，"景天心里一直有心事悬而不决不知如何取舍，今日听楚老板一席话倒是茅塞顿开。景天日后就效仿您这份大义，只是不知最后结局又是如何。"

"你的结局我为你安排好了。"楚文天说完将一个公文包放到桌上。

"这是什么？"

"我问过惜瑶最想去的地方，她说是希腊。知女莫若父，我猜是你想去希腊，至于惜瑶无论去哪儿只要有你相伴就好。"楚文天将公文包慢慢推到秦景天面前，"我托人在那边购置了产业和房屋，还在银行存了一笔钱足够你和惜瑶一生花销。"

"您是想让我走？"

楚文天语重心长道："多事之秋还是明哲保身为好，你在保密局不是长久之计，万一国民党输掉战争你再想走就来不及了。你我一见如故，你当是为惜瑶好或是为自己好都听我一句劝，早早离开是非之地。"

秦景天看着面前的公文包再次惨笑："我与楚老板萍水相逢，您都能对我无微不至，为什么您对自己不曾见面的儿子却能如此决绝？"

"道不同不相为谋。"楚文天掷地有声地回道。

秦景天长叹一声，伸手将公文包推了回去："楚老板一番美意景天心领。"

"你不肯走？"

"国之不存何以为家。"秦景天用他说过的话回答。

"也罢，我也知道一时难劝你回心转意。公文包里的东西我会一直给你留着，你什么时候想走随时来找我。"楚文天重新戴上玉石观音项链，恢复了坚毅的神色，"你今日不来我也会去找你，眼下我有件事需要你帮忙。"

"楚老板但说无妨。"

"国民党下达了封锁上海海运的命令，我手上有一批货得尽快转运，水路是走不了了只能走陆运。可最近保密局和上海驻军对出入上海的运输道路盘查甚严，我需要有人帮我把这批货押运出上海。"

"什么时候起运？"

"一个星期后。"

"运到何处？"

"香港。"楚文天和盘托出，"一共三辆卡车，出上海后经忧州再借福州，最后抵达新安县装船去香港。我需要你随车押送货物出上海。我听说沈杰韬升任你为行动处处长，有你这层身份自然没有人敢拦车查验。"

"车上装的是什么？"秦景天随口问道。

"国共内战打到这份上，也是时候未雨绸缪为将来做打算了。我想转移一些东西去香港，好为日后东山再起做准备。"

"楚老板那边准备好了提前通知我。"秦景天起身答应此事，"货我能保证安全押送离开上海，不过之后的事就不在景天掌控之中。从上海到香港一路关卡重重，楚老板还是早些应对为好。"

2

回到保密局秦景天直接去了沈杰韬办公室，顾鹤笙刚好也在向沈杰韬汇报工作。

"行动处的工作都接收完了吗？"沈杰韬抬头看了秦景天一眼，"过几天委任状就下来了，到时候鹤笙的公示期也结束，你们两人一个当了处长，一个是副局长也算是一门双杰。"

"都是站长提携栽培。"顾鹤笙笑着说。

"修行在个人。机遇你们是有了，日后如何发展就看你们各自造化。如今上海站风波不断，你们得想办法做点成绩出来给我争口气啊。"

"眼下就有一件事能让站长扬眉吐气。"秦景天说。

"什么事？"

"我刚从楚文天那里回来。"

沈杰韬的表情立刻严肃起来，从鼻梁上取下眼镜："和楚文天有关？"

"他让我帮忙秘密押运一批货物离开上海经杭州到香港，此事楚文天可有向站长谈及过？"

"没有。"

"楚文天行事向来谨慎，此次提出让我押运又瞒着您，看来这批货对他极其重要，以至于他不惜铤而走险。"

"是什么货物？"

"楚文天没有说，只告知一个星期后起运，三辆卡车的装载量刚好在三吨左右。"秦景天意有所指地说道。

"三吨……"沈杰韬豁然从座位上站起身，示意顾鹤笙去关上门，然后指着秦景天，"知道货物的确切位置吗？"

"楚文天没有告诉我。"

"你答应他了？"沈杰韬追问。

秦景天点头。

沈杰韬喜出望外地拍在秦景天肩膀上："做得好，等这一天很久了。我一直想看看楚文天什么时候露出尾巴，他终究是藏不不住了。"

顾鹤笙疑惑道："您知道楚文天这次转运的是什么货？"

"黄金！"沈杰韬不假思索道，"他转运的肯定是当年日军失窃的那三吨黄金。我留着楚文天这么久就是等这一天。"

顾鹤笙问："您怎么确定楚文天转运的就一定是黄金？"

"不久前总局派人到上海抓捕了一名叫彭四海的人。抓捕行动是毛局长亲自授权的还专门给我打过电话，指示上海站不允许过问和参与此次抓捕。"沈杰韬示意两人坐到沙发上，"因为此次行动要求严格保密，所以我事先没告知你们。"

"彭四海是什么人？"

"共产党在上海行动组的骨干。"沈杰韬解释道，"总局是偶然发现这个人的身份的。上海光复前日军特高课销毁了大量机密文件，其中一部分日本人认为无关紧要的得以保存。这部分文件都被运往南京筛选作为指证日军暴行的证据。总局在这些文件中发现了一份关于太阳花号沉没的调查报告，彭四海当时就在这艘货船上，可获救的人员中并没有此人，因此特高课判定此人死于爆炸。"

"彭四海既然还活着为什么要假死瞒天过海呢？"秦景天问。

"彭四海再次进入总局的视线是因为一名变节地下党的指认，总局从而掌握了他真实的身份。此人被抓捕后很快承认了一切，在彭四海的证词中就提到了装运黄金的太阳花号。当时共产党也预谋截获这批黄金可居然有人捷足先登。爆炸发生后落水的彭四海见到有船运走了太阳花号上的黄金，并且他还认出船上有楚文天。"

顾鹤笙暗暗吃惊："这么说那失窃的三吨黄金真在楚文天手中。"

"彭四海被偷运黄金的船从水中救起，他本来能透露黄金大致的去向可总局的人下手太狠，几轮刑讯下来彭四海没扛住咽了气。同时调查此事的人阴差阳错发现审讯记录员袁恩煜通共，逃逸途中被击毙但他负责抄录的审讯记录不翼而飞，推测他已经将彭四海叛变的事泄露给了共产党。根据事后调查这个袁恩煜是投机主义者，情报在他手中变成了奇货可居的商品，这些年他靠贩卖情报倒是赚了不少钱。"

"他为了钱既然敢通共，自然不会忘了楚文天这个大买主。"顾鹤笙分析道，"他多半也将彭四海供出黄金的事卖给了楚文天。"

"难怪……"

沈杰韬见秦景天若有所思，好奇问道："难怪什么？"

"我今天去见楚文天时，他给了我一个公文包，说里面有他在希腊置办的产业和房屋以及存在银行的钱。有多少我没往下问，不过我想就是打断手脚也够我享乐一辈子了。他试图劝我带着楚惜瑶离开上海。"

沈杰韬淡淡一笑："识时务者为俊杰，楚文天开出的这个条件可不是一般丰厚，你是人财两得何乐而不为？ 我要是你想都不会想就会答应。"

秦景天拿出一支烟放在嘴角，表情有些阴沉："道不同不相为谋。"

"有志气。"沈杰韬赞不绝口，"看来戴局长和我都没看错你。"

顾鹤笙接话道："情报处一直都掌握着楚文天走私的途径，他和香港那边从来都没有生意往来，这次大老远从上海运货到香港倒是很反常。"

"这条老狐狸是打算脚底抹油开溜了。"沈杰韬端起茶杯，"楚文天何等通透之人，等这场仗打完，如果是国民党胜了，自然会腾出手追剿那批黄金；假如是共产党赢了，以楚文天的身份一样逃脱不了清算，与其坐以待毙还不如趁早全身而退。"

"需不需要把楚文天控制起来？"顾鹤笙问。

"控制他有用吗？ 日本人用了三年都没撬开他的嘴，你以为我们就有办法让他乖乖说出黄金下落？"沈杰韬运筹帷幄道，"从即刻起对楚惜瑶进行二十四小时监视，务必要时刻掌握她的一举一动。楚惜瑶是楚文天的软肋，只要她还在上海楚文天跑不了。"

顾鹤笙下意识看向秦景天，毕竟楚惜瑶是他的女友，顾鹤笙以为秦景天会为楚惜瑶开脱。

"来向您汇报之前，我已经布置了监视行动，楚惜瑶要是离开上海我甘愿被军法处置。"秦景天点燃烟。

顾鹤笙看着一脸阴郁的秦景天突然感到有些陌生。

"你能来向我汇报此事我感到很欣慰，实不相瞒彭四海交代出楚文天后，南京总局已经派人秘密对其进行监视。你要是没有向我汇报结局可想而知。"沈杰韬喝了一口茶，问秦景天，"你认为接下来该怎么做？"

"首先立即中止对楚文天的监控。此人混迹黑白两道行事缜密小心，一旦让其发现行踪败露会停止转移黄金，因此在人赃并获之前切记不可打草惊蛇。"秦景天条理清晰地回答。

"你这条建议很有道理,我会马上向毛局长汇报要求中止对楚文天的监视。"沈杰韬点点头继续问,"然后呢?"

"其次是加强水路运输线路的管控检查,迫使楚文天别无他选只能按照原地计划从陆路转运。这样做有两个好处,第一是能让楚文天尽快起运,第二是陆运便于堵截防止楚文天鱼死网破将黄金沉海。"

"你考虑得很全面,还有吗?"

"最后……"秦景天欲言又止。

"可是有难言之隐?"沈杰韬皱眉问道。

"景天在局长面前向来言无不尽,只是最后这一条和局长息息相关,景天担心说错话。"

"但说无妨。"

"楚文天转运黄金的事局长需要暂时向总局隐瞒。"

沈杰韬眉头皱得更深:"为何?"

"局长刚才说识时务者为俊杰,眼下就有一件事是务实还是务虚得看您如何权衡。"

"务虚是什么?"沈杰韬越听越好奇。

"破获黄金逆产是大功一件,您坐镇指挥居功至伟,事后总局一定会对局长嘉奖表彰。不过局长能得到的恐怕也只有一纸嘉许状,这在景天看来便是务虚。"

"这个实又是怎么个务法?"

"总局追查黄金这么多年,除了知道三吨黄金从日本人手中不翼而飞外其余的一概不知。现在虽然有了些眉目不过却没有确凿证据,楚文天完全可以反咬一口,是彭四海为了苟活而无中生有。简而言之只要黄金最后不出现在军统,我们拿楚文天没有丁点办法。"

沈杰韬不置可否:"继续说下去。"

"楚文天让我帮忙押送货物离开上海,如果真是运送黄金,为了避免我怀疑不会安排太多人护送。同时为了万无一失,在哪儿上车,出城走什么路线,货物押送到什么地方,这些信息相信楚文天只会在最后时刻告诉我。万一……"秦景天停顿了一下,"万一在押送的途中出现意外,比如有不明身份的人洗劫卡车……"

"在保密局眼皮底下有人洗劫目标人物卡车,在总局那边似乎说不过去吧。"沈杰韬多少听懂了秦景天的弦外之音。

"所以局长才会在关键时刻出现力挽狂澜。"秦景天神色狡黠道,"不但阻止了洗劫还夺回了黄金。"

"这和我直接派人拦截楚文天车队有什么区别?"

"如果洗劫卡车是局长的人结果就大不相同了。整整三辆卡车的黄金到底装了多少只有楚文天一人知晓。在保密局赶到之前有没有被人运走一部分也无从查起。"

沈杰韬目露凶光:"就凭你刚才这番话,我现在就可以枪毙了你!"

"这屋里就三个人,顾副局长和您出生入死是肝胆相照的心腹,景天承蒙您提携当上处长。景天今天的一切都是您给的,说知恩图报太过冠冕堂皇,只想与站长同舟共济。出了这个门是法办枪毙还是继续为您效力全凭局长一句话。"

顾鹤笙虽然有些吃惊秦景天会教唆沈杰韬中饱私囊,但生怕沈杰韬一怒之下真降罪给他:"景天只是想……"

沈杰韬抬手打断顾鹤笙:"你认为他说得对不对?"

顾鹤笙心领神会,沈杰韬问出这句话,无非是想知道自己对此事的态度:"这事没有对错一说只有成败之分。如果被发现自然是满盘皆输,倘若计划得天衣无缝,倒是可以放手一试。乱世之秋还有什么比黄金更值钱的东西,这场仗要是咱们打赢了,这些到手的黄金能锦上添花,如果打输了也能退得从容不至于穷困潦倒。"

"这么说你也赞成他的想法?"

"鹤笙其实和景天的初衷都是一样的,我们都以局长马首是瞻,您的想法便是我们的想法。"顾鹤笙回答得滴水不漏。

沈杰韬来回看看沙发上的两人,阴沉的脸上渐渐透出一丝笑意:"其实务虚也没有什么不好。"

"要想成事还得做两件事。"见得到沈杰韬的首肯,秦景天这才将心里想法如实相告,"我与楚文天交往过密不宜直接参与此事,我会借故向楚文天推荐其他人押送,此人自然得是楚文天和局长都信得过的人。"

沈杰韬的目光落到顾鹤笙身上:"看来得劳烦你亲自出马了。"

"愿为局长效犬马之劳。"

"你又打算做什么呢?难不成你想置身事外?"沈杰韬一脸狐疑地问道。

"此事要想天衣无缝最主要的是事后不能让总局有机会核算清查。知道黄金数量的只有楚文天,只要他开不了口自然就死无对证。"秦景天镇定道,"这就是第二件事,得让楚文天永远闭上嘴。"

"杀了楚文天灭口。"沈杰韬很满意秦景天能考虑得如此周全,"你认为让谁去合适呢?"

秦景天深吸一口烟:"我去。"

第九十六章 暗度陈仓

顾鹤笙起初以为秦景天是想借花献佛让沈杰韬发一笔横财，可听到最后竟发现秦景天是想要楚文天的命。和他相处两年，可到今天顾鹤笙突然觉得自己好像一点都不了解他。

从沈杰韬办公室出来，顾鹤笙拦住秦景天："你真打算去杀楚文天？"

"现在不是我要杀，既然局长动了黄金的心思，楚文天不死后患无穷。"秦景天一脸平静，"你试想一下，我们运走一部分黄金结果事后总局发现和楚文天交代的数目对不上，到那时死的可就是我们。"

"我不是在和你说黄金的事。"顾鹤笙把他拉到一边，"且不说楚文天与你无冤无仇，你和惜瑶处了两年难道就一点也不念旧情？"

"是我变了还是你变了？"秦景天反问道，"你接近叶君怡是任务而我接近楚惜瑶同样也是任务，为了完成任务我们可以放弃一切，事实上你我好像都没有付出情感吧。"

顾鹤笙愣住，自己相识两年的人突然变得如此陌生。

"我们不是没有獠牙，只是大多数时候都掩藏起来。可能是藏得太久连我们自己都忘了。"秦景天看出他脸上那抹错愕，"还记得我们第一次相遇吗，我之所以选择救你是感觉到我们是同类，你呢？你的獠牙什么时候露出来？"

顾鹤笙抿了一下嘴："难道你对惜瑶所表现出来的一切都是假的？"

"当然有真的，我一直当她是妹妹。"

"你现在要做的是毁掉你妹妹的家。"

秦景天稍作停顿："国之不存何以为家。"

看着秦景天离开的背影，顾鹤笙心乱如麻，如今自己是孤军奋战根本没有办法阻止这次行动。他当即去了安全屋启用电台向中社部发出密电，电文内容包括彭四海叛变以及楚文天转运黄金。

沈杰韬的贪婪反倒让顾鹤笙看到一次契机。楚文天不可能将这批黄金安全运到香港，如今正是国共交战最关键的时刻，这批黄金无论如何也不能落入敌人之手。顾鹤笙有了一个大胆的想法，沈杰韬既然想打这批黄金的主意，为了避免事情败露他派出拦截的人不会太多，完全可以让中社部命令在上海行动组的同志黄雀在后。沈杰韬即便发现黄金被夺也不敢声张，同时还能派出一部分同志帮助楚文天。

顾鹤笙认为这是一个千载难逢的好机会，可最后收到的回电却只是一个简单的电码——0839！

顾鹤笙看着回电愣住，上级又一次要求自己保持静默并中止目前所有行动计划。

……

秦景天的车停在郊外池塘。戴草帽的越云策正在塘边专心致志地垂钓。他旁边还放了一副渔具，秦景天将其穿上鱼饵投入池水。

"任务进行得怎么样？"越云策问道。

"很顺利。"秦景天的性子很适合钓鱼，从坐下来就如同一尊雕像，看着水面上的浮漂淡淡说道，"沈杰韬已经上了钩。"

"你确定他会按照你的计划行事？"

秦景天胸有成竹地点头。

"你到现在还没告诉我你的计划。"越云策好奇地问，"要逼迫楚文天暴露黄金的位置不是一件容易的事，R1追查了这么多年都没结果，你凭什么如此有把握？"

"截至目前沈杰韬并不清楚楚文天是共产党，更不知道他是中共在上海行动组的负责人。关于楚文天的身份我暂时也没有透露给他。"

"为什么要瞒着他？"

"沈杰韬视财如命，他现在心里惦记的只有那三吨黄金。如今这个时局还有什么比黄金更值钱的东西，即便是只拿走其中一小部分也足够他

第九十六章 暗度陈仓

后半生逍遥快活。何况剩下的上交给南京更是奇功一件，名利双收的事沈杰韬自然不会放过。"

"沈杰韬知道那批黄金的下落？"

"楚文天在一个星期后有一批货要转运到香港，我将此事告知了沈杰韬，他先入为主以为这批货就是黄金。"

"以为？"越云策眉头一皱，"难道不是？"

"你真以为楚文天会愚蠢到相信一名保密局的行动处长？我们设下圈套引诱楚文天上钩的同时你以为他就没有设圈套？"秦景天冷静道，"楚文天是想借我的口把这件事透露给沈杰韬。在他看来算是一次试探，如果我没说那么我就值得他继续观察。他一直都想策反我，只是楚文天认为条件还不成熟，这次就是最好的检测。如果我说了那么他就会中止策反。"

"楚文天透露给你的是假情报？"越云策不解，"他无法控制最后的结果，万一你告诉给保密局岂不是会让他有暴露身份的风险？"

"伪造彭四海叛变这件事是成功的并且收到了成效，中社部已经判定楚文天的身份暴露，保密局之所以没有采取行动是觊觎那批黄金。如果我推测得没错，楚文天已经接到撤离的命令，一同下达给楚文天的还有最后一项任务。"

越云策接道："带走藏匿在上海的黄金。"

"这就是楚文天的聪明之处，他故意将转运的事告诉我，我没有泄密固然最好，反之也在楚文天的掌控之中。他和沈杰韬打了这么多年交道对其太了解，这三吨黄金是沈杰韬无法抗拒的诱惑。而想要成事首先得瞒过总局，因此需要暂时中止总局对楚文天的监视并且让上海保密局将关注重心转移到货物运输线路上。楚文天此举其实是借沈杰韬的手完成了他做不到的事。"

"如果你没有说呢？楚文天如何进行后续计划？"

"你以为楚文天就只有我这一条渠道吗？即便没有我，这个消息也会传到沈杰韬耳朵里。"

"我看不出楚文天这个计划的高明之处,或者说还有什么是我不知道的?"

"楚文天是共产党,他转移只会去他们的后方,带着三吨黄金不远千里去香港不过是障眼法。楚文天就是想让我们认为转运的就是黄金。当他把我们的注意力引到其他地方后,楚文天才有机会全身而退。"

"明修栈道暗度陈仓!"

"楚文天故意泄露给我的情报都是假的,起运时间绝对不是一个星期以后,这是他故意混淆视听为自己争取时间。至于转运路线也不是去香港。楚文天运送黄金的真正路线是水路,所以他才会声东击西。"

"上海通往山东的海运航线都被第一舰队严密封锁而且大连也被国军占领。楚文天即便可以躲开舰队拦截,可他带着三吨黄金在何处靠岸呢?"

"我向总局申请调阅了近期山东海域苏联海军部署的情报。在十天前苏联两艘前哨级驱逐舰从旅顺出航后一直在渤海与黄海交界海域游弋。结合楚文天的这次行动,这两艘苏联军舰极有可能是为其护航,一旦楚文天的船与之会合第一舰队只能望洋兴叹。至于楚文天此行的目的地是丹东,那里如今被中共的部队占领。在丹东靠岸后楚文天就算完成了最后的使命。"

"接下来你打算怎么做?"越云策问。

"首先得等沈杰韬那边有动静,楚文天只要发现沈杰韬落入圈套中止监视并将保密局人手布置到城外就会开始行动。在此之前我要做的就是等待。"

"你如何判断楚文天何时行动?"

"我只需要盯着楚惜瑶便可,楚文天离开的时候一定会带上她,而她也肯定会试图说服我一起走。"水中的浮漂开始摇晃,秦景天看准时机收杆,一条鱼试图摆脱鱼钩,身体在拼命挣扎。秦景天一语双关:"这条鱼注定是跑不了了。"

"守望者果真是没看错你。"越云策收起鱼竿,"不过这次任务的关键希望你不要有遗漏,黄金不能让楚文天带走,他这个人更不能走。"

"楚惜瑶呢？"秦景天面无表情，他阴冷的样子让越云策都有些不寒而栗，"她也一同除掉吗？"

越云策还以为秦景天会有顾虑，现在才意识到自己的担心完全是多余的："守望者指示留着楚惜瑶，她将来还有很大的用处。楚文天死后青帮需要有人接管，守望者认为你是最合适的人选，留着楚惜瑶有利于你日后掌管上海青帮。"

第九十七章 风暴之眼

电讯处科员接到南京总局发来的加密电文，密电权限只有秋佳宁才能接收并译电。秋佳宁在译出电文后立马向沈杰韬汇报。

"总局通过其他渠道截获了一份上海地下党的情报。"秋佳宁将电文送到沈杰韬面前，"有一名来自延安的中共重要人物将于今天下午4点在卡尔登大剧院和地下党接头，负责接头的人是一名叫Ophira的女人。"

"电文中只提到这些？"沈杰韬戴上眼镜看着并不翔实的内容，"没有提到这两名共党的体貌特征？"

"我向总局确认过电文内容，总局那边掌握的情报全在电文里，除了明确接头人的代号和性别外，来自延安的重要人物无法确定身份。"

"景天，景天！"沈杰韬喊道。

秋佳宁这才看见坐在沙发上的秦景天，他刚拿出一支烟，手中的打火机悬停在烟上发呆。

"局长。"秦景天回过神。

"总局亲自下达的命令不可有闪失，你亲自带人秘密包围卡尔登大剧院，等所有人入场后全部缉拿。既然暂时无法判断谁是共党就全带回来隔离审查。"

"出入卡尔登大剧院的都是一些社会名流，万一闹出什么误会……"

"戡乱救国的关键时刻还管什么误会，即便有误会也都给我忍着。"沈杰韬大手一挥，对秦景天严肃说道，"只要在情报时间内进入剧院的全都一视同仁，就是天王老子也给我抓回来！"

"淞沪警备司令部的纠察连昨天接到匿名检举，驻扎在大场镇的警备营出现共党分子对官兵进行游说策反。警备司令部请求保密局介入调查，相关可疑军官和士兵已经被扣押，我今天下午要去那边负责审查。"秦景

第九十七章 风暴之眼

天站起身,"军队哗变兹事体大不可轻视,局长打算派谁去处理?"

沈杰韬权衡轻重也认为当务之急是先防止军队生乱,打电话叫来顾鹤笙让他带队执行大场镇的任务。

秦景天接着说:"陆处长生前有一条重要的情报渠道,我怀疑情报来源是上海地下党高层。陆处长遇害后这个情报源失去了联络人。我猜此人一定是获悉了至关重要的情报,由于十万火急只能直接与总局联络。"

沈杰韬拿起桌上的电文递给顾鹤笙,然后对着秦景天诧异问道:"你凭什么确定这封密电上的情报是来自上海地下党?"

"Ophira 不是接头人的名字,而是这个情报的核心所在。"

沈杰韬眉头微皱:"Ophira 有其他含义?"

"这个名字有多重含义,在希腊语中 Ophira 是指黄金。"顾鹤笙看过电文内容后说,"看来共党这次接头是为了楚文天转运黄金的事。"

沈杰韬霍然起身:"共产党还真是无孔不入,这么快就打上这批黄金的主意。此事不可怠慢,万一让共产党在我管辖范围内截获黄金,我这颗人头恐怕都保不住了。"

沈杰韬不敢怠慢,让秦景天立刻行动。秦景天刚从保密局出去就看见叶君怡,车上有行动处的队员他不方便说话。

"叶小姐来得不巧,顾副局长因公务去了大场镇,可有事需要我代为转告?"秦景天让队员先赶往指定地点设伏自己随后就到,等四下无人才问,"有事?"

"上级有紧急命令,等不到和你下次见面,我只能直接来找你。"叶君怡低语,看到从保密局陆续开出的车警觉问道,"敌人有新的行动?"

"接到线报有我们同志的活动踪迹。"

"知道地点和时间吗?"

"已经暴露来不及通知同志撤退。"秦景天不假思索地摇头,在这个关键时刻自己不可能让叶君怡泄露消息,他岔开话题,"组织上有什么命令?"

"组织有一批货物急需转移,需要你的协助。"

"什么货物？"

"货物种类和数量我不清楚，但应该很重要，所以组织才十万火急地要求尽快安全转移。"

"我能做什么？"

"15师撤离码头后上海所有港口都由保密局和警察署负责封锁。组织需要在指定时间调离封锁人员，从而为货物转移扫清障碍。"

秦景天不动声色，叶君怡带来的命令证实了自己的推断，楚文天转移黄金的真正路线是海运。

"从哪个码头装运货物？"秦景天镇定地问。

"此次任务属于机密，我无权知道详细情况。"

"时间呢？"

"组织暂时还没决定，需要你时刻做好准备。"

"地点和时间都不清楚，我如何协助这次货物转移任务？"秦景天想了解更多有价值的线索。

"组织让我转告你，留意最近的《上海时报》第二版，如果当天出现一则货物清仓广告，货物持有者是盛通汇商贸公司，这是组织在主动联系你。看见这则广告后前往货物存储仓库的地址，那里会有组织派来的人与你接头。"

"接头暗号是什么？"

"关键词：西北风、岭南牙雕、南洋吞武里港。"

秦景天点头："我有一项任务要交给你马上执行。"

"什么任务？"

"陆雨眠在地下党组织中有一条秘密的情报渠道，我怀疑她在组织内部安插了特务。我在整理陆雨眠遗物时发现她和此人曾在南京扬子饭店见过面，此人入住的房间是212室，时间是3月8日。叶先生在扬子饭店有股份，你可以调阅入住登记记录，我需要此人的详细资料。"

"是，需要我什么时候行动？"

"现在。"

第九十七章 风暴之眼

看着叶君怡上车远去，秦景天点燃一支烟。她在扬子饭店什么也查不到，陆雨眠的确在3月8日入住过饭店但并没有和人接头。一场暴风骤雨即将来临，秦景天不希望叶君怡出现在这场风暴的旋涡之中。

第九十八章 鱼游沸鼎

卡尔登大剧院的抓捕行动很顺利，秦景天将值班的工作人员连同观众全部扣押带回保密局。沈杰韬为争取时间让秋佳宁负责对抓捕人员进行审讯。秋佳宁用了一天时间就完成初步审查。

"近一个月未离开过上海的有二十六人，并且他们的戏票都是提前一个月预订的。共产党的接头时间和地点都是临时决定，所以可以先排除这部分人的嫌疑。"秋佳宁有条不紊地向沈杰韬汇报，"剩下的五十九人中，有八人是戏院工作人员，在接头时间他们都在后台没有机会和观众接触。其余五十人的身份已经逐一核实，有三十五人是上海本地人，至少有三个人能证明他们近期没有离开过上海，另外的十五人虽不是上海人但常年在上海工作或是经商。到目前为止这十五人中还有八人不能提供最近的日程行踪。"

沈杰韬听后点头赞许："你还是和以前一样干练。"

"根据总局提供的情报，接头的是一个女人，在这些人中女性有十六名，女共党应该就在其中。至于从延安来的共产党的身份暂时还没甄别出来。"秋佳宁请示道，"考虑到这里面很多都是有背景和身份的人，盘查一直是采用询问的方式，您看是否能动用刑审？"

"从人抓回来到现在打给我的电话就没断过，不是来找我要人就是当说客来说情的。"沈杰韬正襟危坐道，"我已经暂时中断了办公室的电话线路，这次肯定是要得罪人了，不过要是能抓到这两名共产党，我沈杰韬宁愿当一次不近人情的恶人。用！不动点真家伙这些人恐怕还不知道保密局的厉害。"

"还有一个人呢？"一直听秋佳宁汇报的秦景天在心里统计人数，发现还差了一个人。

秋佳宁回道："我就是打算对这个人用刑，所有被扣押的人中就这个男人最可疑。从被抓捕到现在此人没说过一句话同时也拒绝提供身份信息。"

沈杰韬冷笑一声："到了保密局就是一块铁我都能剥下一层皮，所有的刑讯都在他身上过一遍，我就不信他能扛得住。"

"让我先见见他。"秦景天对沈杰韬说，"有的人吃软不吃硬，越是动刑嘴越紧。万一他真是我们要找的共产党重要人物，此人身上还有我们需要的情报。"

沈杰韬担心共产党会破坏他截获黄金的计划，如果秦景天能兵不血刃让此人开口当然最好，提前知道共产党是如何打黄金的主意的，自己也好有所防备。

"时间紧迫你们二人分头行事，佳宁负责先对那些无法提供近段时间行程的人刑讯。你用什么办法我不管，要求只有一个，在让这些人说实话的基础上千万不要出人命。"沈杰韬不想秋佳宁知道太多关于黄金的事借故将其支开。

秦景天独自来到审讯室，撤离了外面的看守人员。被铐在椅子上的男人大约三十来岁。一般人被抓到这里别说用刑就是看到里面这些刑具恐怕都会吓掉半条命，而这个男人硬是把刑椅坐出了太师椅的味道。

秦景天上前，掏出烟盒递到男人面前。

"不会。"男人礼貌谢绝。

秦景天趁点烟的空当仔细观察对面的男人，进口面料的西服剪裁得体一看便知价格不菲；脚上是一双手工牛皮皮靴，被擦拭得一尘不染；每一根手指的指甲都修得干净整齐，怎么看这都是一个精致并且注意仪容的男人。唯一美中不足之处是戴在男人手腕上的那只德国产拉荷手表，与他这身服饰显得格格不入。

"你们抓错了人，这里面肯定有误会。"男人处变不惊的同时彬彬有礼道。

"你知道这是什么地方？"秦景天问。

"军统，不，现在该改口叫保密局了。"

"你不怕吗？"秦景天面无表情。

"我又没违法乱纪有什么好害怕的？"男人反问。

秦景天走到男人身后，仔细检查了他的服装，确定里面没有携带用于自尽的毒药，同时他瞟见男人一直在用余光看手表。

"赶时间？"秦景天突然发问。

"能不能让我打一个电话？"男人的语气诚恳。

"看来你对保密局还是不太了解。"秦景天抽了一口烟，浅笑道，"被带到这里的人只有两种结果，一是主动坦白，二是我们想办法让你坦白，两者之间的区别在于你会经历一场生不如死的煎熬。相信我，绝大多数选择后者的人最后都会后悔自己的选择。"

"我知道你们保密局的手段，但你们不能凌驾在法律之上。"

"我想你是误会了，保密局从来不滥用私刑，只是在这里我们对法律的理解有些不太一样。法律是需要证据才能证明你有罪，但到了这里我们是先认定你有罪，需要你自己提供证据来洗脱嫌疑。"秦景天跷起腿，轻描淡写道，"这里很好地诠释了人无完人这句话。活在世上我们每一个人都是有罪的，只是罪行的大小各不相同而已。有意思的地方在于，从这里出去的人没有一个还坚称自己是清白的，他们或多或少都会坦白自己所犯的罪孽。现在你想好告诉我你的罪是什么了吗？"

"我没有罪。"男人镇定自若。

"为什么要去卡尔登大剧院？"秦景天单刀直入。

"看演出。"

"和谁一起去的？"

"我一个人。"

"来上海多久了？"

"两年。"

"在哪儿高就？"

男人一直对答如流，唯独在这个问题上选择了沉默。秦景天发现他又看了一眼手表。

"最近有没有离开过上海?"秦景天继续盘问。

"没有。"

"上海最近一次下雨是什么时候?"

"一个星期前,本月的4号。"男人脱口而出。

秦景天似乎对男人的反应和回答都有些诧异,没有再继续盘问下去,离开时拿走了他的手表。从审讯室出来秦景天发现沈杰韬和顾鹤笙一直在外面旁听。

秦景天先让警卫把手表送到技术科检查,然后很肯定地对沈杰韬汇报:"他不是我们要找的人。"

"你确定?"

"延安是高原大陆性季风气候,日照强烈并多风沙,常年久居的人皮肤会粗糙黝黑,而这个男人皮肤细腻可见有保养的习惯。当然不排除他并不是在延安久居。另外他刚才的回答都属实,如果他是共产党,即便视死如归可到了保密局也知道九死一生,他所表现出来的不是无畏而是无所谓。"秦景天解释道。

沈杰韬一听勃然大怒:"敢在保密局无所谓还真是吃了熊心豹子胆,安排人对他用刑,我倒要看看他能无所谓多久。"

"我建议站长暂时对这个人先不要采取行动。"秦景天劝阻。

"为什么?"

"他知道这里是保密局还有恃无恐,说明他认定自己能安然无恙从这里出去。在我审问时他对其职业缄口不提,我猜他不是有所隐瞒而是出于某种顾虑不能和盘托出。这个人大有来头,还是先静观其变为好。"秦景天冷静地说,"我问他是几个人去的剧院,他回答一个人,是在说谎,与之同行的还有另外一个人。"

"欲盖弥彰,无论此人是不是共党身上的问题都不小。"沈杰韬冷声道。

秦景天摊开掌心,里面是一根长发:"我检查他服装时发现的。"

顾鹤笙立刻明白过来："和他一起的是一个女人。"

"他在刻意隐瞒这个女人。既然他不开口可以从这个女人身上想办法，等秋佳宁那边的审问结果出来自然就知道他包庇的女人是谁。"沈杰韬看向顾鹤笙，"大场镇那边的情况怎么样？"

"被举报的是警备营下属的一个排，一共有四十多人，平日主要负责军用设备检修并不属于作战连队。我审查过程中发现这些人都是兵痞不像是被共产党策反。听说这个排被隔离审查之前排长正带头聚众赌博。这些人别说是信仰，就连一个军姿都站不端正，当兵就是为了混口饭吃，我要是共产党根本不会策反这些毫无价值的人。"顾鹤笙摇头道，"我推测应该是这个排某个士兵和连队其他人有过节儿，出于报复捏造了他们被共党策反的事。"

沈杰韬还是有点担心："现在这个时局军队不能乱，共产党攻心向来有一套，要是军队被共产党渗透后果不堪设想。这种事宁可信其有不可信其无。"

"警备司令部的看法和您一样。这个排的官兵现在被隔离监察，稍后会移交军事法庭审查，如有问题一律枪毙，如没有也不能继续留在部队。"

秦景天若有所思地问道："这个排负责检修的是什么军事设备？"

"不过是几处在大场镇外围设立的备用供电线路，在遇到突发情况下才会被启用。"

交谈间技术科送来手表检测结果，手表内部没有发现藏匿有物品。同时一名行动处人员前来告知有电话找秦景天。

"谁打的电话？ 帮我转告公事繁忙……"

"是楚老板的电话。"

秦景天眉头微皱："我马上去。"

沈杰韬和顾鹤笙一同来到秦景天办公室。关上门后秦景天拿起桌上的电话，交谈了片刻后，挂断时秦景天的嘴角缓缓上扬。他转身看向沈杰韬和顾鹤笙："楚文天通知我后天运送货物，具体时间和出城路线他安排妥当后告诉我。"

第九十九章 11∶48

1

楚文天这个电话让秦景天确定了自己的推断。自己告诉过叶君怡保密局所有通信线路被实时侦听，这个情报相信叶君怡早就传递给地下党组织。楚文天在知道通话会被监听的情况下还直接联系，可见他是故意想将这个消息泄露出去。

"报告。"

"进来。"秦景天收拾好心情，"被单独隔离的那个男人有什么反应吗？"

"他现在情绪越来越焦躁，一直在问看守人员时间并反复提出要打电话的要求。我们检查过他的随身物品，钱包里有一些美金和一张天使俱乐部的酒水账单，日期是他被抓的前一天。"

"给他拍照然后派人去俱乐部核实他的身份。"

"我已经安排人去做了，可调查的人回来说根本没有这家俱乐部。"

"没有？"

"在工商部也没查到天使俱乐部的资料。我推测这个俱乐部并不对外开放，很有可能是某个私人俱乐部或者特定团体的聚会之所，只有满足特定条件的人才能加入。"

"秘密俱乐部？"秦景天皱着眉喃喃自语，"既然有酒水消费说明是营利性质的俱乐部，为什么对外不公开呢？"

"另外在这张账单背后还有一个日期。"组长继续汇报，"时间是明天晚上11∶48，那个人一直追问时间我怀疑就和账单上的时间有关。"

"你立刻带人去上海各个黄包车行。"秦景天心思缜密道，"整个上海有黄包车过万，这些车夫每日穿街过巷比谁都清楚上海各个地方的经营场所。我给你一天时间务必查出天使俱乐部的位置。"

2

秦景天去接下班的楚惜瑶。刚上车楚惜瑶就东张西望，发现她在看后视镜，秦景天想转头去查看。

"别回头。"楚惜瑶一脸紧张，"我好像被人跟踪了。"

"是吗？"

"我按照你教我的方法发现最近这几天身后老是有人跟着我。"楚惜瑶焦急地问，"该不会是你暴露了吧？你会有危险吗？"

秦景天淡笑："会不会是你太敏感了，我倒是没发现有人跟踪你。"

"难道是我想太多了？"楚惜瑶见秦景天如此确定才松了一口气，"可最近好多事都挺反常的。"

"哦？有什么奇怪的事吗？"

"我和爸大吵了一架。"

"为什么？"

"我爸最近不知怎么了一直不在家，问他去了哪儿也不说。昨天突然和我单独谈话，把家里的房契和地契全都交给了我，还给了我一个瑞士银行的账号，然后让我辞去医院工作，先去香港中转然后出国。至于去什么地方他让我自己决定甚至都不需要告诉他。我起初以为他是在开玩笑，结果他把机票都给我买好了。我表示想留在上海，可他大发雷霆说这次不是和我商量。"楚惜瑶嘟着嘴一脸不悦地抱怨，"他以前从来不会这样武断而且我太了解我爸，话说到这个份儿上就真不是商量，我真怕他会派人把我送去国外。"

"如今时局不稳，楚老板送你出国也是为了你好。"秦景天随口问道，"楚老板给你买的机票是什么时候的？"

"明天晚上11：48从上海直飞香港的。"

"11：48……"秦景天听着耳熟，突然想起被羁押在保密局的那个男人写在账单上的时间正好也是11：48。

"机票呢？"

"被我撕掉了。"楚惜瑶一脸委屈,"我爸大为恼火还动手打了我。长这么大他还是头一次打我,一气之下我就离家出走了,我现在是无家可归了。"

"父女之间哪有隔夜仇,楚老板都是为你好,你当女儿的还没体会他的良苦用心。要不你暂时住我那里,反正空着的房间也多,等楚老板气消了我再送你回去给他道歉。"

"我又没错凭什么要道歉。"楚惜瑶赌气道。

秦景天是想把楚惜瑶尽可能留在身边,这样她的一举一动自己能第一时间掌握:"你总得先找一个落脚之处吧,我会给楚老板打电话告知你在我家,免得他为你担心。"

"你说……"楚惜瑶面露疑惑,"你说我爸会不会是遇到什么事了?怎么会突然给我房产和地契?我怎么感觉他有事瞒着我啊。"

"楚老板最近可有对你说过什么?"

"爸说他可能要出一趟远门,归期未定,让我照顾好自己。我问他要去什么地方,他含糊其词说是要谈笔生意。"

秦景天眉头微微一皱,如此看来楚文天离开上海是没打算带上楚惜瑶的。

楚惜瑶嚷着要秦景天请她吃一顿西餐作为奖励。在餐厅门口秦景天买了一份当天的《上海时报》,翻到第二版时面色立马严峻起来。

盛通汇商贸公司处理库存欧式家具,已交付定金者请于16日晚8:00前往董家渡码头71号仓库验货。

楚惜瑶在一旁催他:"愣着干吗,我都饿死了。"

秦景天看了一眼手表,报纸上的接头时间是今天。他合上报纸把钥匙交给楚惜瑶抱歉道:"突然想起局里还有急事需要处理,你吃完饭先回家。"

3

秦景天准时出现在董家渡码头71号仓库。自从上海封禁海运后往日繁华喧嚣的沿江码头变得萧瑟冷清。仓库里是堆积如山的货物，走到最里面的灯光下秦景天才看见一人背对着自己站立。

等那人转过身的刹那，仓库里的两人都震惊地凝视着对方。

原本该出现在这里接头的是方嘉轩，楚文天强制代替了他来执行任务，但他怎么也没想到自己见到的竟然会是秦景天。

这两年的相处，秦景天在他印象中是有着一颗赤子之心的热血青年，有时候依稀能在他身上看见自己年轻时候的影子。可他终究是军统的人，因此一直以来楚文天对他都时刻保持着警惕。

秦景天同样也没想到和自己接头的会是楚文天。

"你怎么会在这里？"两人异口同声地询问对方。

楚文天的视线移到秦景天手中的《上海时报》上，脸上难掩惊喜："先生，这批欧式家具打算运送到什么地方？"

"南洋吞武里港。"

"这么说先生是从事南洋那边的贸易，主要经营什么？"

"岭南牙雕。"

"最近出海可要当心，西南风会延误航程。"

"最近是西北风。"

当秦景天准确无误地对上接头暗号后，楚文天激动不已地上前握住他的手："你好，秦景天同志。"

秦景天显然没做好以这种身份和楚文天见面的准备，迟疑了一下，努力挤出一丝生硬的笑容："你好，楚文天同志。"

"组织上是最近才告知我保密局里有一位我们潜伏的同志，可我做梦都没想到竟然会是你。"楚文天一直握着他的手，有战友相见的喜悦，也有对他孤身战斗在敌营的敬佩，"哎，我其实早就该猜到是你的，你之前林林总总做的那些事分明不是一名军统所为，不过你潜伏得太好连我都没有觉察到丝毫。"

"我也没想到堂堂上海大亨竟然是共产党。"秦景天意味深长地回道。

"看到你我这心里就有底了，这次上级下达的任务肯定能顺利完成。"

秦景天不动声色："组织上需要我做什么？"

"上海沦陷时日军陆续将搜刮的战略物资运回本土其中就有掠夺的黄金。中社部获取了日军准备用太阳花号运送三吨黄金的情报，在上海的行动组成功截获了这批黄金。现在你和我的任务就是将这批黄金安全转运到后方。敌人在正面战场上节节败退颓势已显，国民党为了挽回战局不断要求美国提供军事援助。眼下这批黄金，无论是对国民党还是我党都尤为重要。"

"黄金现在在什么地方？"

"你此次的任务是协助我完成黄金转移，组织上没有授权我告诉你黄金的下落，这是组织纪律希望你能理解。"

"我能做什么？"

"之前我不清楚你身份时曾和你说过有批货要从上海运到香港，这也是此次计划中的一部分。我是想通过你将这个消息透露给沈杰韬。"

秦景天依旧不动声色："我猜到您让我押运的货物有可能是黄金，但我并没有告诉沈杰韬。"

"明天晚上三辆卡车从上海五库镇出发，经向荡港、叶家弄到嘉兴，会在那里停留一个小时，然后从城北出城前往杭州。你要将这个情报透露给沈杰韬，并且暗示他黄金在嘉兴装运上车。沈杰韬敛财成性一定会想办法中饱私囊打这批黄金的主意，他会调派保密局进行围堵，但为了掩人耳目肯定不敢在城区动手。"楚文天拿出一张地图指着其中一处地方，"他会等卡车离开嘉兴后动手拦截，你务必要想办法让沈杰韬将保密局的人全都调离上海。"

"然后呢？"

"明天晚上将有七艘船同时从港口出发，保密局的行动处负责港口封锁。我要你在船只出发后的三十分钟向驻扎在上海港的海军舰队示警，告知发现有船只擅自出海怀疑船上装有违禁货物。"

"您是想调虎离山，趁机引开驻守的军舰。"

"这七艘船在出海之后会在近海分开，向不同方向全速航行，目的是将敌人的军舰调离黄海海域。"

"黄金真正的运输路线是海运？"秦景天故作惊讶，"这样做风险太大。国民党对上海到山东的航线实施封锁，即便船只能进入黄海也会被驻扎在旅顺的第一舰队拦截。"

"组织上已经有了全盘计划，在黄海和渤海的交汇海域会有两艘苏联军舰负责护航，坐标是东经124度，北纬37度。只要船只抵达坐标海域就安全了。"

秦景天心思缜密道："黄金不会在这七艘船上，它们的作用是诱使军舰远离目标海域。如果只是为了向沈杰韬和海军故意泄露假情报，组织上不会安排我和您见面，我应该还有其他任务吧？"

"等军舰出港追击后敌人的注意力都被引开，沈杰韬关注嘉兴，而军舰关注的是出海船只。这时上海各个码头的封锁就会出现一段空白期。"

"您是想借这个机会将黄金装上船？"

"明天晚上你要出现在码头。军舰离港拦截货船后你要想办法将部署在码头的行动处人员调到南码头。我已经安排了人在南码头闹事。"楚文天指着地图，"你的任务是帮我争取到四十五分钟的时间，在行动处重新对各个码头恢复封锁监视之前让黄金安全装上货船。"

"我记住了。"

"对表。"楚文天表情严肃认真地说，"明天晚上10：22七艘船出港，你在接到行动处的报告后务必要想办法拖延时间。在10：55你要告知海军请求追击拦截。切记！一定要让所有军舰全部追击。11：00，你将行动处执勤的人全调往南码头，要确保在11：45之前其他港口无人看守。"

"是。"秦景天对好表，随口问了一句，"装载黄金的船什么时候离港？"

"11：48。"

秦景天眉头微微一皱，这是他第三次听到相同的时间。如果说楚文天安排楚惜瑶在明晚11：48离开上海只是巧合，那现在黄金转运的时间也是11：48，这不由让秦景天再次想到还关押在保密局的那个男人。

"我保证完成任务。"秦景天说，"另外有一件事我需要告诉您，惜瑶暂时住在我家里。她跟我说和您发生了争执离家出走了，我会照顾好她您不用担心。"

"我本来是想带她一同离开上海的，可这次行动太过凶险我怕她被牵连，有你照顾她我也就放心了。"

"您这次转运黄金后不准备再返回上海了吗？"

"上级通知我在上海的使命已经完成，这次回到后方将接受组织安排的新任务。"

"这么说这是我们最后一次见面。"秦景天伸出手，"再见，楚文天同志。"

楚文天没有去握手，这个动作似乎在他心里留下了阴影，他伸手拍在秦景天肩膀上："等到胜利那天再见。"

第一百章 炽天使

1

十六铺码头，10∶00。

秦景天把转运黄金的路线和时间告诉沈杰韬后，和楚文天预计的一样，沈杰韬调动了除监视码头的所有外勤人员赶往指定地点设伏，并让秦景天负责铲除楚文天以绝后患。一切都在秦景天的掌握之中，即便沈杰韬发现自己出现在码头也能合理解释为尾随楚文天伺机动手。

秦景天来到保密局设在码头的临时监控站。

"秦处长，您怎么来了？"执勤的外勤连忙起身相迎。

"有什么异常情况吗？"

"封港之后码头上连鬼影子都瞧不着。"外勤毕恭毕敬地递上一支烟。港口风大，擦了几根火柴都被吹灭。

"在这里执勤多久了？"秦景天用自己的打火机为他点燃烟。

"陆处长还在的时候我就被调到这里。"

"辛苦你了，明天我安排人来替换你。"秦景天也给自己点燃烟。

"不用，真不用。"外勤一个劲儿摇头，"在这里挺好的。"

"天天留守在监控站有什么好的？"秦景天翻看桌上的船舶登记簿，"听说封港后你们又多了一条财路。上海不允许船只出港但没说不准船只进港，总有一些船主铤而走险走私货物，靠岸后就得由保密局检查。你从中捞到不少好处吧？"

外勤脸色骤变，刚要开口解释就被秦景天笑着打断："监控码头本来就很辛苦，只要不违反封禁命令，捞些油水也合情合理。只是不要太明目张胆让站长知道，能帮你们瞒着我尽量装看不见。"

外勤一听感激涕零:"处里的兄弟背地里都说秦处长人好,跟着您干准吃不了亏。"

"这是什么?"秦景天指着记录簿上的一处登记信息。

外勤上前看了一眼:"今晚起航运往葫芦岛的战略物资。"

"船上装的是什么?"

"燃油。"外勤回答,"从葫芦岛靠岸后运往锦州,听说那边最近有大仗要打。"

"有出港许可吗?"

"有警备司令部签署的通行证。"外勤点头,"已经核实过没有问题。"

"出港的一共有几艘船?"

"三艘。"

"从哪个港口出航?"

"浦西军用码头。"

秦景天正在思索时桌上的电话响起。外勤接起电话刚问了几句脸色大变,捂着话筒惊慌失措地向秦景天汇报:"在码头巡查的弟兄发现有七艘船突然出港,航线方向是西北,已经越过封禁线。"

秦景天看了一眼手表,10:22。

他拿起望远镜站到窗边观测,在夜幕中只能看见渐行渐远的七个船灯。秦景天当机立断:"派出警用巡逻艇拦截。"

"只有一艘巡逻艇拦截哪一条船?"

"拦截最近的,务必驱赶船只掉转方向。"

"是。"外勤重新拿起电话转达命令。

电话放下没多久又响起,这次外勤在获悉情况后神色更加惊慌:"南码头出现装卸工人聚众闹事,原因是码头被封禁后这些人失去生计。"

"有多少人?"

"目前有上百人而且人数越聚越多,已经和南码头执勤的警察发生争执,保密局在那边的弟兄报告说情况很严重并且有愈演愈烈之势。"

"开枪示警但不可伤人。"秦景天接过电话亲自下达命令。

话音刚落话筒和窗外都传来零星的枪声，眺望南码头方向隐约能看见点点火光。

这时监控站的门被撞开，冲进来的人一脸惊慌失措，见到秦景天连忙立正报告："擅自出港的船只根本不听巡逻艇的警告，在离开港口后分别驶向不同的方向。目前已经有四艘船失去了踪迹，巡逻艇试图强行拦截最后面的一条船结果直接被撞沉！"

秦景天的余光瞟向手表指针，10：55。

按照之前约定好的计划，秦景天通知了海军，请求出动军舰追击。越云策应该已经把自己的应对方法汇报给了总局，海军那边接到通知后没有丝毫迟疑出动了全部舰艇。

窗外从南码头方向传来的枪声越来越密集，明灭的火点也越来越多。秦景天让联系南码头那边的监控站了解情况。反馈回来的消息是聚集的码头工人已超过两百，警察开枪示警非但没有起到震慑作用反而导致事态激化，码头工人向警戒线内的警察投掷燃烧瓶并试图冲击监控站。

"通知所有驻守在各个码头的人员全部赶往南码头增援。"秦景天再三强调，"命令所有人无论在什么情况下都不允许开枪伤人！"

浦西军用码头，11：15。

一声悠长的汽笛声从港口货轮上响起，这是船只靠岸的提醒。保密局的人员刚被调走，码头只剩下警备司令部负责警戒的巡逻兵和架设管道准备向货轮输送燃油的士兵。

"证件。"士兵正在盘查一名准备登船的男人。

男人递上的证件上写着锅炉工人。

"把帽子摘了。"士兵在核实照片。

男人取下帽子，一张沉稳坚毅的脸与证件上的完全吻合。

士兵把证件还给男人，目光落在后面的木箱上："里面装的是什么？"

男人解释："轮船上的一些替换零件，如果在航行途中出现状况好及时维修。"

士兵拿出货物清单核对："为什么清单上没有这些货？"

"临时增加的来不及申报。"

"打开。"士兵一丝不苟地要检查。

士兵拿起撬棍时男人已经站到他身后，袖口里露出半截锋利的刀锋。

"怎么还没上船？"

在男人准备动手那刻质问声传来，男人立即藏好匕首，转头看见了秦景天。

"秦处长，"士兵敬礼后解释道，"这些木箱没在货物清单中需要例行检查。"

"他向保密局报备过，因为时间仓促还没来得及和警备司令部沟通。"秦景天的手按在被撬开一条缝的木箱上，"要不我打电话让人送报备文件过来。"

"秦处长说笑了，您既然知道此事还有什么好查验的。"士兵一脸赔笑。

"那还愣着干吗，还不赶紧抬上去。"

楚文天没想到会再次遇到秦景天，幸好他出现得及时解了围。

"麻烦搭把手。"楚文天请士兵帮忙抬一下后面的木箱。等士兵走到阴暗处，楚文天捂住他的嘴一刀捅进后背，确定士兵断了气后将尸体藏在一旁的货箱内。

"他见过你，万一事后追查会暴露你身份。"楚文天擦拭着匕首上的血渍低声问，"你怎么来这里？"

"今晚能出港的只有这三艘装燃油的货船，我猜您是打算利用其中一艘转运黄金。"

秦景天瞟向面前的货轮，相信那三吨黄金已经上船，只是不清楚楚文天抬的这口木箱里装的是什么。

"你不该出现在这里，这会加剧你暴露的风险！"楚文天严声批评。

秦景天来回看向货船和楚文天："您怎么控制这艘船呢？您即便有通天的本事也不能独自一人驾驶这艘装有黄金的船前往指定地点。"

"黄金不在这艘船上。"

秦景天再次一怔："您执行的不是转移黄金的任务？"

楚文天直言不讳道："我执行的任务与转移黄金有关，但在江南的行动部署中我并不直接参与黄金转运，江南交给我的是另一项任务。对不起，因为组织纪律我没能提前告诉你。"

"为什么现在告诉我？"

"因为黄金转运的任务已经完成了。"

"什么时候？"

"现在。"

秦景天抬手看向手表，指针停留的刻度刚好是11：48。

秦景天正要开口询问时突然大场镇方向陷入一片漆黑，整个区域出现大规模断电。与此同时，秦景天隐约听到某种声音由远至近传来。

转移黄金的行动被江南切割成无数碎片，不同的人执行着不同的任务，不到最后参与者都不知道自己在行动中扮演的角色和作用。直至此刻这些碎片才在秦景天脑海中慢慢拼凑成完整的图案，而自己也是计划中的一部分。

2

保密局，10：00。

沈杰韬坐立不安，来回在办公室走动，时不时瞟向墙上的挂钟。距离楚文天转运黄金的时间剩下不到两小时，自己精心挑选的人已经布置就绪。

今晚的时间好像过得特别慢，终于等到指针指向十点的刻度，这个时间顾鹤笙应该已经带领行动处的人正赶往伏击地点。当然时间是沈杰韬精心计算过的，行动处到的时候自己的人已经带着一部分黄金撤退，只要秦景天那边能除掉楚文天，整件事就天衣无缝。

"报告。"秋佳宁敲门进来，"请示总局的事有回复了吗？"

沈杰韬心里惦记着黄金早没心思想其他的事："刚接到总局的电话，

毛局长授权对剧院抓捕的所有女人进行刑审，你可以放开手脚去做了。"

秋佳宁点头，立刻去准备审问。沈杰韬坐到沙发上，指头敲击着扶手，想着很快就有一笔横财到手心中暗暗窃喜。事后还能推脱到共产党身上，简直万无一失。

"站长。"沈杰韬想得太入神，秘书韩思成进来都没听见。

"什么事？"

"财政厅马副厅长找您？"

"现在？"沈杰韬又看了一眼挂钟，已经是晚上十点半，连忙整理好仪容，"请。"

马述安和沈杰韬是老相识，军统改制后保密局的经费是由财政厅专项拨款而审批人正是马述安，得罪了谁也不能得罪这位财神爷。

"马副厅长来怎么不提前打……"

沈杰韬笑脸相迎却被心急火燎的马述安打断，他关上门质问："无论公私我可从来都没有亏待过沈站长，你有什么不满可以直接来找我，干吗要背地里给我使绊子？"

沈杰韬一头雾水："这话从何说起？兄弟要是有什么没做对的地方还请明示？"

"你是真傻还是装傻？"

"我装什么傻？"沈杰韬一听反而急了，"马兄要兴师问罪总得说个缘由吧。"

"前天保密局是不是在卡尔登大剧院抓了人？"

"是啊。"沈杰韬点头，"南京总局截获了共党情报，有两名共产党在剧院接头，我执行总局命令抓捕共产党有什么不对？"

"你抓的人里有我的……"马述安欲言又止，迟疑了片刻低声道，"有我的女人。"

"啊？！"沈杰韬大吃一惊，"马夫人当天也在剧院？"

"不是她。"

"那是谁……"沈杰韬突然反应过来，"马兄在外面的红颜知己？"

"我在扬州认识的一个女人。我和她相见恨晚,可惜现在不允许纳妾,她又非要我给她一个名分,因此我将她带回上海买了一套房安置下来,隔三岔五会去她那里睡一晚。"事到如今马述安只能如实相告,"这事我不敢声张,我家那口子要是知道非把天给捅破不可。今天我去找她才得知被保密局给抓了。"

"误会,误会。"沈杰韬听明白其中原委,"我真不知道抓了马兄的女人,要是……糟了!"

马述安见沈杰韬神色大变:"怎么了?"

沈杰韬想起刚同意秋佳宁对抓获的女人动刑。秋佳宁的手段沈杰韬是清楚的,这要是真把马述安的女人给弄个半死不活麻烦就大了。

沈杰韬连忙快步去审讯室。幸好秋佳宁还没开始刑审,只是把所有女人全带到那个身份不明的男人的关押房间,让她们站成一排试图甄别出男人认识的那个女人是谁。

沈杰韬连忙叫停秋佳宁,低声问马述安:"哪个是?"

"右边第四个。"

沈杰韬转身问秋佳宁:"她有提过认识马副厅长吗?"

"没有。"秋佳宁也很识趣,"但凡她透露丁点儿和马副厅长的关系,我也不至于把她关这么久。"

沈杰韬诚恳道歉:"这次是杰韬大意让她含冤受屈,过几日杰韬亲自宴请二位赔罪。"

沈杰韬话都说到这份上,马述安也不好再追究。

沈杰韬亲自送两人出去,被秋佳宁从身后叫住:"还有些手续需要这位女士签字。此次抓捕的人已经上报总局要是上面发现少了一人不好交代。"

沈杰韬故作气愤苛责道:"让你抓共党结果抓错了人,事后给我写一份检查交上来。不是要签字吗,还不快点,没看见马副厅长还等着。"

秋佳宁将女人带到办公室,随手关上门后脸上的笑容瞬间消失:"为什么被抓后不肯透露你和马副厅长的关系?"

女人战战兢兢地回答："他叮嘱过不能对外声张。"

"去剧院干什么？"秋佳宁单刀直入。

"看戏。"

"和谁？"

"我，我一个人。"

秋佳宁上前一把捏住女人的胳臂，稍微用力便让女人满脸痛楚："刚才我把你们带到审讯室，在陌生环境下正常人的反应是先查看周围环境或者里面的人，所有女人里面只有你没有去看审讯室里的那个男人。"

"我害怕所以没有看。"

"你恐怕还不清楚保密局是干什么的。你是在害怕，但怕的是其他的事。巧合的是那个男人在看其他人时视线选择性地跳过了你。"秋佳宁冷声道，"你们是认识的却又装着不认识，在看戏这件事上你们都说了谎，你们根本不是一个人而是结伴而行。"

女人脸上的慌乱多过痛楚："我不知道你在说什么，我根本不认识他。"

"你不知道？"秋佳宁冷笑一声，"那就我来告诉你，你背着马副厅长和另一名男人私会。被保密局抓后你担心马副厅长发现此事，因此你才没有说出和马副厅长的关系。我现在给你两个选择，要么你告诉我去剧院的实情，要么我现在出去告诉马副厅长你的奸情。"

"不要！"女人一听顿时方寸大乱。

"你的私事我没兴趣，我只想知道真相是否和我调查的事有关，如果无关我可以保证你坦白的内容不会有其他人知道。"

"马述安偶尔会去我那里，大多数时候都是我一个人，时间长了难免无聊寂寞。有一次我独自逛街购物遇到下雨，他打伞送我回家，我们就这么认识了。一来二去我们就……好上了。"

"他就是审讯室里的那个男人？"

"是的。"

"他叫什么？"

"胡冠霖。"

"他是做什么的？"

"我不知道。"女人生怕秋佳宁不相信，连忙解释，"我是真不知道，倒是问过他几次可他都含糊其词说自己是天使。我猜测他是不想让我知道太多，不过我也不在意，也担心问太多会吓跑了他，只要和他在一起开心就好。事实上他对我的确很好，我想把这段关系一直维持下去。"

"天使……"秋佳宁喃喃自语，脸上流露出失望，原本以为发现了伪装的共产党结果只是一对偷情的男女。

秋佳宁送女人出去并遵守了承诺在马述安面前只字未提，但脑子里始终回想着女人提到的"天使"。

审讯室，11：30。

秋佳宁再次坐到男人的对面："胡冠霖。"

男人一怔，眼底闪过一丝慌乱。

"我说过很快就能知道你是谁，不过你说得对，你并不是我要找的人。"秋佳宁跷起腿直视他，"她不肯说出和马述安的关系是担心东窗事发，而你到现在不肯开口是怕马述安知道你和他女人有染会被秋后算账，这些我都可以理解。我对你们之间这些破事没什么兴趣，我只是好奇你的职业到底是什么？"

胡冠霖欲言又止，像是有难言之隐。

"我不是爱管闲事的人，但你成功勾起了我的好奇心，在我没得到答案之前会寝食难安。我也同样给你两个选择，要么我现在出去告诉马述安你睡了他女人，要么你告诉我你的职业。"

胡冠霖犹豫良久深吸一口气："我是……"

"报告。"派去调查的行动处人员急匆匆进来，上气不接下气地说，"拉荷牌手表的来源已经查清楚，是德军配备给一线作战飞行员的专用手表，'二战'之前曾援助过一批给国军的空军装备。"

秋佳宁多少有些吃惊，看向胡冠霖："你是飞行员？！"

胡冠霖点头："我是空军第一大队少校飞行员。"

"天使……"秋佳宁恍然大悟，第一大队所用的全是美国提供的

第一百章 炽天使

C46运输机，美国人在机身绘制的天使图案便成了第一大队的幸运之神，"炽天使！"

"现在能放我走了吗？"

"你所驾驶飞机的编号？"

"SP562。"胡冠霖心急如焚地追问，"现在几点了？"

秋佳宁看了一眼手表，11：48。

胡冠霖得知时间后无力长叹一声。

秋佳宁问："为什么你一直在问时间？"

胡冠霖如实相告："我今天晚上有飞行任务，看来我是赶不上了。"

秋佳宁拨通了第一大队的电话，表明身份后询问："今晚11：48可有飞行任务？"

"有，从上海运送物资前往大连。"电话那边回答。

"谁执行此次运送任务？"

"胡冠霖少校。"

"飞机编号是多少？"

"SP562。"

秋佳宁通过电话证实了胡冠霖所言，看来真是一场误会。她刚想要挂断电话时话筒传来声音："找胡少校有什么事吗，等他回来我可以代为转告。"

秋佳宁一愣："你说什么？"

"胡少校刚从机场起飞，五天之后才能返航。"

秋佳宁瞪大眼睛，今晚11：48有一架C46运输机从机场起飞，而本该出现在飞机上的飞行员现在就坐在自己面前。那驾驶飞机的又是谁？

第一百零一章 双管齐下

1

秋佳宁正要继续询问详细情况时对方的电话突然中断。多年的谍报经验让秋佳宁瞬间意识到事情不对劲，重新拨回去，电话里始终是线路忙音。

秋佳宁已经可以肯定审讯室里的才是真正的胡冠霖，这意味着有人冒名顶替了胡冠霖驾驶一架 C46 运输机起飞。想到这里她连忙解开胡冠霖的手铐将其带到沈杰韬办公室汇报。

事态紧急，秋佳宁都顾不上敲门报告径直冲进去，看见沈杰韬正神色呆滞地站在办公桌前，低垂的手里拿着电话。几分钟前他接到顾鹤笙从嘉兴打来的电话，在拦截地点发现三辆卡车，可车上什么都没有。

"报告。"韩思成也急匆匆进来，"码头那边出了事，有七艘身份不明的货船擅自出港去向不明，派去追击的警用巡逻艇被直接撞沉。秦处长已经请求海军出动军舰追击暂时还未发现可疑船只方位。另外南码头有装卸工人聚众闹事和驻守的警察发生冲突，留守在码头的保密局人员已经全被调派到南码头增援。"

"七艘货船出港……"沈杰韬细细思索一番，摒弃贪婪的本性他依旧是一名嗅觉敏捷的特工，他重重一巴掌拍在办公桌上，"好个楚文天给老子唱了一出调虎离山，他是打算从海路转运黄金。"

韩思成还不明白沈杰韬口中提到的黄金是什么意思："您看现在该怎么办？"

到嘴的鸭子飞了事小，万一这三吨黄金从自己眼皮底下被运走就是渎职的大事，沈杰韬当机立断："马上通知秦景天，所有增援南码头的外勤立即返回各自监控码头。楚文天先调走军舰，再引开码头守卫，然后他才能暗度陈仓……"

"不是海运。"站在旁边一直没插上话的秋佳宁急切道。

"你说什么？"

"他的身份已经查清楚了，胡冠霖，空军第一大队少校飞行员。他本该在今晚11：48执行一项飞行任务，可就在刚才我得知本该他驾驶的飞机已经从机场起飞，而飞行员也是胡冠霖。"秋佳宁把自己掌握的线索一五一十汇报。

"11：48……"沈杰韬愣住，楚文天转运黄金也是这个时间。

"秦处长和我们都被楚文天利用了。关于嘉兴的情报是楚文天故意泄露的，目的是调走保密局的人手。至于港口的骚乱同样也是在混淆视听分散我们的注意力，真正的转运途径是……"

"空运！"沈杰韬看向胡冠霖，明白了一切，"这次空运目的地是什么地方？"

胡冠霖回答："经上海起飞在大连降落。"

沈杰韬走到地图前，手指在大连的位置稍作停顿后慢慢向右移，直至停在丹东处时，脸上的愤怒渐渐变成震惊。

"按照C46的巡航时速，这架飞机最迟会在三小时后降落在丹东机场，那里现在被共军占领……"沈杰韬喉结蠕动，"楚文天是，是共产党？！"

"到底出了什么事？"胡冠霖一头雾水。

秋佳宁说："我们怀疑，不，现在应该可以证实，共产党策划了一起黄金转移行动。有人冒用了你的身份驾驶装有黄金的C46飞往敌占区。"

胡冠霖看了一眼挂钟："飞不远，现在让空军的战斗机立即升空拦截还来得及。如果C46不肯返航宁可将其击落也比落到共军手里要好。"

沈杰韬回过神连忙给上海空军基地打电话，却发现线路一直不畅通。他让电讯处检修线路得到的回复是，空军基地的供电和通讯都出现故障，即便能联系上空军基地，在目前的情况下战机也不可能起飞。

沈杰韬一听大发雷霆:"空军他妈的是一群饭桶吗? 供电和通讯出问题就不能启用备用设备吗?"

"备用设备也,也出现故障。"电讯处的人战战兢兢地汇报。

"什么? 备用设备不是随时都该……"沈杰韬猛然抬起头,"备用设备在什么地方?"

"大场镇。"

沈杰韬心里咯噔一下:"电话打不通就派人开车去,通知那边的驻军立即抢修。"

"已经派人去联系,可……"女科员诚惶诚恐,不敢往下说。

"可什么?"沈杰韬勃然大怒。

"大场镇的警备营今晚被抽调离开驻地。"

"谁下的命令?"

"南京总局。"

沈杰韬再次愣住:"警备营现在在什么地方?"

"被秘密部署在码头。"

沈杰韬听到这话抓起桌上的茶杯重重砸得稀碎。一股气血上头,他顿时感觉天旋地转,跟跟跄跄退了几步瘫倒在椅子上。

现在沈杰韬已经清楚了自己在这件事中所扮演的角色,自己所做的一切都是别人精心安排中的一个环节,自己就像是他人手中的提线木偶。

沈杰韬懊悔不已,其实自己早就看到了线索,只是被隐藏在分割的碎片中没有串联起来。

楚文天早就知道自己觊觎这批黄金,他利用了自己的私心。从一开始,楚文天就让自己根深蒂固地相信他的黄金会运往香港。自己无形中帮楚文天调走了保密局的人手,同时又在码头故布疑云转移总局的视线。

包括南京总局截获的情报也是假的,根本没有共产党在卡尔登大剧院接头。至于情报中提到那个叫 Ophira 的女人,其实是故意暗示自己把这次接头和黄金联系在一起。

而其真正的目的是借保密局的手扣押胡冠霖。显然共产党这次转移黄金的行动筹划了很久，对方对胡冠霖的情况了如指掌，甚至能精准判断胡冠霖在被抓后，因担心自己的艳事被马述安得知，会想方设法掩饰自己的真实身份。

这一点正是共产党想要的结果。胡冠霖越是隐瞒，在保密局眼中他的嫌疑就越大，目的是让胡冠霖在今晚11：48之前不能离开保密局。如此一来，那个早就准备好替代胡冠霖的人就能堂而皇之登上装有黄金的飞机。

此次行动最让沈杰韬惊讶的地方在于细节，策划行动的人几乎考虑到了所有隐患。为了防止行动真相被揭开后空军会派出战机升空拦截，策划者事先匿名举报了驻扎在大场镇警备营里有共产党策反的情况，而被牵涉的那个排正是负责军用设备检修的。

顾鹤笙亲自去审查后就提出了异议，他感觉这个排并不存在被共产党策反的迹象更像是有人捏造诬陷，只是沈杰韬当时并没有深究这件事。军队最忌讳的就是有通共分子的存在，即便这个排没有问题一样也会被解除任务。从而导致在短时间内军用设备处于没人监守的状态。

而大场镇附近就是空军基地大场机场，部署在那里的全是作战飞机。在通讯和供电同时被切断的情况下，如果不启用备用设备机场无法正常运作。可负责监守和检修设备的官兵早就被隔离移交军事法庭，共产党可以在没有任何阻碍的情况下破坏备用设备。

警备营原本有机会派出兵力进行抢修，可偏偏警备营被调派到了码头，而下达调派命令的竟然是南京总局。

想到这里，沈杰韬都不由为这个天衣无缝的计划暗暗惊叹。策动者竟然同时调动了共产党、保密局、警备司令部和空军。虽然最后的结果是共产党成功转运了黄金，但在沈杰韬看来是各方势力在不知情的情况下相互协作完成了这次行动。

沈杰韬徐徐睁开眼睛，事已至此自己已经无力回天。

"黄金运走了但人得给我留下。"沈杰韬咽不下这口气，冷声对秋佳宁说，"你现在赶去码头找到秦景天，转达我的命令，我不管他用什么办法楚文天必须给我抓到而且我要活的。"

2

沉寂的夜幕中透出一片无垠的深蓝，一直伸向视线无法触及的远方。秦景天抬头仰望夜色笼罩的苍穹，由远至近的轰鸣声从头顶传来，像极了天使的吟唱。

腥咸的海风吹开薄薄的云层，夜幕上繁星点点，落入秦景天眼中犹如钻石般璀璨。最亮的那颗是红色的，像一颗流星划破夜幕，那是C46运输机的航行灯，正朝着东北方向飞驰而去。

秦景天突然笑了。这架装载着三吨黄金的运输机将在三个小时后降落在丹东机场。

"你笑什么？"楚文天问。

"江南的计划成功了。"秦景天意味深长道。

楚文天也抬头眺望着那架远去的飞机，嘴角露出释然的笑容。

"沈杰韬贪财但不代表他愚钝，相反他是最精明的猎人。嘉兴的假情报和码头的骚乱再加上这架再也不会返航的飞机，他很快就能整理出整件事的脉络，到那时沈杰韬就会意识到你真正的身份。"秦景天面无表情道，"我猜准备抓捕你的人已经在赶来的路上了。"

"原本我应该在那上面。"楚文天指着快要消失在夜幕中的飞机，"在江南的计划里是由我和驾驶飞机的同志带着黄金转移回后方，但我违反了组织纪律擅自更改了任务。本应该出现在这里的并不是我，我代替了另一位战友，我现在要做的与黄金转移行动无关。"

秦景天眉头微皱问。

"南码头发生的骚乱也是江南计划中的一部分。码头工人与警察和保密局的人发生冲突，随着冲突不断升级，会派军警驰援南码头，这样其他码头就会出现无人看守的局面。另外，我事先在仓库里存放了大量易燃货物，一旦仓库被点燃，到时摆在军警面前的首要问题已经不是抓聚众滋事的人而是防止火势蔓延。"

第一百零一章 双管齐下

秦景天依稀能听见消防车尖锐的笛声从四面八方向火势冲天的仓库汇聚。他下意识看向四周，距离南码头最近的驻军就是浦西军用码头的部队，平日里守卫森严的码头如今只剩下少量士兵驻守。

秦景天又环视一圈，目光最终定格在储油罐上用醒目红色写的警示语——严禁烟火！

"您想去炸毁军用燃油库？！"

"这个任务本该是我另一位战友执行的，不过我认为还是由我来最合适。毕竟我在码头摸爬滚打这么多年，没有人比我更熟悉这里的一切。"楚文天肯定了秦景天的推测，"转运黄金的行动已经分散了敌人的注意力，当所有人都专注于黄金去向时江南再釜底抽薪。调走燃油库的士兵扫清行动障碍，仓库大火又调用了周围所有消防队，等到燃油库爆炸后根本来不及灭火。"

秦景天注视不远处的油罐："浦西军用码头原本是日军在华东最大的军用燃油储备库，日本投降后这里被国民党接收。不过油库里大多数时候都是空的，直到上个月美国秘密援助国民党一批战备燃油用于帮助国民党维持在东北的战局，预计经上海中转运往东北。"

楚文天点头："一旦这批燃油抵达东北，敌人的飞机坦克又能持续对我们的部队造成更大伤亡，因此江南决定在转运前炸毁燃油库。"

"即便这里的驻军大部分被调往南码头，可这里是军事重地您根本没有机会进去更别说炸毁燃油库。"

"我没打算进去。事实上就算调动上海行动组全部人员也不可能在采用常规手段的情况下攻入这处军事基地，所以江南一直在等一个时机。"楚文天指向与货轮相连的燃油输送管道，"今晚就是最好的时机。"

秦景天顺着楚文天手指的方向望过去。与货轮相连的燃油输送管道另一端通向燃油库，只要在货船上引爆管道，蔓延的火势会瞬间摧毁燃油库。

"日本人修建这座燃油库时采用了目前最安全的存储方法，每个独立的燃油库之间有阀门封闭，即便其中一座燃油库失火爆炸也不会波及其余的。这些阀门始终处于关闭状态并且有专门的士兵定时检查，只有在一种情况下会同时打开……"

秦景天接道："一级战备！"

"国民党在接收这座燃油库后也沿用了日军的管理方式，只有在出现一级战备情况下所有阀门才会打开，方便随时投入作战补给。"楚文天点点头继续说，"海军出动全部军舰已经触发了一级战备，现在燃油库就如同一堆干柴，只需要丁点火花便可付之一炬。"

楚文天在撬开的木箱中摸索，抬起头时握在他手里的是装好引信的炸药。秦景天想要做些什么却又不敢轻举妄动，因为引爆器被楚文天握在另一个手心。

"为什么要告诉我这些？"秦景天突然感到一丝不安。

"因为这是我最后一次执行任务，我已经完成了自己的使命，即便告诉你也不会影响最终的结果。"

"手动引爆？"秦景天盯着他手心上的引爆器，"就算您能炸毁燃油库，可您……"秦景天想起楚惜瑶说过楚文天向她交代的那些事，这才意识到楚文天并不是要撤离而是做好战死的准备。

"燃油开始输送前整条管道会被士兵检查，然后三步一岗封锁戒严，根本不可能在上面安装定时炸弹，手动引爆是唯一的办法。"

秦景天望向旁边不远处士兵荷枪实弹守卫的输送管道。此刻管道里已经在输送燃油，而楚文天也进入了有效爆破范围。

"你该离开了。"楚文天向秦景天伸出手，用自己最不喜欢的方式告别，"再见，秦景天同志。"

第一百零二章 枷锁

秦景天准备伸手,余光却始终定格在楚文天手中的引爆器上,试图找机会从他手中夺过。可楚文天的拇指一直停在按键上,这让秦景天不敢轻举妄动。

刺耳的警笛由远至近,十来辆车疾驰驶进码头,从车上下来的是秋佳宁和保密局的人。被调派到南码头的部队也及时回防。从嘉兴赶回的顾鹤笙也抵达码头和秋佳宁会合,来的路上他已经得知黄金被安全转移,还未在心里暗暗高兴就获悉了楚文天是共产党的消息,这让顾鹤笙惊讶不已。

秦景天刚伸出手,只听两声枪响楚文天中弹踉跄向后退了一步,子弹穿透他的肩膀和腹部。楚文天中弹后第一反应是挟持秦景天,他强忍伤痛掏出枪抵在秦景天后脑,将自己藏在他身后。

顾鹤笙从望远镜里目睹了突如其来的变故:"谁开的枪?船上有我们自己的人,没有命令不准强攻。"顾鹤笙试图为楚文天争取撤离的时间和机会,同时也不免有点担心秦景天的安危。

"枪声是从157、210方位传来,听声音是两把葛兰德步枪,射击距离大约一百米左右。"秋佳宁环视一圈警觉道,"有身份不明的狙击手!"

"搜索157、210方向一百米之内的……"

"狙击手是我安排的。"

众人循声望去,走上前的是越云策。在将秦景天的应对计划向总局汇报后,越云策得到的回复是同意执行计划但不中止对楚文天的监视。这个命令是由守望者直接下达并指示必要时可以击毙楚文天,因此越云策专门安排了狙击手以策万全。

"安排人向楚文天喊话,给他十分钟时间缴械投降。"越云策镇定道,

"同时准备好突击队，时限一过上船抓人，若遇反抗格杀勿论。"

顾鹤笙赶忙说："船上还有保密局的人，强攻恐会伤到自己人。"

"那就只能怪他运气不好，往好的方面想他也算是以身殉国。"越云策不以为意。

秋佳宁补充："站长指示必须活捉楚文天。"

"从现在开始楚文天的事由总局亲自接管。"越云策沉声道，"执行命令！"

秋佳宁和顾鹤笙面面相觑，迟疑了片刻顾鹤笙说："我亲自带人强攻上船。"

楚文天把秦景天带到船舷后面，让他站立在船边，整个上半身完全暴露在码头上无数枪口之中。他自己捂住腹部的指缝间血流如注，可握着引爆器的手却未有丝毫松弛。

码头上传来限时投降的最后通牒，楚文天无所畏惧道："我不能让你这样离开，敌人会质疑你的身份。在你离开之前还需要做一件事。"

秦景天偏头看了他一眼，起初是看引爆器，最后目光移到他伤口上。终是血浓于水的父亲，即便立场敌对，但此刻自己也难免担忧心痛。

秦景天按在船舷的手在楚文天视线无法触及的地方敲击着指头："要我做什么？"

"这艘船上，你我只能有一个人能活着下去。"楚文天大口喘息。

"您想干什么？！"

"既然早晚都是一死，希望我的牺牲能换来更大的价值。"楚文天颤巍巍地抬起受伤的手，把枪递到秦景天触手可及的地方，"委屈你了，我知道这是很艰难的事，但你必须去做。"

秦景天蠕动喉结，心里很清楚他要自己做什么："您知道我这样做意味着什么吗？"

"意味着我能尽最后的能力保护你的安全。"

"不，意味着我余生都会背负一个沉重的枷锁。"

"我们选择的道路从来都不是平坦的，信仰和使命高于一切这是你我曾经宣誓的誓言，现在就是你兑现誓言的时候。"楚文天的手又抬高一寸。

秋佳宁一直通过望远镜关注船上的动静。顾鹤笙不时心急如焚地看着手表，距离越云策限定的时间只剩下五分钟。

"景天的手指……"秋佳宁注意到秦景天不停敲击船舷的指头，像是想到什么，连忙让人拿来纸笔根据敲击长短记录下来，在写完一组后惊讶道，"是摩斯电码，景天在发送消息。"

"什么内容？"越云策追问。

秋佳宁快速译出电码，得到完整信息的瞬间大惊失色："楚文天准备炸毁燃油库！"

越云策马上看向货轮与燃油库相连的输送管道，瞬间明白楚文天为何要调动军舰追击："他是想让燃油库处于战备状态！"

秋佳宁译完最后一句摩斯电码："景天让立即中止燃油输送，他想办法拖延楚文天引爆时间。"

越云策生怕楚文天得逞，当机立断下达命令："终止输送燃油并关闭各个燃油库之间的安全阀门，动静要小，千万不能让楚文天有所觉察。"

秦景天在船舷看见有士兵在拧动输油管道阀门，猜到自己传递的信息已经被接收。但要排空管道内的燃油还需要时间，自己得想办法拖延住楚文天。

"我找到您家人了。"

楚文天一怔，坚毅的目光中多了一丝柔软："他们还好吗？"

"您离开关中时您夫人风南枝已怀有身孕，您还有一个素未谋面的儿子。"秦景天深吸一口气，"你走后不久关中水患，您夫人带着女儿搬去其他地方，给您写过书信可一直没有收到回复。"

"那些书信被别人扣押并未转交给我。"

"您夫人联系不上您以为出了事，担心会连累孩子就让您儿子随母姓，他的名字叫风宸。"

"风宸……"楚文天在嘴里轻声念道。

"您儿子的名字取自抗倭名将戚继光的《望阙台》。"秦景天的语气有点哀伤,"'十年驱驰海色寒,孤臣于此望宸銮。繁霜尽是心头血,洒向千峰秋叶丹。'您夫人为他取这个名字是希望他长大能成为和您一样丹心热血、顶天立地的人。"

楚文天脸上露出欣慰之色,可转瞬即逝。

秦景天继续说:"报考上海民立中学是您夫人的意思,他起初并不知道原因,后来才明白您夫人是希望他能在上海与您父子团聚。他没有辜负您夫人的期望,赤子之心可鉴日月,只可惜他选择了一条与您不同的路。"

"他加入了国民党。"楚文天痛心疾首。

"您知道了?"秦景天眉头一皱。

"地下党的叛徒许意阳被处决前试图用他的消息从我这里换回一条命,结果被我拒绝了。许意阳透露他不但加入了国民党而且还成了一名红鸠。我已经将此事让另一位同志向组织汇报。"楚文天气若游丝地问,"我妻女现在在何处?"

秦景天沉默少许,低声回答:"您儿子被复兴社招募,在通过考核后准备派往德国军事谍报局受训。他挂念母亲和姐姐不想远行准备放弃这次机会,结果等到家中失火,母亲和姐姐死于火灾的噩耗。"

"她们……"楚文天惊闻噩耗情不自禁一抖,手中的引爆器掉落在地。动作太剧烈导致从伤口渗出更多鲜血,本来就面如纸色的楚文天现在更是奄奄一息。

"是的,您的妻女都亡故了。"秦景天一边说一边解开衣扣,"您在世上唯一的亲人就只剩下凤宸。"

"我违反组织纪律选择留下来就是为了他。我怀疑敌人早就知道我的身份,招募凤宸成为红鸠很有可能是敌人的阴谋。如果我猜测没错,敌人会安排我们父子相见。"

"如果您见到他会做什么?"

"作为父亲我会弥补自己对他的亏欠。"楚文天的声音越来越虚弱,

第一百零二章 枷锁

"我会尽一切可能想办法让他迷途知返。"

"如果是作为敌人呢？"秦景天鼓起勇气问道。

"许意阳在临死前问过我，如果有一天父子相见我是否能心无旁骛地向他开枪，我的回答是肯定的，但事实上我做不到。无论他变成什么样子我都不可能把他当成敌人，最坏的结果，我或许会倒在他的枪口下。"

秦景天听到这话心中莫名痛楚："您让我杀了您来确保身份不会暴露，但这对于我来说将会是一辈子无法释怀的罪孽，我的余生将戴着沉重的枷锁度过。您最大的错不是违反组织纪律，而是将我陷入不忠不孝的境地。"

"信仰高，高于一切……"楚文天断断续续地说，然后用最后的气力伸手去拿掉落在旁边的引爆器。引爆器距离他指尖只有几寸，可对于身负重伤的楚文天来说却像远在天涯。

他的指头越是移动从伤口涌出的鲜血就越多。秦景天能看见他起伏的腮帮，知道此刻他是紧咬牙关在坚持。当他指尖已经触碰到引爆器时手被秦景天握住。

"您儿子从未辜负您夫人的期望，他和您一样忠贞无畏愿意用生命去捍卫信仰。"

秦景天松开手时楚文天感觉掌心多了什么东西，摊开手赫然看见一条玉石佛像项链。楚文天瞬间认出这是自己留给妻子的信物。突如其来的变故让楚文天愣住。他抬头看向面前的人，嘴角不住抽动："你，你是……"

"我就是风宸！"

错愕和惊喜交织的眼神片刻便在楚文天眼底凝固成恐慌。在见到那条玉佛项链之前他坚信站在自己面前的是战友，而现在却变成了不曾见面的亲人，但同时也意味着自己儿子便是组织千方百计想要甄别的红鸠。

不知是因为枪伤还是楚文天根本无法做到将枪口对准风宸，他握枪的手抬到一半又无力垂下，突然意识到自己犯了一个严重的错误，引爆器已经不在自己手里。楚文天无数次想过父子相见的场面，有质问也有忏悔或许还会发生激烈的争辩，无论是哪一种自己都有太多的话想对儿子说。可真等到这一刻时楚文天的眼里已经没有了风宸，他用尽最后一丝气力艰难地伸向引爆器。

"按下去！一定要按下去！"

楚文天在心里一次又一次这样告诉自己，只是他眼中最后的那丝希望在熄灭。在他指尖就快要触碰到时，风宸伸手将引爆器又向后拨动了几寸，那是楚文天再也无力够到的距离。

"您说得对，你我之间真的只有一个人能活着走下这艘船。"

这时码头上明灭起手电的光，风宸读出那是秋佳宁用摩斯电码传递的消息。驻守燃油库的士兵已经关闭了所有的安全阀门，并且清空了输油管道。风宸看见顾鹤笙正带着人向船上突击。

"作为敌人我不能让您的行动成功，作为儿子我不愿您落在他们手里。我会照顾好惜瑶并告诉她您是一位值得敬重的人。如果您能见到母亲和姐姐，请转告她们风宸从不曾辜负她们的期望。"风宸神色哀伤地凝视楚文天，"您还有什么要对我说的吗？"

楚文天没有回应，低垂的手又开始上抬。这个动作落在风宸眼中格外刺眼，最后的时刻楚文天唯一想做的就是杀掉自己。

风宸俯下身在楚文天耳边低语几句，楚文天那双正在逐渐失去光泽的瞳孔突然收缩。

砰！

刚要冲上船的顾鹤笙听到枪声。跟在他身后的人畏惧不前，只有顾鹤笙独自一人奋不顾身冲上船舷，正好看见秦景天站起身，他手里握着的枪还飘散着烟，而靠在船舷的楚文天倒在一片血泊之中，鲜血从他胸口潺潺流出。

秦景天丢下手中的枪，面无表情地走下船，和顾鹤笙擦肩而过时把引爆器递给了他。

"他想引爆炸弹，我不确定燃油库是否已经关闭阀门，如果没有，爆炸会炸死码头上所有人。我不想你有事，因此只能选择击毙他。"

顾鹤笙愣在原地，明明是杀害自己同志的凶手，可他给出的解释竟然是为了保护自己。有那么一刻顾鹤笙想为战友报仇按下手中的引爆器，可能炸毁的也仅仅是一艘货船，自己无法为战友完成未尽的任务。

第二个冲上船的是越云策，当看到已经死去的楚文天和引爆器时长松了一口气。他的目光落在秦景天胸前沾染的血渍上，这是近距离开枪才会造成的血液迸溅。不用问越云策也知道刚才发生了什么事，对这样的结果他似乎非常满意。

"你做得很好。"越云策拍着秦景天肩膀。

秦景天为防止顾鹤笙觉察到越云策与自己早就认识，故作不知地问："这位是？"

"南京保密局特别督导专员，越云策。"顾鹤笙在一旁介绍。

"越长官好。"

"你这次立了大功，我会向总局为你请功嘉奖。"

秦景天依旧面无表情："是越长官指挥得当。"

"楚文天呢？"

沈杰韬的声音传来，他走上船才看见越云策，多少有些吃惊："云策兄什么时候到的上海？"

"总局一直在密切关注楚文天转运黄金的事，委派我秘密抵沪调查。因为是总局的机密行动，所以事先没告知沈站长，还望见谅。"

"云策兄客气，都是为党国效力还谈什么见谅。"沈杰韬望向一身是血的秦景天，"出了什么事？"

"楚文天利用了我透露假情报。"

"此事我已知晓，楚文天瞒天过海用飞机偷运黄金，我是想知道他来码头做什么？"

"楚文天以为稳操胜券便向我说出了整个计划的详情，江南其实同时策划了两起行动。他用船只引出驻守的军舰是为了激活一级战备，借机一举摧毁燃油库。"秦景天回答得滴水不漏。

沈杰韬一听心有余悸，这要是真炸了，周围的人估计连渣都不剩。

他以安全为由将越云策请到保密局设在码头的监控站。

"是我渎职怠政才让共产党有机可乘,整整三吨黄金从我管辖区域被运走杰韬责无旁贷,还望云策兄此次回南京能为愚弟在毛局长面前多美言几句。"

"共党诡计多端加之这次又是有备而来实属防不胜防,沈站长不必为此担忧。不光是上海站,连南京总局此次也中了圈套,对上海站的处罚肯定是免不了,不过也不会太重,希望沈站长引以为戒。"

沈杰韬连声称是:"好在共党重要人物楚文天被击毙,秦处长居功至伟应被嘉奖……"

"楚文天不是共产党!"越云策严声纠正。

屋里的人面面相觑,沈杰韬快速反应过来:"云策兄可是有其他打算?"

"楚文天在上海极具影响力加之掌控的青帮遍布上海,如若公开楚文天的身份百害无一利。上海大亨都为共产党卖命,此事宣扬出去岂不是打咱们自己的脸。"

沈杰韬点头:"云策兄所虑有理。"

"楚文天死的时候除了秦处长就你一人在场。"越云策看向顾鹤笙,"你当时看到什么?"

顾鹤笙如实相告:"我听到枪声担心秦处长有危险就冲了上去,看见秦处长持枪而立,楚文天已倒地身亡。"

"忘掉你看见的。"越云策声音低沉,"今晚就让《上海时报》刊登楚文天死亡的真相。"

"我看见的就是真相。"

"不,当一个谎言被绝大多数人相信时就变成了真相。"越云策老谋深算道,"楚文天不是共产党更不是被秦处长击毙,相反杀楚文天的是共产党,而秦处长出现是为了救他,可惜晚了一步让共产党得逞。"

顾鹤笙反问:"共产党为什么要杀楚文天?"

越云策轻描淡写道:"这就是需要你去编造的真相。"

"还是云策兄考虑周全，楚文天绝对不能死在保密局手上，否则上海青帮都会视保密局为仇人。推到共产党身上一举两得，一来楚文天是抗日功臣，杀有功之人会激起民愤；二来整个青帮日后都会与共产党为敌倒是帮我们省了不少事。"

"燃油库是军事重地，竟然让楚文天携带炸药蒙混过关险些酿成灾变，今晚驻守燃油库的军官和相关负责人立即缉拿追责。军队散漫到这等地步还怎么保家卫国。"越云策对沈杰韬面授机宜，"由保密局出面抓人，事后还能把监察不当的事推到军队身上。出了这么大的事，毛局长总要给委员长一个交代，这个节骨眼上你只要能为毛局长找好推诿的借口相信总局也不会太为难你。"

沈杰韬连声感谢越云策提点，立即派人抓捕失职军官。

越云策看向一直默不作声的秦景天，他脸上还未擦拭的鲜血已经干涸，正站在一旁表情冷漠地抽烟。

"三吨黄金是追不回来了，不过上海站阻止了燃油库被共产党炸毁也算是将功补过，秦处长临危不惧力挽狂澜当记首功。"

秦景天吸完最后一口烟，对越云策的赞许无动于衷："如果没有其他事景天想先行告退。"

"今晚辛苦你了。"沈杰韬也对秦景天赞许有加，"我放你三天假好好休息。鹤笙，今晚景天历经生死劫多少会有些心有余悸，这里也没其他事你先送景天回家。"

秦景天和顾鹤笙刚走到门口就遇到急匆匆赶来的秋佳宁。

"报告，有情况。"

所有人的视线都聚集在秋佳宁身上。沈杰韬皱眉问道："什么情况？"

秋佳宁将炸药和引爆器放在桌上："这是楚文天准备用来引爆输送管道的炸弹，被拆除后我亲自检查过，是美军专用爆破炸弹，采用电极引爆方式，安全系数极高而且威力巨大。"

"有什么问题？"

"我在拆除炸弹后发现里面并没有填充炸药。"

"什么？！"沈杰韬以为自己听错了，"你是说楚文天拿着没装填炸药的炸弹去炸燃油库？"

"理论上是这样，不过以楚文天所在的位置即便引爆燃油库他自己也会被炸死，可见他从一开始就没有打算活着离开。我不认为一个将生死置之度外的人会如此大意。"秋佳宁表情严肃地指着桌上的炸弹，"我感觉事情不太对劲，如果这不是楚文天大意，可能还有我们没有觉察到的事。"

第一百零三章 李代桃僵

秦景天折返回来检查拆开的炸弹，果然如秋佳宁所说，里面根本没有填充炸药。

"楚文天临死前还试图按下引爆器。"秦景天皱眉道，"炸弹是楚文天携带进燃油库的，如此重要的行动，以楚文天的谨慎一定会在行动前反复检查确保万无一失。"

秋佳宁接话："我也不认为楚文天会出现这样低级的纰漏。"

"如果你们都排除是楚文天的疏忽那就只剩下一个结论，楚文天带了一个不能引爆的炸弹来炸燃油库。"沈杰韬一脸疑惑，"可他从一开始就做好了同归于尽的打算，可见楚文天是确信燃油库会被摧毁的……"

沈杰韬发现自己陷入一个矛盾的循环，根本无法解释清楚楚文天这个举动背后的深意。

这时监控站外传来争执声，很快演变成冲突，一声枪响震惊了屋内的人。顾鹤笙透过窗外看见一群荷枪实弹的士兵正将监控站团团包围，在门口执勤的保密局人员全都被缴了械。

气势汹汹闯进来的是淞沪警备司令部副总指挥严世白。他刚要冲着沈杰韬发作就看见正襟危坐的越云策。虽说警备司令部和保密局向来芥蒂颇深，戴笠健在时军统还能强压警备司令部一头，可如今保密局早就今非昔比，严世白压根就没把沈杰韬放在眼里。

"越老，您怎么也在？"

越云策是军统元老，论资历和戴笠不相上下，在国民党内人缘和口碑都不错，与各个派系都有交集，严世白在他面前也不敢造次。

"你这是想干什么？"越云策阴沉着脸质问，"保密局隶属国防二厅，你带兵包围军政机关办公地是打算造反吗？"

"我哪儿有这胆子，想造反的是保密局。"严世白冷眼看向沈杰韬，"保密局派人到浦西军用码头抓人，您给评评理，码头是警备司令部监管区域，保密局凭什么越权抓人？"

"是我下令抓的人，看架势你是打算连我也清算？"

"军队有军队的规矩，真犯了错还有军事法庭裁决，怎么也轮不到保密局插手。"严世白在越云策面前语气缓和许多。

"保密局接管此次行动是由郑介民厅长下达的命令，你要是有异议现在就可以打电话给郑厅长核实。"

严世白听越云策搬出郑介民也无话可说，小声嘀咕："军用码头归我监管，抓人总该事先跟我打声招呼吧。"

"按道理我是该让沈站长提前知会你一声，但权衡再三我没这样做是不想牵扯到你。今晚共产党阴谋炸毁燃油库，若不是保密局提前截获情报并阻止，后果不堪设想。军事重地守卫如此大意薄弱，南京势必会追责惩处，我让沈站长抓今晚执勤军官已经是网开一面。"越云策冷声道，"我是看在你已故兄长的面子上，否则我就是直接抓了你押回南京法办也合情合理。"

"这不是没出事嘛。"严世白赔笑道，"您老就高抬贵手把今晚的军官给放了，至于其他人您想怎么处置我绝无二话。"

越云策瞟了他一眼："什么时候严副总指挥变得爱兵如子了？"

"实不相瞒，负责燃油库的是我的表亲。"严世白只能如实相告。

越云策一听大发雷霆："军事重地关系着前线胜败，你居然任人唯亲，出事后还试图偏袒徇私，你置国法军规何在？"

"话不能这样说，负责的军官是和我沾亲带故，但绝对不是滥竽充数之辈。"严世白转头冲着门口喊了一声，"进来。"

一名穿军装的人走了进来，给人的第一印象是精明能干，不过屋内所有人的注意力都在军官牵着的狗身上。

"你想干什么？"越云策疑惑问道。

严世白回复："这条狗不会咬人，耽误诸位几分钟时间就能证明燃油库并非像诸位所想的那样容易被炸毁。"

沈杰韬抽笑一声："严副总指挥的意思是说守卫燃油库的人还不如一条狗？"

严世白不与沈杰韬争辩，转而对军官点头示意。军官解开那条狗的绳索后轻拍在它后背："去。"

狗在房间来回嗅闻，停在顾鹤笙身边时突然目露凶光嘴里发出低吼，若不是被军官及时拉住，狗已经扑了上去。而奇怪的是这条狗对其他人都很温顺，唯独对顾鹤笙始终充满敌意。

越云策多少有些好奇："为什么会这样？"

"顾副站长可是抽烟？"军官问。

顾鹤笙点头。

秦景天说："这里除了顾副站长外还有我也抽烟。"

"我偶尔也会抽。"秋佳宁也接着说。

军官接着问道："顾副站长身上可是有火柴？"

顾鹤笙从裤兜拿出火柴盒："这能证明什么？"

"这是由美军提供接受过专业训练的警戒犬，它能辨别各种炸药成分的气味和易燃化学物的气味。火柴里的三硫化锑也在违禁甄别范围之内。"

"别说是炸药，就是一盒火柴也不可能被带进燃油库。像这样的警戒犬还有三条，每一个进出燃油库的人都必须接受严格检查。"严世白在一旁说，"据悉保密局找到了共产党安装的炸弹，可里面根本没有填充炸药，试问一个没有炸药的炸弹如何炸毁燃油库？保密局认为这是一起严重的事故，可在我看来反而是对燃油库安检的一次成功测试。"

"诸位长官，燃油库一共设立了三道安检线，第一道距离燃油库一百米，由士兵进行搜身检查，任何易燃物品都不允许被携带进入。"军官看向秦景天将打火机递还，"这一点相信秦处长能证明，他身上的打火机就是由我暂为保管的。"

一直沉默不语的秦景天点头。

"第二道距离燃油库五十米，由警戒犬负责巡查，一旦警戒犬发现可疑目标会被执勤的士兵当场缉拿，因为在第一道安检线没有主动交出违禁品的都被视为敌对行为。相信诸位已经目睹了警戒犬的效用，目前可以用于制作炸弹的所有炸药成分都逃不过警戒犬的鼻子。简而言之，没有人能在携带炸弹的情况下靠近燃油库五十米。"

"最后一道呢？"

军官回复："距离燃油库三十米。经过前面两道安检已经排除了百分之九十的隐患，但出于绝对安全的考虑，所有进入燃油库核心区域的操作人员和士兵轮换时间是一个星期。他们进入前会在第三道安检线更换衣裤全程都有人监控，所以任何违禁品是不可能进入燃油库三十米范围之内的。"

听完军官的汇报房间内众人相互对视，又回到最初的疑问，楚文天为什么会携带一个没有炸药的炸弹。

这时秋佳宁问："你刚才说一共有多少条这样的警戒犬？"

"四条。"

"为什么刚才我们进入燃油库时没看见？"

"码头突发情况我已经在第一时间下令封锁燃油库，并加强了入口的警戒，不可能有人进入，所以没调用警戒犬。"军官对答如流。

秦景天看了一眼警戒犬，目光再移到顾鹤笙手中，神色突然紧张起来："为什么你的火柴能带入燃油库？"

"没有人检查我啊。"

军官连忙解释："一级战备启动后我就接到警备司令部的命令，让我全力配合保密局，至于什么行动我不清楚，不过当时情况紧急我在确认是保密局车辆后就放行。"

"共产党筹划这个计划很久，应该很清楚常规手段下炸弹是没有机会被携带进燃油库的，唯一的办法就是破坏那三道安检线。"秦景天埋头一边思索一边低语。

"这绝对不可能。"军官斩钉截铁道。

第一百零三章 李代桃僵

"事实上已经发生了。"秦景天的视线定格在顾鹤笙手中的火柴盒上,"如果能带进火柴盒也就能带进炸弹!"

沈杰韬一听脸色大变:"楚文天真正执行的任务不是炸毁燃油库,而是破坏三道安检线!他以一己之力吸引了所有人的注意,无形中也将安检线的作用消除。"

秋佳宁同样感觉大事不妙:"炸毁燃油库的行动并不是楚文天一个人完成,他还有其他同伙协作执行。在楚文天破坏安检线后同伙才有机会安装炸弹!"

"不是有机会而是已经完成!"秦景天望向燃油库的方向喊道,"立刻通知守军检查燃油……"

轰!

秦景天话音未落,随着一声巨大的轰响,爆炸产生的强烈冲击波直接震碎房间所有玻璃,屋内的人全被掀翻在地。等秦景天重新透过碎裂的窗户望去,不远处的燃油库腾起一团蘑菇状的火云,漆黑的夜幕被映染成赤红色,犹如炼狱中的火海。

第二声、第三声、第四声……爆炸声陆续传来,从地上爬起来的人全都目瞪口呆地目睹所有燃油库在一片火海中付之一炬。

第一百零四章 守灵

秦景天和叶君怡失去联系已经有三天。等天黑后秦景天找了一处公用电话亭给扬子饭店打去电话，得到的回复是入住的叶君怡并没有办理退房手续，这意味着叶君怡现在还在南京。这个消息越发让秦景天隐约感觉到不安。

放下电话时秦景天用余光瞟见一辆车缓缓靠近自己停在街边的车旁。车窗被黑色的布帘遮挡，一只手从里面伸出来。透过布帘的缝隙秦景天看见开车的是一个戴着礼帽的男人，帽檐压得很低看不清脸，他将一样东西丢进车里后就疾驰而去。

秦景天追了出去发现那辆车连车牌都没有，不过他确定那人留下的东西对自己没有危险。如果对方想要袭击，刚才自己在电话亭里时就是最好的下手机会。

回到车上，秦景天看见那人留下的是一个档案袋，上面用火漆封档并加盖有军统绝密印章。秦景天心里暗暗一惊，这是一份原军统的绝密档案。火漆上清晰可见的三个三角形代表这份档案只有军统核心层能读阅。对于这种档案秦景天再熟悉不过，根本不存在伪造的可能。

秦景天拆开档案，里面是一份报告。看完上面的内容，秦景天眼底泛起一丝难以抑制的愤怒，接着愤怒变成了震惊。报告一共有两份，其中一份全是德文，报告所用的纸张上有纳粹鹰徽水纹最后还有军事谍报局签名。秦景天不由自主舔舐嘴唇，他拿在手上的竟然是自己在德国受训时的考核结果和评估报告。

最后一页是一张空白的纸，上面写着一个电话号码。秦景天重新回到公用电话亭拨打了这个号码。

接通的电话那边传来均缓的鼻息声。

第一百零四章 守灵

"你是谁?"秦景天单刀直入。

"我是守望者。"电话里传来女人的声音。

秦景天确定自己从未听过这个声音,当然也不排除它经过了伪装,毕竟自己也具备这样的能力。

秦景天警觉地环顾四周,滴水不漏地问:"我们认识吗?"

"我问你有没有去过柏林,你答去过。我再问去年我在勃兰登堡门为一个人素描,那人和你很像我们是不是见过,你答不对,我是前年去的柏林,是在国会大厦找人画的素描。"女人不紧不慢地说,"这是你第二次被激活的暗语,只有在上任R1殉职的情况下使用。"

秦景天沉默稍许说出一串字母,很快女人在电话里回应了另一串字母。这是红鸠的安全识别码,每一名红鸠各不相同,只有守望者才清楚对应的安全码。红鸠计划可以看作一套精密的系统,设计者从最初就考虑到所有可能出现的问题并制定了相应的解决方法,目的就是为了确保红鸠计划即便在最困难的情况下也能继续运作。

守望者说:"汇报你的任务。"

秦景天不假思索:"替代秦景天对上海地下党进行渗透,甄别出潜伏的中共间谍明月。第一次被R1激活后她升级了任务目标,以明月为突破点调查情报暗网首脑江南。"

"你目前的任务进展我很满意,明月和江南都不是一朝一夕能清除的目标,我需要一个有恒心的人来完成这个任务,在我看来你是最合适的人选。"

"您见过我?"秦景天试探着问。

"你可以这么理解。作为守望者我熟悉每一名红鸠,这其中就包括你,正如我留给你的档案,你的性格、考核成绩、过往参与的行动和优缺点我都了如指掌。相信我,在这个世界上恐怕没有比我更了解你的人。"

秦景天低头看了一眼拿在手中的档案,并不否认守望者所说:"如果真是这样您就不该对我目前执行的任务保持乐观态度。对上海地下党的渗透已经有两年，至今为止我并没有发现明月的线索更不用说是江南了。"

"博弈靠的不仅仅是实力，有时候耐心更为重要，当然我从来没有质疑过你的能力，我相信你最终会圆满完成任务。"

秦景天叹息一声："您在相信一个屡战屡败的人。"

"在任何一场博弈中没有哪一方可以在全盘不输一子的情况下赢过对手。我们损失了R1、R5和其他潜伏在上海地下党的红鸠，然后又在黄金争夺中铩羽而归，最后还被江南成功炸毁燃油库，你认为这是失败，可在我看来只是舍与得而已。我们舍去了一些东西同时也得到了另一些，在这场博弈没有终结的那一刻，谁也不知道最后的输赢。"

"我们得到了什么？"秦景天问。

"你还活着。"女人语气从容镇定，"你是红鸠计划在上海仅存的硕果，江南在同一天清除了所有人唯独漏掉了你。亦如我之前所说，我从来都没有质疑过你的能力，江南都无法找出你就是最好的证明。红鸠的终极任务是什么？是渗透！你们是不远千里南飞的归鸟也是逆流而上的鱼，不是所有人都能到达目的地，但到达的人才是真正的红鸠，你做到了！"

"您是要我继续渗透？"

"这是你最擅长的事，像你这么出类拔萃的人相信已经引起了江南的注意。目前你需要做的就是按部就班继续重复你现在做的事，等你通过江南的考察，不用你千方百计去找，江南自然会主动站到你面前。"

"以后我和谁联系？"

"为了确保你身份不被泄露，我暂时将你隔绝在红鸠计划之外。从现在开始只有我拥有对你的指挥权，你不用联系我，必要时我会主动联络你。"

"是。"

"你已经看过档案里的报告，该怎么做相信不用我多费口舌，你可以看作是我授权的行动或者是你自己要处理的私事。"

那抹愤恨又在秦景天眉眼间聚集："我知道怎么做了。"

第一百零四章 守灵

电话挂断后秦景天开车去了楚文天生前购置的另一套别墅。楚文天死后楚惜瑶怕触景生情不愿再回家，搬到这里后也把灵堂设在此处。前来悼念的多是青帮门徒和不明真相的上海军政要员，楚惜瑶一身黑衣在灵堂前对前来的人一一答谢。

楚文天死后秦景天以为楚惜瑶会悲愤欲绝情绪崩溃，没想到她居然出奇地平静。她亲自操办了楚文天的后事，并且做得面面俱到，举止中颇有几分楚文天的风范。不过秦景天还是能看出她一直都在强撑。

送走一批悼念的人后，楚惜瑶神色落寞地跪在灵前。

秦景天走到她身边："你几天没合眼了去休息一会儿吧，这里我帮你照看着。"

"没事。"

楚惜瑶哀伤的表情让秦景天莫名心痛："想哭就哭吧，憋在心里会很难受。"

"爸说眼泪是最没有用的东西，我是想哭却哭不出来。杀我爸的人还逍遥法外，知道我哭会幸灾乐祸。我爸已经不在了，我哭他也看不见，我何必做一件毫无意义的事。"

秦景天还是第一次发现楚惜瑶如此坚强的一面："不是所有事一定要有意义才去做。"

"我爸就是这样的，他从来不会把时间和精力浪费在没有结果的事上。"楚惜瑶一边烧着纸钱一边说，"我也打算从今往后和我爸一样。"

秦景天见她神色笃定，问道："你做了什么？"

"我已经重金悬赏凶手下落，无论谁找到凶手并活着带到我面前，楚家所有钱财我分一半作为酬金。"

"找到凶手你会怎样？"

楚惜瑶抬头看向秦景天："我会亲手杀了这个人。"

秦景天一时无言以对，刚避开她的目光时就看见走进灵堂的沈杰韬。他送来的花圈挽联上写着"义气千秋"，落在秦景天眼里不过是猫哭耗子。

悼念完，秦景天亲自送沈杰韬出去。

"你见到越专员了吗？"沈杰韬东张西望问道。

"他不是和您在一起吗？"

"是啊，约好一起来的，过场还是得走走。可越专员失约我就一个人先来了，原以为他已经到了。"

"我也是刚到，可能越专员先您一步走了。"

"总局还在等燃油库爆炸一案的调查结果，我得先赶回局里去。"沈杰韬见四下无人歉意道，"这次得委屈你给一名共产党守灵。"

"我当是在执行任务。"

送走沈杰韬后，秦景天回楚府给楚惜瑶拿了几件换洗衣服。偌大的楚府如今空无一人，分外萧瑟。秦景天径直来到后花园的那间民居，锁上门后打开屋内的灯。灯光照亮了屋中椅子上用麻袋套着头正不断挣扎的人。含混不清的声音从麻袋里传来。

秦景天拖了一把凳子坐到那人对面，点燃一支烟深吸了一口后摘掉麻袋。

四目对视时秦景天眼里是生人勿近的寒凉，而越云策眼底是茫然和疑惑交织的恐慌。

第一百零五章　不共戴天

越云策到现在还是迟钝的，最后的记忆是准备和沈杰韬一同去悼念楚文天，在离开公馆后车偏离了原定路线。等他觉察时有人从身后袭击了自己。

看见秦景天，越云策的茫然很快变成愤怒："你想干什么？"

秦景天声音冰冷："你们什么时候查到楚文天是共产党的？"

越云策喉结蠕动的次数越发频繁。

"那我换一个问题，你们是如何知道我和楚文天的关系的？"

秦景天这句话问出口，越云策就知道已经没有隐瞒的必要。

"楚文天来上海不久他的身份就被军统掌握，他被中共调派到上海是负责行动小组。此人对军统具有很大的危险性，原本已经制定了对楚文天的暗杀行动，刚好在这个时候红鸠计划被启动。军统在筛选名单中发现了你与楚文天是父子关系，R1立即中止了对楚文天的暗杀。根据当时掌握的情报楚文天与江南有联系，不过R1对楚文天的评估结果是此人不可能变节。"

"继续说下去。"

"你被戴局长委派重回上海，除了你的能力之外，更重要的是你与楚文天的关系。R1的计划是想通过你接近楚文天并探查江南的线索。"

"让我亲手处决楚文天是你的主意还是R1的？"

"R1。"越云策意识到事态的严重性，极力想撇清自己与此事的关系。

"目的是什么？"

"R1在你受训时对你的评估是个人意识有时会超过组织意识，你捍卫的是理想而不是某一信仰。R1质疑你的忠诚，让你亲手杀掉楚文天是为了断绝你的后路。"

秦景天冷笑一声："这些年我为国民党出生入死，到头来竟然配不上'信任'二字？"

"信任是相对的，你亲手枪杀了一名共产党重要人物，共产党将彻底视你为敌人。在亲情和信仰之间你选择了后者，现在没有人再质疑你的忠诚。"

"我的牺牲是不是太大了，母亲和姐姐死于非命，素未谋面的父亲又被我亲手枪杀，到头来只换回你口中一句忠诚？"

"楚文天是共产党！"越云策义正词严道，"你只是做了自己应该做的事，你是一名红鸠，在任何时候都不能受外界因素干扰。"

"我母亲和姐姐不是共产党。"

"她们的死只是意外的火灾，对于你的遭遇我也很同情。"

秦景天深吸一口烟，重新抬头时眼里多了一丝杀意："我从来没告诉过你她们死于火灾！"

越云策一愣发现自己说错了话："军统总局有你的档案，上面有关于你家人的信息。"

"我没上报她们的死而且我在军统也没有档案。"秦景天双目如刀，"你能告诉我你是如何知道的吗？"

越云策额头渗出一层薄薄的冷汗："是，是R1，是R1的意思。在你通过筛选后表现出不愿意前往德国受训，R1认为外界对你干扰太大，为了让你心无旁骛……"

啪！

一份军统绝密档案被扔在越云策的面前。秦景天拿出里面的报告放在他眼前，越云策只看了一眼顿时面如死灰。

"这上面是你指定的关于红鸠筛选条件，其中有一条是备选人必须是无亲无敌的孤儿。红鸠计划的人选严格执行上述条件，可偏偏我是有家人的。"秦景天慢慢翻动报告，停在其中一页指着上面越云策亲笔批示的内容，一字一句读出来，"R12原籍直系亲属两人，拟派行动人员对其灭杀，要求现场伪装成火灾意外，行动后务必确认此二人身亡……"

秦景天合上档案，站起身拿出一张照片，是之前楚惜瑶交给自己的那张，上面有母亲和姐姐的合影。他端端正正地放在椅子上，然后又拿出楚文天的遗照放在旁边。越云策和照片中的三人对视，有一种不寒而栗的感觉。

秦景天拧开汽油桶盖，从越云策头上淋下去。越云策浑身湿透："你，你想干什么？"

"这里是楚文天按照记忆复原的在关中的家，我一家三口都死在你手上，此仇不共戴天，你说我要干什么？"

"你杀了我就是背叛！"

"那就抛开个人因素，站在你面前的是一名红鸠，你凭什么认为除了我之外就没有其他人想要你的命？"

"你什么意思？"

"R1是我杀的。"

"我知道。"

"不，你不知道。"秦景天冷声道，"R5落入江南的圈套被炸死，那么在房间中找到的日记也是圈套的一部分。你既然认同我是王牌，为什么不深想一名王牌特工为什么要相信圈套中的诱饵呢？"

越云策一愣："你杀R1还有其他原因？"

"这要从R1被清除说起。红鸠计划的首脑必须是一个身份绝对保密的人。再反观R1，她的父母是共产党又被戴笠收养，同时上一任江南周幼卿认识她。R1针对周幼卿的情报暗网策划了红鸠计划，并且军统在监狱发现已经被抓捕的周幼卿后为了确定其身份，一定会安排一个认识周幼卿的人前去核实，R1便是最合适的人选。"

"我没发现这其中有什么问题？"

"不但有问题而且还很大。"秦景天冷眼盯着越云策说，"你们一直忽略了一处细节，江南被日本人抓捕后很快就找到了代替者，可见新的江南是有机会接触到周幼卿的。琅琊说过的所有话里只有一句是真的，那就是新江南是一名红鸠，这说明新江南是随时可以接触到周幼卿的。你现在知道问题出在什么地方了吗？"

越云策很快反应过来："周幼卿会把R1的真实身份透露给江南。"

"然后呢？"

"江南会想方设法铲除R1。"

"还有吗？"

越云策眉头皱起，想了良久摇头："我只能想到这么多。"

"守望者存在的意义是确保红鸠计划安全顺利执行下去，作为一名掌控全局的真正首脑，守望者肯定也想到了R1身份已经被泄露的事。"秦景天意味深长地问，"你知道守望者为什么没有向R1发出示警吗？或者你再问问自己，在江南的肃清行动中为什么守望者没有应对和反击？"

越云策从未深想到这个层面，细细品味秦景天的话后也渐渐觉得不太对劲。

"我来告诉你原因。红鸠计划执行的前提是保密，只有在所有红鸠身份不被识破的情况下计划才能继续实施。R1是红鸠计划的操控者，她的一举一动关系着整个计划的安危。可随着R1的身份暴露得太多，以至于她在守望者眼里已经成为红鸠计划最大的隐患，她随时都有可能被江南铲除。最让守望者担心的是她记在脑中的红鸠信息，R1说过自己和周幼卿一样永远不可能背叛自己的信仰，但守望者不会把计划的成败寄托在一句承诺上。"秦景天深吸一口气，"所以……"

"所以R1必须得死！"越云策恍然大悟。

"守望者其实早就可以除掉R1，留着她不过是为了引出江南。守望者没有把消灭江南的希望放在R1身上，只是想通过她收集更多与江南有关的线索。"秦景天一五一十地告诉越云策，"R5被炸死那刻我就知道琅琊的被捕和他的病都是江南的圈套，留在日记里的线索和照片所指向的目标绝对不是江南。也是那时我意识到R1继续存在的危险性，被肃清的红鸠都是江南从R1身上获取的情报，R1继续活着只会暴露更多的红鸠，这才是我杀R1的真正原因。R1的死是守望者和江南都希望看见的结果，守望者清除了红鸠计划最大的隐患，而江南成功激活了那份完整的红鸠名单。"

"但这些和我有什么关系？"

"你如果把自己和R1作交叉对比，就会发现你与她其实有相同的地方。"

"是什么？"

"R1有异于常人的记忆力，她能记住所有红鸠的资料，而你……"

"所有后来成为红鸠的人都是经过我筛选。"越云策倒吸一口冷气，"R1记住了所有红鸠，而我见过所有红鸠！"

"除了守望者之外，其余了解红鸠计划的人都被视为危险。守望者从接管红鸠计划后做的第一件事就是将计划的危险系数降至最低。R1和你是绝对不被允许存在的。"秦景天说出最后的实情，"所以守望者才会把这份档案透露给我，不管是我自己想向你复仇还是守望者想借我的手铲除你，你都死有余辜。"

越云策开始惊慌失措地咆哮："越某一生为党国鞠躬尽瘁，你们不能这样屠害忠良！委员长都敬我三分，我要是有什么三长两短南京一定会追查到底！"

"不，你不是功臣。"秦景天一脸漠视地说，"你只是一个畏罪潜逃的共产党。"

"什么？"越云策瞪大眼睛。

"守望者比我考虑得还要周全。"秦景天从档案里拿出一张便笺，"想知道这上面写着什么吗？"

"是什么？"

"你的催命符。"秦景天把便笺递到他眼前，"技术科很快就会在燃油库爆炸现场的汽车残骸里发现化学残留。经过检测将被证实与引爆燃油库的液体炸药成分吻合，而这辆车正是你的！"

"这是诬蔑！是栽赃嫁祸！"

"这是报应。"秦景天冷冷说道，"你指鹿为马构陷楚文天时可曾想过诬蔑和栽赃嫁祸？"

"我是南京总局指派的督导专员,你们以为凭这些伎俩就能颠倒黑白?"

"南京只会相信证据。在燃油库楚文天根本不能引爆炸弹,他原本是可以被活捉的,是你安排了狙击手开枪射杀,也是你坚持要强攻格杀勿论。试想一下在当时的情况下谁最希望楚文天死呢?"秦景天平静地反问,"自然是他的同伙,不希望楚文天落入保密局之手从而暴露自己。你搞了一辈子情报工作,应该很清楚情报人员最忌讳的就是疑点,不管多少只要有了疑点就很难再被信任。何况你也没有机会为自己洗脱嫌疑,技术科的报告提交后保密局就会发现你下落不明,没有人会再调查你的去向,因为所有人都会认为你是畏罪潜逃。"

越云策呆滞在椅子上,惊恐万分。

"我还有一件事要告诉你。"

秦景天上前在越云策耳边低语一句,他的眼睛瞬间瞪大。接着,越云策的嘴角张合了几下,还未来得及开口,只见丢弃在他身上的火柴一下点燃汽油,一团升腾的烈焰瞬间将其吞噬。

秦景天拖了一把椅子,在照片旁边坐下。他面无表情地注视着在烈火中惨叫挣扎的越云策,眼神里充满悲凉。

第一百零六章　情殇

秦景天接连感冒好几天，出门时顾鹤笙摸他的额头都有些烫手，劝他留在家里休息。可今天有总局派来的人召开黄金转移和燃油库爆炸听证会，作为行动处处长又是在现场的关键人物秦景天不能缺席。

刚到保密局楼道口就听见沈杰韬办公室传来叶君怡的笑声，秦景天这些日子的担心和焦虑瞬间消散。

两人敲门走进办公室，看见桌上堆满了礼物。

沈杰韬喜笑颜开："舟车劳顿本来就够辛苦，怎么还专门给我买这么多东西？"

"这可不是给您买的，是专程给婶娘带的。"叶君怡嘴甜道，看见顾鹤笙和秦景天进来又赔笑说，"就记得给婶娘买礼物了，你们两个这次可没有。"

"去南京这么久怎么一个电话都没有？"顾鹤笙问。

"还说呢，保密局查到扬子饭店有共党，所有住客全带回去调查，要不是我搬出沈叔叔到现在还被扣押在南京。"

"你被保密局抓了？"秦景天暗暗紧张。

"南京那边管控得严，已经到了草木皆兵的地步，但凡和共产党沾边的事都要严查。"沈杰韬一边解释一边对叶君怡说，"你在南京受了惊好好回去休息，给你爸带句话，最近手上事多，等空下来我再去看看他。"

"临来的路上车坏了我让司机先去修车，等外面雨停了再走。"

沈杰韬正打算让顾鹤笙开车先送叶君怡回家，韩思成这时进来报告南京总局的人已经到了，在召开听证会之前想先和正副站长谈话。

"我送叶小姐。"秦景天猜到叶君怡一回上海就来保密局一定是有重要的事想见自己。

在车上秦景天沉声问道："你被保密局扣押了多久？"

"三天。"从保密局出来叶君怡脸上满是思念,"你不用担心的应该只是巧合。"

"我以为你出事了。"秦景天心中也有重逢的喜悦,只是极力在压抑自己的情感,"来见我是不是有什么重要任务?"

"没有。"

"没有?"秦景天一愣,偏头看向叶君怡,"没有你为什么要来保密局?"

"我想你了。"

秦景天正要生气,叶君怡已经握住他的手。那抹温柔似乎能焐化秦景天内心所有的坚硬,他迟疑了一下也握紧她的手。

叶君怡说想去一个安静的地方,秦景天把车开到外滩江边。叶君怡偎依在秦景天的怀中,在伞下静静看着烟雨朦胧的江面。时间在这一刻仿佛静止,如果可以秦景天愿意永远陪她这样伫立到天荒地老。

"敌人在东北节节败退,咱们的部队解放东北挥军西进指日可待。只要部队能渡过长江,那上海将是敌人据守的最后几个大城市,胜利的日子已经不远了。组织上让我们做好最后对敌斗争的准备。"叶君怡憧憬着未来,"等到上海解放的那一天,我想牵着你的手重走一遍我们曾经战斗过的地方……"

叶君怡的声音突然中断,秦景天发现她惊慌失措地看向自己身后。秦景天诧异转身望去,楚惜瑶正站在马路对面的车旁,手中是垂落的雨伞,任凭大雨淋透全身。秦景天不知道她站在那里有多久,已经分不清她脸上的是雨水还是泪水。楚惜瑶像一座没有神韵的雕塑,目不转睛地盯着秦景天和叶君怡牵在一起的手。

秦景天准备走过去解释,楚惜瑶已然落寞转身开车离去。

秦景天心里咯噔一下,连忙上车去追,走之前把伞留给叶君怡:"立刻去保密局。如果楚惜瑶去见顾鹤笙想方设法在外面拦住她,千万不能让她见到任何一个保密局的人!"

楚惜瑶的车在前面左偏右移好几次险些撞到路灯上。秦景天看准时机将她逼停下来,拉开车门时看见楚惜瑶正趴在方向盘上哭泣。

第一百零六章 情殇

秦景天从没想过要伤害她，可心里很清楚现在所有的解释都苍白无力。

"我爸说不要轻易掉眼泪，真正在乎你的人不会让你流泪，不在乎的流再多也无济于事。"楚惜瑶刚抹去脸上的泪痕，新的泪珠又滑落下来，"我也想像爸那样坚强，可我实在忍不住，心真的好痛。"

秦景天无言以对，脱下外套轻轻披在她瑟瑟发抖的身上，满怀愧疚地说："能不能听我解释？"

"不想。"楚惜瑶决绝地甩开外套。

"我先送你回家，等你冷静下来愿意听的时候我再说。"

"我只想请你下车。"

"你现在这样的状态不能开车，你要去什么地方我送你去。"

"我要去见顾鹤笙。"楚惜瑶冷声道。

"你不能去见他。"

"你在怕什么？怕我告诉他叶君怡水性杨花还是怕他知道被最好的朋友背叛？"

秦景天沉默着。

"为什么要这么对我？"楚惜瑶歇斯底里地质问，指着已经洒满后座的药汁，"听说你感冒了我亲自煎药为你送去。我亲眼看见你和她开车出来，我居然傻到想要给你们惊喜。是啊，的确很惊喜，我最好的朋友和我最爱的男人相拥在一起，还需要解释吗？"

"事情不是你想的那样。"

"我亲眼见到的事情难道你还能否认？也是，我忘了你最擅长的就是编造谎言，这一次你又打算怎么欺骗我？"楚惜瑶伤心至极地问道，"好吧，你解释吧，如果你无法说服我，我会把这件事告诉顾鹤笙。"

"因为你父亲。"

楚惜瑶一怔，愤怒问道："你见异思迁和我父亲有什么关系？"

"关于你父亲遇害的真相都是假的。"

"假的？！"

"你父亲不是被共产党杀害。"秦景天深吸一口气，"他就是共产党。"

楚惜瑶一言不发地直视秦景天。

"你父亲是一位很英勇的人，他死得很有尊严。"秦景天黯然伤神道，"直到临死前他依旧忠贞不屈地守护着他的使命和信仰，他……"

秦景天发现楚惜瑶脸上没有太多惊讶。虽说楚惜瑶对党派和政治一向很少关注，可得知这个消息她多少都应该有些震惊才对。

"你就不好奇叱咤风云的上海大亨怎么会是共产党？"秦景天皱眉反问。

"是不是我在你眼中只是一个愚不可及的女人，唯一的作用就是可以帮你掩饰身份？！"楚惜瑶冷声道，"我和父亲相依为命几十年，我不说不代表我不知道。"

"你早就知道他是共产党？！"

"他是什么我并不在乎，我只相信他选择的一定是正确的。"

"我让你调查和歌浴场是因为有一名潜伏在共产党组织的军统特工利用浴场和陈乔礼交换情报。我留在手帕上的信息是让你通知暴露身份的共产党转移。还有上次被我在轮船上杀掉的那个人是一名变节的叛徒。"事到如今秦景天只能和盘托出，"你现在知道我的身份了吗？"

"你也是共产党？！"

"是的，我和你父亲有着相同的事业。"秦景天点头，"即便你早就知道他的身份但你未必能真正明白他所做的一切。我和他都在为崇高的理想而奋斗，必要时我们甚至会放弃生命。"

"叶君怡……"

秦景天点头："她是我在上海的联络员。"

楚惜瑶惊愕地张着嘴。

"你父亲原本可以安全撤离到后方，他为了确保最后的任务能顺利完成，主动选择留下来执行最危险的行动。即便他知道此次行动有去无回也义无反顾，能与你父亲共事是我的荣幸。"

楚惜瑶想起了报纸上的照片，站在楚文天尸体旁的正是秦景天。

"谁杀了我父亲？"楚惜瑶战战兢兢地问。

"我。"秦景天深吸一口气，直言不讳道，"我奉命与你父亲共同执行

第一百零六章 情殇

炸毁燃油库的任务，最后时刻他为了掩护我的身份选择牺牲自己。"

楚惜瑶在短暂的呆滞后疯狂捶打在秦景天身上："他如此器重你，好几次对我说他是把你当儿子一样看待，你怎么能对他下得了手！"

秦景天不躲不闪任凭楚惜瑶宣泄，直至落下的拳头越来越无力。衬衣纽扣在拉扯中掉落，暴露在楚惜瑶视线里的是戴在秦景天脖子上的那条玉佛项链。楚惜瑶感觉有些眼熟，突然想起楚文天珍藏的妻女照片里，他的妻子戴着的正是这条项链。

楚惜瑶在诧异中从自己脖子上取下楚文天的遗物，颤抖的手举着玉观音项链慢慢放在玉佛的边缘。两枚项链竟然严丝合缝地拼合在一起。

"你怎么会有这条项链？"楚惜瑶吃惊地问。

"我母亲留给我的。"

"你母亲叫什么？"

"风南枝。"

楚惜瑶一时无言。

"不是他把我当成儿子，事实上我就是他的儿子。只不过我们父子第一次相见也是最后的永别。你能体会我向自己父亲开枪时的心情吗？直到最后我甚至都没有机会喊他一声父亲。这就是他和我追求并捍卫的事业。你如果去见顾鹤笙说出一切，我和叶君怡的身份就会暴露，这意味着父亲所有的努力和牺牲都会付诸东流。"

"我不想知道这些，我只想要爸还活着。"

"相信我，失去父亲我远比你更难受。"秦景天耐心安抚道，"你是让父亲为之骄傲的女儿，他不想把你牵扯进来所以极力劝说你出国。没有人不畏惧死亡也没有人不珍惜生命，可在崇高的信仰面前，死亡是无畏的，生命是可弃的。我知道这一点对于你来说很难理解，但我希望你不要辜负了父亲的心血。"

楚惜瑶无力道："我现在该叫你什么？秦景天还是风宸或者哥哥？"

"父母和姐姐都不在了，你是这个世界上我唯一的亲人，我保证只要我还活着绝对不会让任何人伤害你。这也是父亲临死前对我的嘱托。"

"亲人……"楚惜瑶惨然一笑,"我们没有血缘关系。"

"我们有同一个父亲,我一直把你当妹妹看待,事实上你的确是我的妹妹。"秦景天满眼愧疚道,"我知道这会儿你很难接受,希望你能冷静下来好好想想。"

"冷静?我先失去了父亲然后又失去最要好的挚友,还有你,我一直深爱的男人,最后又突然多了一个没有血缘的哥哥。你认为一个正常人遇到这些事还能冷静吗?"哀莫大于心死,楚惜瑶已经不再哭泣,"下车,我想一个人静静。"

秦景天还试图解释,可也知道此刻的楚惜瑶什么也听不进去。

秦景天默默走下车颓然站在雨中看着楚惜瑶开车离开。片刻后车又倒了回来,楚惜瑶直视前方声音幽怨地问道:"你选择她是因为你们有共同的信仰还是说她身上有吸引你的地方?"

秦景天不敢回答,生怕会再刺激到楚惜瑶。

"你确定她会像我一样,无论你是什么身份,无论你做过什么都会不计后果地站在你身边,无条件地去相信和帮助你吗?"

秦景天依旧是沉默,因为这个问题连他自己也不知道答案。

伞和外套被从车窗递出来,即便被这个男人伤得再深,楚惜瑶也难以对他心生半分恨意。

"我不会去见顾鹤笙,也不会把这件事告诉任何人。"楚惜瑶哽咽着说,"爸的墓碑我已经找人做好,我会让人重做一块,上面留着你名字的位置,什么时候你的名字能刻上去告诉我一声。"

秦景天抹去脸上的雨水,负罪感袭上心头,一时间不知道该说什么只能默默点头。

开车回到保密局时看见在街边徘徊的叶君怡,秦景天透过车窗向她摇头示意风波暂时平息。叶君怡在心底长松一口气,事到如今只能过段时间等楚惜瑶平静后再解释,希望能得到她的原谅。

刚要上车的叶君怡看见拐角蹲着一个小女孩,拽着一张报纸怯生生地凝视着保密局大门。那消瘦的女孩在大雨中瑟瑟发抖,叶君怡于心不忍撑伞走过去，询问了半天，女孩只瞪着一双漂亮纯真的眼睛望着她。叶君怡动了恻隐之心将其带回家。

帮小女孩洗完澡，叶君怡找来自己小时候的衣服为其换上，女孩的一个举动引起了叶君怡的注意。她的目光始终没有离开过那份被淋湿的报纸。

"上面有你的家人？"叶君怡和颜悦色地问道。

女孩依旧没有反应。

叶君怡走到女孩身后拍手发现她根本听不到，于是找来纸笔然后指着报纸写了两个字——家人。

女孩看了一眼终于点头。

叶君怡一边写字一边与她沟通，告知自己会帮她找到家人。女孩似乎认识的字不多，好半天才明白叶君怡的意思，连忙双手伏地行跪礼。叶君怡一看这动作马上愣住，这是标准的日式跪礼。

叶君怡精通日语，用日文询问女孩是不是日本人后得到肯定的点头。

叶君怡摊开报纸，让女孩指出她的家人。当女孩手指停在一张照片上时叶君怡惊诧不已，那张照片是在楚文天遇害现场拍摄的，而女孩指着的那人竟然是秦景天。

"他是你家人？"叶君怡快速在纸上写道。

女孩用笔回复："义父。"

"你父亲叫什么？"

"渡边淳。"

叶君怡更加震惊，这个名字自己并不陌生，特高课的刽子手，不知道有多少同志和同胞惨死在此人手中。日本投降前渡边淳被军统伏击暗杀，没想到自己带回家的竟然是渡边淳的女儿。

看着女孩久久停在秦景天照片上的手指，叶君怡心里闪过一丝慌乱。

"他是你义父？"叶君怡重新写了一遍确认，得到的依旧是肯定的点头。

"他叫什么？"叶君怡写下这行日文时，手在轻微颤抖。

女孩流利地用日文写出一个名字——绯村凉宫！

第一百零七章　自欺欺人

秦景天的感冒在那场大雨后恶化成肺炎。他不担心楚惜瑶会泄露自己身份，偌大的上海能毫无保留信任自己的恐怕就是她了，这一点甚至叶君怡都未必能做得到。回想起陆雨眠曾经告诉过自己的话，一旦让楚惜瑶得知真相她会被伤得遍体鳞伤，可秦景天始终想不到抚平她伤口的办法。

伴随着剧烈的咳嗽秦景天撕掉桌上的台历，已经有三天没有见到楚惜瑶，也不知道她现在可有平复。这时桌上的电话响起，韩思成通知自己去沈杰韬办公室。

秦景天在走廊上遇到顾鹤笙。顾鹤笙见他咳嗽越发频繁，拍着秦景天后背："都病成这样了就不能在家好好躺着休息吗？"

"不要紧。"

"过会儿我送你去医院。"顾鹤笙瞪了他一眼，话题一转，"你和惜瑶怎么了？"

秦景天心里一惊："没什么？"

"吵架了吧。"顾鹤笙笑着说，"惜瑶电话都打到我这儿来了。"

"她说什么了？"

"她担心你的病请我代为照顾，还派人送来一张药方让我叮嘱你煎药按时服用。她平日对你一向都是无微不至，这次你病得这么严重她却假手于人，我猜多半是你们吵架可惜瑶又放心不下你。"顾鹤笙从秦景天衣兜抽走烟盒，"惜瑶委托我这段时间监督你不要抽烟。你不要让我这个中间人难做，还是抽个空去哄哄她。"

来到沈杰韬办公室两人看见秋佳宁也在里面。

"你们先坐，等我签完这份文件……"

秦景天极力克制还是忍不住剧烈咳嗽。沈杰韬摘下眼镜看向他："有问题吗？"

一般情况下沈杰韬会批假让自己休息，但他问出这句话是想知道自己是否能坚持。

秦景天挺直胸："没问题。"

"有一个重要任务。"沈杰韬合上文件夹坐到沙发对面，"我思来想去交给谁都不放心，还是得安排你们完成。"

"您交给我就行，景天的病不能再拖了。"

"我可以的。"秦景天心知肚明，这个任务沈杰韬没打算单独交给顾鹤笙。

"总局通过其他情报渠道获得一名中共在上海的联络员的资料，这位联络员还是咱们的老熟人。"

"我们认识？"

"精卫。"

秦景天急促的咳嗽打断了沈杰韬，这一次他咳得太剧烈脸都憋红了。顾鹤笙递上茶水让他喝一点润肺，即便如此沈杰韬依旧没有表现出让秦景天休假养病的意思。

"但凡与精卫有关的行动最后都失败了，所有牵扯进去的人也都死于非命。"等秦景天渐渐平复，沈杰韬继续说，"到目前为止我们只掌握到精卫是一个女人。不过在延安发现的这份情报对精卫的身份有一定的补充，这个女人是民国二十四年加入共产党，然后一直在上海从事秘密联络工作。最新的情报显示精卫现在是江南的联络人，这个女人对我们极为重要，抓到精卫极有可能查到关于江南的线索。"

顾鹤笙暗暗吃惊："有关于精卫的详细资料吗？"

"保密局在北平破获一起共谍案，顺藤摸瓜直接捣毁了中共在北方的情报系统，抓获中共情报人员近百名，情报系统领导人赵耀斌变节。此人曾在上海从事情报收集工作多年，据他交代与精卫有过交集。"沈杰韬背着双手走到窗边，"北平秘密将此人送往上海。有了刘定国的前车之鉴我把消息封锁在最小范围，除了这间办公室里的人之外保密局没人知道此事。赵耀斌今天下午4点乘坐保密局安排的专机抵达，你们亲自去江湾机场接人，不要回保密局，距离江湾机场不远有局里的安全屋，把人直接护送过去。"

秦景天剧烈的咳嗽越发频繁，顾鹤笙伸手摸他的额头感觉烫手："你在发烧。"

沈杰韬这才看见他的身体在不停抖动，还是于心不忍，让秦景天先去医院打针然后再去安全屋会合。等秦景天出去后沈杰韬想了想又觉得不妥，安排了两个人暗中监视。

秦景天来到医院，急促的咳嗽让他的腰弓得像一只熟透的虾。他的余光瞟向街角停着的那辆车，从保密局出来就一直跟在后面，相信此刻车上的人正在注视自己的一举一动。

"你怎么来了？"

秦景天回头看见楚惜瑶，几日未见她憔悴了不少，可她再次看见秦景天眼底依旧有割舍不断的思念。

每一声咳嗽都让楚惜瑶的心在收缩。从秦景天嘴上移开的手帕上是触目惊心的血红。楚惜瑶顿时慌了神，上前搀扶住他时才发现秦景天的身体像一个炙热的火炉。

"有退烧针吗？"秦景天虚弱不堪。

楚惜瑶把他扶到病房，测量出的体温让她心痛。她一边准备输液器材一边说："你目前的病情需要住院治疗……"

楚惜瑶拿针管的手被秦景天轻轻按住。他的手依旧是那样温柔有力，每一次自己被他握住时总有一种莫名的悸动，以为那就是天长地久。

"我需要请你帮我做件事。"

"不，你现在该做的是治病。"

"帮我去见叶君怡。"

楚惜瑶的手一直未从秦景天的掌心抽离，她像一个病入膏肓的人贪婪汲取着这个男人身上的温存。可当另一个女人的名字从他口中说出来那刻，楚惜瑶如坠冰窟："你是认为我太好欺负，还是你认为可以肆无忌惮地伤害我？"

"对不起，我没有这样想过。"秦景天的呼吸开始变得吃力，"我告诉过你叶君怡的身份，保密局很有可能已经查到她，医院外有监视我的人，我不能让他们知道我离开过医院，我……"

"你想让我去通知她。"

"必须在今天下午4点之前向她发出示警。"

"你给我一个理由，一个让我心甘情愿去帮从我身边夺走挚爱的女人的理由？"

"她是你父亲的战友。"

"你们的信仰与我无关。"

"她是你朋友。"

"之前是。"楚惜瑶的声音逐渐冰冷，"在我看到她偎依在你怀中时我和她就已经一刀两断。"

秦景天无言以对，高烧让他的意识开始变得模糊。现在的情况下自己必须保持清醒，秦景天艰难地从病床上撑起身体用颤抖的手找到退烧针剂，卷起袖口准备自己注射。一阵猛烈的咳嗽让他的手抖动得越发厉害，针剂掉落在地四分五裂。

"你想做什么？"楚惜瑶痛心问道。

"你说得对，父亲都没把你牵扯进来，我不该这样自私。"秦景天语气中没有丝毫埋怨，"我自己去。"

"你都这样了还惦记着她？"

"她落在保密局手上必死无疑。"

"你从医院出去通知她也会暴露身份。你担心她被抓，难道就不怕你被抓……"楚惜瑶闭目长叹一声，"你为了她可以连命都不要，对吗？"

"如果是你遇到危险，我也会做同样的事。"

"不一样。我知道那种不计后果、不求回报的义无反顾，因为我曾经也为你做过。我相信你也会为我做，但仅仅是出于责任。"楚惜瑶感觉自己也不能呼吸，心疼得实在厉害，"我没想到你原来这么爱她。"

"我……"

"你不是共产党。"

秦景天一怔，吃惊地看向楚惜瑶。

"爸的书房里有一间暗室我一直装着不知道。我在暗室里看到一份未烧尽的信纸，内容是让他调查一名潜伏的敌方人员，代号红鸩。此人唯一的线索就是曾在德国军事谍报局受训，从那时起我就知道你是爸要找的那个人。"

"你为什么没有告诉他？"

"这几天我也在问自己这个问题，如果当初我向爸说出你的身份或许他就不会死，可我最终在父亲和你之间选择了你。结果呢？结果我发现自己做了一件可笑也可悲的决定，到最后我不但失去了父亲也失去了你。"

秦景天这才意识到自己从未真正去了解过楚惜瑶："事情没有你想的那么简单。你的出现对于我是一个意外，从始至终我没有想过把你牵扯进来，但我可以向你保证爸的死与你无关。"

"我是意外，那叶君怡又是什么？"

"她……"

"战友？不，你应该是她的敌人。几天前你在我面前侃侃而谈的信仰和使命呢？她到底有什么能让你如此沉沦，不但可以付出性命去保她周全，甚至还能让你背叛自己的信仰？"

"我没有背叛！"秦景天的声音虚弱但坚定。

楚惜瑶惨笑："看来你和我一样也学会了自欺欺人。"

秦景天一时找不到辩解的言语。

"你有想过结果吗？你和她始终处于对立面，除非你永远用一个虚假的身份去面对她，靠无数个谎言去维系你们之间的关系。如果，我是说如果有一天她知道了你的真实身份，你知道她会怎么选择吗？是像你一样明知万劫不复还依旧一错到底，还是说她决绝地选择与你势不两立？"

秦景天还是无言以对。

"你要我告诉她什么？"楚惜瑶最终闭目长叹一声，在任何时候自己都无法拒绝面前这个男人的请求，"我不是为了帮她而是帮你。"

"告诉她马上去安全屋。"

第一百零八章 抉择

1

叶君怡站在监狱长办公室的窗边,将提篮桥监狱尽收眼底,操场上正在放风的囚犯里面或许就有自己的同志。叶君怡曾想过或许有一天自己也会出现在这里,但并不是以今天的身份。

从入党工作至今叶君怡都严格遵守组织纪律,明知道来提篮桥监狱是严重违纪行为,可被带回家的那个女孩告诉了自己太多事,每一件都超出了叶君怡的想象。叶君怡反复向女孩求证,最后都得到肯定的回复,女孩坚信报纸上的秦景天就是她的义父绯村凉宫。

她迫切想要一个答案。监狱署长郭孝成私下参股了叶家的一家工厂。叶君怡以日军在上海沦陷期间侵占了叶家不少产业,自己想询查日军贪墨的资产下落为由,用一根金条换来单独见日军战犯柴山兼四郎的机会。

叶君怡在提审室见到恶贯满盈的柴山兼四郎。战败和监禁并没有磨去他眼中的野心,即便对叶君怡鞠躬也不过是例行公事的敷衍。

"你认识渡边淳吗?"叶君怡单刀直入。

叶君怡之所以想到柴山兼四郎是因为此人身为日军大本营兵站总监长期在中国进行特务活动。他所负责的竹机关和影佐祯昭负责的梅机关、知鹰二负责的兰机关以及设在福建的菊机关并称日军在华的四大情报机构。他是臭名昭著的特务头子,在日军投降前曾主持华东地区的情报工作。

"上海特高课政务部部长,主要负责清剿反日分子。"柴山兼四郎不假思索回答,"在战败前他被军统行动小组伏击,身中数枪居然奇迹生还,战败后我就没有了关于他的消息。"

"特高课有没有一名叫绯村凉宫的人？"

柴山兼四郎在嘴里念叨这个名字，很快点头："有，我见过此人，他是政务部反谍科科长。"

"中国人？"

"不，日本人，他的晋升报告是由我亲自签署，因此我看过绯村凉宫的档案。他来自岩手县，1930年日本陆军士官学校34期毕业，情报兵少尉任官，1935年陆军中野大学三期毕业，1937年从本土调派到上海。"柴山兼四郎似乎对绯村凉宫记忆犹新。

"时隔这么久，你为什么还能记得这么清楚？"

"中野大学是日军专门培养情报人员的机构，其中三期的学员最为出色，那一批学员被誉为'帝国之鹰'。绯村凉宫在上海特高课屡立战功建树非凡，我曾代表大本营兵战为其授勋。他不像其他情报人员那么张扬，有时安静得会让人遗忘他的存在。我当时记住了所有特高课接受表彰的人员唯独没记住他。一个连自己人都记不住的情报人员更不会让对手记住，所以我对绯村凉宫记忆特别深刻。"

"日本投降时他一直留在上海特高课？"叶君怡追问。

"关东军在与苏联的战斗中节节败退，为加强关东军情报收集，大本营委派一批经验丰富的情报人员前往关东，绯村凉宫就在这批调遣名单之中。"柴山兼四郎遗憾地说道，"可绯村凉宫并没有如期抵达关东，推测是在路途中身份暴露被抓捕或者殉国。"

"绯村凉宫和渡边淳是什么关系？"

"在特高课渡边淳是绯村凉宫的指挥官，不过私下两人关系很好。在上海时绯村凉宫一直住在渡边淳的家里，特高课很多人一度认为他们是兄弟。大本营兵站拟任绯村凉宫为政务部副部长就是渡边淳力荐的。"

叶君怡沉默了片刻，从手包里拿出一张照片，迟迟不敢放在桌上，犹豫了良久还是推到柴山兼四郎面前："认识照片上的人吗？"

柴山兼四郎拿起照片，目光中满是惊诧："他就是绯村凉宫。"

"你确定？"叶君怡的声音有些轻颤。

"确定。"柴山兼四郎快速点头，皱眉问道，"可他怎么穿着国军的军装？"

叶君怡没有回答，收起照片转身离开了提审室。叶君怡脑子里一片空白，开车时险些撞在路边的大树上。她惊魂未定地扶着方向盘，自己给柴山兼四郎看的是秦景天的照片，而柴山兼四郎的笃定让她后脊隐隐发凉。

秦景天就是绯村凉宫。

自己最熟悉也是最信任的人突然变得陌生和可怕，叶君怡不知道秦景天还对自己隐瞒了什么，或者说这个名字的背后到底隐藏着怎样的一个人。

2

叶君怡快要到家时，车被楚惜瑶拦下。楚惜瑶径直拉开车门坐了上去。叶君怡以为她是来兴师问罪的，但此刻完全没有去解释的心情。

"能不能换一个时间，我还有其他事要处理。"叶君怡满脑子都是秦景天的身份问题。

"就我个人而言是不想来见你的。"楚惜瑶冷声道，"我是受人之托给你带句话，如果可以我宁愿与你老死不相往来。"

多年的挚友如今形同陌路终是让叶君怡黯然神伤："惜瑶，你听我说……"

"我不想听，你也没必要和我解释。"楚惜瑶现在甚至都不愿去直视她，"秦景天让我转告你身份可能已经暴露，保密局正在调查你。在今天下午3点之前你必须去安全屋，在没得到他确认消息之前不能再公开露面。"

"他让你转告我……"叶君怡惊讶道，"他把我的身份告诉你了？"

"你是共产党。"楚惜瑶波澜不惊。

如若是以往叶君怡会认为情况紧急，秦景天迫不得已只能通过楚惜瑶来传递情报，可现在叶君怡没有把握确定这个示警的真实性。

第一百零八章 抉择

"惜瑶，咱们从小一起长大情同姐妹，我能不能问你一件事，你必须如实回答我。"

"你还知道我们是姐妹？"楚惜瑶冷笑一声反问，"有横刀夺爱的姐妹吗？"

叶君怡一时哑言，却又心急如焚："这件事我们能不能先放下，我和你也许都走进了同一个误区，这个误区和秦景天有关。"

楚惜瑶很少见到叶君怡这般严肃："你想问什么？"

"你和秦景天是怎么认识的？"

"在重庆他因病住院，我是他的医生。"

"他入院是什么时候？"

"很多年前的事了。"秦景天教过自己，只有编造的谎言才会有准确的日期和地点，越是模棱两可越说明真实，"具体时间我都忘了，你问这个干吗？"

"你好好想想遇到秦景天是什么时候，这对我，不，对我们都很重要。"

"大概是在民国二十七年。"

"你确定？"

"你到底想问什么？"楚惜瑶谨慎反问。

"你不可能在民国二十七年见到秦景天，要么你见到的是另一个人，要么就是你在说谎。"叶君怡追溯所有与秦景天过往有关的人和事，发现都与自己熟悉的那个人完全对不上。

楚惜瑶警觉起来，不动声色道："我不知道你在说什么。"

"就在刚才我证实了秦景天的另一个身份，恐怕你永远也想不到他还有一个日本名字——绯村凉宫！到现在我甚至都无法确认他到底是中国人还是日本人。按照我了解到的情况，民国二十七年他刚从日本被调派到上海，是隶属于特高课政务办的日军情报人员。"叶君怡直视楚惜瑶，试图从她眼神中捕捉到说谎的证据，"绯村凉宫从来没有去过重庆，也就是说你不可能在重庆遇到秦景天。"

楚惜瑶的目光没有丝毫躲闪，她与叶君怡对视。这也是秦景天教会自己的技巧，回避对方的视线无疑是在加速谎言的破灭。

"你是在质疑我还是说质疑他？"

"你有没有想过我们认识的秦景天根本不是真实存在的？这个名字背后隐藏着太多我们不知道的事，或者……"叶君怡的目光变得犀利，"或者你一直在帮他隐瞒着什么。"

"你想知道吗？"

叶君怡迫切地点头。

"他现在的体温是四十度，意识开始模糊。我离开时他出现身体抽搐，这意味着他已经严重脱水。一般在这样状态下的人只能躺在床上什么也干不了。"

"他病了？"叶君怡极力让自己保持理性，可听到这些依旧不由担心起来。

"他是我见过的最坚强的男人，因为没有及时接受治疗，他为了让自己保持清醒，不惜注射退烧针。即便肺炎已发展到咳血的程度，他担心的不是自己的安危而是如何确保你安全。可你呢？你在做什么？你在质疑一个能为你赌上性命的男人。"

叶君怡的理性在楚惜瑶的话语中支离破碎。内心的矛盾让她很难再去面对秦景天的嫌疑。

"他现在怎么样了？"

"我不知道，不过我能想到他会不惜一切去为你化解危机。"楚惜瑶的言语中有嫉妒也有心痛，"去吧，去继续猜忌他，从你内心开始怀疑他那刻起你就玷污了他对你付出的一切。"

"我忠于的信仰是不允许有任何瑕疵的存在。"

"不要和我提信仰，我父亲与你有相同的信仰，可结果呢？结果是留给我无尽的悲伤和思念。你选择了信仰而我想要的只是一段纯粹简单的感情。他是中国人还是日本人或者这个名字背后还隐藏着其他什么，这些对于我并不重要，我爱他就会接受他所有的一切。"楚惜瑶冷声道，

"话我已经带到了,至于你去还是不去就看你自己。"

楚惜瑶说完下车离开,留下独自枯坐在车上的叶君怡。她犹豫了良久还是开车去了安全屋的方向,自己必须和秦景天见一面,那些困扰自己的疑惑需要他亲自向自己解释,只是叶君怡不确定自己是否做好了知晓真相的准备。如果自己和秦景天之间自始至终都充斥着谎言,叶君怡不知道在这段感情中到底有多少是真实的。想到这里她打开一旁的手包,目光落在那把上膛的伯莱塔手枪上,迟疑了片刻,最终还是打开了保险。

第一百零九章　羊入虎口

秦景天赶到沈杰韬说的安全屋时发现负责警戒的全是自己之前没见过的生面孔，一进门就被告知上交配枪。

"非常时期非常手段，还望你们能理解。"沈杰韬语重心长道，"主要是共党活动猖獗屡禁不止，每每有重要行动都会被共党提前获悉，万不得已我只能出此下策。"

顾鹤笙接话："局长言重，如今加强反谍措施还是很有必要的。不久前的黄金被转移和燃油库被炸都是前车之鉴，我们也该从中吸取教训以免重蹈覆辙。"

沈杰韬看向秦景天："你有病在身本该准假让你治病，可事出突然只能暂时委屈你，等精卫落网之后你想休息多久都成。"

"公务为上，我的病不打紧。"秦景天有气无力地问，"局长是如何锁定精卫的？"

"咱们这次是沾了北平站的光。"事到如今沈杰韬已无须再隐瞒，"北平保密局破获了中共情报电台，查抄出大量未及时销毁的电报原始文稿，通过这些文稿保密局破译了中共的电文密码。北平保密局局长谷正文也没想到一个敌台的起获竟然将中共覆盖整个北方的庞大情报系统清晰地勾勒出来。这么跟你们说吧，中共在北方的情报系统至少需要三年甚至更长时间才能恢复元气。"

"这和精卫有什么关系？"秦景天一边咳嗽一边问。

"北平保密局抓获了中共北方情报系统的总负责人赵耀斌，此人还没等到动刑就变节。在他交代的材料中提到了精卫。我与谷站长交情匪浅，他便将赵耀斌借给我指认精卫。"

沈杰韬示意秋佳宁打开房门，坐在屋里埋头吃面的正是赵耀斌。

第一百零九章 羊入虎口

"这位是上海保密局沈杰韬站长。"秋佳宁介绍。

赵耀斌正准备起身,被沈杰韬轻拍肩膀示意他坐下:"不急,吃完了咱们再聊。"

赵耀斌把面碗推到一旁,战战兢兢地问:"什么时候送我去南京?"

"这取决于赵先生。上海这边的事要是顺利我不但亲自送赵先生走还会为你向总局请功。"沈杰韬开门见山,"赵先生认识精卫?"

"我知道有这么一个人但没见过。精卫在上海潜伏时间很长,据我所知精卫身份很特殊便于传递情报,因此曾经担任过多名中共重要人物的联络员,其中就有刘定国。地下党组织对其评价很高,我被调派到西安负责北方情报系统时曾想过把精卫也带走协助开展工作。"赵耀斌来回打量房间里的每一个人,"有烟吗?"

顾鹤笙从身上拿出烟盒和打火机放在他面前:"为什么精卫没有跟你一起走?"

"中社部原本同意了我的要求,但临时又改变了决定。"

"原因是什么?"秋佳宁追问。

"中社部为精卫安排了新的任务,她将与一名在军统上海站的中共潜伏人员建立联系。"

沈杰韬按捺住内心的喜悦:"你知道这名潜伏人员的信息吗?"

"具体是谁我不清楚,不过中社部给精卫下达的命令是成为051的上级,并协助051获取和传递情报,可见这名潜伏人员的代号是'051'。"

沈杰韬问:"中社部的命令是什么时候下达的?"

"我调离上海之前的一个月,时间应该是民国三十四年的8月份,具体日期现在已经很难记起。"

"两年前……"沈杰韬若有所思,"051之前的联络员是谁?"

"051这个代号在两年前第一次出现。中共地下党对潜伏人员有严格的规章制度,一人一个代号至死不换,我推测051之前并不在上海。"

秦景天站在角落一言不发,时不时会咳嗽几声,捂在嘴边的手帕遮掩了他眉目中的那抹焦虑。

沈杰韬单刀直入："精卫对我很重要，你有什么办法能帮我找出此人？"

"精卫在接受任务时我还在上海，情报系统的工作是由我负责，这其中就包括选择安全的接头地点和时间。精卫第一次和051接头是在复兴公园荷花池的游船上，结果她通过上级反馈接头地点有安全隐患请求更换。出于安全考虑我重新为精卫安排了三处安全屋作为她和051交换情报的地点。"

沈杰韬眼中又多了一丝窃喜："继续说下去。"

"安全屋只要没暴露会一直使用，可时间已经过去两年我不知道这期间精卫和051是否遭遇过突发情况，或者精卫的上级是否重新更换过安全屋地点。如果精卫一直沿用我离开前的安排，那么精卫一定会和051出现在其中一个安全屋。"赵耀斌和盘托出。

"安全屋的地点？"

"同孚路2号三楼、劳神父路3弄17号、升平里7栋105室。"

顾鹤笙只能把希望寄托在精卫已经更换联络地点，如果没有，精卫的身份岌岌可危："我马上带人将这三处地点监视起来。"

"我们身边有共党，监视只会打草惊蛇。"沈杰韬看向秋佳宁，老谋深算道，"马上联系电气公司核查这三处地点的电费。正常情况下这三处安全屋只有一处在启用，每月都交电费的就是精卫和051的接头地点。"

沈杰韬一边等待秋佳宁的核实结果一边询问赵耀斌："你给精卫安排的接头时间是什么时候？"

"每月第二周星期一，最后一周星期五。"赵耀斌脱口而出。

沈杰韬抬头："今天星期几？"

顾鹤笙回："星期三，刚好是这个月最后一周。"

秋佳宁很快得到结果："三处地点中只有劳神父路3弄17号有缴费记录，但用电量很少远低于正常标准。最近一次缴纳电费是五天前，作为接头地点不会大量耗电而且刚缴纳电费说明……"

"精卫和051的接头地点就在这里。"沈杰韬再难抑制内心的兴奋，"看来我最近的运气的确不错。"

秦景天的咳嗽越发猛烈,他虚弱乏力地坐到一旁的凳子上,手冰冷得像一具尸体,掌心渗出的冷汗浸透了手帕。自己千方百计想要保护叶君怡,殊不知弄巧成拙酿成大错。此刻叶君怡就在劳神父路3弄17号的安全屋中等着自己。

第一百一十章 如履薄冰

现在顾鹤笙和秦景天的脑子里都在盘算同一件事，如何才能尽快将这个情报送出去。不过从沈杰韬的态度来看，这样的机会几乎为零。

沈杰韬没有向他们下达任何命令，单独让秋佳宁去核查劳神父路3弄17号的周边环境，同时还给警备司令部的吴汉臣打去电话，让他集合一个警备连随时待命协助保密局行动。至于行动内容、时间和地点沈杰韬只字不提。

没过多久秋佳宁急匆匆推门而入。

"怎么这么快就回来了？"沈杰韬问。

秋佳宁上气不接下气："安全屋的灯是亮着的。"

沈杰韬霍然起身："安全里有人？！"

"今天不是接头时间啊。"赵耀斌疑惑道。

沈杰韬眉头紧皱："出现这种情况只有两种可能，要么051和精卫已经放弃了这处安全屋，要么就是这两个人更换了接头时间。"

"都不是。"秋佳宁渐渐平复下来，"我以户籍登记为由调查了安全屋楼下的住户。根据住户反映，楼上一直没有住人，但在今天下午听到楼上有脚步声。之前也会出现这样的情况，不过楼上的人不会逗留太久，像今天一直留到晚上都没有离开还是头一次。"

"之前听到脚步声是什么时候？"顾鹤笙忐忑不安地追问。

"楼下的住户也记不得具体时间，不过肯定每个月都会出现几次。"

"你这么快就回来，还发现了什么？"沈杰韬机敏地问道。

"我到对面楼房观测过，目标房屋的窗帘一直拉着。窗台外晾晒了一件毛衣，可外面下着雨，屋内的人并未收取。并且我可以确定屋内的是一个女人！"秋佳宁兴奋道，"种种迹象都表明屋内的人行迹极为可疑。"

第一百一十章 如履薄冰

"是精卫！"赵耀斌也站起身，"提前到达安全屋的人在阳台挂出一件衣服是安全信号，精卫在等051来！"

沈杰韬继续向秋佳宁询问情况："精卫可有离开的迹象？"

"没有。"秋佳宁摇头，"我在望远镜里隐约能看到精卫在收拾床被，看样子她是打算在安全屋过夜。"

赵耀斌质疑道："安全屋作为联络地点是严禁长时间逗留的，更不允许在里面留宿。"

"看来精卫这条线出现了突发情况，她迫不得已只能暂时留在相对安全的安全屋内。在没等到051之前精卫不会离开，这次可以一箭双雕了。"沈杰韬大喜过望地看向秋佳宁，"你是如何部署的？"

"我已经安排卢汉臣的警备连更换便衣对目标房屋周边实施布控，并且秘密控制了安全屋楼上和楼下以及两边的房间。如今精卫的一举一动都在监视之中，她没有机会离开安全屋。现在只要等051出现就可以一网打尽。"

"做得很好。"沈杰韬点头赞许。

顾鹤笙补充道："警备连虽然训练有素，可对于这种秘密抓捕经验不多，万一出了差错我担心会功亏一篑。您看需不需安排保密局介入？"

"051就潜伏在保密局，此时让保密局介入无疑是给051通风报信。现在我们要做的就是耐心等待。051还不知道精卫暴露，两天之后此人一定会前往安全屋与精卫接头。我倒是很想看看这位在我眼皮底下藏了两年的共党到底是谁。"

"如果051没有出现呢？"秋佳宁问。

沈杰韬笑而不语。他把精卫暴露的消息死死封锁在这间屋里，如果两天之后051没有出现，说明其获悉了这个情报，到那时沈杰韬便可确定一件事——051就是这间屋内的其中一个人！

"这两天辛苦你们两人暂时就住在这里。"

沈杰韬没有过多解释，让顾鹤笙和秦景天先去休息，单独留下秋佳宁。沈杰韬站在窗边久久眺望夜幕笼罩下五光十色的上海："那里是百乐门舞厅吧？"

秋佳宁走到沈杰韬身边，顺着他手指方向望去："是。"

"好久没去过百乐门了。"沈杰韬感慨万千。

"等精卫和051抓到后可以在百乐门庆功。"

"我记得上次庆功也是在百乐门。"

"是，上次是庆祝上海光复，保密局包下了百乐门舞厅。"秋佳宁点头。

"你还记得是什么时候见到景天的吗？"沈杰韬突然问道。

"也是在那次庆功舞会上。"

"时间你还记得吗？"

"1945年8月……"秋佳宁脸上的微笑突然凝固，"秦景天是两年前来上海站报道，051也是在两年前出现，而且出现的时间和赵耀斌交代的吻合。您该不会是……"

"把秦景天控制起来，但暂时不要惊动他。"沈杰韬的眼神逐渐变得阴沉，"是人是鬼两天之后就见分晓，在此之前不准他与外界有任何接触，如果发现他有异动立即抓捕！"

第一百一十一章 峰回路转

叶君怡站到窗边将窗帘撩开一条小缝。窗外细雨不见有停歇的迹象，她再次确认挂在外面的毛衣还在风雨中微微晃动。安全信号已经发出却未等到秦景天，如果他的身份有问题，那么安排自己来这里就是阴谋；可如果这其中有误会，秦景天应该是觉察到了危机，因此无论哪种情况自己都不能离开安全屋。

叶君怡回到桌边重新检查手枪，下意识摸到缝在衣领处的氰化钾，此刻她已经做好了最坏的打算。忽然她的视线定格在包里的那枚信封上，叶君怡疑惑地轻皱眉头，这不是自己的东西，不知道它是何时出现在手包里的。

叶君怡仔细回想一遍突然记起，来安全屋的路上叫了一辆黄包车，上车时被一名行色匆匆的路人撞了一下，手包就是那时掉落在地。那也是手包唯一一次离开自己的手，这封信应该就是那时被放进来的。

叶君怡打开信封，里面是一张书签，正面有一句诗词：

遥知未眠月，乡思在渔歌。

这是描写江南美景的诗，叶君怡立刻意识到留下这封信的是江南。她翻转书签看见背面有一个电话号码。

叶君怡拿起桌上的电话拨出号码，片刻后又听到那个经过处理，分辨不出男女的声音。

"我有命令下达给你。"

与此同时，设在街对面楼房的监听站侦听到声音。

"目标刚才向外拨打了一个电话。"侦听员一边记录通话内容一边报告。

沈杰韬为能在第一时间掌握精卫的动向,将指挥部转移到临时监听站。这期间都没让秦景天和顾鹤笙离开过自己视线,同时还让秋佳宁直接对目标房间的电话线路进行了监听。

听到报告,沈杰韬连忙戴上耳机并将侦听声音调到最大。

"江南同志,我也有情况要向您反映。"

耳机里传来女人的声音。当沈杰韬听到"江南"时眼睛一亮。

"这个声音好熟悉。"秋佳宁对于这个女声有些惊诧。

顾鹤笙也有相同的感觉,可以肯定自己之前听过精卫的声音。这无疑证实了沈杰韬的猜想,精卫很有可能是自己身边的某一个人。

这时电话里的人说:"信封里有一样东西你放到话筒里,完成后一、二、三试音。"

叶君怡从信封里抖出一块从未见过的设备,只有指头大小,按照江南的要求放入话筒。

"一、二、三。"

侦听通话的沈杰韬眉头一皱:"怎么回事?精卫的声音怎么变了?"

"应该是在话筒里安装了干扰设备。"秋佳宁解释。

原本是想抓051,没想到无心插柳竟然牵扯出江南。追查江南这么多年,这还是第一次听到江南的声音,沈杰韬兴奋不已:"立刻追查这条电话线路的位置,带上警备连的人,一旦锁定江南马上抓捕。"

吴汉臣点头带人离开,沈杰韬继续监听通话内容。

"组织在北平的情报小组被敌人破坏,目前掌握的情况已有四个电台小组联络异常并且超过三十多名特工失去联系,这个数字还在继续增加。中社部怀疑组织在北方的整个情报网都出现问题。"

叶君怡不由吃惊:"情况这么严重?!"

"东北战局现在正处于关键时刻,情报系统大面积瘫痪对我们极为不利。中社部决定紧急重建北方情报网络,准备从其他地方抽调一批有丰富特工经验的老同志北上。"

"组织是要求我去北方吗?"叶君怡语气坚定,"我服从组织安排,随时可以出发。"

"上海作为敌人的大后方斗争形势与北方一样严峻，我需要你继续留在上海。"

"我的任务是什么？"

"我将离开上海前往北平，让你当联络人是为了对你进一步考察。传递情报和联络工作有比你更适合的同志去完成，我选择你真正的目的是为了向你移交在华东的情报暗网。"

监听到的内容让沈杰韬目瞪口呆，整件事的发展已经远远超出了自己的预料。房间里的其他人也在心里暗暗震惊。

"您是让我负责华东地区的情报暗网？！"叶君怡以为自己听错了。

"这是组织对你的信任，我相信你能完成这个任务。"

"不，江南同志，我请求您重新慎重考虑，我……"

"这是组织的命令。"

叶君怡愣住，突如其来的命令让她措手不及，自己根本没有做好肩负如此重要任务的准备。

"时间紧迫，你需要接手的资料太多，先从上海开始。情报暗网上的特工是不允许存在文字记录的，因此我需要你记下这些人的资料，必须一字不差记在脑子里。准备好了吗？"

叶君怡努力让自己镇定："准备好了。"

"厉百川，男，41岁，代号青瓷，住址是卡德路12弄41号，职业是上海市市政厅秘书处处长；宋玉林，男，37岁，代号潮汐，住址是宁国北路125号四楼，职业是淞沪警察厅勤务督查科科长；蒋平征，男，31岁，代号首乌，职业是国民党青年军203师军械处副处长；余茜，女，28岁，代号楼兰，住址是其美路7栋314室，职业是上海警备司令部通讯科科员……"

沈杰韬按在耳机上的手激动到轻微颤抖，江南每说出一个名字无疑就暴露一名潜伏的共党。与之相反的是顾鹤笙，每当侦听员抄录下一名同志的详细信息，他的心就随之收紧一下。

叶君怡还不具备在短时间内准确记住大量陌生信息的能力。江南一共告诉了她七名特工的资料，她耗费了半个小时也未能一字不差记下。不过越是这样沈杰韬越高兴，精卫用的时间越多江南被拖住的机会也就越大，无形中精卫是在帮自己争取抓捕江南的时间。

"重新复述一遍。"

叶君怡足足用了近一个小时才准确无误地记下这些人的资料，连续三次重复无一错误。

沈杰韬将名单交给秋佳宁，让她立刻核实名单上这些人的信息是否准确。

"需要实施抓捕吗？"秋佳宁问。

"不需要。"沈杰韬胸有成竹地摇头，"也不要安排人监视，必须确保这些共产党没有意识到已经暴露。中共情报暗网上的特工相互之间是没有联络渠道的，抓了这些人只会打草惊蛇，让江南有所觉察。"

一直沉默不语的顾鹤笙开始盘算对策。顾鹤笙推测江南在这个时候被派往北方负责情报网重建是很危险的，组织和江南自己都没有万全把握能确保安全。一旦江南在北方出事，情报暗网将陷入瘫痪。

中共在北方的情报系统已经被摧毁，如果华东的情报暗网再覆灭，对于中共情报战线无疑是灭顶之灾。或许是考虑到这个隐患，江南才会移交名单。安全屋里的同志很有可能是被江南选择的接替者，将接替这项使命成为新的江南！

电话里的人继续说："这些同志只会在特定的暗号和联络方式下才会被激活，你要做的是尽快与他们见面但不是接触。切记，你暂时还无权与他们建立联系。暗网之中的特工是没有档案的，因此这些人也没有照片，你要做的第一步就是准确记住他们的样貌。下一次我联络时会告诉你他们的激活方法。"

叶君怡回复："是。"

"这七位同志将是你在上海新的小组成员，从你激活他们的那刻起，你将成为他们的唯一上级。你要通过他们去开展情报收集工作，我将为你单独开辟一条情报传递通道，必要时你可以直接与上海地下党组织联系。"

"我现在的工作是协助051……"叶君怡犹豫片刻，秦景天身份存疑按照纪律自己必须向上级汇报，何况现在自己还接到如此重要的新任务，但她迟疑良久，到嘴边的话还是咽了回去，"我还需要继续与051联络吗？"

"051这条线对我们很重要，还需要你继续跟进，必要时可以让051同志参与情报小组的工作。"

"让051进入情报暗网？"叶君怡欲言又止。

"是的，这是我同时也是中社部的决定。051是一位极其优秀的特工，情报暗网需要更多像051这样的同志。"

耳机里传来电话挂断的声音。秦景天找顾鹤笙要来烟，刚走到门口就被守卫的士兵拦住。

"我出去抽支烟。"

"你现在哪儿都不能去。"

沈杰韬的声音从身后传来。秦景天转身看见沈杰韬手中黑洞洞的枪口正对准自己。

沈杰韬晃动枪口示意秦景天坐到椅子上，然后命人将他反铐起来。顾鹤笙一头雾水："局长，您这是什么意思？"

沈杰韬拿了一把椅子坐到秦景天对面："从目前掌握的情报，有两点是可以确定的，其一051是两年前出现在上海，其二051是一名共产党安插在保密局的潜伏者。他同时吻合了以上两点。"

"您该不会认为他就是051……"顾鹤笙对这个指控起初只认为荒唐可笑，但很快发现自己笑不出来。他的目光移到秦景天身上，相处的时间越长顾鹤笙越能在秦景天身上看到自己的影子，他的喉结不由自主蠕动："你真是051？！"

秦景天故作震惊反问："我怎么会是051？这其中是不是有什么误会？"

"你隐藏得很成功，如果不是赵耀斌提供的051的线索，我也许永远都不会怀疑到你身上。还有你，"沈杰韬指向顾鹤笙，"你搞情报工作这么多年洞察力绝对属于一流，他和你朝夕相处两年你硬是没在他身上发现破绽。"

顾鹤笙无言以对，如果秦景天真是自己的战友顾鹤笙会非常高兴。顾鹤笙的余光瞟向端着冲锋枪的士兵，在江南身份暴露的前提下自己是有权中止潜伏任务的，何况还能营救051。

"单凭这两点是不是太武断了？"顾鹤笙借点烟走到秦景天身后，距离荷枪实弹的士兵更近，"自从景天被调派到上海站屡立战功，他做的事保密局上下有目共睹，说他是共产党估计没人会相信。"

"这让我想到陈乔礼的死。有意思的地方在于只要与你有关的事结果都是死无对证。你在事后给出的解释是，那晚陈乔礼以为来的人是谭方德，在毫无戒备的情况下让你开门，因此被偷袭。可陆处长已经分析出谭方德并非是共产党那么你的解释就不成立。"沈杰韬继续补充道。

"我当时也不清楚谭方德的具体情况，只能往可能性较大的方向去推测。"秦景天不慌不忙解释。

沈杰韬单刀直入："那我推测一次，你说有没有可能当晚杀陈乔礼的就是你？！"

"当晚我也身受重伤命悬一线。"

"可问题是你没有死，换一个角度去想，你要洗脱嫌疑唯一的办法就是受伤，伤越重越不会让你被怀疑。"沈杰韬老谋深算道，"开枪的人是近距离射击，你身中两枪居然还能活下来真是命大，或者说这两枪是你挑选好的射击部位。"

沈杰韬的推测和顾鹤笙烧毁的那份调查报告不谋而合，关于陈乔礼遇袭身亡的事也是让顾鹤笙对秦景天有所质疑的原因。

"您既然先入为主，我说什么也无济于事。"秦景天处变不惊。

"你是无话可说了吧？"沈杰韬得意反问，"051！"

顾鹤笙漫不经心地向后移了一步，就站在士兵的身旁。开枪射击的顺序和撤离路线，还有营救对面的精卫的计划已在顾鹤笙脑海中重复推演了很多遍。就在顾鹤笙准备动手的那刻，秋佳宁推门而入。

"报……"秋佳宁看见反铐在椅子上的秦景天愣住，"怎么了？"

"我说过，谁想单独离开这里谁就是051，他终究是没沉住气想要通知已经暴露的精卫撤离。"

秋佳宁也不敢相信："你真是051？"

秦景天剧烈咳嗽："局长已经对我定性，我的任何解释都会被视为狡辩。"

"江南提到的那些人核实了吗？"沈杰韬不想再在秦景天身上浪费时间，现在他眼里只有还未落网的精卫和江南。

"名单上的人身份已经核实确定无误，他们的档案上并无疑点，不过这些人都身处上海军政部门重要岗位，可以在第一时间获取到重要情报。我把近期发生的黄金转移和燃油库被炸事件与这些人进行交叉比对后有了重大发现。从大场机场起飞运送物资前往大连的任务早在一个月前就由空军报备给了淞沪警备司令部，包括起飞时间和执行飞行任务的飞行员在警备司令部都有存档备案，而负责整理档案的正是名单之中的余茜。"

"还有什么？"

"爆炸事件后技术科分析出炸毁燃油库的液体炸弹的化学成分为高浓度硝化甘油，这种军用管控物资在市面上根本无法获取，而且炸毁燃油库所需的硝化甘油剂量很大。我查到名单上青年军203师蒋平征所负责的军械库里正好有这种物资。"秋佳宁信心十足道，"可以断定江南提到的这些人就是中共情报暗网上的情报人员。"

"看来我最近真是红运当头，本想抓精卫没想到竟牵扯出江南。"沈杰韬难掩兴奋，"现在就等吴汉臣那边的消息。一旦抓到江南便可对精卫实施抓捕，这一次相信再无漏网之鱼。"

秋佳宁欲言又止，看了一眼手表喃喃自语："算时间吴参谋应该有消息了。"

"你在担心什么？"沈杰韬看出她神色中那抹疑惑。

"我总感觉事情没这么简单。江南作为情报暗网的首脑这么多年都未出现过纰漏，可见此人极其谨慎小心。可这次江南与精卫的通话时间近一个小时，这很不正常。"秋佳宁说出自己的疑虑，"别说一个小时，半个小时内就能通过电话局锁定通话人的具体位置。搞情报的人不可能长时间保持通话状态，时间越长暴露的风险越大，这是最基本的常识。您不认为江南不该犯这样低级的错误吗？"

"你在神化一名对手。江南终究也只是一个人，既然是人就难免会犯错。何况江南并不知晓通话被侦听，江南可能并没有意识到这次疏忽的危害性有多大……"

沈杰韬话音未落，只见吴汉臣满脸惊诧地冲了进来。

"可有抓到江南？"沈杰韬的声音因为紧张微微发颤。

"电话局根本查不到与精卫通话的电话线路，经核实与精卫通话的是一条不经过电话局中转的军用线路。"吴汉臣上气不接下气地说，"然后我核查了所有军用线路发现，发现……"

"发现什么？你倒是快点说啊。"

"发现是保密局的专用线路。"

屋里所有人几乎同时愣住，沈杰韬好半天才回过神："江南是在保密局和精卫通话？！"

"我查到这条线路的终端，你可能不敢相信精卫拨出的电话号码是谁的。"

"谁？"

"精卫拨通的电话号码是保密局局长办公室的。"吴汉臣一脸错愕，"江南是在你办公室和精卫通话！"

第一百一十二章 欲擒故纵

沈杰韬从错愕中恢复镇定，连忙给韩思成打电话。这次抓捕行动前沈杰韬要求韩思成留在局里时刻待命。

"今晚谁去过我办公室？"沈杰韬厉声质问。

"吴参谋长带人来过，说是在协助您执行任务，我联系不上您就只能放他们进去。"

"我问的不是吴参谋长，在他之前还有谁进过我办公室？"

"哦，给您安装地板的工人。"

"安装地板？"沈杰韬一头雾水。

"上个星期您不是说地板受潮变形踩在上面一直都有声音，您让我尽快更换但不要挑选在工作时间，我就安排总务科负责此事。地板的颜色和材质都询问过您意见。"

沈杰韬这才记起此事："我问的不是地板，是谁安排今晚更换的？"

"您啊。"

"我什么时候说过？"沈杰韬勃然大怒。

"总务科的何清如说是您指示今晚必须更换好地板。"

"何清如？"沈杰韬挠着头，心烦意乱道，"谁是何清如？我他妈什么时候让这个人今晚换地板的？"

"保密局是有这么一个人，总务科的一名科员。"顾鹤笙在一旁说，"局里上上下下三百多人，您记不住也正常，恐怕还有一些人您连面都没照过。"

沈杰韬越想越觉得不对劲，质问韩思成："更换地板的时候你在场监督吗？"

"没，没有。"

"你他妈是白痴吗？"沈杰韬一听，呵斥道，"随随便便就让人进入局长的办公室，你知道里面……"沈杰韬脸色骤变，"保险柜，去查看保险柜是否被打开！"

沈杰韬的办公室是保密局的禁地，二十四小时都布置了警卫看守，除非得到沈杰韬的允许，否则任何人都没机会单独进入。

片刻后，韩思成战战兢兢地汇报："保，保险柜是打开的，里面所有的文件都被拿走。"

沈杰韬听后犹如雷击："里面有我与总局的通讯密码本和机密电文。若落入共党之手就会破译出赵耀斌变节的事……"沈杰韬面如死灰不敢再往下说。

"何清如是陈乔礼的同乡，上海光复后陈乔礼托关系将他从重庆调到上海站，时间是民国三十四年……"秋佳宁在一旁冷静道，"这正好是051出现的时间，加上今晚的事，足以肯定何清如就是051！"

沈杰韬冲着电话大声质问："何清如人呢？"

"他刚带着工人出去。"

"立刻拦住他和工人！"沈杰韬大喊。

电话里传来韩思成急促的脚步声，沈杰韬心急如焚地等着消息。

秋佳宁自语道："何清如是051，那么他带来的工人……"

"江南！"顾鹤笙接过话，"这是江南有预谋的一次行动，目的就是冲着站长办公室保险柜里的机密文件而来。中共在北方的情报系统被摧毁，中社部需要尽快掌握被破坏的程度和牵涉的情报人员，只有在了解清楚这些情况后才能安全地重建情报网。保密局追查江南这么多年，此人从未直接参与过任何行动，这一次能让江南亲自出马，可见共产党对北方情报系统有多重视。"

"这或许也是江南向精卫移交暗网的主要原因，江南是在未雨绸缪防止暗网的指挥系统出现瘫痪。"秋佳宁补充道。

电话里终于传来韩思成诚惶诚恐地汇报："门口的警卫说何清如和工人已经开车离开保密局。"

沈杰韬大声呵斥:"马上派人拦截追捕,再派一队人去何清如的家搜查。今晚要是放走了共党,你自己去军法处报道!"

秋佳宁劝道:"站长息怒,免得急火攻心。我个人认为抓到何清如和江南的机会微乎其微。江南此次有备而来,打了我们一个措手不及。您亲自部署对精卫的抓捕行动,为防止保密局内部走漏消息没有通知行动处待命,这个时间点留在局里的大多是后勤人员。等集结完行动处的人想必这两人早已逃之夭夭。"

沈杰韬背着双手,满脸怒火地来回走动:"没道理啊,精卫的情报不可能外泄,除了这个屋里的人,保密局没人知道。如果何清如是051,他选在此时动手窃取保险柜里的机密说明他已经意识到自己暴露,可问题是他又是如何知道的?"

秋佳宁回:"其实此事不难想通。保密局被共产党渗透后,我们一直将追查和甄别的重点放在局里的重要部门和一线情报人员身上,导致我们忽视了总务科。事实上在这个部门更便于获取情报。"

"怎么讲?"沈杰韬不解。

"总务科属于后勤部门,相信在诸位眼中提到总务科首先想到的就是采购办公用品或是人员伙食等无足轻重的事,以至于除了总务科科长之外我甚至都记不得有哪些科员。事实上我在执行护送赵耀斌的行动之前是见过何清如的。"

"你见过他?"沈杰韬眉头一皱。

"保密局的车辆归总务科管辖,动用车辆都需要事先向总务科报备。何清如在总务科负责的就是汽车队,也就是说我去江湾机场的事何清如是知晓的,他完全有时间将这个情报透露给同党。因此赵耀斌出现在上海的事共产党是有可能知道的。"

"我认同佳宁对泄密环节的分析,何清如完全可以通过出入车辆的信息来获取一手情报。好多我们自认为绝密的行动就是这样泄露给共产党的。"顾鹤笙走到沈杰韬身边,"至少现在有一件事是可以肯定的,何清如的暴露也从侧面证实了景天的清白。"

沈杰韬示意顾鹤笙解开秦景天手铐："是我草木皆兵冤枉了你。我向来对事不对人，党国如今处在多事之秋，我不得不防患于未然。"

"站长言重。"秦景天不卑不亢。

"你既然受了委屈就讨回来，冤有头债有主。"沈杰韬向随行警戒的士兵要来手枪递到秦景天面前，指向对面的安全屋，"你带人去抓精卫。抓住江南的联络人可是奇功一件，我向来赏罚分明，就当是我之前让你受委屈的弥补。"

秦景天不敢犹豫，担心会被沈杰韬看出端倪。他伸手接过枪然后再要了三个备用弹夹。

"还是让我去吧。"顾鹤笙还在尝试是否能营救精卫，即便希望再渺茫他也不想放弃最后的机会，如果不能营救自己唯一还能做的就是在精卫落入敌人手中前将其击杀，不能让敌人从精卫身上获取江南的线索，"你身体情况堪忧，抓捕过程中万一发生交火我担心以你现在的状态难以应对。"

秦景天拿在手里的是一把勃朗宁手枪，弹容量十三发。两个弹夹用来带着叶君怡突围，剩下一个弹夹用于掩护她安全转移，在秦景天的设想中没有给顾鹤笙预留子弹，更不希望把他牵扯进来。

"不用，我自己能应付。"

秦景天检查保险将手枪上膛后准备往外走。这时电话铃声突然响起，沈杰韬拿起话筒迫不及待地追问："我他妈不要听任何解释，抓不到051和……"话音未落，沈杰韬突然一怔身体不由自主挺直，脸上的震怒瞬间变成谦和的微笑，"毛局长。"

房间里其他人相互对视，都和沈杰韬一样以为打电话来的是韩思成。

"我正想向您汇报，保密局上海站在追查共党时有了重大发现，目前已……"沈杰韬的声音再次中断，显然是电话那头的人打断了他。

"什，什么？"沈杰韬像是听到不可思议的事，"局座，我可能没向您汇报清楚，这次查获的共党不是小角色，已经证明此人和……是！"

沈杰韬再次挺直腰，接连对着话筒说着同一个字——是。

第一百一十二章 欲擒故纵

"重复命令！命令如下，立即中止抓捕精卫的行动，从现在开始所有截获有关精卫的情报一律第一时间上报总局。在未获得总局授权的情况下不得对精卫采取包括监视、跟踪、调查以及抓捕在内的任何方式的行动，立即执行！"

众人面面相觑看着一脸颓然的沈杰韬慢慢放下电话。他站到窗边望向近在咫尺的安全屋，万般无奈中闭目长叹一声："中止行动，通知所有监视人员陆续撤离，切不可惊动精卫。"

"这可是千载难逢的好机会，就这么放弃了？"秋佳宁心有不甘。

"这是毛局长亲自下达的命令。"沈杰韬垂头丧气道，"执行吧。"

等吴汉臣带着警备连撤离监视站后，秋佳宁见屋里没有外人，关上门说道："要不留下一个人等精卫出来，即便不能实施抓捕总该看看此人是谁。精卫既然是咱们身边认识的人也该有所防范才对。"

"此事就此打住。局座的意图我暂时不明，但指示很清楚，对精卫不得采取任何形式的调查，包括今晚监听到的相关内容全部销毁。简而言之就当今晚什么事也没发生过。"

"局长……"

"不用再说了，我和你一样心有不甘，但命令就是命令，我们作为军人应该令行禁止。何况局座亲自关注此事肯定有更深远的考虑。"沈杰韬最后一次望向对面的安全屋，"应该庆幸我们没见过精卫。"

顾鹤笙一头雾水："为什么？"

"局座的命令中还有一条，倘若在今晚的行动中有谁见过精卫，不论资历、职务立即秘密处决。"沈杰韬的脸上有一种偷鸡不成倒蚀把米的郁闷，"都累了一天了回去休息吧。"

陆续撤离的人都没发现，拐角那辆黑色轿车里一直有双眼睛注视着。

"看来您的计划成功了。"车窗的阴影刚好遮挡守望者的脸。

"现在谈成功还为时尚早，至少我们已经走出了第一步。"后座传来男人沉静的声音。

"计划是从什么时候开始实施的？"守望者问。

"叶君怡去南京的时候，我让保密局以调查共党为由扣押了她。叶君怡以为这只是一次意外，可江南不会这样认为。江南会将这件事定性为事故，从而做出反应。"

"您为什么有把握江南一定会按照您想的去做？"

"我根本没有左右江南的任何决定，一切都是江南计划好的，我只不过推波助澜促使其加快了计划的进展。"男人从容道，"我仔细分析过江南和叶君怡之间的关系，这两个人应该是认识，只是叶君怡还没有意识到。江南挑选叶君怡成为自己的联络人有两个目的，其一是为了保护她，只要江南不暴露保密局即便知道叶君怡的真实身份也不会对其下手，其二是想让叶君怡肩负使命。"

"您第一次告诉我江南会让叶君怡接管情报暗网成为新一任江南时，说实话我是不相信的。直到今天监听到江南和叶君怡的通话内容我才叹服您的洞悉力。或许这也是戴笠挑选您成为红鸠计划主宰者的原因。"

"江南只会把情报暗网交给一个自己最信任同时也是最了解的人。成为暗网的首脑是极其危险的，但作为继承者的叶君怡，她掌握暗网的信息越多反而越安全，所以我才让总局将赵耀斌移交给沈杰韬，通过沈杰韬追查精卫来迫使江南尽快完成暗网的移交。这是江南保护叶君怡最好的办法。"男人平静道，"江南今晚和叶君怡的联络证明了我之前所有的猜测。现在叶君怡的身份变得极为特殊，她和江南对我们同样重要，这也是我让总局终止沈杰韬任务的原因。在叶君怡没有获取完整暗网资料之前她是不能暴露的。"

"您的计划理论上非常完美，可问题在于即便叶君怡成为新一任江南并且接管暗网，以我对她的了解叶君怡绝对不会变节。那么您依旧无法从她口中获取到暗网名单。"

"我知道。"男人点头。

守望者从后视镜里看向那片视线无法穿透的黑暗："您已经想到了办法？"

"江南只是一个代号，一个会不断传承下去的代号。周幼卿传承给了现在的江南，而江南又将传承给叶君怡。这个代号和代号背后的秘密不会一直存在于叶君怡一个人身上，总有一天当她遭遇危险时同样会把暗网传承给一个她最信任的人。"男人淡淡一笑，"如果这个人是我们的人呢……"

"秦景天！"

"这个计划最终的目标就是让秦景天成为江南！"

第一百一十三章　弥天大谎

门外传来约定好的敲门声,曾经这是叶君怡最期盼听到的声音,现在却让她有些局促不安,她将一只手背到身后去开门。进来的秦景天先是避开灯光照射的范围,避免自己身影投射在窗帘上。

秦景天一边转身关门一边说:"赵耀斌叛变,已经被秘密护送到上海,他向保密局交代了安全屋的位置。这里已经不安全我现在就带你转移……"

秦景天回头时看见叶君怡退到三步之外的距离,正用复杂的眼神注视着自己。她握在手中的枪落在秦景天眼中格外刺眼。

没有错愕也没有惊讶,秦景天一言不发地直视着她。那是叶君怡不愿去对视的目光。

"把你的配枪拿出来。"叶君怡极力让自己镇定。

秦景天伸手去拿枪。

"动作慢点!"

叶君怡的谨慎让秦景天有一种莫名的寒凉,他两指捏着枪柄放在脚边踢到叶君怡身旁。

"我有一些事需要向你核实,在我没得到真实答案之前如果我发现你有其他企图我会……"

"会开枪。"秦景天淡然一笑,指着面前的凳子虚弱不堪地问,"我可以坐下吗?"

又是一阵剧烈的咳嗽,让秦景天肺部有被撕裂的剧痛。他用手帕擦拭嘴角时留下一道长长的血渍。叶君怡看在眼里心如刀绞,差一点就放下了枪。

"你要核实什么?"

"几天前我无意中遇到一个聋哑女孩,是日本人,她告诉我她的名字叫渡边令香。在询问她父母的情况时我惊讶地发现自己竟然认识她父亲,日军特高课臭名昭著的特务头子渡边淳。更让我惊讶的是她从报纸上的照片中认出了你,但在她口中你的名字叫绯村凉宫,是她的义父。"叶君怡将照片推到秦景天面前,"并且她还告诉我这个叫绯村凉宫的是一名日本人。我当时并没有相信,直到今天我去提篮桥监狱见了柴山兼四郎。我给他看了你的照片,结果他一眼就认出了你,他所说的和渡边令香完全一致。"

秦景天处变不惊,依旧直视着她:"然后呢?"

"我认识的你叫秦景天,中国人,祖籍淮阴。但现在却有人告诉我你叫绯村凉宫,日本岩手县人,1930年日本陆军士官学校34期毕业,情报兵少尉任官,1935年陆军中野大学三期毕业,1937年从本土调派到上海担任特高课政务部反谍科科长。"叶君怡坐到他对面,脸上的紧张和秦景天的镇定形成鲜明对比,"你能告诉我哪一个才是真的吗?"

秦景天的视线再次落到她手中的枪上:"你能用这样的方式来问我说明你心里已经有了答案。你认为哪个才是真的?"

"你有没有失散的孪生兄弟?"

秦景天忽然笑了:"这是不是你给我,还是给自己找的借口?"

叶君怡无言以对。

"没有真的。"秦景天语出惊人,"这两个身份都是假的。"

叶君怡听到这样的回复反而无所适从:"什么意思?"

秦景天动作缓慢地抬起手:"我能抽支烟吗?"

"不能,你现在这样抽烟只会加重病情。"

秦景天淡笑着执意点燃烟,烟雾刺激到气管又是一阵剧烈的咳嗽。秦景天每咳一声叶君怡的心也随之收紧,良久他才慢慢平复下来。

"绯村凉宫早在1937年被调派到上海时就死了,他是被精心挑选的人。他是孤儿在日本没有亲人,和他同期毕业于陆军中野大学三期的军官全都被派遣到朝鲜,绯村凉宫是同期中唯一被派往中国的情报人员,因此他的身份便于被替换。"秦景天开诚布公道,"我不是绯村凉宫,只是一个替代他身份的人。"

"秦景天呢? 秦景天又是怎么回事?"

"日本投降后组织需要一名能渗透进军统内部的潜伏者,因此为我伪造了档案和履历,我顶替了秦景天的身份前往上海。问题是上海地下党组织内部也被敌人渗透,组织为防止敌人追踪到我过去的信息因此没有向地下党组织公开我的全部资料。"

秦景天对答如流,他混淆了秦景天和绯村凉宫这两个人的过往经历,以叶君怡能接触到的信息她是没有办法核实的。唯一能戳穿这个谎言的方式就是叶君怡向上级核实,不过秦景天已经想到办法杜绝这种可能的出现。

"谁能证明你说的这些?"

"没有人,为保证我的身份不暴露,我的档案早就被中社部销毁。唯一知道我身份的人是中社部的康斯年,在他牺牲后我就失去了原本的身份,只能沿用你给我安排的代号051继续工作。"

"你原来的代号是什么?"

秦景天吸完最后一口烟:"明月。"

叶君怡在震惊中站起身:"你是明月!"

维系谎言最好的办法就是编造更多的谎言,这原本就是自己最擅长的事。叶君怡隶属于楚文天这条情报线,秦景天断定她肯定知道明月这个代号,却故作惊讶反问:"你知道我的代号?"

"知道,我以前的上级吴文轩同志曾经说过在上海有一位潜伏很深的同志代号明月。"叶君怡抑制不住自己的高兴,"但我怎么都没想到会是你。"

"知道我的代号并不是一件值得高兴的事。"秦景天脸色一沉。

"为什么?"

"我执行的是战略潜伏,在与组织失去联系后我一直在等待恢复关系。敌人同样也知道我的存在并且千方百计想要找出我,这也是当初中社部没有让我直接与上海地下党组织建立联系的原因。一旦我身份暴露就意味着潜伏任务失败，到那时我就必须撤离上海。"秦景天郑重其事道，"你如果希望我继续战斗下去，切记和你联系的只有051。"

秦景天编造了一个虚实参半的谎言，他并不担心会被叶君怡识破，唯一需要防止的就是她向上级核实自己说过的话。但对于一个陷入爱情难以自拔的女人来说，这个谎言已足以让她深信不疑。

当看到叶君怡放下手中枪的那刻，秦景天就知道自己成功了。

叶君怡眼里的猜疑已经完全被深情取代："你放心，我绝对不会向任何人透露你的真实身份。"

第一百一十四章　咫尺天涯

风宸停止了讲述，脸上有一丝疲惫。

"你现在该休息了。"风宸看了一眼手表，身子慢慢靠到椅背上，"在我给你讲述这个故事的同时你的同事正在收集与我有关的资料，以第八局的效率差不多已经能查到。我和你打一个赌，五分钟之内你的耳麦里会收到'请求汇报'的通讯内容，你可以去处理外面的事然后再回来听剩下一半的故事。当然，如果你还对这个故事有兴趣的话。"

"报告，调查有进展。"

还没到五分钟萧廷锴就听到和风宸预测的一样的内容。

萧廷锴转身离开审讯室，已经等在外面的工作人员连忙汇报："在陈思源身上搜出国安局通讯密码，以他的权限是无法获取这份情报的，怀疑在第八局内部还有其他的潜伏者。"

"中断局里所有通讯并实施电子干扰，从即刻起所有在职人员不允许离开。"萧廷锴当机立断下达命令，"向总局汇报这次情况并请求调派反谍同志对全局进行政审和测谎。"

"是。"

"他的身份核实了吗？"萧廷锴偏头透过单面镜看了一眼风宸。

"核查过他所说这段时期中社部所有人员档案和记录，均未发现有关于秦景天和风宸的记载。他之前所说的事完全无法证实，但生理监控参数显示他所说属实。当然，不排除他能骗过仪器。"

"局长，"工作人员也望向审讯室里的风宸，"您有没有想过如果他所说属实，那他就真的是一位传奇。"

"他是敌人！"萧廷锴严肃纠正道。

"谁能证明呢？"工作人员说出了萧廷锴一直回避的话，"我们到现在没有任何证据能证明他的身份，也无法判定他所说的一切，自然也不能将他定义成敌人。从某种程度上讲他甚至检举有功，揪出了八局的间谍。即便他提出要离开这里，我们也没有任何拒绝的理由。"

"我让你们去接的人到了吗？"萧廷锴问。

"在您和他谈话时已经到了。"

"我有办法能证明他说的一切是否属实。"

萧廷锴胸有成竹地走向另一间审讯旁听室，直到门口才听到里面传来微弱的撞击声。在采用了最先进的隔音材料的旁听室里还能传出这样的声音，说明里面一定是阵阵巨响。打开被反锁的门，一名正准备撞门的工作人员从里面冲倒在地。

"怎么了？"萧廷锴问。

"我一直陪着老首长旁听您的审问，就在刚才您出来时老首长说要出去透口气，结果把我反锁在屋里。"

"老首长人呢？"

"去了审讯室。"工作人员一脸羞愧道，"还……"

"还什么？"萧廷锴急切道。

"还拿了我的配枪。"

萧廷锴先是一愣，然后转身就往审讯室跑。

即便是在令人压抑到窒息的审讯室里风宸依然从容自若，甚至不忘将飘落到桌上的烟灰放到烟灰缸里。门就是这个时候被推开。风宸抬头看了一眼，刚要再埋下时整个人仿佛雕塑般凝固。他重新缓缓抬起的视线里没有了之前的骄傲和镇定，取而代之的是紧张和激动。

从外面进来的女人和他一样年过半百，脸上的皱纹已经掩盖了曾经的朝华，可眉眼间透着精致，不难看出她年轻时的美丽。只是她眼中那抹悲愤像把锋利的刀刺入风宸的胸膛。

她缓缓抬起的手里握着枪。然而，每次在这个男人面前，她举枪的手都会抖得这样厉害。

风宸的紧张和激动好似只属于这个女人。他颤巍巍地从椅子上站起身慢慢向她走去，步伐一如既往的坚定无畏，像是在他眼里只有对面的女人而看不见她手中的枪。

枪口就在距离风宸脑门半寸的地方，可他深情而愧疚的目光里只有她。他缓慢地抬起手，将女人额间一缕低垂的长发捋到耳后。

"怎么头发都白了？"风宸的笑容有些苦涩。

这一句话就让叶君怡的心乱了方寸，不管隔了多少年，自己始终对这个男人没有丝毫抵御力。进来时叶君怡还想着要为战友报仇，但此刻她根本扣不动扳机。

"为什么还要回来？"积压在叶君怡心底多年的悲愤，在此刻只变成一句苍白的质问。

"我还有一项没完成的任务。"风宸直言不讳，"另外我想再见见你。"

这时萧廷锴冲进来，被眼前的这一幕吓到，上前一步夺过叶君怡的枪。因为情况紧急，萧廷锴用力过猛扭到叶君怡的手腕，叶君怡一个踉跄撞到墙上。

哐当！

随着碎裂的声音响起，循声望去的特勤人员大惊失色，纷纷掏枪瞄准。一抹鲜血从萧廷锴脖颈处缓慢流淌下来，将白衬衣的衣领染成血红。锋利的玻璃边沿就抵在萧廷锴的颈总动脉上，稍微再用点力便会血溅当场。拿着玻璃碎片的是一只枯瘦但稳如磐石的手，风宸那双突然锐利的眼睛让所有特勤都意识到错误评估了这位老者的危险等级。

"把她扶起来。"

风宸的要求让所有人面面相觑。只有叶君怡明白这是这个男人对自己的承诺，无论过了多长时间他依然会赌上性命保护自己。

"你到底要杀多少人才肯收手？"叶君怡自己吃力地站起来，突然发现自己连责备他的理由都找不到。

风宸的手低垂下去，将玻璃碎片丢到桌上。

"都放下枪。"萧廷锴捂住脖子，让其他人都出去，然后走到叶君怡身边，"刚才一时情急廷锴多有冒犯，老首长您没伤到吧？"

"没有。"

"您认识他吗？"

"认识。"

萧廷锴深吸一口气："您刚才听他讲述的故事是真的吗？"

"是真的，他所说的一切都是真的，我能证明。"叶君怡直视风宸哀怨道，"明月呢？"

"回来了。"

"我想见见这位素未谋面的同志。"

"你会见到的。"

萧廷锴微微张着嘴，有了叶君怡的证明，他想到之前同事的话："我同事说如果你说的是真的，那你该是一位传奇。抛开阵营，我认同这个说法。"

"他的故事只讲到一半，你应该有耐心听完剩下的一半。"叶君怡痛心疾首道，"听他讲是如何杀害江南同志，如何清除暗网，又是如何处决大批被俘的同志的！"

"他杀害了江南？"萧廷锴吃惊地看向叶君怡，"老首长，江南同志到底是谁？"

"这个问题纠结了我大半生，至今我都没有找到答案。"叶君怡望着对面让自己爱过也恨过的男人，"只有他知道明月同志和江南同志的身份。"

风宸不置可否地默默点燃一支烟，刚才敲碎水杯挟持萧廷锴时也割伤了自己的手。鲜血沾染在香烟上，风宸每吸一口都让叶君怡看得莫名心痛。

"坐。"风宸指向对面的椅子，示意萧廷锴坐下，"你现在有兴趣听我讲故事了吗？"

萧廷锴点头。

"我在上海地下党成功潜伏的第四年……"随着烟雾的缭绕，那段被尘封的故事继续从风宸口中讲述出来。

第一百一十五章 暴露

1

秦景天来到沈杰韬办公室时看见秋佳宁也在里面。收音机里正广播北平沦陷的消息,沈杰韬一脸颓然地关上收音机。

"局长,您找我?"秦景天问。

沈杰韬让秋佳宁将一份报纸递给秦景天,他接过来看见是一份《字林西报》:"这上面有什么问题吗?"

"佳宁查到一些关于江南的线索。"沈杰韬示意秋佳宁解释。

"江南和精卫的联络方式就是通过《字林西报》,在接头前江南会在报纸上刊登一则广告,内容里有接头的时间和地点。"秋佳宁指着其中一则广告说,"上海国际俱乐部的嘉年华酒会,时间是今天晚上6点。"

秦景天反问:"这是江南发出的接头通知?"

秋佳宁点头。

"你怎么确定这个情报的真实性?"

"我调查了很久发现江南发布的接头通知都是用美国独立战争中的名将名字署名,这则广告的署名是华盛顿,独立战争的最高指挥官。保密局对各种报刊都有监控,但《字林西报》因为是英文报所以没在监控之列,这给了江南可乘之机。"

秦景天早就知道江南与叶君怡的联络方式,没想到秋佳宁竟然查到这么多:"就是说如果一切正常,江南会在今晚6点出现在上海国际俱乐部?"

"江南不会出现。"秋佳宁摇头。

"那江南和精卫怎么交换情报?"

"江南不会直接与精卫接触，等精卫到达指定地点后江南会拨打电话联系。今晚6点会在上海国际俱乐部出现的是精卫。"

秦景天顿了一下，摸出一支烟放在嘴角："南京上次不是严令禁止继续追查精卫，是不是得向总局汇报一下？"

"禁止追查精卫是怕惊动江南。"沈杰韬大手一挥，"既然已经掌握了江南的行踪，精卫肯定要一网打尽。我已经中断了保密局的所有通讯，任何人在行动之前不允许离开保密局。此次行动由景天亲自负责。5点你带行动处出发，对国际俱乐部实施布控。"

"到目前为止还未确定精卫身份，如何判定目标人物是谁？"

"晚上6点之前进入俱乐部的都列为可疑人物。排查精卫其实并不难，从之前林林总总的线索分析精卫应该是我们认识的人，或者说精卫认识保密局的人。"秋佳宁补充道，"秦处长在完成布控后不要第一时间实施抓捕，必须等到精卫和江南完成接头。"

"是。"

"景天，此次行动关系重大我需要你全力以赴，若能一举将江南和精卫抓获，无疑是力挽狂澜之举。"沈杰韬郑重道，"你我都清楚上海保密局被共产党渗透严重，之前拔掉了051，可还有一个明月。局里你是为数不多能让我放下心大胆起用的人，你不要辜负了我的期望。在行动之前，此次任务的内容除了这间办公室里的人之外，我不希望还有第三个人知晓。"

"是。"

沈杰韬再次强调："国军在正面战场的局势不容乐观，若在情报战线上我们能扳回一局也能极大鼓舞士气。"

秦景天站起身："保证完成任务。"

等秦景天出去后沈杰韬看了一眼挂钟，背着双手来回踱步："顾鹤笙呢？"

秋佳宁回复："已经到达指定位置。"

"时间差不多了，你现在赶过去向他传达我的命令。"

"是。"

"吴汉臣的人都到了吗？"

"按照您的吩咐，已提前进入目标区域待命。"

沈杰韬点点头："保密局的行动居然屡次需要借助警备司令部的人，我都不知道是该可悲还是可笑。"

"过了今晚一切将水落石出。"

"希望如此。"

秋佳宁迟疑不决地问："如果就在他们两人之中该如何做？"

"今晚这场大戏我筹谋了这么久，就是等着看看他们到底是人还是鬼。"沈杰韬深吸一口气，神色阴沉道，"他们其中有人或者说都露出马脚当场抓捕。记住！我要活的，我被这名潜伏者当猴要了这么多年也是时候投桃报李了。"

2

顾鹤笙坐立不安地将刚点燃的烟又掐灭在烟灰缸。他推开门又被门口的士兵拦住，说是奉命站岗在没接到新命令之前请自己在这里稍等。

顾鹤笙问是奉谁的命，得到的答复是吴汉臣。顾鹤笙猜到这恐怕是沈杰韬安排的某项行动，直接让警备司令部协助可见不是小事。

顾鹤笙正要与士兵发生争执，抬眼看见秋佳宁。秋佳宁一来就解释道："局长把你安排在这里是有一项极为重要的行动需要由你来执行。"

"什么行动？"

"距离上次中止抓捕精卫已经过去一年，这一年里局长并没有停止调查。考虑到上海保密局被渗透，调查一直都是秘密进行。"

顾鹤笙眉头一皱："局长在调查什么？"

"我用一年的时间掌握了江南与精卫联络的方式。"秋佳宁将江南用《字林西报》传递接头信息的详情一五一十告知，并将报纸递给顾鹤笙，"今晚在上海国际俱乐部，精卫将与江南再次接头。局长已经委派秦景天在俱乐部布控，伺机抓捕精卫。"

第一百一十五章 暴露

"为什么我不知道此事?"顾鹤笙暗暗吃惊。

"总局严令不允许追查精卫,局长担心他的调查会牵连到你,所以没有让你参与。"

顾鹤笙心知肚明秋佳宁是在替沈杰韬开脱,之所以瞒着自己说明沈杰韬自始至终都没有打消过对自己的怀疑。

"局长想让我做什么?"

秋佳宁将顾鹤笙带到旁边的房间,里面摆满设备,还有严阵以待的侦听人员。

"此次行动的抓捕重点在江南。"秋佳宁对顾鹤笙说,"江南会等精卫进入俱乐部后拨打电话与之联系。局长请警备司令部特务科协助提前对俱乐部的电话线路进行了监听,只要江南的电话打入,会第一时间截获同时反向追踪电话终端。"

顾鹤笙听明白了:"局长是打算让我抓捕江南。"

"广告上提到了一个座位号,我向俱乐部查询过这个座位是广告刊登前一天被人打电话预订的。我在电话局查到这个电话的安装地址。"秋佳宁用指头在窗帘上撩开一条缝,指向对面的大楼,"四楼左起第六个窗户,我亲自进行的调查,该房间是刚被租出去。屋内的电话在本月只有一次拨打记录,我怀疑租下这个房间的人就是江南。"

顾鹤笙表情凝重,默不作声地吸了一口烟:"为什么不提前抓捕?"

"我只是怀疑但不敢肯定。这次机会弥足珍贵错过了怕是很难再追查到江南的踪迹,所以我派人也侦听了对面房间的电话。只要今晚从这个房间向俱乐部拨出电话,精卫能帮我们证明与之通话的是否就是江南。一旦确定江南身份,局长授权你立即带人抓捕。"

"江南与精卫什么时候联络?"

"今晚6点。"

顾鹤笙看时间还剩三十分钟。看来秋佳宁选在此刻和盘托出也是沈杰韬的安排,他把时间都控制好,根本不给自己留任何余地。

"局长为确保行动顺利让吴汉臣调派了一个加强连协同,目前这四周所有出入口都被封锁。你的任务是带领特务科潜行到楼梯口,如果我确定江南身份会拉开窗帘,你看到后立即冲进去抓人。"秋佳宁再三叮嘱,"局长要留江南活口,抓捕中千万不能将其击毙。"

顾鹤笙点头并提出要去洗把脸清醒一下。等他出门,秋佳宁向两名士兵示意跟上去,并小声说:"如果发现他有异常举动当即缉拿。"

顾鹤笙反锁上门,拧开水龙头将脸埋在冰冷的水里,想让自己冷静下来。事情太突然,自己根本来不及通知江南撤离。江南的重要性不言而喻,如果让敌人得逞,将造成难以估量的损失。顾鹤笙偏头,又看见门缝中有人影晃动,自己此刻的形势同样凶险万分。沈杰韬试图用这次抓捕来试探自己。顾鹤笙快速权衡现在的态势,沈杰韬筹谋一年的抓捕行动肯定滴水不漏,自己根本不可能从敌人的一个加强连手中营救江南,其结果无非是自己也暴露。

暴露……

顾鹤笙回到房间,抹了一把脸上的水:"出来时没有带枪,借你的用一下。"

秋佳宁取出配枪递给他。顾鹤笙取下弹夹并当着秋佳宁的面卸出全部子弹,然后再一颗颗装回去。他给秋佳宁的解释是,不是自己的枪用着不踏实,实则是想确定这把枪没有问题。

等装完最后一枚子弹,顾鹤笙动作熟练地上膛。秋佳宁发现顾鹤笙已经打开保险同时指头一直放在扳机上。

"鹤笙……"秋佳宁最不愿证实的就是面前这个男人还有另外一个身份,她欲言又止,"你小心点。"

顾鹤笙在笑,他已经想到化解危机的办法。只要自己扣动扳机,枪声一定会让对面的江南警觉。这位斗争经验丰富的同志在挑选地点时一定会留下安全撤离的通道,顾鹤笙能做的就是最大程度为江南争取时间,但代价是自己将暴露在敌人的面前。

挟持秋佳宁,然后开枪示警,再想办法突围,顾鹤笙在脑子里快速过了一遍。这时桌上的电话响起。秋佳宁起身去接电话,正好背对自己,顾鹤笙看准时机不动声色地贴了上去。

"什么？！"

秋佳宁忽然转身，错愕和惊诧写满整张脸，完全没意识到顾鹤笙的举动。

顾鹤笙疑惑地问："出了什么事？"

……

秦景天吸完最后一口烟时，远远看见叶君怡的车从街尾驶来。车已经开始减速，只要停在俱乐部门口她便再没有离开的机会。

秦景天从怀里掏出手枪时，一旁的组员不知何意："秦处长，时间还没到……"

砰！砰！砰！秦景天面无表情地抬起手对天连开三枪。

突如其来的枪声引起四周行人逃窜和惊叫。车里的叶君怡望向枪声响起的方向，当她看见秦景天时立刻明白："不要停车！"叶君怡当机立断。

她从后座回头看向秦景天，因为听到枪声路人都快速四散，让举枪站立的秦景天格外醒目。此时他正看向疾驰而过的汽车，在与叶君怡对视一刻嘴角有释然的淡笑。这抹笑落在叶君怡眼中感觉心瞬间被撕裂，她捂住嘴泪如雨下。

埋伏在周围的便衣先是一愣，但很快便明白秦景天此举的用意。从他开枪那刻起今晚的抓捕行动已经宣告失败，便衣们纷纷掏出枪对准秦景天慢慢逼近。

直到叶君怡的车消失在视线里，秦景天才长舒一口气。他丢掉手中的枪，摸出一支烟点燃，深吸一口后环视四周的便衣，面无惧色道："我就是你们要找的人。"

第一百一十六章 争分夺秒

秦景天鸣枪示警，而顾鹤笙这边被监控的房间内空无一人。沈杰韬筹谋一年的抓捕行动双线宣告失败。秋佳宁和顾鹤笙赶回保密局，在审讯室外面看见铁青着一张脸的沈杰韬。他在摸鼻子，这是沈杰韬的习惯，顾鹤笙看出他是真的动了杀心。

"局长……"顾鹤笙走上前，透过审讯室的铁窗，看见经过严刑拷打的秦景天已是遍体鳞伤，刚被一桶水淋醒，现在正在上老虎凳。

"没想到吧。"沈杰韬语气阴沉，"保密局行动处处长居然是共产党。潜伏得好啊，整整四年竟然没露出丁点破绽，要不是今天他向同伙示警选择主动暴露，恐怕他还会潜伏得更深。"

"景天……他真是共产党？！"秋佳宁依旧不敢相信这个结果。

"他自己已经承认了。"沈杰韬点头。

顾鹤笙舔舔嘴角："他有交代问题吗？"

"看样子一时半会儿是不会开口的。"沈杰韬冷声道，"很可能他根本不会开口。他在保密局这么多年很清楚送进审讯室意味着什么，他能选择开枪暴露说明他已经想好后果。"

"如果他就是那名潜伏者，说明局长之前的怀疑和推断是正确的。"秋佳宁严肃起来，"陈乔礼遇袭被害可能与他有直接的关系。"

沈杰韬气愤道："不是可能而是一定。谭方德在调查军统潜伏人员吕广田被杀一案时就发现伏击者中弹。审讯时我让人查看过秦景天的身体，在他手臂上发现枪伤，从伤疤愈合程度看应该是近几年的新伤。秦景天就是枪杀吕广田的人，随后他又杀害了陈乔礼。"

顾鹤笙想起几年前的那次伏击，如果不是秦景天及时出现，吕广田很有可能会逃脱。如此说来，在很久以前自己就与秦景天在不知情的情况下合作过。

"鸢尾花计划名单失窃、黄金被转运以及燃油库被炸……"沈杰韬罗列出所有失败的行动,声音越发低沉,"好啊,干得好,这四年我全是在给他背锅。一名共产党就在我们眼皮底下当上处长而且还是一线的行动处处长。非但如此,南京还为其颁发过勋章嘉许,可耻、可悲,更可怕!秦景天只是一个缩影,放眼全国像他这样的中共特工应该不在少数。党国到今日举步维艰的地步也怪不得别人,咱们自己内部都烂成这样又何谈戡乱救国!"

"局长打算怎么处置他?"秋佳宁问。

"他若是能开口固然最好。他既然能潜伏如此之深相信身上一定有很多对我们有重要价值的情报,这其中很可能就有关于江南的。"沈杰韬偏头看向身旁两人,"你们两个都是审讯高手,谁想去会会咱们的秦处长?"

"刑讯我在行,让我……"

"我来。"顾鹤笙抢在秋佳宁之前开口,"我和他在同一个屋檐下相处四年,我多少还是了解他一些。"

"了解?"沈杰韬摇头苦笑,"你是搞情报的,身边有一名共产党特工与你同住四年你居然没有丁点觉察,你又何谈对秦景天了解?你看到的只不过是他精心伪装的假象。不过也好,我知道你与他私交匪浅,他还屡次舍命救过你。既然你们是羊左之交,我倒是想看看秦景天如今在你面前如何自处。"

沈杰韬没让顾鹤笙立即进去而是等到天亮,他给审讯人员的指示是只要秦景天不死就不间断用刑,想借此来消磨秦景天的意志。顾鹤笙走进审讯室时距离秦景天被抓已过去八个小时,刑椅上的秦景天已是面目全非惨不忍睹。

顾鹤笙让审讯人员都出去,点了两支烟,和往常一样将一支放到秦景天嘴角。

"想喝你熬的白粥,要是有根油条就最好了。"

"以后怕是没机会了。"顾鹤笙埋头默默抽烟,"你是共产党?"

"是的。"

"代号?"

秦景天沉默。

"上级?"

秦景天沉默。

"潜伏任务……"

"聊点其他的吧。"秦景天打断顾鹤笙,"你我相识时间也不短,我要开口不用等到现在。我既然选择暴露就做好了面对一切的准备。"

"有真的吗?"顾鹤笙看向他问,"我们之间除了欺骗和利用之外有真的吗?"

"有。"秦景天点头,艰难地挤出一丝笑意,虚弱又无力地叼着嘴角的烟,"我当你是朋友,如果不考虑身份你是我为数不多的朋友,在这一点上是真的。我承认自己利用过你并从你身上获取过情报,但和你日常相处时我都是真诚的。"

顾鹤笙看见秦景天抖动着去拾烟的手,上面的指甲全被拔掉,整只手血肉模糊触目惊心。那一刻,顾鹤笙眼底有对同志的敬意也有对朋友的担心。

"咱们第一次见面……"

"不,那时我还不认识你。"秦景天知道顾鹤笙想问什么,"不是事先设计好的伏击,我当时纯粹只是想提醒你有危险。至于原因说出来可能你不相信,我感觉你挺投我眼缘,有一种一见如故的感觉。"

"永麟班门口的伏击呢?"顾鹤笙拾起烟重新放在他嘴边。

"那次是真的。"秦景天吃力点头,"当时你在调查陈乔礼的死,我觉察到你从中或多或少发现了一些我无法去弥补的破绽。我将此事告诉了联络人,在我不知情的情况下地下党组织决定清除掉你,以此来确保我的安全。"

"为什么要救我?"顾鹤笙皱眉问道,"作为潜伏人员身份的重要性

第一百一十六章 争分夺秒

你应该很清楚。我既然已经成为隐患，我活着只会加剧你暴露的风险。"

"我告诉联络人你将被升任副站长而且极有可能接替沈杰韬成为上海站站长，留着你就意味着有机会获取军统在华东所有的情报。"

"你现在是懒得去掩饰，还是说一夜的刑讯让你失去了说谎的能力？"顾鹤笙直视他问，"如果仅仅是你所说的原因你完全可以让你们的人中止行动，可我记得当时你是奋不顾身救我，好几次你都命悬一线。这说明清除我的行动你根本没参与，更不可能获悉详细步骤，你是临时得知此事仓促中做出的决定。为什么？我的死对你百利而无一害，为什么要拼死救我？"

"如果你是我，遇到同样的情况你会怎么做？"秦景天反问。

顾鹤笙一时哑言，设身处地去想自己恐怕会和秦景天做出同样的选择。

"你当时应该已经完成了陈乔礼一案的调查，你心里明明是怀疑我有问题的，可你找不出实质性的证据。这里有两种可能，要么我是杀陈乔礼的人，要么真相就是我所说的那些。可你也很清楚这份报告提交给沈杰韬后他会毫不犹豫选择相信前者，你之所以没有如实上报是因为你更愿意相信一位朋友。"秦景天直言不讳道，"这同样也是我选择救你的原因，你的死对全局来说没有任何益处，相反我还会失去一位朋友。"

听到秦景天的解释顾鹤笙触动很大，他是自己的战友这让顾鹤笙很高兴，只是没想到两人的见面是在这样的情况下。要不是秦景天鸣枪示警主动暴露身份，自己也会做出相同的选择，唯一的区别在于如今坐在刑椅上被严刑拷打的应该是自己。秦景天的英勇无畏不但拯救了江南和精卫，同时也救了自己。

顾鹤笙没有再继续追问，转身离开了审讯室。沈杰韬的表情多少有些失望，转头看向秋佳宁："该你了。"

"没用的。"顾鹤笙摇头，"秦景天之所以愿意和我谈不是有松口的迹象，他是在拖延时间。"

"等人来营救？"沈杰韬眉头一皱。

"会不会有人来营救他我不清楚，但至少秦景天没有这样的想法。"

沈杰韬不解："那他为什么要拖延时间？"

"恢复体力。"秋佳宁一语中的，"他在借与鹤笙交谈的机会让自己得到休息以便应对后面的刑审。我赞同鹤笙的意见，换谁进去审问结果都一样，他已经做好了赴死的准备无论怎样的酷刑都不可能让他开口。继续严刑拷打下去，最后的结果只会是他死在审讯室。"

沈杰韬嗤之以鼻："好不容易抓到潜伏者难不成什么也做不了？"

"我建议押送南京吧。"秋佳宁深思熟虑道，"既然我们没办法让他开口就交给总局。上海保密局这四年来所有情报泄密都与此人有关，交给南京也算是将功补过。"

"你是嫌我这张老脸丢得还不够？"沈杰韬厉声道，"保密局的行动处处长是共产党，南京得知此事会怎么看我，又怎么看上海保密局？鹤笙和他是朋友，你私下与他走得也很近，我就更不用说了，秦景天升任处长还是我亲自举荐。这传出去该多好听，上海保密局从上到下全他妈通共！"

"您打算怎么处置？"顾鹤笙问。

"南京方面给秦景天授勋嘉许可是上了报纸的，我把人送到南京岂不是打了上面人的脸，到时候咱们的脸也等着被打吧。"沈杰韬摸了摸鼻子目露凶光，"秘密处决，罪名是秦景天通共，至于其他就不要再提了。关于他的事仅限我们三人知道。"

"什么时候执行？"秋佳宁追问。

"三天之后。"

离开保密局后顾鹤笙心乱如麻地开车行驶在路上。沈杰韬留给自己的时间只有三天，而与中社部的联络还没到规定时间。自己无法呼叫一部只会在特定时间开启的电台，因此这个情报根本不能及时通报给中社部。

救秦景天！

这是顾鹤笙此刻唯一的想法，至于原因已经超过营救一位同志的范畴。秦景天到现在定义两人的关系依旧是朋友，事实上他的确是一位足以让自己推心置腹的朋友。如果昨天暴露的是自己，顾鹤笙相信秦景天同样会不问缘由去营救。

与此同时，在审讯室里奄奄一息的秦景天再次被水淋醒。胸口的烙印让他的胸膛皮开肉绽，并伴随着撕心裂肺的剧痛。

"秦处长还真是硬骨头，用了这么久的刑居然都没吭一声。"审讯人员拿起锤子走上前，"我倒是想看看是你骨头硬还是铁锤硬，自个儿挑吧，是先断手还是断腿？"

审讯的人有些失望，他始终没在秦景天眼里看到丝毫畏惧。甚至秦景天的坚韧反而让他有些不知所措。

秦景天用尽气力张合着嘴，他的声音小到听不清。审讯的人把耳朵埋在他嘴边，才听到断断续续的一句话："我要见沈杰韬。"

第一百一十七章 危在旦夕

1

叶君怡突然发现当一个人极度悲伤时是哭不出来的。她整个人像一具被抽离灵魂的躯体，思绪和心同时被切割成细小的碎片，凌乱与悲痛交织的感觉如临炼狱无以复加。

江南在一个星期前突然指示自己中断与上海地下党的联系，叶君怡推测是组织内部出了严重问题。在没有得到江南新命令之前她不能与地下党再接触，这意味着自己没有办法请求组织协助营救秦景天。经过俱乐部的事，叶君怡认为江南在短时间也不可能再与自己联络。

叶君怡没想到在生死攸关的时候，自己竟陷入孤立无援的处境。整整一宿未眠的她，想过所有可能的办法最终又被一一否定。直到最后叶君怡想到一个或许能救秦景天的人。

门被打开时叶君怡看见楚惜瑶的眼中同样也布满血丝。以前她见到自己时总是很开心，但现在她看自己如同看路人一般漠然。那个叫秦景天的男人是她和自己之间永远难以根除的芥蒂。

自从楚文天牺牲后楚惜瑶就从原来的楚府搬了出来，偌大的宅院没有用人显得格外冷清。

"咖啡还是茶？"

叶君怡以为楚惜瑶会闭门不见，没想到她见到自己时反应很平静。

"不用了，我今天来找你……"

"你什么时候成为共产党的？"楚惜瑶打断她。

叶君怡一愣，抱歉道："对不起，我不能告诉你与组织有关的任何事。"

"那就聊聊其他的。"楚惜瑶给她倒了一杯清水，这个习惯是认识秦景天后养成的,"我们之前谈过关于爱情的话题,我记得你说过希望将来遇到的那个人能与你心意相通志同道合。当时我还没明白,现在算是懂了,你是想找一个和你有共同信仰的伴侣。"

"是的。"叶君怡点头。

楚惜瑶没了之前的敌意:"你爱他吗?"

叶君怡不知该怎么回答。

"你不用考虑我的感受,你我曾是最要好的姐妹,走到今天我也想过,在我们三人中从最开始我才是那个局外人。我没有和你们一样的信仰和理想,自然也不会有共同的话题。"楚惜瑶语气平和,"抛开我们三人的关系,就当你我还是姐妹,我想听你一句实话。"

叶君怡抿嘴默默点头。

"如果他不是共产党呢? 我是说假如秦景天并非和你有一样的信仰,你认识的这个男人就是一名军统你还会爱上他吗?"

叶君怡端起水杯:"我没有想过这个问题。"

"你现在就可以想,应该不会太难。"

叶君怡斩钉截铁:"我不会爱上一名敌人。"

"都说爱情会令人盲目,特别是女人,可显然这句话不适合你,或者说你根本就不懂什么叫爱情。真正爱一个人是不会考虑其他因素的。爱情本身是一件很纯粹的事,而你在其中夹杂了太多条件。"楚惜瑶淡笑,似乎对叶君怡的回答有些失望,"我们以前探讨过爱情不该世俗、功利、带有目的性,只有这样的爱情最终才会收获幸福。而你爱自己的信仰远比爱他要多,你就不怕最终会是一场刻骨铭心的悲剧?"

"我……"

"你找我有什么事?"楚惜瑶不想听她解释。

"秦景天被保密局抓了。"

"我知道。"楚惜瑶喝了一口水,镇定道,"他在国际俱乐部朝天开枪然后被便衣抓捕,青帮里有人目睹了一切,已经告诉了我。他向来谨慎,突然这样做想来是遇到紧急情况,如果我没猜错,他应该是为了掩护你吧。"

"是。"

"那你不应该来这里。景天为你身陷囹圄，你该想办法救他才对。"

"关于组织内部的事我不能向你透露太多，这是纪律同时也是为了保护你。我因为特殊原因与组织中断联系，我没有办法请求营救……"

"你有。"楚惜瑶再次打断叶君怡。

"我有？"

"你我都知道沈杰韬贪财如命，而叶家最不缺的就是钱。沈杰韬抓景天，就是想从他身上获取有价值的东西。如果景天把知道的都说出来，相信你也不用再救他；要是景天不说，那么对沈杰韬来说他就毫无作用。"楚惜瑶有条不紊地分析，"你要救他其实再简单不过，无非就是钱的事。你去找沈杰韬谈，只要钱达到他的心理价位，他自然会放了景天。"

"我想过这个办法，可我没有去救景天的理由。"

"你不是爱他吗？"楚惜瑶的笑意里明显透着讥讽，"救你深爱的男人，难道这个理由还不够？"

"现在关系到景天的生死，希望你能暂时放下对我的成见。能救景天我在所不惜，可我去见沈杰韬会引出更多问题。沈杰韬会怀疑我的身份，这非但帮不了景天反而会让事态更严重。"

"你是怕自己被牵连进去？"

"从我加入共产党那天起就随时做好为事业牺牲的准备。我想你或许无法理解，但你的父亲已经诠释了这一点。如果能用我来交换景天我绝对不会犹豫。"

"真的？"楚惜瑶反问。

"他是为掩护我而选择主动暴露，如果当时换成是我也会为他做同样的事。"

"不用如果，你现在就有机会证明你对他的感情。"楚惜瑶放下水杯，严肃道，"沈杰韬抓到景天肯定是想从他身上获取你们的情报。以我对他的了解景天肯定视死如归。现在摆在你面前有两条路，第一条你去见沈杰韬告诉他想知道的一切，条件是放了秦景天；第二条要简单些，景天既然愿意为你以身犯险，想必也做好面对一切的准备，所以你什么都不用做继续当一名共产党。"

"我不可能向敌人叛变！"叶君怡果决道。

"上一秒你不是说自己为了救他可以在所不惜吗？"楚惜瑶的语气里带着鄙夷，"怎么到现在又变成不可能？"

"我被赋予的使命是拯救这个国家和民众，我不能因为个人情感违背自己的誓言。这是忠诚，亦如你父亲可以用生命去捍卫的忠诚。我是会在所不惜地去救景天，但不是建立在违背原则的基础上。"

"你口口声声坚称自己爱他，可最后需要你付出实际行动时你又加上诸多限定条件。我是不是可以这样理解，如果在你的信仰和他之间需要做出选择时你会毫不犹豫选择前者？"

"我……"

"他为了保护你身份不暴露向自己开枪时，为了救你数次以身犯险时，在俱乐部门口向你鸣枪示警时，他可有和你一样想过其他事？你现在做的这些不是想着如何救他，而是为没能救他找一个让自己不会有愧疚感的借口。"楚惜瑶脸色一沉，"像你这样的人不配拥有爱情，从今以后不要再在我面前说你爱他，因为你根本不懂爱一个人该是怎样。"

这时门外传来敲门声。一名穿短衫的人进来站在门口，态度恭敬道："大小姐，按您的吩咐都准备好了。"

"上车等我。"

"是。"

那人掩门出去后楚惜瑶拿起旁边的手包："你来找我无非是希望我能去见沈杰韬，以景天女友的名义拿钱收买他。"

"这是唯一的办法，无论出多少钱我都答应。"

"你有没有想过景天现在怎么样？"楚惜瑶冷声反问，"他从被抓到现在已经过去整整一晚，这十多个小时内他会经历什么相信你也清楚。他在保密局多留一秒就意味着他会多承受一秒的痛苦。拿钱和沈杰韬交易是一个办法，但至于他打算什么时候放景天就不得而知。你能等但我不能，一秒都不能！"

叶君怡看见楚惜瑶将一把枪放进手包："你要干什么？"

"在所不惜！"楚惜瑶面无表情地回答，"能为他真正在所不惜的只有我。他在你眼中有太多身份，同志、战友、上级最后才是恋人，而在我心里他没那么复杂，他只是一个值得我去深爱的男人，我可以为他不计后果做任何事。"

楚惜瑶说完从后门出去，叶君怡也快步跟了上去。在后门的巷子里停着几辆车，十来名精明强干穿黑色短衫的人等在车边，见到楚惜瑶出来，他们异口同声："大小姐。"

叶君怡瞟到最近的一辆车内放着汤姆逊冲锋枪，她连忙拦住准备上车的楚惜瑶："沈杰韬在抓到景天后已经加强了保密局的警戒，你和他们去救景天，和送死无异！"

"我知道。"楚惜瑶绕开她径直上了车，抬头看着叶君怡说，"这就是我和你的区别，你做什么事都会先去想后果，但我不会。爱一个人有时就应该盲目而你太理性，你连自己爱的人都救不了却口口声声谈着拯救国家和民众。我没有你这么崇高的抱负，我心里除了他装不下其他人和事，他有难我就去救他，大不了和他一同赴死。"

2

沈杰韬围着遍体鳞伤的秦景天走了好几圈，一边摇头一边嘴里啧啧作响。

"你这又是何苦呢？"沈杰韬停在秦景天面前，语重心长道，"你在我眼皮底下装了三年多没露出丁点破绽，我或许是打眼错看了你，可就像戴局长眼睛那样毒的人不也看错了你。这说明什么？说明你是很有潜质的特工，你现在还年轻有大好的光阴……"

"你在干什么？"

秦景天慢慢抬头，沈杰韬发现他居然在对自己笑，笑中带着不屑。

"刑全都过了一遍，见没撬开我的嘴就打算来软的？"秦景天每一次呼吸都牵扯着全身伤痛，可眉宇间依旧不屈，"虚怀若谷打算动之以情晓之以理，先是劝我珍惜生命然后再许诺大好前程？省省吧，你这一套连对付普通共产党都不见得有用，何况是对我。"

沈杰韬的脸瞬间阴沉："这么说你还是没打算交代？"

"你打算什么时候处决我？"

"三天后。"

"你安排了谁来执行？"

"你在保密局人缘倒是不错，问了一圈居然没有人主动站出来干这事，那就只有我勉为其难了。"

"叫你来是想聊聊我的过去。"秦景天无动于衷。

"这我倒是很感兴趣。"沈杰韬拿了一把椅子坐到秦景天对面，"你什么时候加入共产党的？"

"不，我不想和你聊这些。"秦景天喘息了片刻，"我打算说一些与你有关的事。"

"与我有关？"沈杰韬眉头一皱。

"我在接受训练时教官要求我们在执行任何一项任务前都需要考虑好三件事：任务成功后如何撤离，失败后怎么挽救以及暴露被抓又该如何自救。"

"你的任务不可能完成，现在想亡羊补牢也晚了，至于自救……"沈杰韬摇头冷笑，"保密局再不济也不至于让共产党攻进来救人。"

"我没想过靠别人来营救，命只有一条还是掌握在自己手里踏实。"

"我欣赏你的自信。"沈杰韬不以为意地靠在椅背上摸着鼻子，"但凡事都有一个度，过了就成了笑话。你现在什么都掌握不了，你的命在我手里。你什么时候被处决，用什么方式处决都由我说了算。"

"暂时的确是你说了算。"

沈杰韬眉头紧皱："暂时？"

"回到刚才关于执行任务前做准备的话题。在我来上海之前就分别做好了这三种情况下的预备方案。这四年我一直都在观察和分析你，也许你不相信，我恐怕是这个世上最了解你的人。我知道你的喜好、习惯和思维方式等等。"

"为什么要观察我？"

"因为我推演过很多次，在我身份暴露被抓的情况下，你是我自救最合适的人选。"

沈杰韬仰头大笑："看来你是自信过了头。"

"我和你打一个赌。"

"赌什么？"

"赌你会放了我。"

"你一定会输！"

秦景天话里有话道："如果我输了将会是一件很遗憾的事。"

"我来见你不是听你说这些废话的，你一个自身难保的人拿什么和我赌？"沈杰韬很不喜欢秦景天现在的表情，自己明明占了所有上风，可怎么都感觉秦景天才是主导一切的人，"好，我现在就可以让你一败涂地，原本是打算三天后处决你，我现在改主意了。"沈杰韬说完拿出枪抵在秦景天额头，"我现在就可以一枪毙了你。"

"现在几点？"秦景天面无惧色。

"7：56。"

"四分钟后会有一个电话打进你办公室。"

沈杰韬嗤之以鼻："从你被抓到现在马上要过去十二个小时，这期间你根本没有与外界联络过，你凭什么知道四分钟后会有电话找我？或者说你还有未卜先知的能力？"

"你好像没有仔细听我之前说过的话，一项任务的实施需要提前做好应急方案，这个电话三年前我就安排好了。"

沈杰韬一怔，因为秦景天太过镇定，自己一时也分不清他是在虚张声势还是真的运筹帷幄："那我就再给你四分钟时间。"

沈杰韬取下手表，放在秦景天能看见的位置，想着等时间一到挫挫他的锐气，可秦景天根本没看手表。

第一百一十七章 危在旦夕

"你的前半生热血赤诚，你若继续戎马虽不是大帅之才但也会成为名将。以你的治军才能麾下定是虎狼之师，可惜你偏偏为了权力选择加入军统。这个尔虞我诈的地方其实并不适合你。在这个战场上不是比谁心狠手辣更不是杀伐果断，比你黑暗的大有人在，比你聪明的更是不胜枚举。"

"一个身份被识破的特工居然大言不惭指摘抓到你的人。"沈杰韬不屑一顾道，"你不认为自己所说就是一个笑话吗？"

"两军交锋输赢结果一目了然，但在情报战线想要区分胜败就没有这样直截了当，最简单的方式是看谁能活到最后。"秦景天从容道，"只有活到最后的那个人才有资格评判对手。"

"至少你没有这样的机会。"沈杰韬看向手表的指针，刚好指向十二点的刻度，他抬起手中的枪，得意冷笑，"你刚才那番话唯一的作用就是为你多争取了四分……"

"报告！"

沈杰韬隐隐感到不安："什么事？"

"有您的电话。"外面是韩思成的声音。

沈杰韬惊讶地看向秦景天，仍心存侥幸："谁打来的？"

"我询问过可对方什么也不肯说，指名道姓只要和您通话。"

沈杰韬再看了一眼秦景天，带着一脸疑惑离开审讯室。

过了良久外面传来急促的小跑声，秦景天老远就听见沈杰韬让负责警戒的士兵和其他人员全都撤到外面去。审讯室的门被沈杰韬重重推开，他上去一把拧住秦景天衣领，另一只手拿着枪死死抵在他眉心："他们在什么地方？"沈杰韬怒不可遏地问。

"你现在还敢开枪吗？"秦景天依旧一脸从容，"我告诉过你如果我赌输了将会是一件很遗憾的事，但遗憾的那人不是我而是你。我要是死了他们会给我陪葬。"

沈杰韬手一抖不由自主松开秦景天，脸上有一抹不知所措的慌乱。

"你现在知道我观察你四年的原因了吗？我一直都在找你的软肋。四分钟之前我的命的确在你手里,现在亦如我所说,我的命运不习惯让别人来掌控。"

秦景天提前让楚惜瑶接走了沈杰韬的女儿全家,为的就是有突发情况时好有应对措施。秦景天叮嘱过楚惜瑶如果自己被保密局抓捕,一定要等十二个小时后让沈香凝给沈杰韬打这个电话。秦景天从来都没有质疑过楚惜瑶,他相信事关自己生死楚惜瑶一定不会有任何差池。

"他们是无辜的。"沈杰韬的声音透着一丝哀求。

"在这个乱世里没有人是无辜的。"

"你们的'三大纪律八项注意'我听过,他们是普通民众,你挟持妇幼还有没有道德?"

"堂堂保密局局长居然和一名共产党探讨道德,你不认为自己很可笑吗? 你抓获和处决共产党时可想过道德? 你用他们家人胁迫相逼时可有考虑过妇幼?"秦景天厉声反问。

"你想要什么?"

秦景天露出胜者的微笑:"放我走。"

……

沈杰韬选择放秦景天,一方面是忌惮女儿全家的安危,另一方面他还有其他打算。

"局长,您找我。"身后传来秋佳宁的声音。

"坐。"沈杰韬关上门,直言道,"秦景天明晚处决,我决定由你负责监督,你到时间去监狱提人押送到龙华刑场执行。"

"是。"

"秦景天是要犯而且身份特殊,共产党很有可能会设法营救。"沈杰韬不动声色道,"为了防止走漏消息我挑选了几名生面孔交给你指挥,如果遭遇共党的袭击,在无胜算的情况下我需要你做一件事。"

"什么事?"

"击毙秦景天。"

秋佳宁沉默不语。

第一百一十七章 危在旦夕

"有困难？"

"处决秦景天可以直接在监狱执行，为什么还要押送到刑场？"秋佳宁很快就发现事情蹊跷，"局长此举莫非有其他缘由？"

沈杰韬没想过对秋佳宁隐瞒，将秦景天劫持家人要挟的事和盘托出。

"您是打算放了秦景天？"

"我还有其他选择吗？"

秋佳宁皱眉问道："既然您已经妥协，为什么还要杀他？"

"我和共产党打了这么多年交道，他们的原则和纪律我是清楚的，以挟持无辜群众为手段从而达到目的的做法是他们绝对禁止的。秦景天用非常手段，我担心他不会释放我的家人。"

"您要是杀了他岂不是陷您家人于不利？"

"相反只有他死了我家人才会安全。我相信这件事是秦景天个人行为不代表他的组织，他要是死了共产党反而会妥善安置我家人。"

"您凭什么肯定？"

"有些事我暂时还不能告诉你，不过你相信我的判断就对了。由于某种原因他不能死在我手上，我需要一场在任何人看来都与我无关的意外，比如……"

"比如共党在营救过程中和负责押送的人员发生交火。"秋佳宁心领神会，"秦景天死在交火中，对局长而言您没有渎职让共党要犯逃脱，对共产党来说您也竭尽所能。"

"此事仅限你一人知晓。"沈杰韬满意地点头，拿出一张地图，指向龙华寺郊外的庆午岗，"绕小道前往刑场一路地势开阔唯有此地利于伏击，我猜共产党会在这里动手。一旦交火当即击毙秦景天，然后撤离。"

"是。"

……

叶君怡依旧没能等到江南的联系，却收到暗网特工传出来的情报。在得知秦景天被处决时间和押送路线后，叶君怡当机立断决定武装营救。回到车上时她刚激活完最后一名行动组成员，下达的命令极为简短：明晚十时龙华庆午岗营救同志。

叶君怡打开手包瞟了一眼里面的手枪。秦景天是为了掩护自己才暴露,这一次即便是违反纪律她也决定要亲自参与营救。

与此同时顾鹤笙这边,烟蒂烫到手指才让他回过神。他整整一天枯坐在沙发上绞尽脑汁也没想出营救秦景天的办法,心烦意乱地拿起桌上的烟盒发现已经没烟。

忽然门外传来敲门声。顾鹤笙打开门看见站在外面的竟然是被保密局招募派往青浦特训班受训的丁三。

"你怎么来这里了?"顾鹤笙立即警觉地张望四周,见四下无人连忙让丁三进来。

"事情紧急,我思来想去还是得来见您。"丁三上气不接下气地说。

"出了什么事?"

"沈局长突然从特训班抽调了一批人,我是其中之一,要我们明晚执行一个共党要犯处决任务。我刚获悉被处决的共产党叫秦景天,我记得他之前就是和您住一起的,我担心……"丁三早猜到顾鹤笙的身份,事到如今直言不讳,"我担心您也会暴露所以来通知您转移。"

顾鹤笙急切地问:"什么时候执行?"

"明晚10点。"

"地点?"

"龙华刑场。"

顾鹤笙说:"手。"

"啊?"

顾鹤笙指着地板让丁三把左手放上去。还没等丁三反应过来,顾鹤笙拿起桌上烟灰缸重重砸在上面。骨头断裂声和丁三的惨叫交织在一起。

"现在去医院包扎然后请假,明晚的行动千万不能参加。"

丁三瞬间明白顾鹤笙的意图,知道他是不想自己以身犯险:"顾哥,您打算一个人去救他?!"

第一百一十八章 诀别

1

看见坐在囚车里的秋佳宁时秦景天像是明白了什么:"沈杰韬是打算让你送我最后一程。"

"脏活累活总得有人做,局长不想脏了自己的手,当属下的也就只能分忧解难了。"

"准备在哪儿动手?"

"你在等同伙营救,而我的出现显然没在你预计当中。我知道你不怕死,但终归是出乎意料。"秋佳宁直视秦景天好奇问道,"为什么我没看到你有意外的表情?"

秦景天从容淡笑:"我做不到未卜先知却可以掌控自己,我从来不会把希望寄托在别人的身上。"

"局长在筹划这次抓捕江南的行动之前让我去南京调查过你。"秋佳宁话锋一转,"虽然没有实际性的收获,但我还是发现一些很有意思的事。"

"什么事?"

"我居然找不到任何与你有交集的人。"秋佳宁跷起腿平静说道,"你在临澧特训班同期受训学员的档案均被销毁。我找到几名你同期的学员的线索,但这些人要么是阵亡要么就是失踪,同时当期的教官也被调职,你是该期唯一能查实的人。如果没有你的话甚至都没有人知道有这么一期学员。"

"秋处长也曾在其他特训班任教,应该很清楚参与受训的人大多会成为炮灰,我不过是运气好些而已。"

"我起初也是这样想的,但后来我又想到一件事。你到上海后,特训班时期见过你的人就只有周寿亭。他能证明你的身份，可他又死于坠机。另外一位见过你的是仙游的戴局长。这时我才意识到似乎但凡见过你或者与你有过交集的人最终都会死于非命。"

"可能是我命太硬。"秦景天不以为然。

"你根本不是共产党。你顶替了秦景天的身份出现在上海，周寿亭在上海见到你时坚称你就是秦景天，可见他也参与了此事，另外还有戴局长。这就能解释为什么秦景天同期受训的学员全都被抹去，显然是不希望有人能识破你的身份。"秋佳宁淡淡一笑，"其实我早就该意识到的，从你身上展现出来的能力和素养绝对不会是从特训班出来的学员。你在从事一项反渗透任务。"

"你刚才所说的可有告诉沈杰韬？"

"没有，局长如果知道也不会派我来处决你。"秋佳宁摇头，"你暴露后承受了所有刑讯都没透露自己身份，我推测你是在执行后续任务。在你的计划中应该在今晚被共产党救走，可局长在不知情的情况下节外生枝打算除掉你。"

"你好像知道得太多了。"秦景天的目光移到秋佳宁的手上，"你在我的有效攻击范围之内。我说过不会把希望寄托在别人身上，在你刚才谈话时我已经解开了手铐，在你拿到枪之前我就能制服你。原本我是打算击晕你好让你能回去交差，现在……"

秋佳宁突然笑了："你真要动手不会等到现在。"

"你得给我一个理由。"

秦景天话音刚落就听见远处传来密集的枪声。

"局长安排的押送路线是经龙华寺绕小道前往刑场，这条路线中庆午岗是最佳的营救伏击位。"秋佳宁偏头看向车外枪声的方向，"看来共产党安排营救你的人已经和押送车队交火了。"

"你没走庆午岗？"

"按照局长的授意，一旦交火我就趁机击毙你。"秋佳宁拿出枪，"无论你在执行什么任务我相信都非常重要，我能做的就是协助你进入下一个环节。"

"你回去怎么向局长交代？"

车缓缓停下，囚车的铁门被打开，站在下面的是秋佳宁从南京中央警校挑选来上海监视叶君怡的颜文龙。

颜文龙机警地张望四周："秋处长，这里安全……"

砰！

秋佳宁扣动扳机，颜文龙头部中枪应声倒地。

"今晚我放你走的事不能让其他人知道，否则共产党会质疑你是如何逃脱。我虽然不清楚你肩负的任务，但我能猜到你现在已经是孤军奋战。你刚才问我要一个理由，你需要一名守望相助的同行者，我认为自己就很合适，至于我如何回去交代……"秋佳宁慢慢抬手，把枪递到秦景天手边，"还得麻烦你对我开一枪。"

秦景天刚想开口，只见两辆车从不同方向疾驰而来，停在囚车旁。从车上下来的分别是叶君怡和顾鹤笙。秋佳宁举枪的动作在两人看来都以为她准备向秦景天开枪。

叶君怡快速掏出枪对准秋佳宁："放下枪！"

顾鹤笙没想到叶君怡会出现在这里，看见她握在手里的枪更加诧异。情况紧急，顾鹤笙也赶忙掏出手枪却又迟疑不决，不知道枪口该对准谁。

2

事态的发展已经超出秦景天的掌控，顾鹤笙和叶君怡的同时出现让他在刹那间不知所措。

"你怎么会在这里？"顾鹤笙诧异地看向叶君怡。

"她来我倒是一点也不惊讶。"秋佳宁是四人之中唯一镇定的那个，她的视线聚焦在叶君怡身上，"忘了给你介绍，咱们的叶小姐就是保密局多次失之交臂的精卫。"

秋佳宁的话一出口，顾鹤笙顿感意外。虽然之前有种种迹象表明她身份不简单甚至也怀疑过她是自己的同志，但被秋佳宁证实还是让顾鹤笙震惊。秦景天也下意识瞟了秋佳宁一眼,没想到她知道得居然这么多。

"放下枪!"叶君怡加重语气。虽然她双手握枪,可毕竟疏于实战,枪口微微在抖。叶君怡安排了行动小组在庆午岗伏击,而自己一路尾随在囚车后。快到庆午岗时发现囚车改变了方向,叶君怡只能独自跟上来。

"原来是你……"顾鹤笙看向叶君怡,"想来在永麟班打算伏击我也是你的意思吧。当时我已经查到他的疑点,你为了确保他身份不暴露最好的解决办法就是将我灭口。"

顾鹤笙抬枪对准叶君怡,当着秋佳宁的面自己还要掩饰下去。和自己朝夕相处三年多的挚友竟然是战友,而为了工作需要逢场作戏的女友居然也是自己同志,突如其来的真相让顾鹤笙多少有些不知所措。

"你什么时候知道她就是精卫?"顾鹤笙想确定叶君怡暴露的范围。

"一年前。"秋佳宁和盘托出,"就在中止抓捕行动的当晚,我在销毁监听录音时听出了她的声音。"

"为什么没有汇报?"

"她身上潜藏的秘密比我们想象中要多,总局之所以严令禁止对她的追查甚至不允许揭露她身份就是为了引出她身后的人。"秋佳宁冷声道,"这次江南与她的接头本来就是最好的机会,若不是秦景天鸣枪示警想必已将共匪情报首脑绳之以法。"

"局长不知道?"顾鹤笙问。

"我暂时没有告诉任何人。"

顾鹤笙在心里暗暗松了一口气。

"局长指示今晚必须处决秦景天,我料到他同伙会伺机营救所以擅自改变了押运路线。"秋佳宁望向庆午岗方向,那边的枪声已经停止,"共党有备而来,在解决押运车队后会立即搜救秦景天。我执行局长命令处决秦景天,叶君怡就交给你。"

顾鹤笙心头再次一惊,如今持枪的三人相互牵制,一旦秋佳宁击毙秦景天,一旁的叶君怡势必也会开枪。只是秋佳宁没有想到他顾鹤笙也是共产党。但现在自己的身份根本改变不了局势,很显然秋佳宁是抱着必死之心也要除掉秦景天。

"共产党狡猾得很，明明在你身边却发现不了，你以后要小心点。"

秋佳宁这话是对着顾鹤笙在说，可只有秦景天心里清楚她是在对自己说。看着秋佳宁握紧枪，秦景天明白她必须这样做，她对自己仇视的程度与共产党信任自己的程度成正比。

秦景天用余光瞟见秋佳宁的指尖将手枪的保险关闭。这个举动让秦景天瞬间意识到她要做什么。

抬枪的瞬间枪声响起，秋佳宁胸口中枪应声倒地。秦景天蠕动喉结，虽然知道会是这样的结果，但看着倒地的秋佳宁心中不由莫名悲壮。

叶君怡手中的枪抖得越发厉害。秦景天从短暂的呆滞中镇定下来，眉头微微皱起。按照正常情况现在中枪的应该还有叶君怡才对，可顾鹤笙居然没有开枪，而是神色惊愕地看向倒在血泊中的秋佳宁。

叶君怡趁机将枪口对准顾鹤笙，扣动扳机的瞬间，枪声再次响起。这一次开枪的是秦景天，他抬起秋佳宁的枪，准确无误地击落了叶君怡的武器。

"他已经知道我的身份。"叶君怡言外之意是顾鹤笙必须得死。

"他是我朋友！"秦景天的回答干净利落，"到车上去等我，我有话要对他说。"

"他……"

"他要是开枪你现在就是地上的一具尸体！"秦景天突然沉声呵斥，"我们是特工不是刽子手，我现在以上级的身份命令你回到车上！"

叶君怡无奈离开。秦景天走到顾鹤笙面前当着他的面退出弹夹："为什么不开枪？"

"虽然只是逢场作戏但相处多年我拿她当朋友。你也知道我朋友不多，干不了向朋友开枪的事。"

秦景天丢掉手里的枪，伸手从顾鹤笙衣兜里摸出烟盒，在嘴角点燃两支烟将其中一支放到顾鹤笙嘴角。这个动作顾鹤笙经常做，只是现在换成秦景天，顾鹤笙有些惆怅。相识这么久，他知道秦景天是很含蓄的人,他这个动作代表着告别。

秦景天吸了一口烟:"你不该出现在这里。"

"你也不该出现在永麟班。"顾鹤笙低垂下枪,黯然伤神道,"你我身份各异立场对立,且不说伏击我的决定是否正确,你都不该以身犯险救一名敌人。"

"我救的是朋友。"

"那我此刻也在做同样的事。"

"看来我们都不是合格的特工。"

"至少我们还有人性,知道去珍惜友谊。"顾鹤笙怅然所失道,"不知道下次见面是什么时候,或许没机会了。前路崎岖,还望珍重。"

秦景天默默点头,伸出手:"再见。"

顾鹤笙将一张照片递到他手中,那是之前两人在照相馆的合照:"再见。"

看着车灯消失在视线,顾鹤笙有为战友送行的惆怅也有对朋友脱险的释怀。记得秦景天曾对自己说过,他们行走在黑暗里但不代表是一个人,可如今又剩下自己独自在深渊中前行。

顾鹤笙快步来到秋佳宁身旁将其从血泊中扶起,发现她还尚存气息。这些年风雨同舟,让顾鹤笙对秋佳宁的定位始终有些模糊。他知道她对自己的那份感情,明明是敌人却和秦景天一样不惜赌上性命救过自己,因此顾鹤笙始终很难将她放在敌对的位置。

"不要动,我现在送你去医院。"

顾鹤笙想抱起她时发现秋佳宁用最后的气力抓住自己的手:"你,你就不,不担心吗?"

"我担心什么?"

"如果,我是说如果我,我被抢救过来,你……"秋佳宁断断续续地说,"你就不,不担心我会说,说出今晚的事?"

"担心,但我不能眼睁睁看着你有事。"顾鹤笙诚恳回答。

"我们认识很,很长时间了,我不知道你是怎样看我的,但我一直试图去了解你。可我发现对你认知越,越多我就越后,后怕……"秋佳宁气若游丝道,"局长让我调查过你。我查到你曾经去过法国,同时间在法国的还,还有中共反谍科负责人康斯年。我还从一,一名法国留学生口中得,得知你和康斯年是认识的,可在你档案里并,并没有这段经历的记录。那天抓捕江南的行动,你向我要,要枪,我看到你打开了保险。如果不是先接到秦景天鸣,鸣枪示警的消息,你应该也会选择主动暴露。你,你是共产党,你就是明月!"

顾鹤笙愕然,秋佳宁说得越多从伤口流出的鲜血也越多:"我先送你去医院。"

"你在得知叶君怡是精卫后你是不可能向,向她开枪的。如果之前只是我猜测,现在已经能,能证实。你还能想着送我去医院,我很高兴,至少我在你心里还,还有值得你付出的分量。可我是国民党,这一点不会因为任何事改变,我,我和你终究是对立的。"秋佳宁依旧抓紧顾鹤笙的手,"你放心,关于你的身份我,我没有告诉任何人,你也不用送我去医院,我清楚自己的伤已无力回天。或许这,这是最好的结果,我能为党国尽忠也能帮你保守秘密。"

顾鹤笙抹了一把嘴,怀里的明明是势不两立的敌人自己却莫名悲伤。

"你不该出现在这里,趁着还没人赶到你快点撤离……"

秋佳宁剧烈咳嗽,顾鹤笙按在她伤口上的指缝中血流如注。

"鹤笙。"

"在,我在。"

"我只能为你做这么多了,你我各为其主,作为朋友我希望你安然无恙,但作为对手我不希望你赢。在上海的这场暗战已到最后的决战,无论最后输赢如何,一定会有很,很多人在这条战线上阵亡。"秋佳宁用尽最后的气力将手伸向顾鹤笙脸颊,"以,以后我不,不能再帮,帮你了,你自己要多加小心。如果你能,能活下来,记得去,去我坟前陪陪我……"

秋佳宁的指尖距离顾鹤笙的脸颊只有少许,可这短短的距离却如两人之间不可逾越的鸿沟。秋佳宁气力用尽,手重重低垂下去,她手腕上那枚红莲白玉手镯撞击在地面,瞬间四分五裂。顾鹤笙听见自己心碎的声音。

第一百一十九章 只欠东风

叶君怡绕着毛线球，时不时看向伫立在窗边的秦景天。距离上次的营救已经过去三个月，这期间发生了很多事，对于叶君怡来说意义重大。由于身份暴露她已经和秦景天转入地下工作，对此叶君怡是开心的，因为自己终于有机会能和秦景天朝夕相处。秦景天身上的伤也渐渐康复。另外，收音机里传来南京胜利解放的消息。

叶君怡倒了一杯水送到秦景天手边，看向窗外春意盎然的城市："你知道你给我的感觉像什么吗？"

"像什么？"

"像一只鸟。"叶君怡偎依在秦景天宽厚的后背，"每次你静立在窗边时我就好害怕，感觉你随时会飞走并且一去不回。"

"养了三个月的伤我连这屋都没出过，可能是闲太久有些不习惯。"

秦景天接过水杯笑着解释，但心里并不认同叶君怡的话。秦景天认为自己更像一艘孤舟，习惯了在狂风暴雨中与惊涛骇浪搏击，而叶君怡却给了自己一个家。温馨而宁静的港湾反而让秦景天有些无所适从。站在窗边时，叶君怡看见的只是满城春景，而在秦景天听来那风声里是决战前的战鼓齐鸣。

"组织上有新的任务吗？"

"江南指示让你安心养伤，暂时不会给你布置任务。"

"我的伤好得差不多了。"

"我今天会和江南接头，我会把你的情况向江南汇报。"

"回来的时候买些羊蝎子，晚上我给你做羊汤喝。"秦景天拿起外套为她披上。现在事情反而变得简单，叶君怡想要长相厮守的温存而自己只需投其所好，剩下的就是静静等待直到拿到名单。

"好啊。"叶君怡很享受与他在一起的静谧时光。

看着叶君怡下楼在街边招了一辆黄包车远去，秦景天点燃烟，目光里多了一丝深邃。

叶君怡去了一处新的联络屋，她和江南的联络依旧采用这样的方式，每次接头都会更换新的地点。在约定的时间电话铃声响起，拿起话筒里面传来熟悉的声音。作为江南的联络人已经快两年，可叶君怡除了这个声音之外对江南一无所知。这越发让叶君怡对这位神秘的同志感到好奇。

江南这次让叶君怡记下的暗网人员更多。和以往一样，江南很有耐心直至等她记住后再告诉下一个人的资料。而江南不知道的是，叶君怡竟然将这些资料用笔记录下来。

等到叶君怡准确无误地重复信息后，江南说："这是最后一批暗网同志的资料，你是除了我之外唯一掌握完整暗网名单的人。"

"需要我做什么？"

"之前我已经告诉过你暗网的运作方式和人员的激活方法。从你这两年的表现来看，你已经完全可以胜任这项任务。从现在开始你将是新的江南。"

"我？！"叶君怡显然没做好准备，但很快平复，"051身体已经康复，他希望能继续执行任务。"

"你希望他执行任务吗？"

叶君怡一怔，没想到江南会问出这个问题："我……"

"从你个人角度你不希望他再执行危险的任务。"江南似乎已经知晓了叶君怡和秦景天的关系，"革命同志能走在一起是值得祝贺的事，我能理解你对他安全的顾虑。可作为一名共产党员你要时刻提醒自己，组织的利益高于一切。"

"是。"

"我会通知051随时做好准备。"

"另外暗网从南京截获一项情报，保密局为了针对我们在华东地区的情报系统起用了一名前军统间谍。目前已知此人在戴笠时期的能力评级为 SSS。据可靠情报显示此人曾长期在我方内部潜伏，此次被起用我估计是保密局准备用来接替沈杰韬的。"

"知道此人的信息吗？"

"暂时未知，既然保密局起用潜伏人员说明没打算继续隐瞒此人身份，相信用不了多久这个人就会出现在我们眼前。"江南郑重其事道，"看来南京已经对沈杰韬失去了信心，这个时候调换华东地区情报机构负责人可见保密局对此人寄予厚望。咱们这位新对手恐怕比沈杰韬还要难对付。"

……

秦景天想透口气，去街边的烟摊买了一包烟，回去时发现门竟然开着一条缝。记得自己出去时是关上了门的，秦景天以为是叶君怡回来了，推门进去时却看见一名穿锦缎马褂长衫的人坐在屋里，桌边还靠着一支拐杖。

看背影那人正在自己沏茶，动作自然沉稳，一度让秦景天以为自己走错了房间。

"不请自来，没打扰你吧？"那人似乎听到了身后的脚步声，头也不回，气定神闲道。

秦景天眉头微皱，这个声音有些耳熟。看背影是一名上了年纪的老人，头发几许花白，但腰挺得像把无坚不摧的利剑。

当秦景天看见那人脸时惊愕地愣在原地，下意识看向门口。

"你不用担心她会回来，我设定了安全距离，她只要进入这个范围自然会有人来通知。"那人举手示意，"坐，这是你家，别让我喧宾夺主。"

秦景天没想到叶书桥会出现在这里。

"您怎么知道我在这里？"

"守望者告诉我的。"

这个代号从叶书桥口中说出来让秦景天再次震惊。

叶书桥给秦景天倒上一杯茶，对他的反应并不意外。接下来他一字不差地说出 R12 的激活暗号，还有只有 R12 知道的识别码。

"柳知鸢提出了红鸢计划的框架并构建了雏形，是我完成了该计划的具体实施。你之前接触到的柳知鸢、越云策和现任守望者，这些人都只是红鸢计划的参与者。"叶书桥直言道，"我才是这个计划真正的掌控人。"

叶书桥从桌上的烟盒里拿出一支烟放在嘴角。这么多年的伪装让他一度忘了曾经的习惯，到了现在他终于可以做一次真正的自己。

秦景天为他点燃烟："多少年了？"

"忘了。"在升腾的烟雾中叶书桥的表情让人捉摸不透，"起初还当成任务在执行，慢慢就成了习惯，再到后来我都快忘记自己是一名潜伏的军统。"

"陆雨眠和你是什么关系？"秦景天也给自己点燃一支烟，发现叶书桥用诧异的目光注视自己，吸了一口解释道，"她在上海有一条来自地下党高层的情报渠道，我一直很好奇这个人会是谁，现在似乎答案已经揭晓。不过你和她应该不仅仅是情报联络关系，我在她墓前看见鹤望兰，那是对亲人寄托哀思的花。"

"你想问的不是这个。"叶书桥没有接话，"像你这样的顶级间谍不会把时间浪费在一个已经死了的人身上。"

"她知道吗？"秦景天没有反驳低声问，"君怡知道你的真实身份吗？"

"看来你还是不敢问出心里真正的疑惑，我来帮你吧。"叶书桥平静道，"你是想问我是否知道君怡的身份，你不敢问是担心她的安危。冒昧问一句，是因为你作为红鸢要执行任务，还是说你是发自肺腑在担心她？"

秦景天直言不讳："都有。"

"我一直都知道她在做的事。"叶书桥也和盘托出，"很遗憾她选择了一条与我背道而驰的道路。"

"为什么没有劝阻她？"

"思想是不能被消灭的，就如她无法改变我的信仰一样。虽然我与她立场不同，但我尊重她的选择。事实上你我都清楚君怡并非一个合格的情报人员，这一行是不容许犯错的，但她出现纰漏是早晚的事。我一直都在等她自己暴露的那一天。"叶书桥直视秦景天，"这四年她有太多次疏忽，任何一次都足以让她万劫不复。如果不是你出现在她身边，我想她早就该被发现，作为父亲我很感激你对她的保护。"

"这是我的任务。"

"任务之外呢？你是如何看待她的？"

"哪方面？"秦景天谨慎反问。

"作为一名情报人员你如何评价她？"

"对信仰忠诚坚定并且英勇无畏。"秦景天给出中肯的回答。

"你说的这些是一名情报人员最基本的素养。"叶书桥显然对秦景天的回答并不满意，"我想听你对她客观的评价。"

"她不是一名合格的特工，无论是能力和经验都极为欠缺，作为一名联络员她完全可以胜任，但从事一线情报工作显然不适合。"

"我们的看法是一致的，君怡作为一名间谍已经不能用合不合格来评价，她的存在本身就有太多不确定的隐患。像她这样的人就不该从事情报工作。"叶书桥老谋深算道，"可奇怪的是江南居然会选择她成为联络人，这无形中会加剧江南暴露的风险。一个与我们周旋这么多年从未留下破绽，直至今日我们连性别都无法确认的对手，居然会选择君怡，你就不觉得奇怪吗？"

"我也意识到这个问题，江南此举更多是为了保护精卫而且已经收到成效。早在柳知鸢担任R1时就掌握了叶君怡的身份，再到后来的守望者随时都有机会抓捕她，但因为江南的原因只能投鼠忌器。"

"R1知道，守望者知道，你知道，现在我也知道。"叶书桥掰着手指一个一个数，"如今连保密局也知道了精卫就是叶君怡，你说江南是不是也该知道呢？"

"知道。"秦景天点头。

"江南想要保护精卫这个理由我还能接受，这从侧面反映出江南应该是认识精卫的。可有一点我实在没想明白，你与她接触时间最长就劳烦你帮我解解惑。"

"哪一点？"

"江南为什么要在君怡已经暴露的情况下继续向她提供暗网名单？从江南的举动来看明显是打算让她接管暗网，可显然君怡根本不具备这样的能力，我推测江南还有其他目的。"

"保密局之前核查过江南告知叶君怡的名单，证实名单上的人的确是隶属于暗网的特工。"

"这只能说明江南向精卫提供了部分真实的名单而已。"叶书桥一脸狐疑道，"在你没有最终得到这份名单之前还不能轻易下结论，这也是我今天来见你的目的之一。时间紧迫你务必要尽快获取名单。"

"明月还继续潜伏在保密局，我用了四年时间始终没有甄别出此人。我这次主动暴露的另外一个重要原因就是想迫使明月现身。"

"你有什么办法？"

"对上海实施民用无线电管制，除军政电台外禁止一切无线电传递。这个办法我早就想到但一直没有合适的实施时机。如今东北失守加之沈杰韬被替换，您担任华东地区情报最高长官下达这个命令合情合理，不会让明月有所怀疑。"

"你这样做的目的是什么？"

"我在保密局四年肯定和明月有过交集，我这次的暴露是主动向明月表面身份。根据之前掌握的情况明月不隶属于上海地下党组织，此人直接接受中社部的指挥有单独的联络渠道，对民用无线电管制可以切断明月的情报传输途径。如果明月获取重要情报，在不能使用电台的情况下明月只能冒险主动与上海地下党组织联络，可明月与地下党是没有交集的，唯一认识且信任的只有……"

"你！"叶书桥明白了秦景天的意图。

"我既然找不出明月就只能等明月来找我。"秦景天端起茶杯胜券在握道，"前面的事我做得差不多了，目前万事俱备只欠东风。等您下达无线电管制后就差一份能让明月上钩的情报。明月作为战略潜伏特工不会轻易冒险，想要迫使此人铤而走险，这份情报必须价值连城，可沈杰韬手中并没有这样的情报。"

"我有。"叶书桥掷地有声。

"您有什么？"

"红鸠计划的完整名单。"

第一百二十章　荆棘王冠

在顾鹤笙的心目中叶书桥是传统的商人，博览群书为人友善谦逊，与世无争信奉无为而治，涉猎甚广儒道皆精。但他的身份突然从上海大亨变成了华东情报系统督导，顾鹤笙用了很长时间才慢慢适应了叶书桥的这个新身份。

叶书桥上位后在最短时间一举破获上海地下党组织多部电台，所有被抓捕人员在经过审问后一律处决，并大肆搜捕共产党人，手段之狠竟在以铁血著称的沈杰韬之上。同时对党组织的破坏也是沈杰韬在上海经营四年都未做到的，整个上海的组织近半数被叶书桥摧毁，情况之严峻大大超出顾鹤笙的预料。叶书桥还下达了民用电台管制条例，并调用华东地区所有侦听车到上海，对城区进行全天不间断巡逻侦听，这直接导致顾鹤笙只能暂时中断与上级的联系。

叶书桥俨然在上海织就了一张密不透风的网，但凡落入网中的猎物无人能逃脱他的猎杀，这让顾鹤笙不由暗暗为秦景天担心。每一次抓捕他的心都会揪起，不知道下一次从囚车上下来的会不会是那位已经阔别半年的挚友。

"有心事？"坐在船头夜钓的叶书桥看见顾鹤笙拿着鱼饵久久出神。

"鹤笙还是对您的过去很好奇。"

"我们谈过这个话题，我知道你对于我的过去一定会有很多疑问，但我现在不打算告诉你。"叶书桥注视着鱼漂，"我的过往极为复杂牵扯到太多不能公开的机密，你搞情报的应该清楚知道越少反而越好。今晚让你出来陪我是有事要对你说。"

"什么事？"

"这半个月你将手里的工作尽快移交。"

"移交？！"

"你的档案我已经让总局转运到台湾，给你半个月时间交接和收拾，下个月你乘坐返航的军舰前往台湾。"

"什么时候回来？"

"回来？"叶书桥一向不苟言笑，此刻嘴角露出无奈苦笑，"还回来干什么？"

"您是想让我走？！ 之前南京就有意调我去闲职赴台但已经被我婉拒。如今国家危难鹤笙还想尽此绵力，即便共产党打赢了我也顺便敌后潜伏等待时机迎接反攻。"

"忠勇可嘉，睿智不足。"叶书桥面无表情道，"共军还没占领东北之前我就向总局再三警示傅作义靠不住应该尽快更换将领，可国防部那群酒囊饭袋硬是充耳不闻。结果呢，结果傅作义终究成了吴三桂，如今华北门户已开共军入关直指中原。国军主力在东北已经伤亡殆尽还有什么资本与共产党分庭抗争。如今南京沦陷，相信用不了多久上海也会改旗易帜。"

"这个时候鹤笙就更不能擅离职守，临阵脱逃非顾家男儿所为。"

"留下你又能怎么样，上百万精锐之师都被共军剿灭，保密局留下的那些潜伏人员能翻起什么浪？ 共产党有一句话说得很好，有一种胜利叫撤退，人家可以主动放弃撤离延安你凭什么就不能撤离？ 识时务者为俊杰，明知不可为而为之是莽夫。现在已经不是与人一争高下的时候，何况我们也没这个能力。党国需要养精蓄锐。你与其毫无价值地送死，为什么就不能学勾践卧薪尝胆，而且你此次赴台还肩负一项重要任务。"

"什么任务？"

"你应该听过红鸠计划吧？"

顾鹤笙心里暗暗一惊，不动声色道："听过，还是军统时期实施的一项秘密渗透行动，可后来由于名单泄露导致计划被中止。"

"你对红鸠计划的了解还停留在最浅的层面，就比如这个计划其实一直是由我在负责主导实施。"

第一百二十章 荆棘王冠

"您在负责红鸠计划？"

"我更愿意把这个计划称之为荆棘中的王冠。你只有一层一层穿过重重险阻才能窥探到荆棘深处的瑰宝，但每穿过一层都必须付出鲜血和死亡的代价。"叶书桥对顾鹤笙和盘托出，"你之前接触到的红鸠计划就是包裹王冠的第一层，你认为的名单泄露确切来说是被泄露，这也是红鸠计划的其中一部分。"

"被泄露？"

"我现在告诉你的是，军统从成立至今规模最大筹备时间最长同时参与人数最多的一次计划。首先你要清楚的是红鸠不是单独一个人而是一个接受过高强度系统训练的间谍群体，早在'四·一二'清党开始时该计划就在筹划。为了应对中共的暗网情报系统，这批秘密受训的精英间谍被安插渗透到中共各个军政基层，但他们不是一次性派出而是分批次潜伏，渗透时间越早的价值越重大。"

"有多少批次？"顾鹤笙努力抑制自己的情绪。

"四次。你所接触到的红鸠计划是最后一次。为了确保渗透的成功，军统让沈杰韬在上海也训练了一批学员，他们存在的目的就是为了故意暴露给共产党。"

顾鹤笙望着起伏的江面，下意识蠕动喉结。自己截获的名单只是敌人精心布置的圈套，无形中反而帮助敌人完成了真正的渗透。

"红鸠计划的运作模式由上至下分别是主导计划的负责人，也就是我，正常情况下我是不参与计划的实施过程的。在我下面是守望者，此人负责掌控所有红鸠的激活方式。然后是R1，此人是执行者负责传递和执行守望者下达的命令并有权调派任何一名红鸠。"

"在什么情况下您会参与该计划？"

"我现在就参与了。"

"您不是说正常情况下您不参与吗？难道红鸠计划出现状况？"

"红鸠计划是一种逆境计划，只会在局势对我们不利的情况下才会被启动。就在今天总局已经下令正式启动红鸠计划，我孕育了一个庞大而完美的计划可偏偏只会在失败时才能看到她启用。"

"国民党既然已经知道大势已去，现在启动红鸠计划还有意义吗？"

"这不是一个短期能看到成效的计划，或许会持续五年、十年甚至几十年乃至更久。"叶书桥向顾鹤笙说出了红鸠计划的全部真相，"戴局长评价红鸠是炸弹，可我更认为每一名红鸠都是一颗希望的种子，我不希望看见他们玉石俱焚而是要他们生根发芽。终有一天他们的根茎会在地下相互交缠在一起，到那时候红鸠将会成为一片无人能撼动的森林。"

顾鹤笙拿出一支烟点燃，转瞬即逝的火光照亮了他脸上的惊愕："为什么要告诉我这些？"

叶书桥转头看向他，月色下他那张饱经风霜的脸显得格外阴郁："我需要你成为守望者。"

守望者这个代号顾鹤笙还是第一次听到，包括红鸠计划也是今晚他才触及核心真相，但这些都不及叶书桥下达的命令让顾鹤笙惊诧。

"我都没有接触过红鸠计划，为什么要选择我？"

"红鸠被启动前后完全是两个截然不同的计划，启动之前除了被激活在执行任务的红鸠之外其他人处于闲置状态，他们不会被分配任何任务同时也不会发挥作用。可一旦计划启动所有红鸠将在同一时间得到激活指令，从这一刻起他们将中断与指挥系统的联系，之前制定的激活方式与联络识别码统统作废。他们将开始长时间的静默如同作茧的蚕蛹，直至等待破茧成蝶的那一天到来。"

顾鹤笙疑惑不解："即便这些人成功渗透敌人内部，可之后如何联络他们呢？"

"早在红鸠计划制订之初就准备好了两套激活方式和识别码，计划启动前用一套，启动后将用另一套。这将最大程度确保红鸠的身份安全，毕竟这个计划启动后将会有很长一段时间所有红鸠将处于沉睡状态，这个期间的红鸠被称为沉睡者。"叶书桥感慨道，"我应该等不到他们被唤醒的那一天，但你可以。或许那时你会看到我毕生心血铸就的王冠会是多么绚烂璀璨。"

"可我不知道成为守望者该做什么？"

"守望者将掌控红鸠名单。"

顾鹤笙吐了一口烟雾，这是自己挫败敌人阴谋的唯一机会。

"红鸠计划应该原本就有一位守望者，为什么要更换？"顾鹤笙不动声色道。

"这是计划制订之初由戴局长定下的规矩，守望者只能掌握一套红鸠的激活方式，如果识别码更换也必须更换守望者。你应该能想到这其中的原因。"

顾鹤笙不假思索回答："如果守望者叛变会直接导致所有红鸠覆灭。"

"这是必要的预防机制。我们在这个计划上倾注了太多的时间和心血，绝对不允许有任何差池。"

"可上任守望者是知道红鸠名单的，即便被更换一样也存在隐患。"

"不。"叶书桥摇头，语气坚定道，"没有隐患。如果有，我也会首先剔除。"

顾鹤笙听出叶书桥弦外之音："上任守望者呢？"

叶书桥没有回答而是专心致志地看着沉浮的鱼漂，有鱼咬了饵，提竿一看竟然是一条甲鱼。叶书桥从甲鱼口中取了鱼钩又丢回江中，饶有兴致地说："鱼食喂对了鱼自然也好钓。"

顾鹤笙一怔，转头看向之前自己倒入江中的鱼食。麻袋里残留的鱼食色泽血红，他瞬间明白了什么。

这半年的相处让顾鹤笙已经逐渐习惯了叶书桥的杀伐果断。沈杰韬杀人是因为本性的暴戾，可这一点在叶书桥身上完全看不到，他根本对杀人这件事没有丝毫感觉。看着麻袋，顾鹤笙不由自主蠕动喉结。

"南京沦陷之前国民党就已经秘密转运黄金，虽说是形势所逼，可此举会让国民党民心尽失。军事上我们输了如今连民心也一同丢掉，党国走到今天实属咎由自取。"叶书桥一脸黯然道，"党内腐败官僚横行，党外民众怨声载道苦不堪言。不是共产党打败了我们，终究是输在自己手里。退守台湾在我看来或许还是一件好事，痛定思痛才能正视问题所在。党国的复兴不是一朝一夕之事，还望你等年轻之辈做栋梁之材。"

"鹤笙铭记教诲。"

"这是党国复兴之路上最重要的一步，希望你能持之以恒精忠报国。"叶书桥向顾鹤笙伸出手，摊开的掌心中是一卷微缩胶片。

"这是？"

"红鸠计划的名单。"

顾鹤笙不动声色拿起："鹤笙一定竭尽所能不辱使命。"

"从现在开始你就是守望者，胶片里的名单也只有你一人知晓。你要尽快熟悉红鸠计划的运作，不过也不用太着急，等你到台湾后我再慢慢教你。"

"您也要去台湾？"

"华东情报系统早已千疮百孔，加之兵败山倒，这个机构已经名存实亡。我处理完手上的事便会去台湾与你会合。"叶书桥指着胶片再三叮嘱，"这批名单还没有归档封存，到台湾后立即向总局报备。胶片将会被收录到机密档案库，除非守望者更换否则档案永不解密。"

"这批？"顾鹤笙眉头一皱，"这不是完整的红鸠名单？"

"红鸠计划一共分四批渗透，你手中掌握的是第四批红鸠名单。至于前面三批我之前告诉过你，这些红鸠渗透时间长，价值尤为重要，以你现在的权限是不可能接触到的。慢慢来，将来还有很多让你大展拳脚的机会。"

"这么说只有您知道完整的名单？"顾鹤笙试探着问。

"不知道。"叶书桥摇头，"红鸠计划具有很强的安全性，我只负责下达指令同时掌管红鸠的激活识别方式，而守望者负责掌管名单。我和守望者不能直接联系红鸠，而R1作为承上启下的纽带在得到红鸠信息和对应的激活暗码后进行联络。理论上要激活一名红鸠同时需要我、守望者和R1三个人来完成，我们相互之间虽有联系但又各司其职，这样做能确保红鸠的安全。"

顾鹤笙不由惊叹，没想到红鸠计划已经精细到这种程度，自己必须尽快与组织取得联系将最新掌握的情报上报。必要时自己愿意前往台湾继续潜伏，这是唯一能获取完整红鸠名单的机会。

"我服从命令明天就移交手里的工作。"顾鹤笙又随口问道，"您留在上海要处理什么事，如果不紧要就让我来办吧。"

"我要会会一位老朋友。"

"朋友？"

"战略上我们的确输了，但就我个人而言与中共在情报战线上交锋这么多年未尝败绩，唯一的遗憾是没抓到江南。和此人斗了这么久我倒是挺佩服这位对手，此次滞留上海就是想见见此人。"

顾鹤笙一愣："您已经查到江南的下落？"

"你马上要前往台湾，上海的事你就不要多问了。江南指挥暗网这么多年肯定明白红鸠计划的效用有多大，一定会不遗余力试图破坏计划。此人不除将会是红鸠计划最大的隐患。"叶书桥胸有成竹道，"走之前我必须亲自铲除江南，此人只要还活着我就永远不会踏实。"

顾鹤笙不能再详问，显然叶书桥背着自己在进行另一项行动。叶书桥的笃定让顾鹤笙隐隐感到不安。

叶书桥忽然问道："保密局里还潜伏着一名代号明月的共产党，你知道此事吗？"

顾鹤笙一脸镇静："知道，之前听局长提过。此人潜伏得很深，这些年局长一直用不同的方法试图甄别，不过都没有收效。"

"我打算连同明月一起铲除。"

顾鹤笙又是一怔。

"你很吃惊？"叶书桥看出顾鹤笙表情中的异样。

顾鹤笙搪塞过去："也不是吃惊就是有些突然。明月始终没有露出过破绽，局长追查这么多年都未有进展。您到上海站时间不长，提到要铲除明月，我有些意外。"

叶书桥意味深长道："鱼食投对了鱼自然也好钓。"

"您给明月准备了什么鱼食？"

"红鸠计划的名单。"

顾鹤笙再次愣住。

"不是你手中这份。"叶书桥向顾鹤笙解释,"这几年对明月的调查也并非全然没有收获。我手上有一份缩小范围的嫌疑名单,上面一共有六个人,其实是七个,有意思的是你居然也在这份名单上。总局以更换计划负责人为由让我上报红鸠计划名单,我制定了六份各不相同的假名单分别在无意中泄露给这六个人,哪一份名单被泄露出去就能证明谁是明月。"

只有顾鹤笙清楚这是一个不会有结果的测试行动。比起叶书桥对明月的调查,顾鹤笙更好奇那份被怀疑的七人名单。叶书桥不可能在这么短时间缩小甄别范围,这说明名单是出自另一个人之手。自己在名单之中可见此人应该经常接触自己,可顾鹤笙绞尽脑汁也想不出这个人会是谁。

顾鹤笙可以肯定的是叶书桥交给自己的名单胶片是真的,否则他不可能说出甄别明月的事。名单必须尽快传递出去,可顾鹤笙无法使用电台与上级联系,必须重新建立一条情报传输渠道。如此重要的情报必须交给一名自己信任的人,顾鹤笙立刻想到秦景天。

顾鹤笙在冲洗出胶片后得到完整的第四批红鸠名单,上面记载了每一名红鸠的详细资料,人数多达近百人。从渗透地点来看第四批红鸠主要潜伏在华东地区。

顾鹤笙没有办法将这份情报通过电台向中社部传递。在叶书桥实施民用无线电管制后发报时长超过十分钟就会被锁定,而发送完整名单所需的时间肯定超出安全时限。

顾鹤笙刚走下楼就听见呼啸而至的警笛声,想必是保密局已经锁定了电台位置。在几天前他将发现红鸠计划的真相与前往台湾继续潜伏的事向中社部汇报,今天得到上级的指示,同意赴台潜伏同时在离开上海之前务必传递出红鸠名单。

考虑到名单的重要性,顾鹤笙要求上级指示上海地下党组织,自己只与051进行交接，时间是三天后晚6时，在仙踪林茶楼。

……

叶书桥端坐在椅子上手里拿着一本《史记》正看到《刺客列传》。翻页时他瞟了一眼屋中那七八名正全神贯注抄写的人，这些人全是从南京秘密调派来的译电人员。

叶书桥汇总了秋佳宁死前截获的那部秘密电台的电码。秋佳宁一直在试图破译这些电码并且有了初步的眉目。短短一个星期之内这部电台接连出现了两次。在明知保密局对上海全天候侦听电波的情况下还铤而走险频繁联系，这让叶书桥很快就想到自己故意泄露出去的假红鸠计划名单。

保密局最终找到电台位置，但赶到时已人去楼空只查获了电台和已经烧毁的电码。叶书桥去过现场，因为发报人撤离匆忙虽然烧了电码却没时间彻底销毁。叶书桥秘密带回了这份纸灰并且提取到上面的电码。

"报告，电码已经破译。"

叶书桥放下手中的书接过文件簿，上有只有一行简短的内容。

15日晚6时，仙踪林茶楼051接收情报。

看到这里叶书桥合上文件簿，嘴角露出一丝若隐若现的笑意。他叫来荷枪实弹的警卫对房间里所有人立即进行隔离管控，在没有自己允许的情况下任何人试图离开房间可以当场开枪射杀。

明天就是十五日，叶书桥走出房间时月辉透过窗户洒在走廊上，叶书桥抬头便看见了夜幕中那轮明月。

第一百二十一章 泡沫

叶君怡急匆匆回来，关上门就快步拉上窗帘，透过缝隙向外警觉张望。

"怎么了？"

"我在这附近发现敌人的便衣，不排除我们已经暴露的可能。"叶君怡看向秦景天心急如焚道，"销毁重要文件和资料。"

秦景天连忙将火盆端到卧室，点燃叶君怡交给自己的文件。只不过这些在叶君怡看来至关重要的东西，在秦景天眼中已经失去了价值。

秦景天拿出手枪一边上弹一边在窗边警戒："路口已经被敌人封锁，销毁文件后必须立即转移。"

"我刚见过华东城工部的同志，中社部下达了一项命令是给你的。"

"我？"秦景天一愣，"什么任务？"

"保密局里还有一位潜伏同志，在近日获取了红鸠计划的名单。由于敌人实施无线电管制这份名单不能经电台传输，这位同志指定由你完成情报交接。"

"红鸠计划名单？！"秦景天没想到红鸠名单居然这么快就被截获。保密局里的潜伏者能主动要求与自己联络的只有可能是明月。上次叶书桥来见自己时就提出会用红鸠名单来迫使明月有所行动。秦景天问："什么时候交接？"

"今天晚上6点在仙踪林茶楼。"

秦景天看了一眼手表，距离见到明月只剩下最后几个小时。

"这里已经不安全，我先护送你转移。"秦景天还有最后一件事要完成，"江南有为你安排其他的安全屋吗？"

"暗网可能也出现了状况。我今天见到联络人，根据反馈的消息，她也发现被特务跟踪。"叶君怡摇头，神色焦虑道，"出于安全考虑我暂时要中断与暗网的联络。"

"来上海之后我在城郊租了一间房子以备不时之需，这个地方除了我没人知道我先送……"

"景天，"叶君怡打断他，"不要告诉我地点，敌人的目标是暗网，我现在是敌人首要抓捕的目标，我和你在一起只会增加你的风险。等你取回情报后去环龙路64号的粮油店，那里是城工部的一处工作站，有同志会将你带回的红鸠名单立即送出上海，我也会在那里等着与你会合。然后，然后我们可能要暂时分开一段时间。"

"为什么？"

"这是为了你的安全考虑，我们内部还存在巨大的隐患。敌人近期疯狂反扑应该是有预谋的计划，你距离我越远越安全。"叶君怡烧完最后一份文件后，从手包里拿出一支口红，迟疑了良久还是递到秦景天面前，"我需要你用党性向我保证，无论出现任何情况你都必须确保口红里的东西不会落入敌人之手。"

"里面有什么？"

"暗网的完整名单。"叶君怡拧开口红，里面装着一卷微缩胶片，"江南同志让我用脑子记下名单，可我担心会出差错就留了一份文字备份。"

秦景天在见到口红时已经猜到里面是什么："这份名单除了你知道，是不允许外泄的，为什么要交给我？"

"我父亲现在是华东情报督导，我不清楚自己暴露的程度，或许我也会被敌人抓捕。这份名单对我们和敌人来说同样重要，万一我落入敌人之手我已经做好牺牲的准备，但暗网必须要有人接管。"叶君怡将口红放到秦景天掌心，"要是我不在了，希望你能继承我未尽的任务成为江南。"

秦景天注视着掌心的微缩胶片，心里五味杂陈："君怡……"

"来不及了，等见面以后再说。"叶君怡没看出秦景天脸上那抹愁绪，收拾好东西检查完手枪后站到门口，"我先走帮你引开外面的便衣，你尽快赶到接头地点。"

秦景天有很多话想说，可话到嘴边终是咽了回去："再见。"

"再见。"叶君怡脸上带着幸福的微笑，这两个字是她对未来的憧憬。

……

离开安全屋叶君怡去了医院，从诊所出来时手里攥着一张化验单。她走了两步，忍不住又看了一眼化验单，嘴角不由自主洋溢出笑意，下意识摸向自己的肚子。就在几分钟前医生告诉自己怀孕了。

轻轻摸着腹中正在孕育的生命，那是她与秦景天爱情的结晶。这或许是这段时间听到的最好的消息。她迫不及待等着晚上见到秦景天时把这个消息与他分享。

"精卫同志，精卫同志……"

"嗯。"

赶到城工部的叶君怡还沉浸在怀孕的喜悦中，她端着水杯畅想着给孩子取什么名字。自己喜欢女孩不过她猜想秦景天应该更喜欢男孩。秦景天的眼睛很迷人，如果孩子和他有一样的眼睛一定会很可爱。可能是太幸福的缘故，一旁的负责人喊了几声叶君怡才回过神。

"中社部指示你立即撤离上海。"

"撤离上海？！"叶君怡一怔，"可现在斗争形势如此严峻，我必须留下继续和敌人作战。"

"这是江南同志的命令。"

"051同志呢？上级可有对他的工作有新的指示？"

"我没有接到中社部关于对051同志的工作安排。"负责人摇头。

"什么时候撤离？"

"马上！车辆和人员都为你安排好了。"

"能不能再等等。"叶君怡看了一眼墙上的挂钟，距离6点还剩下一个小时，"撤离之前我想再见见051同志。"

"这是组织的命令！"负责人加重语气。

"051同志的身份敌人是知晓的，他留在上海会很危险，能否请示上级让051与保密局潜伏的同志和我一同撤离？"

第一百二十一章 泡沫

"首先我不知道你说的051是谁，按照组织纪律我无权知道你的上下级。另外在保密局潜伏的明月同志已经得到中社部指示，前往台湾继续……"

"谁？"叶君怡脸色大变，惊诧地问，"你刚才说保密局潜伏的同志叫什么？"

"我不知道这位同志的名字，只清楚此人代号明月。"

"这不可能，明月是，是……"

叶君怡跟跄着向后退了一步。秦景天告诉过自己他就是明月，可真正的明月现在还潜伏在保密局，那秦景天又是谁……

叶君怡开始重新回想秦景天的过往。他给自己的解释毫无破绽，但这一切都建立在他就是明月的基础上。如果秦景天根本不是明月，那么他所说的一切全都可以被推翻。

他曾在抗战时期以绯村凉宫的身份渗透特高课，这意味着他不可能与楚惜瑶在重庆相识，可楚惜瑶显然认识秦景天很久。沿着楚惜瑶的过往追溯，叶君怡想到了德国。

德国……

叶君怡突然冲了出去，暴露的危险彻底被她置之脑后。她开车径直来到楚惜瑶的家。楚惜瑶正在收拾行李，见到叶君怡多少有些意外。

"你怎么来了？"即便与之决裂，可楚惜瑶心里还是担心叶君怡的安危。

"秦景天，不，他叫什么？"叶君怡开门见山。

楚惜瑶从她表情中似乎读出了什么："这个问题应该由他来回答。"

"我怀孕了。"

楚惜瑶一怔，放下手中的东西一脸疼惜地望向叶君怡，迟疑了片刻后无力叹口气："他知道吗？"

"不知道，今天他向我告别时我就感觉他有些奇怪。"

"他现在人呢？"

"他正在和明月接头，可他告诉我自己就是明月而我选择了相信。"

叶君怡痛心疾首地问，"事到如今希望你还能看在我们多年姐妹的情谊上告诉我，你和他到底是在什么地方认识的？"

"德国。"楚惜瑶搀扶叶君怡坐下，既然秦景天向她告别说明这个泡沫已经破裂，自己没有必要再隐瞒下去，"当时他在德国军事谍报局受训，我看过他的证件上面的编号是R12。"

叶君怡的心猛然收缩。

"获悉军统秘密派遣一名代号红鸠的敌特人员对上海地下党组织进行渗透，暂时已知红鸠曾在德国军事谍报局受训……"

想到那名至今还未被甄别出来的红鸠，叶君怡捂住头感觉天旋地转。与自己并肩作战的战友，也是山盟海誓至死不渝的爱人，这一切全都是虚无的谎言。想到几个小时前自己还亲手将完整的暗网名单交到了他的手中，此刻叶君怡手心冰冷。她再次抬头看向挂钟时距离6点只剩下十分钟，自己已经来不及阻止这次接头。

"他就是红鸠……"

第一百二十二章　万里长征人未还

1

站在茶室的门口，距离明月也就一步之遥，而这一步秦景天足足走了四年。此刻他就像一名赌徒，这场博弈的最终输赢对自己已经没有意义，他只想感受揭开对方底牌时那一刹那间的刺激。

推开门，在氤氲如烟的茶雾中看见顾鹤笙那张干净的脸，秦景天踌躇在门口，这不是自己想要的结果。在一天之内自己失去了爱人，此刻即将失去挚友。

"原来是你……"

终于见到了明月，但秦景天突然发现自己没有丁点兴奋。他快速回想着与顾鹤笙相处的点滴，其实并非是他隐藏得有多完美。如果换成其他人，如果没有和他成为朋友，或许自己早就可以甄别出明月。是他们之间的关系左右了自己的判断，或者说一直以来自己都选择了无视那个最有嫌疑的人。

"给你带了粥。"比起秦景天的惆怅，顾鹤笙脸上尽是重逢的喜悦。他还记得与秦景天分别时他还对喝惯的白粥念念不忘，就盛了一碗放在桌上："知道要和你见面我特意熬的。"

秦景天尝了一口，火候恰到好处，依旧是自己熟悉的味道，只是已经没了当初的胃口。他拿着勺子在碗里搅动黏稠的白粥："你是怎么得到红鸠计划名单的？"

"叶书桥是红鸠计划的最高指挥官，我是最近才得知这个情况。敌人在启动红鸠计划后更换了之前的激活方式，同时一起被更换的还有守望者。"顾鹤笙点燃一支烟，简明扼要地说，"我现在是新的守望者，叶书桥将红鸠计划的名单交给了我。"

"全部的？"

"第四批，另外三批已经送到台湾封存，上级已经指示我随同敌人转移至台湾继续潜伏并伺机获取另外三批的名单。"顾鹤笙将备份的微缩胶片交给秦景天，"红鸠计划为防止泄密有严格的职责区分，名单只有守望者才知道，包括叶书桥都不清楚名单上的这些红鸠资料。这份情报对以后的反谍工作太重要，必须传递出去。在上海我唯一能信任的同志只有你。"

秦景天收起胶片，继续埋头喝着白粥，不知道该说什么。

"你怎么了？"顾鹤笙看出秦景天脸上的愁绪。

"我怕以后见不到你了。"秦景天的声音有些感伤。

"会的。我听到了胜利的号角，只是遗憾最终不能亲眼见证黎明的到来。这几年我很庆幸有你陪伴一同走过黑暗，如果早知道你是战友该有多好，我们有太多的话可以说，太多的事可以分享。"顾鹤笙淡淡一笑，"相信我一定会圆满完成任务凯旋。"

"我相信。"秦景天笑得很生硬。

"洛离音安葬在联义山庄，我此次赴台归期未定，每年清明帮我到她坟前送一束花。"

秦景天没有回应，他不能承诺自己做不到的事，只能岔开话题问："你我认识四年一直相互防备都没有机会真正了解你，给我说一些你过去的事吧。"

"过去……"顾鹤笙淡笑，感觉这些年像是做了一场冗长的梦，"我在法国加入的共产党，回国后受组织委派渗透到敌人的情报机构。之后去了中山大学，然后被军统调派到上海对日作战，这些事你都知道的。我的过去其实没有你想象中那么复杂。"

"我看过你的档案上面提到你的潜伏任务被突然中止？我以前问过你原因但你没告诉我。"秦景天随口问道。

"我暴露了。"

第一百二十二章 万里长征人未还

"日本人发现了你的身份?"

"不,是我主动暴露的。"顾鹤笙弹着烟灰缓缓说道,"当时与我一同潜伏的还有一名军统王牌特工,代号红鸠。特高课为了找出此人制订了一项诱捕计划,我提前发现是陷阱,为了掩护他的身份故意暴露了自己。"

秦景天手里的勺子悬停在嘴边,抬头重新看向顾鹤笙时视线里多了一丝震惊:"为什么要救一名军统特工?"

"外敌当前哪儿有你我之分,既然都是与侵略者作战那就是战友。何况此人潜伏的价值远比我要大,保护他更有利于重创日军。"

秦景天想起多年前那个和自己在黑暗中握手的男人,有相见恨晚的惺惺相惜,也有生死离别的不舍。自己看着他中枪坠入江中时以为那就是诀别,直至现在秦景天都懊悔当时忘了问那人的名字。

而此刻他就坐在自己的对面,秦景天脸上有难以抑制的激动,但很快在愁色中消散:"你曾经提到过一个朋友,一个在你胸口留下枪伤的朋友,是他吗?"

"是的。"顾鹤笙提到那人同样心绪复杂。

"想见他吗?"

"想。"顾鹤笙的表情慢慢变得沉重,"上级获悉此人被军统秘密重新调派回上海,同样是执行渗透任务,唯一不同的是他之前是渗透特高课而现在的目标是地下党组织。这些年我一直试图找出此人,虽然我与他只有一面之缘,但作为朋友我期待与他的重逢,作为对手我同样也希望能见到他。"

秦景天感慨万千:"我想他知道你还活着应该也想见到你。"

"他隐藏得很深,我始终没有查到关于他的线索。不过也正常,当年他能在日军特高课成功潜伏并获取大量重要情报,足见他能力超群。只是到现在我还不确定他对组织造成的损失有多大。"

秦景天陷入沉默,面前的白粥在他的搅动中已经渐渐冷却。

"你今天情绪不高,有什么事吗?"顾鹤笙担心地问。

"我……"秦景天刚开口忽然收声,视线落在桌上的空茶盏上,"你来了多久了?"

"有十五分钟。"

"你点的什么茶?"

"峨眉雪芽。"

"茶博士进来送茶了吗?"

顾鹤笙一怔,与秦景天重逢的喜悦让他忽略了平时早该觉察的异样。茶博士会在客人落座后沏好第一泡茶,可现在过去快半个小时也没人进来。

顾鹤笙走到窗边打开一条缝向外观望,这条本该行人众多的街道现在门可罗雀,只有几名商贩来回行走在街面并且不时瞟向茶楼的方向。顾鹤笙立即意识到茶楼四周的街道被秘密封锁,这说明自己的行踪暴露,敌人已经将这里包围得密不透风。

"我暴露了。"顾鹤笙处变不惊地掏出枪打开保险,然后闪身守在门口对秦景天说,"我在中社部的档案已经被销毁,知道我身份的同志相继牺牲,和上级联系靠事先约定好的识别码确定身份。"

顾鹤笙一口气将自己的识别码更换方式和时间,以及与中社部电台联系的呼号频率和加密方式快速告诉秦景天。

"按照纪律,这些机密即便你阵亡也不能透露给另外的人。"

"明月这个代号是洛离音帮我取的,她说明月是黑暗中的光亮,看见明月就意味着黎明已经不远了。你不是也对我说过,我们行走在黑暗的深渊但不代表是独自前行。明月不仅仅是一个代号而是信仰,如果我牺牲了希望你能继承这个代号。"

秦景天还是喝完了发凉的白粥,一脸漠然地呆坐在椅子上。有那么一刻他多期待顾鹤笙没有暴露,至少不是在现在这样的情况下暴露,自己能截获红鸠名单而顾鹤笙又能安全撤离。这是秦景天能想到的最好的结局,可现在看来已是不可能实现的奢望。

"景天,景天!"顾鹤笙见他无动于衷大声催促,"没时间了!你想办法撤退，我留下掩护……"

秦景天颓然问道："你了解我吗？ 你凭什么相信我不会让你失望？"

"了解。"顾鹤笙不假思索点头，"我告诉你这些是因为你是我最信任的朋友和同志。"

"不，你对我根本谈不上了解，你所见到和知道的都是我营造出来的假象。事实上我们一直在犯相同的错误。你是一名优秀的情报人员，机警、沉稳、果敢和冷静是你的特质，可你选择性忽视了身边最亲近的人。或许是因为我们都太珍惜彼此的友情，潜移默化中将对方排除在理性之外。"秦景天慢慢拿出一支烟放在嘴角，"如果今天在这里的人不是我，你会敏锐觉察到在我们交谈这段时间里我不止有一处破绽。我对你说过，如果你那位朋友知道你还活着一定也想见你，正常情况下的你会立即警觉，因为只有和你经历过那件往事的人才知道你中枪后的情况。在所有人看来你必死无疑包括你那位朋友，但你却没有意识到为什么我会知道。"

顾鹤笙脸上的表情警觉起来，他眉头微微一皱："你怎么会知道？"

"你相信命运吗？ 我之前不相信，但现在信了。过了六年我们又回到我们曾经相遇的处境。"秦景天点燃烟，在顾鹤笙面前撕下自己的伪装，他还是像一名赌徒，只是没有了看见对方底牌的兴奋，萦绕在心头的只剩下输得一无所有的无助，"同样是在上海，同样是四面楚歌的困局，也同样只有你我二人。"

"你是……"顾鹤笙瞪大眼睛。

"我叫风宸。"

在任何时候风宸都将自己的名字视为一种荣耀，可从未像现在这般难以启齿。这份荣耀是留给自己最信任的朋友和值得钦佩的对手的，而顾鹤笙是唯一同时兼顾两者的人。但每次自己说出名字时也意味着死亡将如影随形。

"因为父亲身份特殊，母亲担心我和姐姐会被牵连便让我们随了母姓，我父亲你认识而且还是你的同志。楚文天是我父亲，楚惜瑶不是我女友而是我妹妹。"风宸用一种极度平和的语气问,"你我相识相知四年,到最后你连我名字都不知道,你现在还敢说自己了解我吗?"

顾鹤笙一脸惊诧:"秦景天又是谁?"

"被策反的一名临澧特训班军统学员,在被派往上海之前被军统识别出身份。被抓捕后他很快变节并供出了联络人和任务。你调查过秦景天的背景应该知道他的人际关系是最容易被替代的那种。"风宸直言不讳道,"秦景天是谁已经不重要了,我想他应该在四年前就死在重庆虎头桥监狱。"

顾鹤笙的枪口慢慢抬起,他从未想过有朝一日自己的枪口会对准面前的人。

"命运是很神奇的一件事,你我之间对彼此的好感并非是凭空而生。我们的渊源可以追溯到学生时代,我也就读过民立中学,范今成也是我的恩师。我想他应该告诉过你他有一名令他失望的学生,那人便是我。"风宸面对黑洞洞的枪口无动于衷,比起与顾鹤笙的决裂其他事反而变得不重要,"我就是那时被复兴社招募,在通过考核后被秘密派往德国受训。抗日战争爆发后我受命潜伏在特高课,然后……后面的事你应该都清楚了。"

"你是红鸠……"顾鹤笙在惊愕中看向风宸。

"后悔吗?"风宸神色黯然地问,"如果知道会有今日,当年你还会舍身相救吗?"

顾鹤笙发现自己回答不了这个问题,六年前的同仇敌忾变成此刻的生死相搏,唯一没有改变的仍然是无法扣动的扳机。

"你我之间有真的吗?"这个问题顾鹤笙曾经问过。

"有,你是值得我肝胆相照的朋友。"

"朋友之间只有信任,没有欺骗和谎言。"

"我们是间谍。"风宸无奈道,"我的谎言欺骗的何止你一人。今天之内我失去的除了朋友还有爱人。这或许就是命运留给我最大的惩罚,在我藐视命运的同时命运一样也在藐视我。"

"叶君怡……"顾鹤笙急切质问道，"你把她怎么了？"

"我不知道她在得知将暗网名单交给了一名红鸠后会是怎样的心情。我想她一定会很伤心，比起被算计，更让她悲痛的应该是被她认为值得托付终身的男人的背叛。"

顾鹤笙心里暗暗一惊，就在不久前自己把截获的红鸠名单同样也交给了他。最让顾鹤笙绝望的是自己即便开枪击毙风宸也于事无补，何况自己始终没有扣动扳机的勇气。

"不管你是否相信，哪怕有丁点机会即便是十万分之一的可能，我都会让你给我留下弹夹我掩护你撤退。现在就和六年前的困局一样，唯一不同之处在于六年前我们能决定谁生谁死可现在……"风宸停顿了良久艰难说道，"我本打算让你挟持我趁机逃离，可在外面的不是沈杰韬而是叶书桥。你与他相处这半年想必已重新了解了他，他会毫不犹豫下令开枪，无论我怎么选择最终你都不可能活着从这里离开。"

楼下传来刺耳的警笛和密集的脚步声，顾鹤笙手中的枪口慢慢低垂。

"你赢了。"顾鹤笙平静地说。

"我输了。"风宸脸上没有胜利者的喜悦，"我不过是赢了两份情报，但我输了挚友和挚爱。"

"像六年前一样告别吧。"顾鹤笙主动伸出手，脸上是视死如归的从容，"六年前我们摒弃了各自的信仰和阵营，现在也一样。谢谢你最后的坦诚。时间是最好的裁判，就交给时间来评判你我的对错，但现在我只想和朋友告别。"

"我还能为你做什么？"风宸起身，神色里透着一丝哀伤。

"帮我埋在洛离音的身边。"

风宸点头。

"最后还想麻烦你一件事。"顾鹤笙将手中的枪递到风宸面前，"你说得没错，兜兜转转了这么多年又回到当初的起点。既然结果是注定的，我希望最后送我走的是朋友而不是敌人。"

枪落在风宸眼里是那样刺眼，他从未像现在这样如此厌恶这东西。

风宸迟疑了一下，终是拿在手中。

顾鹤笙的脸上是磊落从容的微笑："再见，风宸。"

风宸没有握手而是上前抱住顾鹤笙。一直以来风宸习惯了克制，即便再炽烈的情感他都会压抑在心中。如今面对与挚友的生离死别，他心中那抹悲怆如同火山般喷涌。

顾鹤笙也没想到在生命的尽头拥抱自己的居然会是一名敌人。不，是朋友，他迟疑了一下也抱住风宸。男人之间的友情越是浓郁越无声。

屋外的脚步声已经近在咫尺，风宸的嘴在顾鹤笙耳边低语，说了一句只有他才能听到的话。那一刻顾鹤笙的瞳孔瞬间收缩，像是听到一件不可思议的事。

"再见，鹤笙。"

大门被撞开的那刻屋里响起枪声。

风宸面无表情地从茶楼下来，用手帕擦拭着手上的血，像是一处烙印渗入皮肤深入骨髓。风宸知道这是自己永远都擦拭不掉的印记。

在楼下的车里，风宸看到叶书桥，他的视线落在风宸手里被染成血红的手帕上。短暂的错愕后叶书桥很快恢复了镇静。

"顾鹤笙就是明月。"

"名单呢？"叶书桥的声音透着一丝悲哀。

风宸将截获的胶片交给他："是真的吗？"

"是的。"叶书桥黯然伤神地闭目点头，"我怎么也没想到他会是我的敌人。"

"这是从精卫手中获取的暗网名单。"风宸上车后交出另一份情报，"是时候采取行动了。"

"明天对暗网……"

"不！"风宸阴沉着脸，斩钉截铁道，"是现在，明月的暴露会让我的身份也揭露。精卫随时会通知暗网人员撤离。等不到明天，现在就应该立刻实施肃清。"

一种迟暮写在叶书桥脸上，曾经梦寐以求的东西就在眼前，他却突然失去了兴趣，只是闭目揉了揉鼻梁："肃清行动由你全权负责，我累了想回去休息。另外后天早上登船和我一同前往台湾。"

"是。"

2

管制上海所有新闻报纸，防止暗网启动紧急撤离预案。从警备司令部抽调部队配合保密局行动，每五人一组各自得到一名暗网人员资料照片。褪去伪装后的风宸又找回曾经的自己。行动部署只用了一个小时，下达的命令简短明确，确认暗网人员身份后当场击毙，尸体运到刑场焚烧毁尸灭迹。

风宸另外带了一队人去找叶君怡，他知道在哪儿能见到她。风宸让随行的人把守楼下，自己独自踢开了位于郊外的民房。

屋里的女人叫陈亦墨，是江南完成交接后指派给叶君怡的联络人。房间里另一个男人是华东城工部的交通员李唯杨。风宸太了解叶君怡，她明知道自己身份已经暴露的情况下第一时间一定会想办法通知暗网人员撤离。

风宸进来时外屋的两个人都愣住了，李唯杨刚要掏枪就被风宸一枪击毙。听到枪声，从里屋出来的叶君怡看着地上倒在血泊中的同志先是一脸茫然，之后将视线移到风宸身上，她脸上的表情渐渐变成愤怒。

举着枪慢慢走进来的风宸在叶君怡眼中是那样陌生，她从未见过此刻他眼底的冷酷和决绝。这个男人曾经给自己留下的印象有无畏忠勇也有柔情缠绵，但如今他就像一个从地狱深处被唤醒的恶魔，或者他本身就是恶魔。

叶君怡迎着风宸的枪口面无惧色地上前，重重一巴掌打在他脸上。分不清是因为被欺骗的愤恨还是因为同志牺牲的悲痛，打完这一巴掌，叶君怡的心更痛。

风宸的头慢慢偏转回来，用手背抹去被打出的鼻血。叶君怡没在他脸上看到丝毫内疚和懊悔，像是任何事都无法触动这个男人被层层包裹坚如磐石的内心。他的冰冷一度是叶君怡最厌恶的表情，因为那会让他看上去像一台没有情感的机器。或许是叶君怡不愿意承认，更不相信自己会爱上这样的人。

"为什么？"叶君怡在歇斯底里中泪如雨下，攥紧的拳头重重击打在风宸挺拔的胸口，她只想从眼前这个男人口中得到一句解释。

砰！

近在咫尺的枪声让叶君怡耳膜隐隐作痛。她呆滞地转头看向一旁的陈亦墨，只见她已经头部中枪倒在地上。风宸用行动回应了自己的质问，那个曾经与自己约定一同迎接胜利的男人正在肆无忌惮地屠杀自己的同志。在他脸上没有丁点不适，或许这才是他真正的面目。

叶君怡想要去捡地上的枪，手腕却被风宸紧紧扣住。她徒劳的挣扎只换回不断加剧的疼痛，一直痛到心碎成一地。这时外面传来脚步声。

"陈亦墨和李唯杨，身份核对无误执行处决，把他们的尸体运到刑场焚烧。你们先走我随后就到。"

"是。"

风宸的声音在叶君怡听来变得那样陌生。她想反抗，但嘴一直被风宸紧紧捂住，直到楼下的车声渐远。

"不要试图再去通知暗网的其他人，你名单上的所有人在今晚都会被肃清。行动命令由我直接下达，相信我，他们之中不可能有漏网之鱼。"

叶君怡瞪大眼睛，张合的嘴半天发不出声。

"去找楚惜瑶，我让她为你安排了车离开上海。"风宸头也不回地向外走去，在门口时停了下来。他迟疑良久，始终没有勇气去看叶君怡一眼，只是深吸一口气："对不起。"

3

楚惜瑶在码头的人群中看见站在叶书桥身旁的风宸。穿军装的风宸有一种特别的魅力，亦如多年前第一次见到他时那身笔挺的德军制服轻易就让自己沦陷。楚惜瑶的目光移向停泊在码头的军舰，汽笛声让她心中那抹离愁别绪更浓。前面是交叉的路口，一边通向军舰而另一边是前往香港的客轮，就如同自己和风宸的轨迹注定不会相交。

风宸也在旅客中看到楚惜瑶。她迎上来时无论如何努力都难以挤出笑容："什么时候走？"

"还有十分钟。"风宸看了一眼手表。

"一路顺风。"

"她……"

"我亲自送她离开的上海。"

"她还好吗？"

"被最爱的男人欺骗会好吗？"楚惜瑶对叶君怡从起初的愤恨变成同情。虽然早猜到会有这么一天，但看着叶君怡在自己怀中号啕大哭时她已经再也恨不起来："她……"

"她怎么了？"风宸看似淡漠地问道。

楚惜瑶原本是打算告诉他叶君怡怀孕的事，但想到叶君怡被伤得那么深，不如彻底断了她对这个男人的念想："她可能以后再也见不到你了。对我来说这可能是最好的结果吧，你得到想要的东西而她也没能杀了你，至少最后我在意的两个人都还活着。"

"谢谢。"风宸脸上看不到丝毫不舍。

客轮的汽笛声响起，旅客陆续开始检票登船，楚惜瑶抿着嘴不舍地说："我要走了。"

"打算去哪儿？"

"先到香港再做打算，或许我会去希腊。"楚惜瑶拿起行李依依不舍地问，"能给我地址吗？我如果去希腊会给你寄明信片。"

"不用了。"

楚惜瑶惨然一笑，想着他是想与自己彻底断了联系："再见。"

"惜瑶。"风宸叫住转身的楚惜瑶。他吸完最后一口烟从怀中拿出一个首饰盒，单膝跪在她面前打开，里面是一枚璀璨夺目的钻戒："你愿意嫁给我吗？"

看着钻戒和跪地的风宸，楚惜瑶一脸木讷。曾经这个场面只在自己的梦里出现过，她是那么渴望能和眼前这个男人携手白头，至死不渝。码头上的军人和旅客看到这一幕纷纷起哄，不知谁带头喊了一声"答应他"，众人都跟着附和。

短暂的惊讶后楚惜瑶清醒过来。这本该是作为女人最幸福的时刻，只是自己已不是当初那个为爱痴迷不谙世事的女孩。

"你才把一个深爱你的女人伤得遍体鳞伤，一转头你就可以向另一个女人求婚。我宁可你是玩世不恭到处留情的风流之人，至少我还能用多情帮你解释，可你不是。像你这种被剔除情感的人根本不需要伴侣，除非……"楚惜瑶弯腰头埋在他耳边低语，"这一次你又要执行什么任务，还得需要一名妻子？"

风宸的目光中透着诚恳："余生无论贫贱富贵，我愿与你执手白头，此生不渝。"

这一刻楚惜瑶等了太久，他的誓言虽然只有寥寥几句，可楚惜瑶相信他会用一生去兑现。一切来得是那样突然，他总是知道如何给自己制造浪漫和惊喜。

除了……除了他心里住着另一个女人，一切都是那样完美。

楚惜瑶明知道拒绝他才是最正确的选择，可她从来不知道如何拒绝这个男人的请求。即便是飞蛾扑火，楚惜瑶还是伸出手："我愿意。"

最终章　无名之辈

杯中水已凉。

从打火机蹿出的火苗将审讯室里的众人从那段被尘封的往事拉回到现实。

"你可否对之前所说的负责？"义愤填膺的萧廷锴铁青着脸冷声问道。

"负责。"从走进审讯室那刻起风宸一直从容不迫，"我讲述的这段往事皆属实。"

萧廷锴掷地有声道："我们不会姑息任何一名敌人，不要以为过了这么多年你就能安然无恙。一旦我们查实真相，你将受到人民的审判！"

"你没权审判我，而且我这次回来也不是为了接受审判。"风宸点燃烟。他的平静落在众人眼里就是最嚣张的挑衅。

"报告！"

"进来。"

一名工作人员送来一份资料，看向风宸严声道："局长，他在说谎，至少他诉说的这段往事中有一部分是可以被推翻的。"

风宸波澜不惊地抽烟。

萧廷锴问："哪一部分？"

"我们从早期中社部的档案中查实的确有一位代号明月的同志，但由于特殊原因明月的档案被销毁因此无法核实明月同志的身份。根据他的交代明月在上海被解放前牺牲，可我们从解密的档案中发现这些。"工作人员将资料放在桌上继续汇报，"这里面是从台湾传递回大陆的情报，截获情报的人正是明月同志。在1949年到1953年期间明月同志一直都在与中社部联络并提供了大量重要的情报。明月最后一次与中社部联络是

1952年6月13日，派遣到台湾的潜伏特工中出现叛徒，泄露了台湾地下党组织，明月同志在第一时间向中社部发出示警。可由于电台被敌人控制，大部分潜伏同志悉数被捕，导致岛内党组织陷入瘫痪。中社部为了确保明月的安全向其发出了最后一条密电，指示明月长期静默等待下一次被唤醒。"

"明月还活着！"萧廷锴不由惊讶。

"中社部的人员交替和部门演变慢慢让明月这条线被遗忘，直到三个月前明月同志重新尝试与我们建立联络，并传回关于红鸠前往大陆试图窃取萤火虫的情报。可见明月同志一直还在战斗。"工作人员冷眼看向风宸，"他在说谎，至少他没有完全交代问题。"

"你多大？"风宸与工作人员对视，沧桑的脸上浮现出淡淡的笑意。房间里只有叶君怡能读懂他的笑，那是一种不屑与之对话的傲慢。

"在这里你没有发问的权力。"工作人员针锋相对。

"基于尘封档案调查得出的结果你认为可信度有多高？我瞧你年纪应该不大，1953年的时候应该还没出生吧。你能出现在这里理论上你我算是同行，给你一句忠告，一名合格的间谍不是靠资料来做出判断。在这一行亲眼看到都未必是真的，何况你还没看到。我一生都活在谎言里，无时无刻不在说谎，相信我，你还没有能力识破我的谎言。如果我是你的上司我会劝退你，你根本不适合当一名间谍。你该庆幸没有活在我经历过的那个年代，否则你连自己怎么死的都不知道。"

"啪！"

怒不可遏的萧廷锴上前一巴掌打落风宸手中的烟："这里是国安局，不是你在台湾的军情局，搞清楚自己的身份和处境！你没资格在这里耀武扬威！"

萧廷锴拧住风宸衣领，一拳打在他脸上。跟跄倒地，蜷缩在角落的风宸没有反抗也没有辩驳。

"廷锴……"

叶君怡恨了风宸近半个世纪，可看到他受伤依旧会心痛。她突然意识到这个男人留给自己的魔咒至今仍未解除。

叶君怡上前拉开萧廷锴，努力让自己不在风宸面前表现出忧伤："还有什么是你没说的？"

"中社部销毁了明月的档案，在没有人能核实明月身份的情况下能使用电台呼号和密码的便是明月。我能替代秦景天，同样也能替代明月。"

叶君怡瞪大双眼："你，你一直以明月的身份在与中社部联络？"

萧廷锴冷静道："如果他之前所说属实，是他亲手杀害了明月同志，又怎么会在台湾以明月的身份传递情报。"

"报告。"又进来一名工作人员，手里也拿着一份资料，"根据他所述内容我们调阅了同时期中社部的档案，始终没有找到关于江南同志和暗网的相关记载。而且在上海被解放前中社部也没有关于特工被肃清的记录，他提到的保密局对暗网的肃清根本无法考证。"

"怎么会没有呢？"叶君怡一脸诧异，"关于此事我专门写过一份材料交给上级说明情况，这份材料现在应该能在我的档案中找到。"

"没有。"工作人员摇头，"我们调阅了叶局您的档案，根本没有看见这份材料。而且如此严重的泄密事件不应该只有叶局您一个人知晓，可从目前掌握的情况来看，除了您之外没有人能证明他所说的事。会……会不会是您记错了？"

"你想说什么？"叶君怡搞了一辈子情报工作，怎会听不出工作人员的弦外之音，"我在混淆视听欺瞒组织，还是说我无中生有杜撰事实？如果这是你的怀疑，你大可直接说出来。"

"叶局，您是我的老领导又是看着我长大的，私下我还叫您一声叶姨，您是我最敬重也是最信任的人。可现在此事关系到国家安全，结合他之前所说廷锴心中有一些疑虑想向叶局求证。"萧廷锴让工作人员先出去，"您看是在这里谈，还是换一个地方？"

叶君怡一脸磊落："你尽管问，我以党性发誓，对组织绝无半点隐瞒。"

"我想知道暗网被大清洗之后您的经历。"

"我从上海撤离后直接回到中社部,并将上海发生的事如实写了一份材料上报给上级。1949年上海被解放后我被中社部委派到香港继续进行情报收集工作,1954年被召回筹备组建中央调查部并担任反谍局副局长,在这个岗位工作到退休。这些我的档案里都有,你可以随时核查。"

"暗网被大清洗时您是负责人,虽然您也中了敌人的阴谋可大批我方情报精英倒在黎明之前,这对于我党当时的情报战线是不可估量的损失。廷锴可能话有些重,但也秉承实事求是的原则,您作为暗网的首脑有着不可推卸的责任,为什么在您的档案里没有关于暗网的记录和对这件事的处理意见?"

"我从来没想过逃避责任,对于这件事我一直在等组织的处理意见,但等来的却是通知我前往香港的命令。"叶君怡一五一十回答,"而且连同调遣命令一起下达的还有禁止再提及和暗网有关的任何事。从那以后我再也没接触过暗网,事实上到现在我也很想知道为什么组织没有处分我。"

"谁下的命令?"萧廷锴追问。

"我。"进来的是国安总局局长袁南昭,戎马一生的军人,做派雷厉风行。他瞪着萧廷锴,一脸严肃地质问:"小兔崽子长本事了,连叶局都怀疑!命令是我下达的,君怡所说句句属实,我给她做证!"

见到袁南昭进来,萧廷锴挺胸刚想敬礼……

"不要来这一套,耗子都把洞打到你八局里面了,我看要检讨的该是你。"袁南昭大手一挥,"我来是等你给我交代的,到底八局乃至国安局其他分局里还有多少耗子?"

"老袁,廷锴是例行公事没有其他意思。"

"你为党抛头颅洒热血的时候他还光着腚呢,不了解情况就随意指摘,他这样的工作态度就有问题。我再不来就要让你受委屈了。"袁南昭和颜悦色地安慰叶君怡,转头看向慢慢从地上爬起来正擦拭嘴角血渍的风宸,"你就是秦景天?"

"已经很久没人叫我这个名字了。"

"我在君怡同志的报告里看见过你的名字，军统的王牌果然是名不虚传。你该庆幸跑到了台湾，要是当年落在我们手里，不知道有多少人想把你碎尸万段。"袁南昭一脸正气地直视风宸，"居然还敢回来，我佩服你的胆量，但你低估了我们清算敌人的决心。对你的审判虽然晚了些，但绝对不会缺席！"

"审判我的罪名是什么？"风宸平静地反问。

"你犯的罪罄竹难书，还需要我赘述吗？"

"谁能证明？"

"君怡同志就可以指证你！"

"人证是有了，物证呢？"风宸从出现在这间审讯室开始就没有落过下风，"我给你时间去找，想要多久都行，你能找到任何一件可以证明我罪行的物证吗？我泄露的情报或者我出卖的人以及我杀的人，无论你找多久都会发现没有可以给我定罪的证据。"

"你……"

"老袁，为什么暗网被敌人肃清我没有受到组织的处分？还有我写的那份材料，我清楚记得是亲手交给你的，可他们并没在我档案中看见。"叶君怡问出困扰自己多年的心结，"我认为廷锴说得对，因为我的失误给党造成这么大损失，按说我不该再被委以重任，组织是出于什么原因选择继续信任我？"

袁南昭避开叶君怡的视线欲言又止。

"我以曾经与你并肩作战多年的战友的身份恳求你，我必须要知道答案。"

袁南昭迟疑不决，看着叶君怡焦灼的目光闭目长叹一声："组织根据你材料中的内容进行过调查，但发现……"

"发现什么？"

"根本没有你所说的情况发生。"

叶君怡一脸疑惑："没发生？什么没发生？"

"暗网根本没有被敌人肃清，相反这些特工在随后与敌人最后的情报战中发挥了重要作用。考虑到他们的特殊身份直至现在这些同志的档案都未解密。"

"这不可能，我亲眼见到他……"叶君怡瞪大眼睛完全不敢相信自己听到的，"暗网名单我交给了他，随后他就实施了肃清。他当着我的面枪杀了两位同志，这是事实，为什么你们就查不到呢？"

"事到如今我也没有必要对你继续隐瞒，我也是隶属暗网的特工，我的上级首长便是江南。早在你从上海撤离之前江南同志已经将完整的暗网人员名单上报给中社部，是江南同志保护了暗网特工。时过境迁，这份名单已经没有当年那样重要，可依旧被列为永不解密的机密。"

"江南是你的上级？"叶君怡越听越诧异，"可我才是江南的联络员啊。"

"不，我才是。"袁南昭和盘托出，"你当时在上海身份已经暴露，江南同志为了保护你才挑选你成为联络员。这并不是什么秘密，敌人一直知晓你与江南的联系，他们为了找出江南，才一直没对你采取行动。"

"江南到底是谁？"

"我不知道。"

"到现在你也不知道？"

"江南同志最后一次联络我是你回到中社部不久。销毁你提交给组织的材料以及对你不追责，还有将你调派到香港，这些命令都是由江南同志下达的。"袁南昭的表情充满遗憾，"一同下达的还有让我接管暗网的命令。从那之后江南同志便中断了与我的联络，我猜组织为江南同志分配了新的任务。只可惜我与这位谍报传奇始终缘悭一面。"

"不，不是这样。"叶君怡转头看向风宸，"我交给你的暗网名单呢？"

风宸拾起被打掉的烟头重新点燃："在一个很安全的地方。"

"什么地方？"叶君怡感觉自己快错乱了。

"台湾军情局位于地下二十五米的特级档案库中。在这份名单档案上同样盖有永不解密的印章。"

审讯室里的众人面面相觑，都不明白一份中共情报人员名单为什么会被保存在军情局的档案库中。

"这是江南为暗网部署的最后一次行动。暗网的职能从最初对敌渗透搜集情报变成获取红鸠计划名单，这份名单只会在守望者被替换的情况下才会出现。叶书桥作为该计划的首脑，心思缜密滴水不漏，唯一能引他上钩的只有暗网名单和江南。叶书桥为防止红鸠计划名单泄露实行了分层管理，除了守望者之外包括他自己在内谁都不知晓红鸠资料。"风宸一边抽烟一边说，"可这一点也是红鸠计划中最大的破绽，叶书桥根本没有办法确认拿到的名单的真伪。如果交给他的名单上不是暗网人员呢？"

"你什么意思？"叶君怡不解。

"当时我手上不只有暗网名单，还有明月交给我的红鸠名单。"

叶君怡一愣，想到袁南昭说过暗网并没有被敌人破坏，突然张开嘴："他拿到的是红鸠名单！"

"江南成功借叶书桥的手肃清了第四批渗透的红鸠，而真正的暗网名单却被带回台湾归档封存。当有一天军情局解封这份名单时才会发现，近半个世纪以来一直帮对手保管着一份至关重要的情报，只是解封的时候这份名单已经没有了意义。"风宸抬头看向叶君怡，"这也是叶书桥直到临死前才明白的真相。"

"你到底是什么身份，为什么这么做？"袁南昭惊诧不已，风宸说的这项行动至今都没有解密，在座的人除了自己无人知晓的。

"江南让我做的。"

"你见过江南？！"袁南昭吃惊反问。

风宸默默点头。

袁南昭迫不及待地追问道："江南是谁？"

"江南是一名红鸠，在民国三十二年有机会接触被日军特高课抓捕的第一任江南周幼卿，并且有过人的记忆力能全部记住周幼卿移交的暗网名单，同时最后一次与组织联系是1949年2月18日。关键词：红鸠、特高课、1949年2月18日。"风宸吐了一口烟雾缓缓说道，"综合上述几点，要甄别江南身份其实并不难。"

袁南昭在错愕中快速思索，1949年2月18日正是自己最后一次得到江南命令的时间。而巧合的是，根据事后调查的情报，化名秦景天的军统王牌特工离开上海前往台湾的时间也是这一天。

自己面前就坐着一名红鸠并且在上海沦陷期间就潜伏在日军特高课，当袁南昭把这些支离破碎的线索拼凑在一起时，问出了一句旁人都不明所以的话："你去过江淮吗？"

风宸的脸在缭绕的烟雾中若隐若现，他语气笃定地回道："去年春天去过，那会儿刚好吹着东南季风。"

袁南昭的声音和手却都在不由颤抖："不，你记错了，春季是没有季风的。"说完这一句时袁南昭已经无法抑制自己的激动。

风宸在平静中转头看向叶君怡："喜欢诗歌吗？"

"喜欢……"叶君怡想起江南曾经与自己约定的暗号，同样在震惊中问道，"我最喜欢的诗人是普希金，你呢？"

"我喜欢他的《纪念碑》。"风宸一字不差地背诵着诗词的节选，"我的灵魂将在圣洁的诗歌中，将比我的灰烬活得更长久，永不消亡。"

叶君怡踉跄着向后退一步，不断张合的嘴良久才发出声音："你是……"

自己的一生充斥着谎言和秘密，这些秘密风宸从来都不能与任何人分享，他只会告诉牺牲前的战友和被自己终结的敌人。

楚文天和顾鹤笙牺牲时，还有点燃越云策身上的汽油时，风宸都在他们耳边说过相同的话。直到今天他终于能将这个自己保守一生的秘密说出来："我就是江南！"

萧廷锴和所有参与审讯的国安人员还在震惊中，他们无法体会这个代号的含义和背后的故事。只有袁南昭和叶君怡明白面前这个男人用一生的忠贞和赤子之心铸就的代号意味着什么。

"首长……"铮铮铁骨的袁南昭此刻也无法抑制夺眶而出的泪水，他抬起颤抖的手向风宸敬出迟到近半个世纪的军礼，"暗网成员，代号季风，向您致敬！"

叶君怡捂住嘴泪如雨下："我就知道你不会骗我。"

萧廷锴再次看向对面这个饱经沧桑的男人时眼里是对传奇的敬意。审讯室外负责监听和收集资料的工作人员也纷纷站起身和房间里的人一起向风宸敬礼。

风宸一生都在追寻荣耀,楚惜瑶说自己是阿喀琉斯,想要谱写属于自己的传奇。其实风宸从未这样想过,从在党旗下宣誓的那刻起,对信仰的忠诚便刻在他骨子里。

风宸吸完最后一口烟,掐灭烟头后缓缓起身,一丝不苟地收拾干净桌面,从风衣中拿出一个精致的木盒,小心翼翼地打开。风宸拿出里面的东西,一张张摆放在桌上的有照片也有剪报。

在泛黄的照片里叶君怡看到顾鹤笙,记起那是曾经大家一起去相馆拍摄的。她还认出了俞志豪,他的照片上还残留着发黑的血渍,那应该是风宸偷偷从他档案中撕下珍藏至今。剪报上的时间还停留在很多年前,那时的洛离音风姿绰约,端庄优雅。旁边的照片里是为人师表浩气长存的范今成。最后一张照片是楚文天的,依旧豪气干云,站在他旁边的是乖巧的楚惜瑶。

风宸退到一边,他们每一个人的音容再次浮现在眼前,他满怀敬意道:"他们才是该接受致敬的人。我有幸与这群无名之辈并肩作战,他们用生命捍卫了信仰,用忠诚铸就了一条荣耀之路。他们才是真正该被铭记的英烈。"

叶君怡也抬手敬礼:"惜瑶也是我们的同志?"

"不是。"风宸神色黯然地摇头,"我奉命前往台湾潜伏,为掩护身份我需要一名妻子。她不是我们的同志,但这么多年她一直都在默默掩护我。"

"她还好吗?"

"她走了,走的时候我一直陪在她身边。这一辈子我没哭过,但她走的那天我终是没忍住。这一生我辜负了两个女人,直到最后我都没跟她说一声对不起。"风宸埋下头难掩哀伤,颤巍巍的手从风衣中拿出一封信递到叶君怡面前,"惜瑶说如果我还有机会见到你,让我将这封信转交给你。"

叶君怡在悲怆中展开信纸,认出楚惜瑶娟秀的笔迹。

君怡芳鉴:

等你看到这封信时我已经不在人世了。台北的风很大,不知不觉都吹白了头发。海天在望不尽依依,想想已经快三十年没见到你了,真怀念曾经和你在一起的时光。一直以来我都把你当成姐姐直到我后来恨你。我可以和你分享一切,可你却从我身边夺走了风宸。那时的我对你恨之入骨直到我看见你在我怀中撕心裂肺号啕大哭时才明白,他从来都没有属于过谁,如果有,他只属于他为之而战的信仰。

为此他可以和我结婚,可我知道这么多年来他留驻于心的只有你。我原本有机会拒绝他,我不想自己有一天像你那样被伤得体无完肤,但我又怕他有事,怕他身边连一个能说真心话的人都没有,我选择了留在他身边。这些年他对我很好,做到了他向我求婚时说出的誓言。如果这一切是真的该有多好,但我还是很开心能与他相守这么多年。

他为你守住了心,我为你守住了人。这些年我把他照顾得很好,现在我将他交还给你。

惜瑶
拜首

叶君怡读完泣不成声,上前拉住风宸的手:"跟我回家吧。"

风宸的眼底流露出期盼和憧憬,但很快又恢复冷静。他看了一眼手表:"时间到了,我该走了。"

"走?你要去哪儿?"叶君怡抓住他的手不肯松开。

"我还有任务。"

袁南昭说:"首长,您的任务已经完成了。"

"没有。我的任务是获取红鸠计划名单,这个我执行了快四十年的任务还没有完成。我答应过鹤笙一定会圆满完成任务。他用生命换来铲除第四批红鸠的机会，我不能让他白白牺牲。"风宸目光坚毅地说，"只有在这里我是江南，离开后我依旧是一名红鸠，这是我的使命和职责。任务没有结束，我不会停止战斗。"

1984年10月1日，国庆阅兵。

鲜花与彩旗点缀的广场上人头攒动。人群挥舞的国旗将那个风烛残年的老者脸上的沧桑映成红色。风宸在人群中依旧是最不起眼的那个人。他是有资格和那些英雄站在一起，接受鲜花与掌声的，可他选择的这条道路上注定没有这些。

风宸拿起手中的相机，调整焦距拍摄着喜庆的场面，上一次来这里时还叫北平，记得那时是为了获取灯塔行动的内容。时光荏苒，一晃已过了四十年，这座城市与这个国家都发生了翻天覆地的变化，唯一没有改变的是，自己依旧是渗透在敌人心脏的红鸠。

整齐划一的脚步声传来，随着阅兵的开始，首先走来的是由陆、海、空三军指战员组成的中国人民解放军仪仗队。他们护卫着鲜红的军旗铿锵有力地走来。风宸看着各种方队从面前走过，地面上是金戈铁马奔驰，空中有战鹰展翅翱翔，受阅机群在天空中留下绚丽的彩烟。

"敬礼！"

随着排头兵一声高亢的口号，走来的方队向主席台庄严敬礼，也像是在敬给自己和那些为铸就新世界而捐躯的无名英烈。

"鹤笙，看见了吗，这山河如你所愿。"

风宸默默挺直腰在人群中，像一名不屈的战士敬出标准的军礼。

终